ジェイムズ・ジョイスと東洋

ジェイムズ・ジョイスと東洋

『フィネガンズ・ウェイク』への道しるべ

山田久美子

水声社

目次

凡例

一、ジョイスの作品からの引用は、基本的に略号に示した作品名、頁数という形で示した。（*FW* 230.15は『フィネガンズ・ウェイク』二三〇頁、十五行目を示す。）ただし、『フィネガンズ・ウェイク』については、必要に応じて、部数、章数も示す。（*FW* II.1.230.15は『フィネガンズ・ウェイク』第二部第一章、二三〇頁、十五行目を示す。）

作品の略号および典拠とした版は、以下のとおりである。作品名の後の年号は初版の刊行年を示す。

D『ダブリンの市民』（一九一四）
Dubliners. Authoritative Text, Contexts, Criticism, edited by Margot Norris, text edited by Hans Walter Gabler with Walter Hettche (New York: Norton, 2006).

P『若い芸術家の肖像』（一九一六）
A Portrait of the Artist as a Young Man. Authoritative Text. Backgrounds and Contexts, Criticism, edited by John Paul Riquelme, text edited by Hans Walter Gabler with Walter Hettche (New York: Norton, 2007).

U『ユリシーズ』（一九二二）
Ulysses, edited by Hans Walter Gabler (New York & London: Garland, 1986).

SH『スティーヴン・ヒアロー』（一九六三）
Stephen Hero, edited by Theodore Spencer, John J. Slocum, and Herbert Cahoon (New York: New Directions, 1963).

FW『フィネガンズ・ウェイク』（一九三九）
Finnegans Wake, (London: Faber, 1975).

CW『評論集』（一九五九）

The Critical Writings of James Joyce, edited by Ellsworth Mason and Richard Ellmann (London: Faber, 1959).

LI 『書簡集一』（一九五七）

The Letters of James Joyce Vol I, edited by Stuart Gilbert (New York: Viking, 1966).

LII, LIII 『書簡集二』『書簡集三』（一九六六）

The Letters of James Joyce Vols. II, III, edited by Richard Ellmann, 1957, reissued with corrections 1966 (New York: Viking, 1957, 1966).

OCPW 『批評政治論集』（二〇〇〇）

The Occasional, Critical, and Political Writings, edited by Kevin Barry (Oxford: Oxford UP, 2000).

JJA 『ジェイムズ・ジョイス・アーカイヴ』全六十三巻（一九七七―七八）

The James Joyce Archive, edited by Michael Groden et al. 63 Volumes (New York: Garland, 1977-78).

二、注は巻末にまとめた。注が煩雑とならないように、出典箇所・参照文献を示すものについては、各章初出注では著者名、題名、出版社、出版年、頁を、二回目以降は著者名、頁の形式で書き入れてある。同一著者の複数の著書を参照している場合には、著者名に年号を加え、著者名、年号、頁で記した。なお、頁数が漢数字になっている場合は、和書を参照していることを示す。参考にした文献については、巻末にまとめた。

三、引用文中のジョイスの脚注は＊を付し、引用文後に入れた。

はじめに

ジェイムズ・ジョイスの最後の作品『フィネガンズ・ウェイク』は『ユリシーズ』が一九二二年にパリのシェイクスピア書店から出版されて間もなく構想され、その創作の軌跡は一九三九年の出版まで十七年に渡る。その間の創作ノート、ゲラ刷り、「進行中の作品」として雑誌に掲載された断片、短編あるいは短編集として出版されたものなどが現存し、詳細な創作過程の解読も進んでいる。『ユリシーズ』が一九〇四年六月十六日のダブリンを舞台にした昼間の物語として、スティーヴン・ディーダラス（以下スティーヴン）、レオポルド・ブルーム（以下ブルーム）と妻のモリーの三人の意識を通じて語られるのとは対照的に、『フィネガンズ・ウェイク』ではダブリン郊外チャペリゾッドにある居酒屋の主ハンフリー・チムデン・イアウィッカー（以下ＨＣＥ）、妻のアナ・リヴィア・プルーラベル（以下ＡＬＰ）、双子の息子シェムとショーン、そして娘イッシーの夜の夢が、複合言語文化を背景に相対化された意識によって語られる。

『ユリシーズ』出版の前年に締結された英愛同盟により、長らく英国の植民地であったアイルランドは自由国となった。そのため登場人物の多くがアイルランドらしさの諸相を呈するが、新聞社の広告取りである中年男のブルームと歌手であるモリーにはユダヤ人の流れを汲む出自が与えられている。一方ジョイスの分身ともいうべき作家志望の青年スティーヴンは、前作『若い芸術家の肖像』では自分を認めようとしないアイルランドを見限ってヨーロッパに亡命する道を選んだが、『ユリシーズ』では帰郷して母の喪に服してダブリンの町を歩き回っている。

『フィネガンズ・ウェイク』において作家としてのアイデンティティあるいは非アイデンティティが付与されるのは双子の息子シェムとショーンである。二人の対立は本書の中心的テーマの一つである。第一部でシェムは非行の罪に問われるHCEの裁判で真実を明かす手紙の書き手であり、ショーンはその手紙の運び手であることが披露される。第二部で二人は入れ替わり、書き手の運び手に対する優位が覆される。第三部の寓話「オントとグレイスホーパー」では、ショーンはシェムを「盗まれた最後の言葉」(*FW* 432.25)の書き手と非難して打ち負かす。だがそのショーンも次章で四人の老人が登場すると「トト(エジプト神話で知識/学芸などの神)は決してチンチンチャット(中国おしゃべり)やニッポンニッパー(日本やっつけ)を照合する郵便局員などではない。おまえの子羊おやじの涙物語なんかやめろ! おまえはローマカトリック教徒か?」(*FW* 485.36-486.2)と尋問を受ける羽目になる。手紙の書き手、著者は一体誰なのだろうか。

エレーヌ・シクスーの『ジェイムズ・ジョイスのエグザイル』(一九七二)によれば、『フィネガンズ・ウェイク』のシェムとショーンは、エジプト、バビロニア、アッシリア神話のトト神に結びつけられ、書く行為の起源と価値をめぐる考察のネットワークの中心に据えられているという。シクスーは書くことの達人としてのトトを、書物において永遠に保存するものであると同時に死の神でもある、と多義的に分析する。「書くことは能動的記憶であるムネメ(人の記憶と種の記憶を合わせたもの)の死と結びつき、事実が書き留められている受動的記憶と入れ替わる」[1]。シクスーはまた、生と死、発話と沈黙を共有するシェムとショーンの対立について、二人の空間的循環が亡命と回帰の精神的循環に対応している、と述べる。トト神は作者ではなく、従順・再生・反復による翻訳・変遷・模倣の神である。トト神を舞台として、対立するものが出会い、『フィネガンズ・ウェイク』では、双子であるために、同じでありながら異なるシェムとショーンによってアイデンティティの交替劇が演じられる。ジョイスは『フィネガンズ・ウェイク』において、書くことの両面価値（アンビヴァレンス）そのものを描いているといえよう。書いたものすなわち表象は、表象されるものと同じでありながら異なる。ジョイスは西洋の言語中心主義を廃し、様々な形をとる父性的神学的権力を退け、真理としての言葉への投資に背を向けるのである。

　冥界の書記トト神とシェムとショーンとの結びつきはまた、非西洋文化に向かうジョイスの関心の行方を示している。『フィネガンズ・ウェイク』の言語革新は実に六十二以上の言語とその変形によって実現しているが、その中には非インド・ヨーロッパ系言語も含まれる。そして七十箇所以上について、日本語との関連が指摘されている。ジョイスはなぜ、英語の参照機能を否定するともいえる特殊な言語で書くことを選んだのであろうか。長い年月をかけて練り上げた難解なテキストに、植民地アイルランドから亡命した自身を含む、数か国語を操る亡命者や取り巻き連中以外の具体的な読者を想定したのだろうか。十九世紀末には大英帝国の公用語として、いわばグローバル言語として確固たる地位を築いていた英語を脱構築すること以外に、ジョイスの意図は何だったのか。祖国を離れて異なる文化と言語の中で生きる亡命者の望みは、いつか祖国に戻ることであろう。ジョイスにとって英語はたとえ植民地支配によって強要されたのだとしても、祖国アイルランドの言葉であったはずだが、なぜこのように手を加えたのだろうか。『フィネガンズ・ウェイク』の構文は基本的に英語のものであるが、ジョイスにとって英語は数ある言語の一つにすぎないのだろうか。そして日本語は『フィネガンズ・ウェイク』でどのような役割を果たしているのか。これらの疑問をもとに本書は成り立っている。最近の研究により明らかになった幾つかの事実からは、ジョイスと広い意味での東洋、特に日本語との出会いが重要な鍵となっているように思われる。東洋の宗教への度重なる言及、これまでにテキストで確認された六十二言語にアラビア語、中国語、ヒンドゥスターニー語、日本語、マレー語、ペルシャ語、サンスクリット語、トルコ語などが含まれることから、ジョイスが東洋の言語と神話に関心があったことは間違いない。ジョイスの意識は『フィネガンズ・ウェイク』において英語とキリスト教から、また西洋文明世界から解放されたのである。アイルランドの首都ダブリンに生まれ、若くしてヨーロッパ大陸に渡り、トリエステ、チューリッヒ、パリに暮らしたジョイスの亡命の旅路は、その文体の変容と密接に関係しているように思われる。ジョイスと東洋との接触を中心に考察することにより、『フィネガンズ・ウェイク』の謎の解明に取り組むものである。

『フィネガンズ・ウェイク』がジョイスのそれまでの作品からどのような変化をとげているか理解するために、まずはジョイスと東洋との出会いから始めよう。第一章「東洋とオリエント　『西と東からのアプローチ』」では、最初に西洋から見た東洋について考察し、続いて『ユリシーズ』にみられるヴィクトリア朝オリエンタリズム、そしてダブリンで学生生活を送った若い日のジョイスのまわりにあった東洋を検証する。ジョイスが生まれ育ったダブリンは、インドを手に入れ、東アジア制覇を目論む大英帝国の一地方都市であった。そこで見聞きしたオリエンタリズムに始まり、やがて二十二歳で移り住んだトリエステ、チューリッヒ、パリといったヨーロッパの国際都市で、ジョイスは非西洋文化を体験することになる。最後の作品『フィネガンズ・ウェイク』の難解な文章を解明する手がかりのひとつとして、東洋、特に日本語との接触がジョイスに影響を及ぼした可能性があるように思われる。アーネスト・F・フェノロサの漢字論とジョイスを結ぶ線を解明し、漢字および日本語が「ウェイク語」成立に果たした役割を明らかにしたい。

第二章「ショーン・ザ・ポストと東洋宣教　『西が東を揺り起こすだろう』」では、キリスト教を東洋に宣べ伝えると同時に、東洋の文物を西洋にもたらした宣教師たちに焦点を当てる。アイルランドは「聖人と賢者の島」と称されるように、ケルト社会に古くから伝わるドルイド教の土壌に五世紀以降キリスト教が根付き、中世にはキリスト教修道院文化が花開いた。一例として、八〇〇年頃のラテン語福音書がケルト文様で埋め尽くされた彩色写本『ケルズの書』が現代に伝わる。アイルランドのキリスト教は独自の発展を遂げたが、やがてローマ教皇に反旗を掲げて国教会を設立したイギリスに支配されるようになると、複雑な様相を帯びることになる。宗主国とローマ・カトリック教会との対立を背景に、イギリスの象徴としての国教会に代表されるプロテスタント諸宗派と、アイルランド独立の旗印としてのローマ・カトリック教会との対立が深刻になる。両者は信徒数だけでなく、海外に派遣する宣教師や修道女の数までも競うことになる。ジョイスの妹で「ポピー」の愛称で親しまれたマーガレットは慈善聖母修道会の修道女として、イギリスの植民地から自治領となったニュージーランドに一九〇九年に渡り、生涯を終えた。一方アイルランドでは、独立戦争を経て、一九二二年に北を分離して南にアイルランド自由国が成立し、一九四九年にはアイルランド共和国が独立するが、宗教の対立は北アイルランド紛争として、長く尾を引くことになる。そのアイルランドでも最強の宣教修道会の一つイエズス会の学校教育を受け、司祭職が身近にあったジョイスの中で、キリスト教は終生重要な位置を占めていた。『フィネガンズ・ウェイク』では、父HCEの罪に関する母ALPの信書（missive）を携えて、夜明けに向かって夢の中で旅をする双子の一人ショーンは、郵便配達人であり、宣教師（missionary）でもある。またジョイスが関心を抱いた東方諸教会が、『フィネガンズ・ウェイク』ではどのように描かれているかについても探りたい。

第三章「イッシーと東洋趣味の舞台　『踊りながらダンスから帰宅する娘たち』」では、ジョイスが愛してやまなかった舞台芸術を中心に、当時ヨーロッパ諸国を席巻していた東洋趣味について、『フィネガンズ・ウェイク』との関連で論じる。十九世紀英国のパントマイムといえば、クリスマスやイースターに上演される子ども向けの芝居であるが、とりわけジョイスが在籍したクロンゴウズ・ウッド・コレッジ校で生徒たちが上演するほど人気が高かった「アラジン」に見られる西洋による東洋の歪曲を検証する。また『フィネガンズ・ウェイク』に引用されている日本を舞台とするオペラやオペレッタの中で、想像上の東洋としての日本に投影される美意識、特にキリスト教とは相反するものとして、死を美化する文化がどのように表現されているかを考察する。さらにジョイスの創作ノートの研究により、『フィネガンズ・ウェイク』で最初に構想されたのがイッシーであり、HCEはイッシーの父親として登場したとされること、踊る娘イッシーにはジョイスの長女でモダンダンサーであったルチアが反映されていることを検証する。ルチアが父親と交わしたとされる複数言語間を自由に行き来する会話は、ジョイスの文体に影響を及ぼした可能性が指摘されている。ジョイス一家が暮らした一九二〇年代、三〇年代のパリでは、世紀末のオリエンタリズムに続くプリミティヴィズムの影響を受けたモダンダンスが花開いた。また同郷の劇作家で詩人のウィリアム・B・イェイツが日本の古典演劇である能の様式を取り入れた舞踊劇を発表したことに触発されて、ジョイスが夢幻能「杜若」に想を得た作品として『フィネガンズ・ウェイク』を構想した可能性を追求する。

　第四章「シェム・ザ・ペンマンと『消えることのないインク』」では、書く行為そのものに焦点をあてる。『フィネガンズ・ウェイク』の謎の中に、夢の中のHCEの真偽の疑わしい罪の真相が語られるはずの手紙の信憑性、そして雌鳥がゴミの山からつつき出した「夜の書簡」とも称されるこの手紙の書き手は誰なのか、というものがある。この手紙をめぐる議論が一貫したテーマとなっていて、とりもなおさず『フィネガンズ・ウェイク』そのものの信憑性が問われている。「レター」とは手紙であると同時に文字でもある。手紙／文字の筆者を特定することの重要性を論じる『フィネガンズ・ウェイク』第一部第五章は、「シェム・ザ・ペンマン」という語で終わっている。直前の第四章では「シャン・ザ・パンマン」（言葉遊び人を退けよ）(Shun the Punman *FW* 93.13)、第三部第二章では「我らが陽気なインク男、耳にひっかけた葦のペン」(pen of our jocosus inkerman militant of the reed behind his ear. *FW*433.9-10) などと形を変えて度々登場する。イアウィッカー家の双子の一人シェムは、シェイマスの愛称シェムがジェイムズの愛称ジムのアイルランド読みであることから、作者ジェイムズ・ジョイスの分身ともいえよう。一方、冥界の筆記者として知られるのは、エジプト神話のトト神である。トト神は夜の世界を支配し、死者の復活の運命を司る立場にあった。古代文明が栄えたエジプトは、近代になって西洋列強の支配が及ぶのが早く、西洋にとっても身近であった。ジョイスの時代には西洋諸国によるエジプト各地の遺跡発掘が進み、中でもパピルスに書かれた副葬品「死者の書」の出現は大きな話題を呼んだ。パリで「死者の書」のファクシミリ版を入手したジョイスは、なみなみならぬ関心を寄せている。

第五章「『フィネガンズ・ウェイク』の日本語『もしそれが日本語音ならば』」では、『フィネガンズ・ウェイク』にみられる日本ならびに日本語への言及を分析する。日本語の一人称代名詞の特異性は、西洋の言語学者により、早くから取り上げられてきた。日本語では一人称代名詞がジェンダー、年齢、階級などによって使い分けられるという事実はジョイスの注意を引いたようで、『フィネガンズ・ウェイク』第三部第三章には「わたくし」をあらわす日本語十語の羅列がみられる。こうした一人称代名詞の使い分けのみならず、例えば「手前」の場合のように、日本語の一人称代名詞が時として二人称代名詞としても使用されるという事実は、自己と他者の分明を当然のこととしてきた西洋人に衝撃を与えた。自己と他者の境界が不明瞭な夢の世界を描いているのが『フィネガンズ・ウェイク』である。一九二〇年代、三〇年代のパリでジョイスは、日本人と接触する機会があり、日本語や日本人による英語、フランス語の発音に関心を寄せたものとみられる。友人のフランク・バッジェンに宛てた書簡の中で、『フィネガンズ・ウェイク』第三部と第四部で登場人物の一人パトリックが「ニッポン英語」を話す、と述べている。さらに『フィネガンズ・ウェイク』創作に影響を与えたと思われるのが、意味創出に果たす漢字の役割を論じたアーネスト・F・フェノロサの漢字論である。

本書では「オリエンタリズム」が示唆するポスト植民地主義文学理論そのものを用いるのではなく、比較文化論の研究方法による分析を行う。ジョイスは東洋の神秘性が次第に取り除かれるのに幻滅するヴィクトリア朝の作家として書いているのではなく、ヨーロッパ在住の一移住者としてむしろ未知の非西洋文化の発見に心をときめかせている。ジョイスのテキストを精査することにより、東洋に由来する概念や言葉によってその文体が覆される様子を、またそれを英語に取り入れるジョイスの驚異的な技が明らかになる。ジョイスにおけるオリエンタリズムの影響ならびにオリエンタリズムからの解放を論じながら、本書ではオクシデンタリズムについても論じたい。いずれの「他者」の捉え方も、人間が大きく異なる文化に出会ったときに見せる反応の一面である。制約はあるものの、そのような出会いは「他者」の真髄を識別しようとする試みであろう。エドワード・サイード（一九三五—二〇〇三）は『オリエンタリズム　西洋の東洋についての構想』（一九七八年）において、他者としての東洋を解釈するにあたり、ヨーロッパ中心主義的な見方、すなわち西洋のロゴスの助けなしでは、自ら表象することができないものとしての東洋を紹介している。それを補うのが続く『文化と帝国主義』（一九九三年）であるが、この中でジョイスの作品は植民地的言説の例として登場する。しかしながらサイードは『フィネガンズ・ウェイク』には言及していない。植民地アイルランドで生まれ育ったジョイスは、オリエンタリズムの不合理に気づく立場にあった。このため、その後の人生で非西洋文化および言語と出会い、英語ならびに言語中心主義に挑戦するのに躊躇しなかったのではないだろうか。サイードの議論をさらに発展させて、ジョイス最後の作品の謎の多くが、「他者」との戦いの跡であり、ジョイスの変化は「オリエンタリスト」としての見方を放棄し、東洋を対等とみなすようになった結果ではないかというのが本書の主旨である。『フィネガンズ・ウェイク』の中の東洋、特に日本との関連が深い箇所を取り上げて、この謎に満ちたモダニズム文学の傑作を理解する鍵を提示したい。

以下に『フィネガンズ・ウェイク』の各章の概要[2]を紹介する。

第一部

第一章（pp. 3-29）

はじめに、ウェリントン博物館、手紙の発見、アイルランド先史、マットとジュート、ヤール・ファン・

フーサーとプランクィーン、墜落、フィネガンズ・ウェイク、ＨＣＥ紹介

第二章（pp. 30-47）

ＨＣＥ命名、ごろつきとの出会い、ごろつきの話の拡散、パース・オライリーのバラッド

第三章（pp. 48-74）

イアウィッカー版の話の撮影・テレビ番組化・放映、ＨＣＥの通夜、ＨＣＥの罪と逃亡の報告、法廷の尋問、ＨＣＥ罵られる、ＨＣＥ沈黙を守り眠る、フィン復活の予感

第四章（pp. 75-103）

ＨＣＥネイ湖に埋葬、フェスティ・キング裁判にかけられる、解放される、詐欺を明らかにする、手紙要求、ＡＬＰ入廷

第五章（pp. 104-125）

ＡＬＰのママフェスタ、手紙の解釈、ケルズの書、シェム・ザ・ペンマン

第六章（pp. 126-168）

ラジオ・クイズ、人物や場所についての十二の問題と解答、ショーンとシェム、ムークスとグライプス、ブルスとカシウス（バターとチーズ）

第七章（pp. 169-195）
シェム・ザ・ペンマンの肖像、彼の卑しさ、臆病、酔った自慢話、捏造者シェム、呪われたインク壺、ジャスティウスとマーシウス（正義と慈悲）

第八章（pp. 196-216）
アナ・リヴィア・プルーラベル、リフィ川両岸二人の洗濯女の噂話、暗闇、洗濯女木と岩に変身、夜

第二部

第一章（pp. 219-259）
フィーニックス劇場のだし物、ミック・ニック・マギーたちによる無言劇、グラッグと三つの謎かけ、グラッグとチャッフ、子ども達のゲーム終了、就寝の祈り

第二章（pp. 260-308）
夜のレッスン、シェム、ショーンとイッシー、それぞれテキストの左欄・右欄・脚注に、文法・歴史・手紙書き・数学、アイルランドの侵略、ドルフとケヴ、作文の宿題、子ども達が両親に宛てた夜の手紙、楽譜・幾何学・横顔の挿絵

第三章（pp. 309-382）
パブのHCE、仕立屋カースとノルウェイ人船長の物語、テレビ・コメディアンのバットとタッフによる

バックリーがロシアの将軍を撃った話、四人の老人HCEを悩ます、HCEに対する訴訟、葬式ゲーム、HCEおりを飲んで失神

第四章（pp. 383-399）

海鳥の歌、トリスタンとイズーの船旅、四人の老人二人の愛を覗き見る、イズー・ラ・ベルの讃歌

第三部

第一章（pp. 403-428）

真夜中の零時、虹の七色、ショーン・ザ・ポストを呼ぶ声、オントとグレイスホーパー、ショーン、シェムをけなす、樽で川を下るショーン、イッシー、ショーンに別れを告げる

第二章（pp. 429-473）

ジョーンとなったショーン、聖ブライド校の少女たちに説教、ジョーンとイッシー、イッシーのジョーン宛ラヴレター、ジョーン、デイヴを紹介、ホーンとなったジョーン、西が東を起こすだろう、祈り

第三章（pp. 474-554）

四人の老人ヨーン尋問、尋問と降霊会、ヨーンを通じて語るアナ等の声、HCE生き返って証言、HCE都市の建設とALPの征服を自慢

第四章（pp. 554-590）

ポーターの両親、マット・マーク・ルーク・ジョン、ＨＣＥとＡＬＰ四つの体位、涙

第四部

第一章（pp. 593-628）

リコルソ、新しい時代の夜明け、ケヴィン賞揚、ＨＣＥの無分別明らかになる、犯罪現場再訪、マットとジューヴァア、聖パトリックと大ドルイドの論争、ＡＬＰの手紙、アナ・リヴィアの独白

第一章　東洋とオリエント　「西と東からのアプローチ」（*FW* 604.26）

一、『太陽を追いかけて』 失われたタイトルページ

トンプソンの旅行記とフェノロサ

一八九一年十月十四日、一人の裕福なアメリカ人がニューヨーク発シカゴ行きの特別急行列車に乗り込んだ。フレデリック・A・トンプソンの八カ月に渡る世界旅行のはじまりである。トンプソンの旅行記『太陽を追いかけて――ある世界旅行者の日記より』(一八九三年、以下『太陽を追いかけて』)は、アメリカ大陸を横断し、太平洋を越えて日本へ、そこから中国、セイロン、ヒンドゥスタン、エジプト、パレスチナ、ヨーロッパを経てニューヨークに戻る西回り世界一周の記録である。本のタイトルの一部がジェイムズ・ジョイス著『ユリシーズ』第四挿話《カリュプソ》でレオポルド・ブルームの意識に浮上する。

東のどこかの国で、朝早く。夜明けとともに出発して、絶えず太陽より先にぐるりと、一日分の行程をこっそり先回りすればいい。〔……〕

薄れゆく黄金色の空。母親が一人、戸口から俺を見つめている。彼らの謎めいた言葉で子ども達を家に呼び戻す。高い壁、その向こうで弦楽器の音が響く。夜空、月、菫色、モリーの新しい靴下留めの色。弦楽器。聞け。少女がかき鳴らす何とかいう楽器、ダルシマーだ。俺は通り過ぎる。
たぶん本当はこんなじゃないだろう。いわば本で読むお話さ。太陽を追いかけて。

(*U* 4.84-100, 傍点筆者)

アイルランドの首都ダブリン中心部、エクルズ街の自宅を出て、暖かい六月の朝の陽光の中を歩くブルームの頭をよぎるのは、異国情緒豊かで官能的なオリエントの光景である。だが、早稲田大学図書館所蔵のトンプソンの著書を確認したところ、タイトルページには、膝に三味線をのせた日本の芸者が写っていた。典型的な明治日本の観光土産物写真である。一八九一年十一月十一日に横浜港に到着したトンプソンは、十二月三日に長崎を出航し香港に向かうまでの日本滞在記に四十七頁を割いている。タイトルページの芸者の写真に加えて、日本の写真十一枚が全頁版挿図として掲載されている。『太陽を追いかけて』(**図1**)に日本との関連があることを知り、ジョイスの作品の理解に、実は東洋が重要な役割を果たすのではないかと考えたのが本書の出発点である。

ブルームは「少女がかき鳴らすあの何とかいう楽器」を「ダルシマー」と呼んでいる。ダルシマーには各種あるが、基本的に台の上に水平に置いた楽器の弦を両手の軽いハンマーで打つ打弦楽器である。左手で首を持ち、膝に置いた楽器の弦を右手に持ったバチではじく三味線とは異なる。このような楽器の混同や異文化についての誤解は、何も珍しいことではなく、無関心や無理解を表現するのに用いられる文学の常套手段である。まして西洋人にとっては身近な中東に比べて、日本は遠い存在である。三味線の写真を見たブルームが「ダルシマー」であると考えたとしても不思議はない。

むしろ『ユリシーズ』で際立つのは、ジョイスによる意図的な操作、読者に対する「真実」探求への誘いである。『ユリシーズ』終盤に近い第十七挿話《イタケ》では、深夜自宅に戻ったブルームが目にする本棚に並ぶ本に関する情報が、カタログのように記載されている。『太陽を追いかけて』もその中にある。

《太陽を追いかけて》（黄クロース装、タイトルページ欠如、各ページ冒頭にタイトルあり）（*U* 17.1395）

タイトルページ欠如とはどういうことか。この豪華本のタイトルページを切り取ったのはブルーム自身なのか。

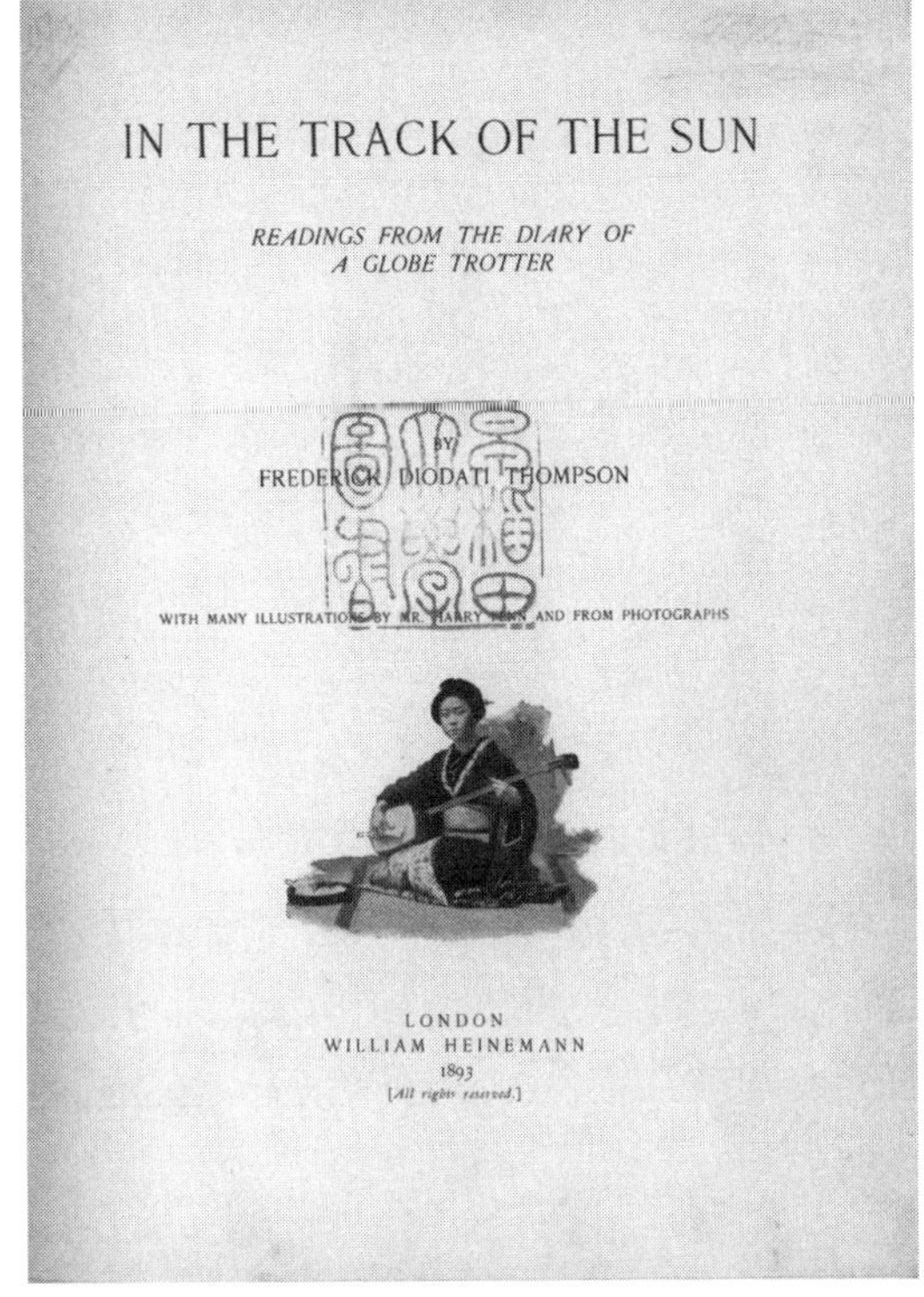

図1 『太陽を追いかけて』扉

図2 シカゴ・コロンブス博覧会会場内の美術館，『太陽を追いかけて』挿図

それともブルームは別の少女を思い出しているのか。実際に『太陽を追いかけて』のタイトルページを目にした読者だけが持つ疑問を、ジョイスはテキストに埋め込んでいる。読者は『ユリシーズ』第四挿話と第十七挿話のテキストの辻褄をあわせるために判断を迫られることになる。こうした錯綜するテキスト間引用は、『ユリシーズ』にはよくみられる現象である。情報の混乱または齟齬は、カトリック教会の教義問答集を模した第十七挿話の権威主義的ナラティヴの真偽に、さらにいえば『ユリシーズ』全体の信憑性に疑問を投げかける。

『太陽を追いかけて』のページを繰ると、日本に向かう途中にトンプソンが立ち寄ったシカゴに関する記述がある。通過のため短時間の滞在であったが、好奇心の強いトンプソンは、辻馬車を雇って、西部開拓の前線として発展しつつあったシカゴを見物したのである。建設中のシカゴ・コロンブス博覧会（シカゴ万博）会場の美術品展示館の写真が掲載されている。[1]（図2）この建物で二年後に展示されたのが「平治合戦図」、東京美術学校で日本画を教えていた狩野友信（一八四三―一九一二）が明治政府の命により制作した。博覧会終了後に日本政府の買い上げとなり、現在は東京国立博物館所蔵である。[2]幕末に将軍家茂により奥絵師に任用された友信は、幕府の命により開成所で西洋画も学んだが、作品を見る限り、伝統的な狩野派の画風を堅持している。明治維新後に東京大学予備門で画学を教えているときに出会ったアーネスト・F・フェノロサ（一八五三―一九〇八）に請われて、日本画鑑定の基礎を教えた。急速な西洋化の時代にあって、東洋の文化を守ろうとしたこの日本画家は筆者の母方の曾祖父にあたる。はからずも、トンプソンのシカゴ万博建設地訪問により、ジェイムズ・ジョイスと狩野友信が繋がった。[3]

東京大学のお雇い外国人として、アメリカから来て社会学を教えていたフェノロサは、日本で蒐集した美術コレクションによって、それまでほとんど知られていなかった東洋美術を広く西洋に紹介している。フェノロサ・コレクションは、設立されて日の浅いボストン美術館の買い上げとなり、フェノロサは帰国して日本美術部長に就任した。美術館退職後には、二度に渡って再来日し、美術から能、漢詩へと関心を広げていった。それぞれの専門家について学んだ成果について世界各地で講演しただけでなく、出版の準備を進めていたが、一九〇八年にロンドンで急逝した。フェノロサの遺稿は、妻メアリー（一八六五―一九五四）の手によって、『東亜美術史綱』（一九一二年）[4]、『能あるいは嗜み――日本の古典演劇』（一九一七年）[5]、『詩の媒体としての漢字考』（一九一九年）として出版された。[6] 来日したフェノロサ未亡人の意向により『東亜美術史綱』の校訂に関わったのが狩野友信であり、『能あるいは嗜み――日本の古典演劇』および『詩の媒体としての漢字考』を編集したのが、ロンドン在住のアメリカの詩人エズラ・パウンド（一八八五―一九七二）であった。

パウンドは謹厳で保守的なアメリカ東海岸から、自由を求めてヨーロッパにやってきた。自らモダニズムを先導する詩を書いただけでなく、文芸雑誌の編集者として、T・S・エリオット（一八八八―一九六五）やジョイスを世に送り出した。ロンドンで野口米次郎の講演や著述を通じて日本の詩歌と出会い、同郷のメアリー・フェノロサの依頼により、フェノロサ遺稿の編集を引き受けることになった。パウンドはフェノロサを通じて、漢詩と日本の能に出会った。その頃、ロンドン郊外の詩人ウィリアム・B・イェイツの家に滞在しており、秘書をつとめながらフェノロサによる謡曲の英訳に手を入れた。このためイェイツも日本の能について知ることになり、フェノロサによる謡曲の英訳『日本の高貴な戯曲――アーネスト・フェノロサ遺稿より、エズラ・パウンド編』（一九一六年）[7]の序文を書いている。イェイツは続いて、アイルランドに伝わるケルトの物語を題材に、能に想を得た『舞踏家のための四つの戯曲』（一九二一年）[8]を発表した。中でも「鷹の井戸」（"At the Hawk's Well"）は、一九一六年にロンドンのキュナード邸で日本人舞踏家伊藤道郎を主役に迎えて初演された。イェイツを意識していたジョイスは、パウンドから次のような手紙を受取った。

伊藤道郎が来週、きちんと衣装をつけて、能を舞うことになっている。今のところ「アートワールド」ではそのようなところか。デュラックとリケッツが再現した日本の大名の衣装をつけるらしい。非常に貴重なものだ。伊藤はこれまで出会った中では数少ない面白い日本人だ。日本人はたいがい強さが足りないようだ。もう一人、大きい竹の笛を吹く良いやつがいる。(9)

パウンドが編集出版したフェノロサによる謡曲の英訳は一九一七年にアメリカでも出版されて、弁護士ジョン・クイン（一八七〇―一九二四）がトリエステのジョイスに贈っている。ジョイスはパウンドを通じて、フェノロサと、さらには日本と繋がり、能や漢字について知ることになったのである。

西と東との出会いはどのようにジョイスの作品に反映されているのか。『ダブリンの市民』の写実主義から、『ユリシーズ』の意識の流れに添った叙述へ、そして『フィネガンズ・ウェイク』の多言語による重層的ナラティブへと、ジョイスの文体は大きく変化していった。『ユリシーズ』各挿話が、パウンドの助力によりアメリカの文芸雑誌『リトル・レヴュー』に連載されていた一九一九年、同じ雑誌の九月号から十二月号に連載されていたのが、フェノロサの『詩の媒体としての漢字考』（"The Chinese Written Character as a Medium for Poetry"）であった。フェノロサの名前を知っていたジョイスが、漢字の「人」「見」「馬」いう三文字が目を引くこの記事を読まなかったとは考えにくい。フェノロサの漢字論については後述するが、意味の生成という点でジョイスに刺激を与えたものと思われる。『フィネガンズ・ウェイク』の主人公、ダブリン郊外チャペリゾッドの居酒屋の主ハンフリー・チムデン・イアウィッカー（Humphrey Chimpden Earwicker, ＨＣＥ）の夢は、ウェイク語と呼ばれる難解な言語により表現されている。ウェイク語は英語の構文は維持しながらも、六十二以上の言語から抽出した意義素を組み合わせた造語である。ウェイク語誕生の背景に、フェノロサ論文を通じた漢字との出会いがあったのではないか。

東洋と東方

ヨーロッパの人々はいつ頃から「西洋人」であると自認したのだろうか。紀元前五世紀にギリシャの歴史家へロドトスは「東洋と西洋とを分かつ想像上の線の上を行ったり来たりする動き」について述べている[10]。広義のオリエントにはモロッコ、エジプトなどから、インド、中国、日本まで含まれる。十八世紀以降、ヨーロッパで発達した「オリエンタリズム」とは「東洋趣味」のことであり「東洋学」であった。そもそも「オリエント」とは「日の昇るところ」の意から、ローマ帝国の東側地域を指す言葉であった[11]。ローマ帝国の西進とともにキリスト教はヨーロッパ各地に広まったが、キリスト教が生まれたオリエントがオスマン帝国領になると、この地域をめぐってトルコ人と十字軍の間で熾烈な戦いが繰り広げられることになった。十字軍遠征を経て、王権がローマ教皇の力と結びつき、オリエントはキリスト教世界の敵地となった。オスマン帝国は十三世紀から一九二二年に至るまで、ヨーロッパに隣接する北アフリカや小アジアから中欧、南欧にまで触手を伸ばす西洋の脅威であった。また一〇五四年にローマ・カトリック教会が東方教会と袂を分かつと、ギリシャ正教やロシア正教など東方教会を信奉する人々も、東方の人々ということになった。

ローマ・カトリック教会の影響下のアイルランドで育ったジョイスは、一九〇四年に恋人ノラとともにチューリッヒ、ポーラを経て、当時オーストリア・ハプスブルグ帝国領であった港町トリエステに落ち着き、そこで目にした東方教会の典礼に強く惹かれたという。ジョイスは住まいを転々としてから、ノラの初めての出産を控えた一九〇五年五月にサン・ニコロー街三十番地三階に引っ越した。勤め先のベルリッツ校の隣の建物に住むカルナット家に下宿することになったのである。この建物はジョイスが去った後の一九〇六年末に建て直されて、その後ユダヤ系イタリア人詩人ウンベルト・サバが暮らし、古書店「ふたつの世界の書店」を経営していたことで知られる。現在、この建物の一階には「ウンベルト・サバ書店」が入っている。中世以来オーストリア領であったトリエステは、一七一九年に神聖ローマ皇帝カロル六世の勅令により自由港となった。サン・ニコロー街は、かつてのカルチオット岸、現在の十一月三日海岸通りからダンテ・アレギエリ街に抜ける短いけれど風格のある道である。**（図3）** 海岸通との角には、名前の由来となったギリシャ正教サン・ニコロー教会がある。ジョイスはトリエステでギリシャ正教の日曜礼拝に参列したことを、ダブリンにいる弟のスタニスロースに次のように書き送っている。

> 日曜日にここのギリシャ正教のミサに参列して、ぼくの物語「姉妹」はかなりよくできていると思った。ギリシャ正教のミサは奇妙だ。祭壇は会衆からは見えないし、司祭は時々いくつもある門を開いて登場する。六回ほど門を開けたり閉めたりしただろうか。福音書は脇門から聖堂に出てきて朗読する。聖体の奉献のときも同じだ。これが終わると、司祭は会衆を祝福して門を閉める。次いで少年がパンの小さい塊をいっぱい載せた盆を抱えて、聖堂の脇を走ってくる。そして少年の後から司祭が出てきて、先を争う信徒にパンを配る。クソ愉快だ！　ギリシャ正教の司祭は、ぼくのことをジロジロ見ている。二人の腸卜（ちょうぼく）といったところか。
>
> （LII 86-87）

二〇一二年九月、筆者はトリエステのサン・ニコロー教会（図4）で、同様の体験をする機会を得た。外観だけでなく内装もジョイスの時代とあまり変わりないようで、日曜礼拝が進むに連れて聖堂に人が集まってきた。ギリシャ正教の礼拝は立ったまま与るが長時間に渡るので、途中から参列する人が多いのである。天井から下がるシャンデリアや祭壇の蝋燭には、煌煌と電灯が灯され、聖障の三枚の扉にはめられた金属の装飾板がその光を反射していた。司祭のいる内陣と信徒がいる柱間を仕切る扉は、礼拝のために開かれて、信徒側から司祭の動きが垣間みられ、一種の演劇空間のような印象を与える。聖歌隊と司祭の歌も評判どおり素晴らしく、ジョイスがギリシャ正教の典礼に魅了されたのも納得がいった。ジョイスは若い日にトリエステで東方教会と出会い、ユダヤ人と交友を深め、ローマ・カトリック教会と英国が支配するダブリンの特殊な現実を相対化することができるようになったといえよう。

『ユリシーズ』でブルームの家の本棚に並ぶ『太陽を追いかけて』は、一九〇四年のダブリンの一般家庭にも東洋が入り込んでいたことの証である。振り返れば、ジョイスの学校教育を担ったイエズス会は教育宣教修道会として、創立者イグナチオ・デ・ロヨラがフランシスコ・ザビエルを東洋に派遣した十六世紀以来、東洋と西洋を結びつけてきた。またジョイスが祖国を捨てて移り住んだトリエステは、東方教会やユダヤ教はじめ諸宗教にも

図3　サン・ニコロー教会，トリエステ

図4　サン・ニコロー教会内部

寛容な多文化都市であった。続いて暮らしたスイスのチューリッヒは、東欧から迫害を逃れてきたユダヤ人が身を寄せる街であり、その後二十年近くを過ごしたパリは、仏領インドシナの留学生や日本人や中国人など東アジアの人たちも住む国際都市であった。アイルランドを離れ、ヨーロッパ各地で非西洋文化と出会うことによって、ジョイスは西洋社会を支配してきたロゴス中心主義から解放されていった。ヴィクトリア朝の東洋趣味に始まるジョイスの足跡を辿り、ウェイク語誕生に至る創作過程に果たした東洋の役割を検証する。

二、アイルランドとオリエンタリズム

オリエント学興隆

大航海時代を経て、中国や日本の情報がヨーロッパに伝わると、西洋にとっての東洋はオリエントから範囲を拡大していった。西洋はキリスト教世界を、オリエント・東洋は古代文明を有する非キリスト教世界を表象することになった。サイードによれば、一七九八年のナポレオンによるエジプト侵攻以降、「エジプトをはじめとするイスラム圏諸国は、西洋のオリエントについての知識の生きた領域であり実験室」となった。[12]近代化において先行していた西洋の覇権により、オリエント（東洋）はオクシデント（西洋）の研究対象となり、それによって東洋と西洋の間には見えない線が引かれたのである。広範で曖昧な表象としてのオリエントについて西洋で頻繁に語られるようになった背景には、啓蒙主義を背景にヨーロッパによるアジアの再生を詠ったロマン主義文学の影響もあった。[13]

だが植民地の西洋人は、その経済的社会的優位が現地人によって覆されることを恐れて、「東洋は自ら表象する能力がなく、西洋によって表象される必要がある」という西洋優位の言説が生まれ、西洋は東洋を都合よく歪曲してきた。多くの場合、東洋人は「未開」「野蛮」「本能的」「稚拙」「危険」であるという表現が横行すること

になった。またオリエント学の言語研究により、ユダヤ人の言語であるヘブライ語はセム語族であり、アラビア語、アムハラ語などとともにインドヨーロッパ言語とは異なるオリエント系言語の一派とみなされた。[14] ロマの人々についてもインドを起源とするという説もあり、ユダヤ人とともに西洋人とはみなされず、東洋との関連において位置づけられて、のちにナチス・ドイツによる非アーリア人狩りの標的となった。

図5　蒔絵小箱　クロンゴウズ・ウッド・コレッジ蔵

ジョイスの生まれ育った十九世紀末のアイルランドでは、英国の植民地支配の野望を反映してオリエント研究が盛んであったこともあり、オリエントを含む東洋は身近であった。ジョイスが学んだダブリン郊外のイエズス会経営の寄宿学校クロンゴウズ・ウッド・コレッジには、卒業生が寄付した日本製の蒔絵の小箱が飾られている。**(図5)** 裏には手書で「一九〇七年伏見宮訪英に随行した山本大将に賜る」と記された紙が貼られている。多くのアイルランド人が英国軍人として、また英国総督府の行政官として東洋に赴いた。またダブリンで度々開催された慈善バザーで販売されたエキゾチックな東洋の商品は人々を魅了した。『ダブリンの市民』の短編「アラビー」では一八九四年に開催されたアラビー・バザーが重要な役割を果たす。

《アラビー》という言葉の音節が、ぼくの魂がうっとりと浸っている静寂のうちに呼びかけられ、ぼくに東方の魔法をかけた。ぼくは土曜日の夜にバザーに行く許しを求めた。(*D* 105)

主人公の少年は、恋する少女への贈り物を買いにアラビー・バザーに出かけるのだが、夜になって到着したときには、灯りは消え売店は店じまいしていた。
『ユリシーズ』第八挿話《ライストリュゴネス族》では、ダブリンの繁華街グラフトン・ストリートを歩くブルームが、ブラウン・トマス絹織物店のショウ・ウィンドウで「薄いチャイナシルク」に目を留める。阿片や中国茶の香り、墨の匂いなど五感に訴える描写は、オリエンタリズム特有のものである。ジョイスは音楽や演劇を好んだ両親に連れられて、毎年クリスマスやイースターに上演される子ども向けのパントマイム劇に足を運んだが、「アラジン」「怪傑ターコー」「船乗りシンドバッド」などの人気だし物にはオリエンタリズムが溢れていた。

マーシュ主教図書館

ダブリンでも古いリバティ地区にある聖パトリック大聖堂に隣接するマーシュ主教図書館は一七〇一年にアイルランドで初めて一般公開された図書館で、国立図書館とともに、青年ジョイスが本を読んだ場所である。（図6）『ユリシーズ』第三挿話《プロテウス》でジョイスの分身ともいえる青年スティーヴン・ディーダラスは、街を歩きながら回想する。

没落の家さ。僕の家も、叔父の家も。みんな。おまえはクロンゴウズの坊ちゃん連中に言ったっけ。ぼくには判事の叔父と将軍の叔父がいるんだって。そんな家から抜け出せよ、スティーヴン。美はそこにはないぜ。それに、マーシュの図書館のどんよりよどんだ柱間だって。おまえはあそこで大修道院長ヨアキムの色あせた預言を読んだけれど。誰に与える預言を？　大聖堂境内にうごめく百の頭の衆愚連中にさ。一人の人間嫌いがやつらを退けて狂気の森にのがれた。月光のなかで彼のたてがみが汗ばみ眼球は星となった。馬の鼻腔をひろげるフーイヌムだ。楕円形の馬づらども。テンプル、バック・マリガン、フォクシー・キャンベル、提灯あご。教父大修道院長よ、憤怒に狂う首席司祭よ、いかなる侮辱を受けて彼らの脳髄は燃えあがっ

たのか。ポン！《降りろ、禿頭、今以上に禿げないうちに》　(*U* 3.105-14)

マーシュ主教図書館は、トリニティ・コレッジ・ダブリン学長、聖パトリック大聖堂首席主教などをつとめたナーシサス・マーシュ（一六三八—一七一三）の蔵書と、ウスター主教エドワード・スティリングフリート（一六三五—一六九九）、クローハー主教ジョン・スターン（一六〇〇—一七四五）等の蔵書が中心となっているが、ジョナサン・スウィフト（一六六七—一七四五）の蔵書も加わり、特にインキュナブラのコレクションで知られる。十七世紀から十八世紀にかけて、アイルランド国教会の聖職者が東洋宣教の記録に関心を寄せていたのを反映し、サミュエル・パルクラス（一五七七—一六二六）による最初の英文中国地図をはじめ、中国、日本、エジプトなどに関する本も多数収められている。一例として、メルキセデック・テヴノー編『新版　不思議な旅の数々、未だ公表されざるあるいは翻訳された見聞録』(*Relations de divers voyages curieux, qui n'ont point*

図6　マーシュ主教図書館，ダブリン

図7『中国植物誌』（マーシュ主教図書館蔵）より

esté publiées, 1696）所収『中国植物誌』（図7）、『日本見聞録』（図8）には、西洋人の関心を引くと思われる興味深い挿図が見受けられる。『フィネガンズ・ウェイク』には、孔子 "Confucium"（*FW* 485.35）"master Kung"（*FW* 108.11）や『中庸』"[D]octrine of the meang"（*FW* 108.12）など、儒教ならびに四書への言及があるが、マーシュ主教図書館のスティリングフリート・コレクションには、ベルギー人イエズス会師フィリップ・クプレ（一六二二—一六九三）が『大学』『中庸』『論語』のラテン語訳に地図を添えた *Confucius Sinarum philosophus, sive scientia Sinensis Latine exposita* が収められている。[15]

ジョイスは一九〇二年十月二十二日と二十三日にマーシュ主教図書館を訪れたという記録があり、イタリアの修道士で神秘主義者、フィオーレのヨアキム（一一三二?—一二〇二）の五十五枚からなる預言書の写本に目を通したものと思われる。[16] 一五八九年出版のこの預言書は各頁にラテン語による預言が書かれ人物像などの挿図があるが、上部に数行の不明の文字、そして下部にラテン語が書かれた頁がある。[17]（図9）ジョイスはイェイツの散文「掟の銘板」（一八九七年）を読み、大修道院長ヨアキムと首席司祭ジョナサン・スウィフトの描写に心を動かされて、ヨアキムの預言書を読んだものとみられる。「掟の銘板」では、フィオーレのヨアキムの秘本を手に入れたオーウェン・アハーンの破滅の物語が、友人である「わたし」によって語られる。アハーンはヨアキムについて、次のように説明している。

> 彼は十二世紀にコルタレで大修道院長をしていた人物で、『黙示録解説』という本で、父の王国は去り、この王国は去りつつあり、精霊の王国がやがて来たるべしという預言を行ったことで最もよく知られている。精霊の王国は、彼が『理知の精霊』と呼んでいる精霊が聖典の死せる文字に完全に打ち勝つことであったのだ。過激なフランシスコ会士達の中に彼を信奉するものが大勢いて、この連中は『永遠なる福音入門の書』という彼の秘教の書を持っているという非難を受けたのだった。ルネッサンスの自由が潜んでいるこの恐る

べき書物を持っているという廉で、幻想者の集団が幾度となく告発され、遂に教皇アレクサンデル四世がその書物を探し出させ、火中に投ぜしめたのだ。ところで僕は、この世にある最も貴重な宝を今ここに持っている。その書物の写本がここにあるのだ。[18]

（"The Tables of the Law" 148-49）

驚いた「わたし」が、そこに書かれている教義について尋ねると、アハーンは第一巻『破戒』、第二巻『藁の燃焼』、第三巻『神秘の掟』について説明してから、ダンテが天国に置いているこの大修道院長が、本当に異端の説を唱えているのかとの質問に、次のように答える。

フィオーレのヨアキムは公然とカトリック教会の権威を認めていたのだ。彼が書いて公表したものも、彼

図8 『日本見聞録』（マーシュ主教図書館蔵）より

図9 『ヨアキム・アッバス預言集』（マーシュ主教図書館蔵）より

の死後に公表することにしていたものも、教皇の検閲を受けることを求めさえしたのだ。彼は、生きることだけを生業として、啓示することのない人々は子どもで、教皇は彼らの父であると考えていた。しかし一方で、生きるために生まれたのではなく、色彩、音楽、優しさ、美しい香りなどである神の秘められた本質を啓示するために選ばれた人々がいて、その数が常にふえ続けていること、そしてこの人々には聖霊のほかに父はないということを、密かに教えていたのだ。ちょうど詩人や画家や音楽家が作品に取り組んで、墓の彼方の美を具現するものである限りは、不法なものも、法に則したものも、共に用いて作品を作り上げるのと同様に、これら聖霊の子達は、時が積み上げた創造の屑の下に潜んでいる光り輝く本質に目を据えて、彼らの契機と取り組むのだ。なぜなら、世界は後の世代の耳に語り伝えられる物語となるためだけに存在するのだから。恐怖も満足も、生も死も、愛も憎しみも、智恵の木の果実も、あの至高のわざを達成するための道具に過ぎないのだから。すなわち我々を生から解き放ち、鳩を鳩小屋に収めるように、永遠に収めるわざを。

("The Tables of the Law" 153-54)

アハーンは画家や音楽家、詩人など、美を追求する芸術家の生き方について、ヨアキムの秘書に啓示を受けて、意気揚々と出発するのだが、第二部で「わたし」はアハーンに十年後に再会し、掟にとらわれた男の失意と破滅を見届けることになる。アハーンは「精霊」(Spirit) と三位一体の「聖霊」(Holy Spirit) を区別しているが、このようにスピリットの働きを認めるのが神秘主義であり、アイルランドはスピリットが活躍するケルトのドルイド伝説が根付く国でもあることから、神秘主義に通じる土壌があったといえよう。

『ユリシーズ』でスティーヴンは、ヨアキム大修道院長とスウィフトは、ともに人嫌いに駆られたという。スウィフトは『ガリヴァー旅行記』で馬の国フーイヌムに住む人間そっくりの醜い野獣ヤフーを創造し、大修道院長ヨアキムは死せる文字や挿絵を用いて人類の破滅を預言した。イェイツが神秘主義や東洋思想に惹かれ、ダブリン神秘主義協会に加入したのとは対照的に、若き日のジョイスは神秘主義思想とは距離を置いていた。

ヴィクトリア朝のダブリンでは、プロテスタント作家を中心に神秘主義が盛んになっていた。ロシア生まれのヘレナ・P・ブラヴァツキー（一八三一―一八九一）は、一八七五年にニューヨークで神智学協会を設立し、仏教思想やバラモン教をもとに汎神論を唱えた。ブラヴァツキーは、降霊会などで超能力を発揮すると称して、神秘主義の信奉者を集める一方、批判されもしたが、東洋思想の紹介者として一定の役割を果たしたといえよう。神智学協会のヘンリー・S・オルコット（一八三二―一九〇七）は一八八九年に日本を訪問し、仏教諸宗派の熱烈な歓迎を受け、仏教の近代化を促進する役割を果たした[19]。

ジョージ・W・ラッセル（別名AE、一八六七―一九三五）やイェイツは、植民地アイルランドにおけるカトリックとプロテスタントの対立に打開策を見出そうと、神秘主義に接近し、ダブリン神智学協会が錬金術協会の支部として設立された。新プラトン主義では、ギリシャ神話のヘルメス神はエジプト神話のトト神と同一視され、エジプト神話で黄泉の国を司るトト神は、筆記者として『フィネガンズ・ウェイク』で重要な役割を果たすことになる。十九世紀のアイルランドは大英帝国のオリエント学の先鋭ともいうべきエジプト学者ならびにコレクターを輩出している。中でもダブリン大学（現トリニティ・コレッジ・ダブリン）所蔵のキングズバラ卿エジプト・パピルス・コレクションは高く価値されている。

後年、ジョイスはパリで『エジプト死者の書』ファクシミリ版と出会うことになる。また『フィネガンズ・ウェイク』執筆に際し、オルコット著『仏教教理』（一八九一年）やブラヴァツキーによる東西思想の比較研究書『秘密を明かしたイシス』（一八七七年）を参照している[20]。オルコットやブラヴァツキーの神秘主義には感化されなかったジョイスも、『フィネガンズ・ウェイク』では、仏教の開祖、釈迦牟尼 "Sakya Moondy" (*FW*60.19) や、釈迦の母、摩耶夫人 "Mayaqueenies" (*FW* 234.13) に言及している。ジョイスは青年時代にアイルランドで出会ったヴィクトリア朝オリエンタリズムを通じて、東洋を知ったといえるかもしれない。

三、「この手の稲妻よ、わが言葉となれ」とフェノロサの漢字論

日本語の「わたくし」

ジョイスによる『フィネガンズ・ウェイク』執筆ノートで、現在はアメリカ合衆国ニューヨーク州立大学バッファロー校所蔵のいわゆる「バッファロー・ノートブック」に、日本語に関するメモがあることは早くから指摘されてきた。[21] そのひとつにフェノロサの漢字論から日本語の「我」という漢字についてのメモが転記されている箇所があり、『フィネガンズ・ウェイク』第三部第三章に次のように引用されている。[22]

—Fierappel putting years on me! Nwo, nwo! This bolt in hand be my worder! I'll see you moved farther, blarneying Marcantonio! What cans such wretch to say to I or how have My to doom with him? We were wombful of mischief and initiumwise, everliking a liked, hairytop on heeltipper, alpybecca's unwachsibles, an ikeson am ikeson, that babe, imprincipially, my leperd brethern, the Puer, ens innocens of but fifteen primes. （*FW* 483.15-21, 下線引用者）

年寄り扱いするなんてとんでもない！　ノウ、ノウだ。この手の稲妻よ、わが言葉となれ。お前は遠くへ逃げたな、おべっか使いの大男マークアントニオめ！　あんな野郎がおれに何を言うか、あんな野郎どうしてやろうか。おれたちは母の胎内では仲良し、いたずらいっぱいや何やら、エサウとヤコブのように毛むくじゃらの上が踵の下になって、レベッカＡＬＰの洗えない、イサクの息子たち、あの赤ん坊、原理の上ではおれの癩ヒョウ兄弟、あの少年、十五になるまでは無邪気だった聖パトリックのような。

日本語で「わたくし」を意味する漢字の一つ「我」の解字「刃がぎざぎざになった戈」の英訳のフェノロサによる解釈と思われる“Spear in hand = emphatic”が引用され、武器としての「戈」(spear)が、転じて「太矢」(bolt)となり、さらに『フィネガンズ・ウェイク』を通じて轟く「稲妻」(thunderbolt)となって、争いを繰り返す双子の兄弟シェムについて語るショーンは、「この手の稲妻よ、我が言葉となれ」と、言葉を他者から自己を守る武器として捉えている、という解釈が可能であろう。

「バッファロー・ノートブック」三十番七十四頁をみると、頁上半分にジョイスの筆記者マダム・ラファエルの筆跡で、別のノートから書き写されたと思われるフェノロサ論文からの引用があり、『フィネガンズ・ウェイク』で使用されたことを示す×印がついている。

Spear in hand = emphatic
five and a mouth = weak and defensive
conceal = selfish and private
cocoon sign and a mouth = egoistic
self sign = speaking of oneself

(Buffalo Notebook 30-74)[23]

『フィネガンズ・ウェイク』には、フェノロサの漢字論からの引用とされるテキストがもう一箇所ある。

—A pwopwo of haster meets waster and talking of plebiscites by a show of hands, whether declaratory or effective, in all seriousness, has it become to dawn in you yet that the deponent, the man from Saint Ives, may have been (one is reluctant to use the passive voiced) may be been as much sinned against as sinning, for if we look at it verbally perhaps there is no true noun in active nature where every bally being— please read this mufto— is becoming in its owntown eyeballs. Now the long form and the strong form and reform alltogether! (*FW* 523.5-13, 下線引用者)

　後は急がば回れ、手を示して住民投票、明らかにするにしろ効果的にしろ、全く真剣に、お前にもわかり始めたことだろうが、セント・アイヴズから来た男である供述人は、（受動態を使用するのは避けたいところだが）、罪を犯したと同程度に罪を犯されたともいえるかもしれない、そうかもしれない、というのも言葉的に見るならば、おそらく能動的な自然には真の名詞というものは存在しないかもしれない、誰もが、これは必ず読むこと、どの町も自分の町に、目玉町になりつつあるから。長形と強形とすっかり改革だ！

　下線部分はフェノロサの漢字論の核となる考え方で、「真の意味での名詞、つまり分離されたものは自然界には存在しない。物は行為のたんなる終着点、またはむしろ合流点であるにすぎず、行為を切断する断面であり、スナップ写真である。また、純然たる動詞、つまり抽象的動作は、自然界には存在することができない。眼は名詞と動詞を一つにみるのだ。動作における物、物における動作としてみる。そして中国語の概念がそれを示しているとおもわれるのだ」の冒頭部分となる。[24] フェノロサは明治を代表する漢学者、森康二郎槐南（一八六三―一九一一）から漢詩を学ぶ中で、漢字は「象形文字」であるにとどまらず、インドヨーロッパ語文法の品詞区分の概念を超えて、詩の媒体としてより有効に機能しているのではないかと考察する。

　一八七八年に来日して東京大学で社会学の教鞭をとり、美術品を蒐集したフェノロサは、一八九〇年に帰国してボストン美術館日本美術部長に就任、東洋美術の紹介につとめた。一八九五年にはリジー夫人と離婚、メアリーと再婚した。メアリーは前夫とともに日本に滞在経験があったことから、ボストン美術館日本美術部でフェノロサの助手をつとめることになり、親しくなった。自身小説家として活躍、フェノロサの著作をその死後に出版した立役者である。フェノロサは一八九六年ボストン美術館を辞して、新妻とともに再来日し四カ月間滞在した。かねてから関心があった漢詩に親しく接したのは、この間、京都二条木屋町に日本家屋を借りて過ごした時期であった。京都でアメリカ人牧師チャールズ・ボールドウィンに英語を学び、三年前のシカゴ万博に併催された万国宗教会議に出席した平井金三（一八五九―一九一六）を通訳に、『王維詩集』三巻を教科書に漢詩を学んだ。離婚によりボストン美術館の職を辞すことになり、経済的困難に直面していたフェノロサは、美術のみならず東洋文化全般の専門家として講演し執筆することを目指して、平井を相手に漢詩の翻訳に取り組んだものと思われる。[25]

だがフェノロサは希望していた日本での再就職の目処がたたず、同年十一月に帰国する。翌一八九七年に再度来日し、九八年から東京高等師範学校の英文学担当非常勤講師となり、能楽研究の助手となる平田喜一と出会うものの、低賃金等のため、まもなく辞任して帰国する。一九〇一年に最後の来日を果たした際には、通訳として平田喜一や有賀長雄を伴い、森槐南を東京霊南坂の自宅に訪問して漢詩を学んだ。五カ月間の学習記録である二十二回分に及ぶ三冊の漢詩論聴講ノートを手に、フェノロサは同年九月に離日した。その後は日本美術に関する講演や展覧会図録解説執筆などで過ごし、一九〇八年五月には妻を同伴してヨーロッパに向かい、各地の展覧会評をアメリカの雑誌に投稿したが、九月にロンドンで急逝した。

フェノロサの死後、その東洋美術論、能楽論ならびに漢字論の遺稿はメアリーの手によって整理された。メアリーは東洋美術史論遺稿のタイプ原稿を持って一九一〇年春に来日し、かつてフェノロサの通訳をつとめた有賀長雄と日本美術鑑定法を学んだ狩野友信に会って、原稿の細部を校合した。[26]

一方、フェノロサの能楽論ならびに漢字論の遺稿は、一九一二年にロンドンでメアリーより同胞の詩人エズラ・パウンドに託された。パウンドはまず能楽論に取り組み、当時ロンドン在住の舞踏家伊藤道郎の能楽鑑賞経験に基づく助言を得て、謡曲の英訳を完成させた。最初に『ポエトリー』誌一九一四年五月号に「錦木」、続いて『クォータリー・レヴュー』誌に「羽衣」、『季刊演劇評論――ザ・ドラマ』誌一九一五年五月号に「熊坂」と次々に発表、一九一六年に『日本の高貴な戯曲　アーネスト・フェノロサ遺稿、エズラ・パウンド編』として出版した。[27]パウンドが個人的秘書をつとめていた詩人ウィリアム・B・イェイツが序文を寄せている。その後『能または嗜み』と題してマクミラン社より出版、翌一九一七年にはアメリカ版がノップ社より出版されて、ジョイスは旧知の弁護士ジョン・クインより一九一七年六月二十九日付署名入り同書を贈られている。

他方、フェノロサの漢字論はパウンドの手によって編集され、一九一九年九月から十二月にかけて四回に渡り「詩の媒体としての漢字考」の題で『リトル・レヴュー』誌に連載された。きっかけとなったのは、詩人エイミー・ロゥウェル（一八七四—一九二五）が『ポエトリー』誌上で、パウンドの日本・中国理解に疑義を呈したこととされる。ロゥウェルは天文学者で東洋学者の兄パーシヴァル（一八五五—一九一六）の影響を受けて、東洋の文化について一家言あった。パウンドは以前から漢詩、短歌、俳句などに関心があり、漢字や漢詩の成り立ちを紹介するだけでなく、漢字において空間と時間が自然に融合しているさまを解説するフェノロサの漢字論に興味をもって取り組んだものと思われる。

人見馬

ジョイスは同じ『リトル・レヴュー』誌に、やはりパウンドの支援により『ユリシーズ』各挿話を連載していた。一九一九年九月号には第十一挿話《セイレーン》、同十一月号ならびに十二月号には第十二挿話《キュクロプス》が掲載された。フェノロサの漢字論の中でも、英文に混じって目を引くのが十月号に掲載された「人見馬」という楷書体三文字の漢字である。（図10）フェノロサはこの三文字について、空間と時間が自然に融合する漢字には、英詩にはない詩的効果がある、と次のように説明している。

窓から一人の人物を見るとする。その人物は突然、首をまわして何かを注視する。見ると、その人物の眼

THE CHINESE WRITTEN CHARACTER AS A MEDIUM FOR POETRY

by Ernest Fenollosa and Ezra Pound

(continued)

PERHAPS we do not always sufficiently consider that thought is successive, not through some accident or weakness of our subjective operations but because the operations of nature are successive. The transferences of force from agent to agent, which constitute natural phenomena, occupy time. Therefore, a reproduction of them in imagination requires the same temporal order.*

Suppose that we look out of a window and watch a man. Suddenly he turns his head and actively fixes his attention upon something. We look ourselves and see that his vision has been focussed upon a horse. We saw, first, the man before he acted; second, while he acted; third, the object toward which his action was directed. In speech we split up the rapid continuity of this action and of its picture into its three essental parts or joints in the right order, and say:

Man sees horse.

It is clear that these three joints, or words, are only three phonetic symbols, which stand for the three terms of a natural process. But we could quite as easily denote these three stages of our thought by symbols equally arbitrary, *which had no basis in sound;* for example, by three Chinese characters

If we all knew *what division* of this mental horse picture each of these signs stood for, we could communicate continuous thought to one another as easily by drawing them as by speaking words. We habitually employ the visible language of gesture in much this same manner.

But Chinese notation is something much more than arbitrary symbols. It is based upon a vivid shorthand picture of the operations of nature.

[*Style, that is to say, limpidity, as opposed to rhetoric.—E. P.*]

図 10 「詩の媒体としての漢字考」『リトル・レヴュー』第 6 巻第 6 号（1919 年 10 月号）より

差しは一頭の馬に向けられていることがわかる。最初にわれわれは行動を起こす前の人物を見た、次いで行動中の人物を見た、最後にその行動の対象となったものを見た。言葉にするとき、われわれはこの急速な行動の連続を三つの本質的部分を正しい順序つまり関節に分割してこう言う。

Man sees horse.

明らかに、この三つの関節すなわち単語は、自然な流れを表す三つの言葉、三つの音声記号にすぎない。だがわれわれはこうした思考の三つの段階を同じように恣意的な、しかしながら音を基盤とはしない記号、例えば漢字によって示すことができる。

人　見　馬

もしわれわれが皆、このしるしが各々心の中の馬の絵のどの部分に相当するかを承知しているとしたら、言葉で伝えるのと同じように絵を描いて互いに思いを伝達できるはずだ。われわれは習慣的に、身振りという目に見える言葉を、ほぼ同様に用いている。

中国語の表記法は、恣意的な記号以上のものである。それは自然のいろいろな作用の鮮やかな略記に基づいている。代数の数字や話し言葉には、ものと記号の間に自然な関係は何もない。すべては純粋に慣習によっている。だが中国の表記法は、自然の示唆に従っている。まず人が二本の脚で立っている。次にその人の目が空間を動く。大胆にもこの字は、目の下に走る脚という形で表現されている。修正を加えられた目の絵、それに修正を加えられた走る脚の絵、一度見れば忘れられない。

第三に馬が四本脚で立っている。

この思考の絵は、言葉だけでなく、これらの記号によって、はるかに、そしていっそう鮮やかかつ具体的に呼び起こされる。脚は三つの文字に共通である。どの字も生きている。一連の字には、継続して動いている絵というような資質がある。[28]

フェノロサによれば漢字は恣意的な記号ではなく、「人　見　馬」の三文字に見られるように、人が馬を見る行為全体を生き生きと描出する。「人」は二本の脚、「見」は目の下の脚、そして「馬」は走る脚として表現され、この動きこそが真実であると次のように述べる。

馬を見る人物、人に見られる馬、はじっとしていない。その人物は見る前に馬に乗ることを考えていた。その人物が馬をつかまえようとしたとき、馬は蹴った。本当は行為は継続していて、また連続しているということである。[29]

この頃ジョイスは第一次大戦の混乱を逃れて、十年間暮らしたトリエステからチューリッヒに移り住んでいた。『ユリシーズ』各挿話の原稿をロンドン在住のパウンドに送り、パウンドからは感想が送られてきた。一九一九年十一月にジョイスはチューリッヒからトリエステに戻っている。挿話が掲載された『リトル・レヴュー』誌を受け取ったジョイスが、フェノロサの漢字論を読み、自然の作用を表す手段としての漢字に関心をもった可能性は充分にあると思われる。

さて、前述の「バッファロー・ノートブック」三十番のメモ "Spear in hand = emphatic" は、フェノロサの漢字論の次の部分に相当する。高田美一訳ではフェノロサによる英語の解説に次の漢字が当てられている。

たとえば I（わたくし）の五つの形をみよう。「手にもった槍 spear in the hand」〔我（筆者）〕＝もっとも強い「わたくし」、「五とひとつの口 five and a mouth」〔吾（筆者）〕＝弱い防禦的「わたくし」で、言葉で群集を近づけないこと、「隠す to conceal」〔己（筆者）〕＝自己的、個性的な「わたくし」、「自分（繭のしるし）

と口 self（the cocoon sign）and a mouth」〔台（筆者）〕＝エゴイスチックな「わたくし」で自分の話を楽しむ者のこと、「呈示される自分 the self presented」〔予〕筆者〕〕は人が自問自答しているときのみに用いられる。(30)

日本語の一人称代名詞を表す漢字の多様性から、言葉による自己防衛と他者との区別の程度、さらには漢字に反映される認識論を展開するフェノロサの論文をジョイスが読んだとすれば、強い印象を受けたに違いない。西洋の言語とは異なり、漢字による認識記述の特異性、すなわち漢字が自然の外観だけでなく動きをも捉えて表象する事に感銘を受けたからこそ、ジョイスはフェノロサの漢字論の『リトル・レヴュー』誌掲載から二十年近くを経て、その一端を完成間近の『フィネガンズ・ウェイク』原稿に加筆したのではないだろうか。

特筆すべきは、多くの西洋人言語学者が、非インドヨーロッパ語のこのような特異性を未熟あるいは未開であるとみなす中、フェノロサはその漢字論において詩の媒体としての漢字の優位を論じていることである。ジョイスがフェノロサの漢字論を引用し、応用していることは、異文化との接触が革新を触発したモダニズムの好例といえるかもしれない。

「バッファロー・ノートブック」十二番十二頁には「天御中主命」の五文字とともにローマ字による読み（Amé no minaka nushi no / mikoto）、それに英訳（heaven's middle master）が、十三頁には、Takaoki Katta のローマ字署名とともに、「天照大御神」の五文字とローマ字による読み（Ama terasu oh mi kami）、番号を付した英訳（(1) Heaven（2）shine（3）great / 4）~~pre~~ honorific /（5）god（dess)）が記されている。

また「バッファロー・ノートブック」十二番には、日本語の発音に関すると思われるメモがジョイスの筆跡で記されている。

Jap　si = shi

hu = fu
wu = u
[i]e = ye

(Buffalo Notebook VI. B. 12-111)

ウィリアム・G・アストン著『日本口語文法』(一八八八) 第一章「発音―五十音図」には、五十音図に続いて次のような記述があり、この本を参照したジョイスが日本人の発音の特徴への関心からノートに転記したことが窺われる。

表にはいくつかの変則や繰り返しがあるが、日本人には発音できない、あるいは発音しない音がいくつかあることに起因する。si のかわりに shi、hu のかわりに fu、yi、wi、wu 、we のかわりに i、i、u、ye などと発音する。[31]

一九二六年にパリでジョイスを訪問した勝田孝興から聞いた、あるいは見せてもらった日本語に関するメモを、十二年後の一九三八年に「バッファロー・ノートブック」三十番に転記し、『フィネガンズ・ウェイク』原稿への加筆に利用したとすれば、それは第三部第三章および最終章に登場するアイルランドの守護聖人パトリックが、日本語訛りの英語を話すことと無関係ではないように思われる。伝説によれば、アイルランドにキリスト教をもたらした聖パトリックは、タラの丘で上王リアリーの前で、大ドルイド僧と論争を繰り広げ勝利したとされる。日本語ならびに中国語訛りを話す二人のエピソードが加筆されたのは十七年にわたる『フィネガンズ・ウェイク』執筆の最終段階でのことになるが、これについては後述する。

フェノロサはまた「草木が生き生きと芽を出す土の下の太陽＝春。木の記号の枝のなかにもつれて見える太陽

＝東」といった例をあげて、漢字に込められている動的な意味を解説する。[32]言葉であり文字である漢字は、ロゴス中心の西洋の言語観からみると、異質でありかつ新鮮であったことは間違いない。そこにある実体を表すというよりは、自然の営み、動きそのものを表象するのが漢字である。その漢字が取り替え可能な部首から成り、部首がつながることによって、動きが生まれ、状態を表す語が作り出される、ということから、ジョイスが自らの言語観を発展させて、諸言語の中から選び出した言葉を結びつけて新しい言葉を作る、という『フィネガンズ・ウェイク』独自の技法、すなわち「ウェイク語」の誕生に結びついたとはいえまいか。さらにいえば、意義素の集合体としての漢字の力、表音文字を使用する英語とは異なる発想および表現法を知ることにより、ジョイスは英語の制約から解き放たれたといえるのではないだろうか。『リトル・レヴュー』誌掲載のフェノロサの漢字論には「人　見　馬」の三文字以外にも流麗な楷書体の漢字が並び目を引く。

眠るヨーンが夢の中で四人の老人による尋問を受け、さまざまな登場人物がヨーンの声を借りて尋問に応える『フィネガンズ・ウェイク』第三部第三章冒頭部分に見られる日本語および漢字論からの引用には、初期の創作段階におけるジョイスの英語からの解放の一端を垣間みることができよう。

第二章　ショーン・ザ・ポストと東洋宣教　「西が東を揺り起こすだろう」（*FW* 473.22-23）

一、ジョイスと東方教会

ショーンのミッション

ジョイスの作品で重要な役割を演じるのがキリスト教の召命と宣教に関する記述であるが、本章では宣教師を通じて西洋が知ることになった東洋に光をあてる。まず東洋で信仰されたキリスト教の一派である「景教」から、ジョイスとローマ・カトリック教会の関係について東洋宣教との関連で考察する。次に東洋宣教の中心となったイエズス会の活動を概観し、ジョイスの東洋観形成にイエズス会が果たした役割について論じる。続いてジョイスの作品に登場する司祭たちを通じて、中世以来宣教師として世界各地に派遣されたアイルランド人司祭の伝統を振り返る。『フィネガンズ・ウェイク』第三部第三章では、「いばりんぼジョーン」(Jaun the Boast, *FW* 469.29)となったショーンがさらにヨーンとなって、父HCEの罪の真実を明かすとされる手紙を届ける任務(ミッション)に向けて出発する。近代化が進み、愛国主義の台頭するアジア各国、とりわけ中国で宣教(ミッション)に活躍するアイルランド人司祭の姿を重ねる。ショーンはまた、十九世紀アイルランドの人気作家ディオン・ブーシコー(一八二〇

／二二―一八九〇）の戯曲「アラナポーグまたはウィックローの婚礼」で、ダブリン郊外ウィックローのハリウッドとラスドラムの間を郵便馬車で往復する中で、そうと知らずに謀反人を馬車にのせてしまう郵便配達人ショーン・ザ・ポストに扮している。[1] 真実を告げる言葉の配達は『フィネガンズ・ウェイク』の重要なモチーフの一つであり、海外に派遣された多くのアイルランド人司祭の主要なミッションでもあった。

景教またはネストリウス派キリスト教

『フィネガンズ・ウェイク』におけるショーンとそのミッションを理解するために、ジョイスの作品に即して、初期キリスト教会の東洋伝播の検証から始める。唐代に伝えられた初期キリスト教に、ネストリウス派キリスト教「景教」がある。四三一年にエフェソス（現トルコ）で開催された第三回公会議で、キリストの人格の二重性を主張し、異端として弾劾されたのがネストリウス（生年不詳―四五一年没）である。ローマ帝国から追放されると、ペルシアに保護を求めた。景教は元（一二七一―一三六八）が滅びるまで、東アジアで信仰されたとみられる。一六二三年に「大秦景教流行中国碑」が発見され、長安（現西安）に運ばれて、西洋にその存在が知られることになった。一六二五年にはイエズス会宣教師ニコラ・トリゴー（一五七七―一六二八）により、銘文がラテン語に訳された。この石碑の真贋について、また景教の実態については諸論あるが、ネストリウスに共鳴する人たちが伝え、東洋化した初期キリスト教の一派であるとされる。[2]

ジョイスは一九〇七年、トリエステの市民大学講義「アイルランド、聖人と賢者の島」で、アイルランドのキリスト教の特徴を説明する中で、ネストリウス派キリスト教に触れて、次のように述べている。

アイルランドの信仰が深刻な危機に陥ったことは一度たりともない。例外は五世紀のネストリウスによるイエス・キリストの人性と神性の位格の結合に関する教義に惹かれたこと、聖職者の剃髪の様式や復活祭の日付など、いくつかの些細なしきたりの相違、それにエドワード六世の使者たちが改革を強要したことによる数人の司祭の背教だろうか。（*OCPW* 122）

ジョイスが言及するのは、エフェソス公会議においてネストリウスが異端の始祖であると弾劾されたことである。また聖職者の剃髪スタイルをめぐる論争とは、同じ剃髪でもアイルランドとブリテンでは額の上の髪は剃り落す習わしであったのに対し、ローマでは十字架に磔となったキリストの茨の冠を思わせる光輪のように頭髪が剃り残されたことをいう。そしてヨーロッパ北部に位置するアイルランドの教会が、ローマの神学者ディオニシウス・エクシグゥス（五〇〇頃―五六〇頃）が六世紀に考案した表により計算した復活祭の日付を遵守するようになったのは、キリスト教圏の中でもかなり遅い方であった。

幼少のときからローマ・カトリック教会の教えの中で育ったジョイスは、アイルランドを離れて移り住んだトリエステで見聞きするキリスト教諸教会の典礼に強く惹かれるようになる。最初に住んだアパートはベルリッツ校のあるサン・ニコロー街にあり、その南端、海岸通の角に今もあるギリシャ正教サン・ニコロー教会に好んで通ったという(3)。

一九二八年には執筆中の『フィネガンズ・ウェイク』の一節について、原稿を送ったハリエット・ショー・ウィーヴァー宛の手紙で、次のように説明している。

親愛なるミス・ウィーヴァー
以下、十三の一三〇頁についての簡単なメモです。
マロン派（ローマ・カトリック教会）の典礼には、使用言語であるシリア語が反映されています。聖金曜日にイエスの身体が十字架から外され、シーツにくるまれて墓に運ばれ、その間白い装束の娘たちが花を撒き、香が焚かれます。マロン派の典礼はレバノン山で用いられているものです。Λb〔ショーンのシグラム〕はちょうど石で打たれ、香が焚かれた若いオシリス神のように出発するのです。ここでショーンは既に「昨日」とみなされています（ドイツ語で昨日はゲシュテルン、マロン派キリスト教徒の「今日」〔Today! すなわちTo die!〕という嘆き悲しむ声をふり切り、まなざしを「明日へ」（To Morrow より「マロン派へ」向けています）。ゲシュターンズ（Guesturn's）とマロン派の嘆き悲しむ声（To-maronite's）のアポストロフィとハイフンにより、バランスをとっているのです。
（*L I* 263）

ジョイスとローマ・カトリック教会

ジョイスの作品における宗教の重要性について異論はないが、ジョイスとローマ・カトリック教会との関係については諸説ある。ゲールト・レルヌーは、ジョイスが司祭としての召命を美学的天職に変容させたというリチャード・エルマンの説は根拠に乏しいと批判し、むしろライバルであったヒュー・ケナーの方が多面的な見方をしている、と述べる。レルヌーはまた「ジョイスほど基本的にカトリックの心を持っていた人は知らない」と述べたメアリー・コラムの説を、回想録というものは後知恵となりがちである、と退ける。レルヌーはジョイスの宗教に関する見解として、最も信頼できる根拠をその書簡に見出す。例えばジョイスがローマ滞在中に書き送った手紙から、社会派の自由思想家として、カトリック教会の富を目の当たりにしてうさん臭さを感じ、反発する様子を読み取る。[4]

他方、バーナード・ベンストックはジョイスのカトリシズムについて、またそれが『フィネガンズ・ウェイク』に占める位置について、次のように述べる。

さまざまな証言がある中、ここで重要なのは、ハーバート・ゴーマンによる「ジョイスのカトリックの根は第一に中世に留まっている」という主張を再提出することである。『フィネガンズ・ウェイク』には近代的カトリシズムはほとんど見られないといえよう。ジョイスはフィネガンの夢物語の根底にあるもうひとつの悪夢である教会の歴史の泥水をさらう。教皇不可謬性の概念、カトリックの教義における聖母マリアの立場、イエスの教え、禁書の指示、重大な意味をもつ「そして子からも」論争、それに教会が政治に介入する様子などを検討する。(5)

ジョイスがアイルランドにおけるローマ・カトリック教会の支配と搾取に敵意を抱いたのは間違いないが、一方で世界を支配しようとしたカトリック教会の普遍性に逆説的にではあっても魅せられたと推測可能である。一九〇四年にアイルランドを離れてから、ジョイスはヨーロッパから東洋への玄関口であったトリエステ、東ヨーロッパから移住した人たちが多く住むチューリッヒ、そしてアジアやアフリカのフランス植民地からやってきた人たちが住むパリに暮らし、幅広い非西洋文化に触れることになった。ジョイスにとって祖国アイルランドの特殊性、すなわち英国の植民地支配との覇権争いに果たすカトリック教会の役割、ヴァチカンの影響による過剰な原理主義ともいえる傾向などは、忌まわしいものであっただろう。当時のヴァチカンは、十九世紀イタリアの愛国主義台頭により、激動の時代を迎えていた。イタリアではやがてイレデンティズモ（未回収地回復運動）により、教皇領の多くが失われることになる。このような状況で、教皇ピオ九世は第一回ヴァチカン公会議（一八六九―一八七〇）を招集し、教皇不可謬性を教義として宣言した。ローマ・カトリック教会は保身のために、増加しつつあった自由思想家や、社会平等や実際的科学を求めて教会を批判する知識人を弾劾した。ローマ・カトリック教会に背を向けた若きジョイスは、東方正教会や非正教会に心を開いたことが、『フィネガンズ・ウェイク』から読み取れる。

第二回ヴァチカン公会議（一九六二―一九六五）を経て、ローマ・カトリック教会の典礼や教義の多くが見直された今、ジョイスが反発したのは、当時の近代カトリック教会のあり方ではないかとの見方が可能であろう。ニケア・コンスタンティノープル信条の「そして子からも」挿入を拒否したため、西方教会に弾劾され、分裂した東方教会、そしてキリスト教宣教師が西洋諸国の植民地支配に伴い進出した東アジア、いずれもジョイスに大きな影響を及ぼした。

「グライプスとなったムークス」

長女ルチアの代筆による一九三三年九月三日付フランク・バッジェン宛の手紙の中で、ジョイスは東洋と西洋を分かつものとしてのキリスト教の神学と教義に懐疑的であることを告げる。

古いカトリックの一派であるアウグスチン派教会は「グライプスとなったムークス」の好例です。教皇不可謬性が教義として宣言された七一年にローマ教会から分かれたのですが、以後さらに距離を広げています。耳からの告解を廃止し、聖体はパンと葡萄酒の両形態ですが、信者が葡萄酒の杯を受けるのは聖霊降臨祭のときだけ。彼らの祈禱書には、聖母マリアや諸聖人への祈りはなく、教会堂には聖母マリア像や聖人象はありません。何よりも、彼らは使徒信条の「そして子からも」のくだりを廃止しました。この問題をめぐって千年以上に渡って、西方教会と東方教会は分裂しています。ローマ教会は聖霊が父と子から来る、と主張しています。ギリシャ正教、ロシア正教、東方正教では父からのみ、「そして子から」は由来しないことになっています。もちろん、東西教会の分裂以降にローマ教会が宣言した教義、例えば聖母マリアの無原罪御宿りなどは東方教会では認められていません。「ムークスとグライプス」とはすなわち西洋と東洋ですが、「ムークセイウスは」で始まり、「フィリオクス」で終わる段落を見てください。この中で、シェムをショーンと隔てる三大教義に関するグロテスクな言葉は、すべてロシア語かギリシャ語です。ショーンがAとBを膝

の上に乗せるとCが滑り落ち、CとAが手に入るとBを失うのです。（*L* III 284-85）

ルチアを通じてジョイスがバッジェンに説明しているのは『フィネガンズ・ウェイク』第一部第六章、「紳士淑女、ピリオドと半植民地（セミコロン）諸君、ハイブリッドとぶきっちょの皆様」（*FW* 152.16-17）に向かって語られる「ムークスとグライプス」挿話である。これはシェムとショーンの対立をめぐる挿話の一つで、イソップ寓話「キツネと葡萄」、ルイス・キャロル著『不思議の国のアリス』の「モック・タートルとグリッフィン」などを下敷にしているとされる。一九二九年に『シェムとショーンの物語――進行中の作品より断片三編』（図11）の一編「ムークスとグライプス」として最初に出版された。[6] 主要テーマのひとつが、東方正教会のローマ教会からの分離、いわゆる「大分裂」である。昔々空間のあるところにムークスまたはシェムがいた一方で、昔々時間のあるときにグライプスまたはショーンがいた。ムークスまたはシェムは、ローマ・カトリック教会、使徒信条の中でフィリオクウェ、すなわち「そして子からも」を採用している教会を、そして英国人唯一のローマ教皇であるハドリアヌス四世（在位一一五四―五九）を表している。それに対応するグライプスまたはショーンは、フィリオクウェも、また一五八二年にグレゴリオ暦を制定したローマ教皇グレゴリオ十三世（在位一五七二―八五）をも拒否するギリシャ正教会を表すのである。

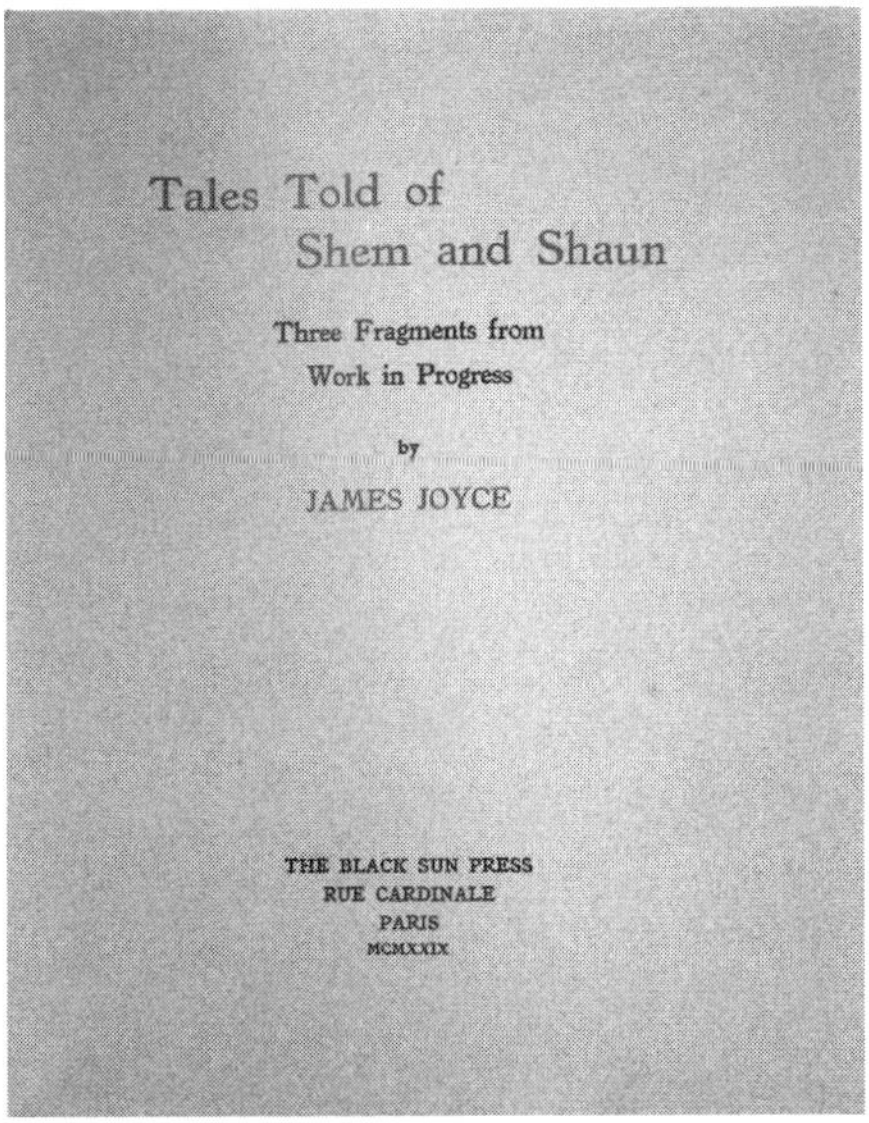

図11 『シェムとショーンの物語』扉

三二五年にニケアで公会議が招集され、ニケア・コンスタンチノープル信条が制定されるにいたる原因となったのが、東方教会を西方教会から弁別する「そして子からも」論争であった。次に挙げるのが、ニケア・コンスタンチノープル信条の現代語訳である。

ニケア・コンスタンチノープル信条
わたしは信じます。唯一の神、
全能の父、
天と地、
見えるもの、見えないもの、すべてのものの造り主を。

わたしは信じます。唯一の主イエス・キリストを。
主は神のひとり子、
すべてに先立って父より生まれ、
神よりの神、光よりの光、まことの神よりのまことの神、
造られることなく生まれ、父と一体。
すべては主によって造られました。
主は、わたしたち人類のため、
わたしたちの救いのために天からくだり、

聖霊によって、おとめマリアよりからだを受け、
人となられました。
ポンティオ・ピラトのもとで、わたしたちのために十字架につけられ、
苦しみを受け、葬られ、
聖書にあるとおり三日目に復活し、
天に昇り、父の右の座に着いておられます。
主は、生者と死者を裁くために栄光のうちに再び来られます。
その国は終わることがありません。

わたしは信じます。主であり、いのちの与え主である聖霊を。
聖霊は、父と子から出て、
父と子とともに礼拝され、栄光を受け、
また預言者をとおして語られました。

わたしは、聖なる、普遍の、使徒的、唯一の教会を信じます。
罪のゆるしをもたらす唯一の洗礼を認め、
死者の復活と
来世のいのちを待ち望みます。アーメン。[7]

（傍点引用者）

ラテン語の「フィリオクウェ」の和訳「そして子から」とは、三位一体の聖霊が父からだけ発出するという

東方教会の立場に対して、父と子の両方から発出すると主張する西方ローマ教会が使徒信条に挿入した句である。次に引用するのは、『フィネガンズ・ウェイク』よりムークスとグライプスの一節、ジョイスが一九三三年にバッジェン宛の手紙で触れている箇所である。

ムークシウスが予備発出と代理発出により、二重そして二倍に、事実それ自体や、しかしながら反対に、を公布している間、この分離派グライポスは、不従順な手下どもを、単性論者的にうんざりさせるのにほぼ成功しかけていた。だがグライポスが自分の卑しい識別印の裸身をつかみ、自身の無垢な懐胎ならびに聖霊の進行と一致して、燃焼するようにラッパを吹いて告げようとすると、ビザンチン皇帝に仕えるお偉いさんたちは、高位聖職者たちとは馬が合わないことがわかり、教皇不可謬論者は馬好き（フィリオクウス）から足蹴にされたのでした。

（*FW* 156.8-19）

グライプスはロシアの小説家フョードル・ドストエフスキー（一八二一—一八八一）の『罪と罰』の罪深い主人公ラスコルニコフと結びつけられ、ムークスは『エジプト死者の書』の「日のもとに出現するための呪文」に登場するキツネと結びついて、『フィネガンズ・ウェイク』では「騙し狐の章の狡猾さを尻尾で知る章」（*FW* 156.6-7）となる。ジョイスも、また断章『シェムとショーンの物語』出版を手がけたアメリカ人ハリー・クロズビーも、出版当時エジプト神話に強く惹かれていた。『フィネガンズ・ウェイク』とエジプト神話については、第四章で詳述する。「ムークスとグライプス」はイアウィッカー家をめぐる寓話という形式の点でも、また歴史的対立についてジョイスが新しい見解を示す内容の点からも、『フィネガンズ・ウェイク』の中でも成功したエピソードの一つと言えよう。

宣教師の国アイルランド

アイルランドが中世以来キリスト教高位聖職者と宣教師を多数輩出してきたことは『フィネガンズ・ウェイク』で「聖カレンバーナス」(*FW* 240.21) が度々言及されることにもあらわれている。「宣教師中の宣教師としてアラムの息子たちのもとへ」(*FW* 228.14-15) 旅立った聖コロンバヌス (五四五頃—六一五頃) を手本として、多くのアイルランド人宣教師が世界各地に散って行った。[8] 宣教活動は長い間、アイルランドのアイデンティティの不可欠部分であり、英国の植民地支配下にあってもその状況は続いた。だが英国からの独立戦争の間、アイルランドの宣教師たちは愛国主義と普遍主義の間で揺れ動いた。アイルランドのカトリック教会は、ポール・カレン枢機卿 (一八六九—七〇) の指揮のもと、英国の植民地支配に対抗するため、ヴァチカンとの結びつきを堅固なものにしようとした。改革派との戦いにおいて、ダブリンとローマは結託したのである。教皇の不可謬性が宣言され、論争を招いた第一回ヴァチカン公会議後は、特にその傾向が強かった。他方、プロテスタントの中でも、アイルランド国教会は英国の植民地拡大に伴い、共に海外へ向かう運命にあったが、他のプロテスタント諸宗派、長老会派などの宣教活動は、それに比べると政治色が薄かったものと思われる。

二十世紀に入ると、東アジア各地で宣教活動を展開していたアイルランド人聖職者、司祭や修道僧、修道女たちは、いずれの宗派も各国で台頭するナショナリズムと対峙することになった。『フィネガンズ・ウェイク』第四部の最終部分でジョイスが前面に出したのが、日本と中国の対立を象徴するように、日本訛りの英語を話す聖パトリックと、中国訛りの英語を話す哲学者ジョージ・バークリー (一六八五—一七五三) 扮するドルイド僧が繰り広げる論争である。一方、東アジアの近代化に宣教師が果たした役割は見逃せないことからもわかるように、宣教師はオクシデンタリズム、すなわち西洋趣味の媒体として、アジア諸国で受け入れられたという側面もあった。彼らは西洋の実用主義と産業化文明を東洋にもたらし、ある意味で伝統文化を破壊したともいえよう。東アジアで活動するキリスト教宣教師の中で多数を占めていたアイルランド人司祭は、社会的にも宗教的にも「西が東を揺り起こすため」(*FW* 473.22-23) に、はるばる東へやってきた。だが、祖国で同胞が英国の植民地主義と戦っていた十九世紀から二十世紀にかけて、アイルランド人司祭たちは、東アジア各国で宣教師の果たす役割の矛盾について、より敏感であったといえるかもしれない。

イエズス会士ウィリアム・ジョンストン

東アジアで活躍する宣教師の中には、東洋の宗教や哲学を知るほどに魅了されていった者も少なくなかった。アイルランド人イエズス会士、ウィリアム・ジョンストン(一九二五―二〇一〇)は、北アイルランド、ベルファストのカトリック家庭に生まれ、イエズス会神学校でスコラ哲学を学んでから、敗戦後間もない日本での宣教に志願して一九五一年に来日した。イエズス会が経営する学校で教鞭をとるかたわら、次第に禅宗に惹かれるようになり、瞑想に禅を取り入れるようになった。その一方で、スペインの跣足カルメル会修道士、十字架の聖ヨハネ(一五四二―一五九一)が説いた神秘主義を確信するようになる。またイエズス会の創立者イグナチオ・デ・ロヨラの神秘主義と「霊操」と呼ばれる瞑想体験の奨励についても、同様に確信するようになる。ジョンストンは上智大学英文科で教えるかたわら、神学学位取得のために研究を続けていたが、あるとき十字架の聖ヨハネより二世紀前、十四世紀に匿名の著者により英語で書かれた「無知の雲」という小文が目に留まった。これをもとに、上智大学でハインリッヒ・デュモリンに学び、鈴木大拙の最後の講義を聞いてまとめたのが博士論文『無知の雲』の神秘主義について」である。第二回ヴァチカン公会議を経て、より柔軟になっていたローマ・カトリック教会は、ジョンストンが日本やアジアだけでなく、アメリカやヨーロッパでも、カトリック司祭として禅を実践し教えることを認めたのである。

ジョイスもまた、十字架の聖ヨハネに傾倒して、その『魂の暗い夜』を自身の『進行中の作品』の解説とみなしていたことは、フランク・バッジェン宛の手紙から読み取れる。[9] アジアでイエズス会の神秘家として生きたウィリアム・ジョンストンの生涯には、ほぼ半世紀前に司祭への召命を拒否したジョイスがあるいは生きたかもしれない人生を垣間みることができる。むろんジョンストンとは異なり、ジョイスはアイルランドとイエズス会から去ったのだが、東方教会、イスラム教、ヒンズー教、仏教、儒教などの東洋の諸宗教にも探求を広げて『フィネガンズ・ウェイク』の世界を創造した。ジョイスにとって、東は西によって征服されるべき「他者」ではなくなり、ジョンストン同様ジョイスも現代の「文化適応（エンカルチュレーション）」に相当する相対化を試みることによって、ローマ・カトリック教の典礼を、それまでの絶対的優位から引きずり降ろす先駆的役割を果たしたといえるかもしれない。

二、教育宣教修道会イエズス会

ジョイスとイエズス会については、これまでカトリックとジョイスをめぐる研究の中で取り上げられ、またケヴィン・サリヴァン著『イエズス会士の中のジョイス』（一九五八年）、ブルース・ブラッドリー著『ジェイムズ・ジョイスの学校時代』（一九八二年）などに詳述されているが、主としてアイルランドにおけるイエズス会学校の歴史、「ラチオ・ステュディオールム」に基づくイエズス会の教授法などが取り上げられてきた。のちに、スイス人彫刻家でプロテスタントのオーギュスト・シュテール（一八八七—一九六五）に「イエズス会から学んだことは何か」と聞かれて、ジョイスは「ある題材をどのように収集し、整理し、提示するかということ」だと答えている。[10] ジョイスの学校教育のすべてを担ったイエズス会であるが、ここでは東西交流の中でイエズス会が果たした役割を検証する。それはドミニコ会やフランシスコ会など、東洋を目指した他のローマ・カトリック修道会とは大きく異なる。

これまでのジョイス研究では、イエズス会の歴史の中で重要な一頁を彩る教皇クレメンティウス十四世による一七七〇年から七三年に至るイエズス会の弾圧については、ほとんど言及されていない模様である。一八一四年に教皇ピオ七世によって復権するまでの間、イエズス会はポルトガル、フランス、スペインなどヨーロッパの主要ローマ・カトリック国から追放され、非ローマ・カトリック国のロシアとプロイセンに保護された。この主因となったのが、いわゆる「中国典礼問題」であった。アイルランド人イエズス会士、トマス・モリッシー著『香港、中国南部、そして彼方へ――アイルランドのイエズス会　宣教と発展　一九二六年―二〇〇六年』(二〇〇八年)には「中国典礼問題」について次のように書かれている。

十七世紀末になると、中国のキリスト教会の典礼をめぐって、ある論争が持ち上がった。すなわち、先祖ならびに孔子を敬う儀式が、キリスト教徒の目には、一見偶像崇拝であると見られたのである。マテオ・リッチは中国人の学者と相談の上、この典礼は先祖を崇敬するものであって、崇拝するものではないとの結論に達した。これはのちにローマ・カトリック教会の見解となるのだが、十八世紀当時はそうではなかった。一七〇四年、一七一五年、そしてついに一七四二年には、中国の教会典礼は偶像崇拝である、と弾劾されるに至った。イエズス会はそれまでの教えを修正するほかはなく、キリスト教と中国文化の間に歴然とした線が引かれることになった。それに加えて、皇帝は中国の風習を批判する外国勢に激怒して、キリスト教を禁ずる命令を出したのである。その結果、十八世紀を通じて、中国はキリスト教会にとって非常な困難を伴う布教地となっていった。同時にヨーロッパ各地でイエズス会を批判する声が高まり、一七七三年には弾圧された。(11)

中国にキリスト教を伝えたイエズス会の宣教師たちは、それまでの先祖崇拝を禁止せずに、家庭などで位牌を祀ることを認めた。後発のフランシスコ会やドミニコ会といったローマ・カトリックの修道会が、イエズス会が中国で実践していた典礼を告発したのは、植民地獲得競争で少しでも優位に立とうとする列強の姿勢を反映するものであろう。このためローマ教皇もイエズス会の中国典礼論争を看過できなかったものと思われる。「中国典礼論争」だけが十八世紀のイエズス会弾圧の理由ではなかった。イエズス会にとって決定的に不利であったのは、西進するイエズス会の宣教が、南北アメリカでスペイン人入植者による原住民の虐待を止めようとして反感を買い、失敗に終わったことである。初期のイエズス会宣教師が中国人に寛容で、キリスト教の典礼に中国の伝統的先祖崇拝を取り入れることを許したこと、そしてそれがイエズス会弾圧の重要な原因となったことは、十九世紀アイルランドでは必ずしも好意的に受け止められなかったであろう。ジョイスは初期のイエズス会の東洋進出の実態、さらにはイエズス会の弾圧と復興について、どの程度承知していたであろうか。あるいはあくまでも『ユリシーズ』冒頭、マーテロ塔の屋上で、友人のバック・マリガンに揶揄されるとおりの「恐がりのイエズス会士」に留まったのであろうか。

早い時期にジョイスとイエズス会について論じたケヴィン・サリヴァンは、初期イエズス会の中国での活動には言及していないが、『フィネガンズ・ウェイク』第一部第七章から次の文を引用している。

アイルランドのアジア、ブリムストーン通り、無番地、オシェイの家、あるいはオシェイムの家、クイヴァピエノ、あるいは呪われたインク壷。戸を叩く音が群がり、筆名であるSHUTが標札にセピア色で刻まれている。青白いphwinshogueには黒地の帆布でできたブラインドがかかっている。中では秘密の穴蔵に住む魂の萎縮した息子が税金で生きていた。イエズス会流の吠えと噛みつきで、昼と夜に投げ込まれ、硫黄のキャラコとscoppialaminaに四十クイージサーノ、毎日人の邪魔となり、自分や人に対する乱暴な虐待が日毎に増し、我らの西の国の色男の世界でも、ネズミ色の汚さでは随一であった、と思いたい。

(*FW* 182.30-183.4)

双子の兄弟シェムとショーンは永遠のライバル、妹のイッシーの愛をめぐって争っている。『フィネガンズ・ウェイク』第一部第七章は「シェムはシーマスを短くしたものであるのと同様、ジェムはジェイコブの冗談である」という文で始まるが、シェム・ザ・ペンマンはシェイマス、英語ではジェイムズであり、作者ジェイムズ・ジョイスを暗示する。一方、ショーン・ザ・ポストはショーン、英語ではジョンとなり、ジョイスの弟、ジョン・スタニスロース・ジョイスを暗示する。『フィネガンズ・ウェイク』は兄弟の父親であるＨＣＥ、またはハンフリー・チムデン・イアウィッカー、またはヒア・カムズ・エヴリボディの興亡の夢の物語、生と死と復活、罪と告発と贖罪の話である。夢であるためＨＣＥの堕落の実態は明らかではなく、真実が明かされるとされるのは、ペンマン、筆記者シェムによってかつて書かれたとされる手紙においてであり、一度は失われたその手紙は、雌鳥としてゴミの山から手紙をつつき出したＡＬＰによって救出され、郵便配達人ショーンによって届けられた。この真実を明かす手紙のモチーフは度々登場し、この本自体のメタファーとなっている。言葉、手紙、本などは先ず創作され、次いで伝えられなければならない。兄弟はこの協同任務を遂行しながらも、仲がいいわけではない。シェムあるいは彼の書いたものが、ショーンによって糾弾されるこの章では、ショーンはシェムの「魂の萎縮」を「イエズス会の吠え」あるいはキニーネのせいであるとする。かつてはマラリアの特効薬であったキニーネは、南米でイエズス会宣教師によって発見されたとされるキナの樹皮から採取した苦みのある成分である。サリヴァンはジョイスがカトリック教会の信仰を放棄したにも関わらず、イエズス会の投薬による「精神的キニーネ中毒」から回復することはなかったと、キニーネを生涯逃れることはなかったイエズス会の影響を象徴するものとして解釈している。[12] 注目すべきは、この引用文ではシェムの住所がアイルランドのアジアとなっていることである。「あんたの冒涜的な弾圧」(*FW* 515.16-17)という言葉からも、ジョイスが中国でのイエズス会の興味深い歴史について知っていたことが推測される。ジョイスは東洋に向かったもののローマによって迫害されることになった初期のイエズス会士たちと自分を同一視しているといえないだろうか。

ラチオ・ステュディオールム

イエズス会は一五四一年にイグナチオ・デ・ロヨラ（一四九一―一五五六）により宣教修道会として創立されたローマ・カトリック教の一修道会である。当初、イグナチオは教育にそれほど力を入れるつもりはなかったといわれるが、一五四九年にイタリアのメッシーナに最初のイエズス会学校が開校して成功をおさめた。イグナチオの死後、教育計画が立案され、一五九九年に「イエズス会教育の規則と原理（ラチオ・ステュディオールム）」が制定された。ラチオとは、学級毎の教育目的、時間割、読むべき作家名、講義の方式、筆記ならびに後述の修業課程、その他の公式規範である。中心となる目標は筆記ならびに口述のラテン語表現の形成にあった。第一に明瞭で正確であること、次いで表現が美しいこと、締めくくりとしては、力強い演説表現。学ぶべき作家としてはオヴィディウス、ヴェルギリウス、カトゥルスが選ばれ、作文や手紙の書き方を教えるのに適しているとされた。中でもキケローは集中して学ぶべき作家として何度も登場する。

イエズス会のラチオ・ステュディオールムの持つ意味を理解するためには、当時の教育の状況について知る必要がある。[13] 中世ヨーロッパでは、学校教育は長い間、大聖堂附属学校または修道院附属学校が中心となって行われていた。生徒は先ずラテン語の訓練を受け、次いで文法・論理・修辞・算術・幾何・音楽・天文の自由七科（リベラル・アーツ）を学んだ。ルネッサンスによって、伝統を尊重するこのようなスコラ学への反動が広がった。中世の理想の人間像は聖人であったが、ルネッサンスになると人々の関心が世事に移り、「人文科学」がバランスの取れた人間形成に役立つと考えられたのである。プラトンとアリストテレスによって基礎が形作られ、のちにキケローとクウィンティリアヌスによって応用された古典的な自由教育が再評価された。このような経緯によって、いわゆる「キケロー主義」が登場し、そのような状況で生まれたのがイエズス会のラチオであった。創立者イグナチオ・デ・

ロヨラが学んだパリ大学の自由教育の伝統に基づき、イグナチオのグローバルなヴィジョンと識別する力の重視が加えられて、イエズス会の教育原理が作られた。[14] 一五九九年制定のラチオの原理の多くは、その後数世紀に渡り、ヨーロッパ各国の教育に取り入れられた。一七七三年のイエズス会の弾圧ならびに一八一四年の復権を受けて、ラチオは一八三二年に改訂され、十九世紀にアイルランドでイエズス会により設立された学校の教育原理となった。だが、ジョイスが学んだ頃には実用主義の時代となっていて、ラチオはもはや学校教育の有効な指針とはみなされなくなっていた。アイルランドの学校教育は改革の道をたどったのである。

聖フランシスコ・ザビエルの祝日

十二月三日はイエズス会の創立メンバーの一人フランシスコ・ザビエルの祝日である。インド、日本で布教し「インド諸国の使徒」とも呼ばれたザビエルは、ジョイスが学んだダブリンのベルヴェディア・コレッジの守護聖人でもあるが、中国南東沖の上川島でこの日に生涯を終えた。イエズス会で「九日間の祈り(ノヴェナ)」が最初に実践されたのは一六四三年ナポリでのことで、以来、イエズス会の教会や学校で行事として盛んに行われた。前述のフランシスコ・ザビエルの祝日、またはザビエル列聖記念日である三月十三日にいたる九日間が一般的であった。ダブリンで最初に行われたのは一七一二年、現在のホルストン通り教区にあるメアリーズ・レインの教会でのことで、一八三二年以降はガーディナー通りにある聖フランシスコ・ザビエル教会に引き継がれている。[15]**(図12)**ダブリン以外でも、例えばリマリックにあるイエズス会クレッセント・コレッジでは、毎年その時期に音楽会などが催される宣教週間が設定され、生徒たちは海外宣教のための募金活動に参加したという。[16]『若い芸術家の肖像』では、ベルヴェディア・コレッジの校長がザビエルを記念する毎年恒例の静修について、次のように生徒たちに語りかけている。

——静修は水曜日の午後に始まります。土曜日の聖フランシスコ・ザビエルの祝日を記念するものです。静修は水曜日から金曜日まで続きます。金曜日にはロザリオの祈りの後、午後の間中ずっと、告解が聞かれます。（P 94）

図 12　聖フランシスコ・ザビエル教会，ダブリン

生徒たちは、ザビエルの宣教師としての業績についても、例年どおり校長から聞くことになる。

——諸君はこの学校の守護聖人、聖フランシスコ・ザビエルの生涯については、皆よく知っているでしょうね。ザビエルはスペインの由緒ある名家に生まれました。聖イグナチオの最初の弟子の一人だったことは覚えていますね。二人はザビエルが哲学を教えていたパリ大学で出会いました。この若くて頭の切れる貴族の学者は、われわれの輝かしい創立者の考え方に全身全霊で共鳴したのです。君たちも知っているとおり、ザビエルは志願して、インド人に布教するために派遣されました。ご存知のように、インド諸国の宣教者と呼ばれています。東方の国々を、アフリカからインドへ、インドから日本へと、人々に洗礼を授けながら進みました。一ヶ月で実に一万人もの偶像崇拝者に洗礼を授けたとさえ言われています。彼の右の腕は、あまりにも何度も洗礼を授ける人の頭上に掲げたため、力が入らなくなったそうです。さらに中国に行き、神のために多くの魂を獲得しようとしたのですが、上川島で熱病のため亡くなりました。偉大な聖人です、聖フランシスコ・ザビエルは！　神の偉大な兵士です。

（*P* 94）

引用文で繰り返されるのはイエズス会がイグナチオによって一五三四年に創立された主たる目的、すなわち異教徒の改宗である。フランシスコ・ザビエルはイエズス会学校で学んだジョイスにとっては、親しい聖人であっただろう。ザビエルの生涯についてはベルヴェディア・コレッジに通う少年たちは毎年のように聞いているはずであるが、主人公スティーヴンは静修の中で行われるはずの告解を恐れている。なぜなら自ら犯した大罪を告白しなければならないから。『若い芸術家の肖像』の静修の場面で語るのは、その口調の激しさから、校長などイエズス会の司祭ではなく、むしろ巡回して説教をしていたレデンプトール会の司祭であったかもしれない、ということが示唆されている。[17] このように静修の説教で、ザビエルの東洋での活躍について聞いてはいても、スティーヴンあるいはジョイスにとって、ザビエルの日本や中国での生活ぶりは想像するのが難しかったに違いない。日本や中国の現状について、ジョイスがダブリンのイエズス会が経営する学校時代にどの程度の認識があったかは別として、宣教師としてのイエズス会士たちの活躍ぶりを吹き込まれたに違いなく、後にヨーロッパで暮らすようになると、その記憶が頭をもたげるのであった。

ではザビエル死後、イエズス会の中国および日本宣教の実態はどのようなものであったのか。マカオのポルトガル商人を通じて中国入りをはかったものの、最初は失敗続きであった。一五七三年になると、イエズス会総長により、特命アジア使節団長に任命されたアレッサンドロ・ヴァリニャノ（一五三九―一六〇六）が中国宣教五原則を打ち出した。

（一）中国特有の知的精神的価値観に深い共感と尊敬を抱くこと
（二）中国語をできる限り完璧に身につけること
（三）信仰への導入手段として科学を利用すること
（四）著述および会話による宣教者集団を育てること
（五）中国政府が信頼する文人階級への特別な配慮[18]

ヴァリニャノは、中国人指導者たちが、数少ない接触を通じて、西洋人を不敬・利益や征服などへの執着、といった悪徳と結びつけているのではないかと推察したが、彼らはあながち間違ってはいなかった。東洋への宣教において、これは大きな問題であった。中国人と親しくなるためには、彼らの尊敬を得る必要があった。初期のイエズス会宣教師が同行したポルトガル人商人は、通訳を通じてしか話さなかったが、ヴァリニャノは、中国語は中国で受け入れられるための必須条件であると考え、ゴアにいるイエズス会インド管区の上司に、適任者を中国に派遣するよう要請したことにより、中国への扉が開かれた。一五七八年に神学の勉強を完了するためにインドに派遣されたミケーレ・ルッジエッリ（一五四三―一六〇七）は、地元の漁村に住み込むことによって、タミール語を自由に話せるようになっていたのだが、中国語を学ぶためにマカオに派遣された。ヴァリニャノの指示により、ルッジエッリはマカオや広東省の住民のほとんどが話す広東語ではなく、文人たちが話す北京語の南京方言を身につけることになった[19]。三年間の中国語学習を経て、ルッジエッリは一五八〇年代の初めに広東に向かい、産業見本市の間住む小さい家を与えられ、その後正式に広東省の省都である肇慶に招聘された。一五八二年にはマッテオ・リッチ（一五五二―一六一〇）がルッジエッリと合流し、二人は西江北岸の肇慶で六年過ごしてから、リッチが一人で江西省の省都、南昌に移り住んだ。ついに北京の皇帝の宮廷に到達したのが一六〇一年のことであった。リッチは皇帝に様々な献上品を贈呈して、中国での永住許可を得るのに成功した。一六一〇年に死去するまでの間、二千名にのぼる中国人をキリスト教に改宗させたとされ、「中国人となった西洋人、中国名、利瑪竇（りまとう）」として盛大に葬られたのである。

イエズス会の宣教師たちは、現地の言葉を習得することに力を入れてきた。一五八三年から八八年にかけて、ルッジエッリとリッチは協同で漢字およびローマ字表記による最初のポルトガル語中国語辞書を編纂した。二人は中国人の学習方法を手本としたため、中国人の考え方をよく理解していたといわれる。続く年月、イエズス会は親交のあった文人の助言を受け入れて、中国の風習を取り入れていった。一六一七年に宣教代理人としてアントワープを訪問したフランス人のイエズス会士、ニコラ・トリゴーを描いたピーテル・パウル・ルーベンスの肖像画にみられるように、仏教の僧侶を模した服装をしたのもその一例であろう。一六二二年には教皇グレゴリウス十五世がイグナチオ・デ・ロヨラならびにフランシスコ・ザビエルを列聖し、ポルトガルのエヴォラにあるイエズス会のコレジオ・エスピリト・サントでは、行列や盛式ミサ、花火などで祝った。一連の祝賀行事の中で生徒たちが演じたエキゾチックな活人画は、日本で邪悪な仏教の僧侶と対決するフランシスコ・ザビエルの冒険を描いたもので、それを見た多くの若い生徒が東洋におけるイエズス会の英雄的行為に感銘を受けたという。中国宣教に志願し、中には禁教令により殉教が現実であった日本への宣教を志願するものもいたという。ドイツ人のイエズス会士で数学者のアダム・シャール（一五九一―一六六六）は、一六一九年にトリゴーとともに中国に向かい、一六四四年には明朝の崩壊を見届け、清朝では天文局長官となった。何世紀にも渡って、イエズス会士たちは管区長に中国や日本での見聞を詳しく書き送り、この見聞録が出版され、西洋が東洋について知る重要な情報源となったのである。

十六世紀半ばにトレント公会議が招集されて、宗教改革が勢いを増すのを前にして、教皇庁はカトリック教会の統制に乗り出した。遥かな東アジアの管区にも、次第にその影響が及んだ。中国宣教の初期段階で、イエズス会は宮廷や士大夫に取り入るために、支配階級に信奉されていた儒教と共存する道を取った。これにはリッチが重要な役割を果たしている。リッチは中国語を学んだだけでなく、四書五経を読み、「中華の国へ儒教を学びに来た殊勝な人」[20]として中国社会に受け入れてもらう努力をした。そして『論語』と手元にあった洋書を参考に、ギリシャ・ローマの名句を漢文で紹介する『交友論』を著した。こうして中国人に受け入れられるようになると、キリスト教と儒教は共存できるという信念のもと、一六〇三年に漢文によるキリスト教教義書『天主実義』を北京で発行した。その中で、キリスト教のデウス、すなわち天主は儒教の天、あるいは上帝と同じである、という大胆な解釈を示した。こうしたキリスト教解釈に理解を示した中国人は「奉教士人」と呼ばれた。実際には改宗したとはいえない奉教士人も、宣教師の本国への報告では改宗したキリスト教徒として数えられたのであろう。

中国典礼論争

一六一〇年にリッチが北京で亡くなると、あとからやってきたイエズス会士の多くが、リッチの解釈に疑問を感じた。特に東洋言語の造詣が深いポルトガル人のイエズス会士ジョアン・ロドリゲスが一五七七年から一六一三年まで日本に滞在したことが契機となって、いわゆる「用語論争」が巻き起こった。ブローキーによれば、ロドリゲスは当時の中国でキリスト教用語とされていた天（Heaven）、上帝（Sovereign on High）、天主（Lord of Heaven）、天使（angel）、霊魂（soul）などの使い方が間違っていると本部に報告した。ブローキーはこれをロドリゲスが東洋哲学の機微に疎いことの証であるとしているが、むしろ正当な指摘であったといえるかもしれない。日本では支配階級のキリスト教に対する警戒心が強かったこともあり、宣教師の側もラテン語やポルトガル語の原語を曖昧な日本語に置き換えるのでなく、「神」を「デウス」とするように字訳する方法をとったのである。

ローマから離れていたこともあり、イエズス会は一世紀半の中国宣教の間に、独自の用語のみならず、儒教と共存するキリスト教の形を編み出していた。それに目をつけたのが、中国では後発の他のカトリック修道会であった。『フィネガンズ・ウェイク』で「ドミニカル会」（*FW* 188.11）や「ドミニカン・ミッション」（*FW* 72.23）

として言及されるドミニコ会は、中国のキリスト教徒の間で行われていた礼拝を見逃さなかった。イエズス会とドミニコ会の競争に加えて、長い間中国宣教を中心的に担っていたポルトガル人イエズス会士に、後から福建省にやってきたフランス人イエズス会士が加わって、宣教師間の競争が激しさを増した。報告を受けた教皇庁は、イエズス会が正統信仰を軽視しているのではないかと警戒した。一七〇四年に教皇クレメンティウス十一世は、イエズス会の中国での宣教法のいくつかを禁止する小勅書を出した。「天」「上帝」の語でキリスト教のデウスをあらわすことを禁止したのである。一七〇六年に康熙帝が宣教師に対して滞在許可証（*piao*）の取得を義務づけたこともあり、宣教師は中国典礼を受け入れざるを得なかったという側面もある。一方、ヨーロッパでは反イエズス会勢力による批判が相次ぎ、ジャンセニズムとの論争が加わって、イエズス会は一七七三年、ポルトガル、スペイン、フランスといった主要カトリック国から退去を命ぜられ、教皇勅書によって世界的に弾圧されることになった。この教皇勅書を拒否した非カトリック国のプロシアとロシア管区は別として、一八一四年の復権まで活動停止を余儀なくされたのである。

中国の典礼論争は文献学上の論争であるともいえる。ジョイスは中国典礼論争について知ったとすれば、大喜びしたであろう。なぜなら十九世紀にアイルランドで巻き起こった信心革命（Devotional Revolution）は、中国のキリスト教会と同様、ローマの正統性と土地の風習との衝突が由来となったからである。ジョイスの時代、アイルランドのカトリック指導者たちは、ローマ教皇庁に認められる正統性を保つのに躍起になっていた。『若い芸術家の肖像』の最後で、スティーヴンが母親と信仰について話し合い、イエズス会士でもあるイタリア語教師、カルロ・ゲッツィとブルーノの異端性について議論した挙げ句、棄教する決心をするのはこの保守的なローマ・カトリック教であった。

近代化と義和団の変

十九世紀末から二十世紀初頭にかけて、交通および通信技術が急速に発達し、西洋と東洋が直接出会う機会が大幅に増えることになった。工業化の進む西洋諸国では、資源調達のための領土拡張が急務となり、帝国の拡大と他文明の領土の占領へとつながった。宣教師は入植者より先に現地入りした者、後に続いた者、とさまざまであったが、いずれも植民地の、ときには野蛮と思われる風習や厳しい自然環境に立ち向かうだけでなく、抑圧された人々の敵とみなされ攻撃される危険にもさらされた。一八四〇年代になると、中国は阿片戦争で英国に敗北、西洋列強との不平等条約の締結に追い込まれたが、中でも強要されたのがキリスト教への寛容であった。一八六二年にはイエズス会が中国人志願者のための修道院を上海に開校、近代中国宣教のスタートといえよう。一八九五年には日清戦争の終結を受けて下関条約が結ばれ、英国、ロシア、ドイツ、米国、それに新たに加わった日本は、中国各地の主要都市に租界を獲得した。中国人民の不満はつのり、ボクサーと呼ばれる反乱者たち、義和団が外国人を襲撃した。その高まりが一九〇〇年夏の義和団の変となり、襲撃された北京の外国人租界の各国公使館は、各国軍隊の出動を要請したのである。

英国を含む西洋諸国では、義和団の変は残忍な国際条約違反とみなされ、広く報道された。ジョイスは『フィネガンズ・ウェイク』の中で数回、義和団に言及している。次の第一部第四章からの引用箇所では、義和団だけでなく、革命の指導者、孫逸仙（孫文）、それに中国の士大夫の目上に対する礼儀とされ、西洋人の目には過度な服従の態度と映る「叩頭」が登場する。

司教の命により攻撃開始。偶像に栄光だって？　本当に、真に。しかし、一体、この漢口ガラクタ（ハンカチーフ）は何なんだ、それにこの二人目、孫逸仙はどこからやってきたのだ？　顔むち打ちの義和団（ボクサー）に叩頭だ。この太陽男が筋道を正して、労働者から土地を取り上げたって？　居場所のなくなった奴らは、この遊びが大して気に入らないようだ。売り子を王の頭から共和国主義者に変更か。

（*FW* 89.35- 90.6）

ここでは中国の義和団の変が、いつの間に「王」や「共和国主義者」など、一九一六年の復活祭蜂起というアイルランド独立戦争の重要な出来事への言及へとすり変わり、ジョイスは植民地の民衆が蜂起した二つの事件を対比させているように思われる。中国では孫逸仙率いる国民党が清朝最後の皇帝をその座から引きずり落とし、孫は一九一一年に新生中華民国の初代大統領に就任した。『フィネガンズ・ウェイク』第二部第三章では、バットとタフという二人組のコメディアンによる掛け合いという体裁で、英国軍兵士としてクリミア戦争に従軍したバックリーがロシアの将軍を撃った顛末が語られるが、その中にピジン英語と義和団が登場する。

だから俺は検討をはじめて、奴らにうどん粉病でやられた負け犬どもに強い態度で臨み、砂糖大根の上に並べる方法を示してやったのだ。皆、と彼は見まわして声をかけた、皆、こちらに来い。終わりだ。落下だ。俺は拍手喝采を受けた。あのバンジョー弾きの密売人たちから。俺のヴァニラおばさんに乗っかったり降りたり。拳を上げたり〔ボクサー・ライジング、義和団の変〕一発やったり。

（*FW* 347.23-29）

日清戦争及び日露戦争に勝利した日本は、次第にアジアで覇権を握るようになり、中国で支配を広げていった。西洋によって覚醒したアジアの二つの国が、近代化をめぐって対立を深める。植民地主義にも愛国主義にも懐疑的であったジョイスは、遠く離れたヨーロッパで、中国と日本の対立を注意深く見守っていた。そしてイエズス会士を含むアイルランド人宣教師の多くが、中国で愛国主義者の攻撃の犠牲になる。

三、アイルランドの司祭職

ジョイスの時代のアイルランドは聖職者の宝庫、多くのアイルランド人司祭や修道士、修道女が海を渡り、司牧宣教に当たった。講演「アイルランド、聖人と賢者の島」の中で、ジョイスはカトリックのアイルランドについて、次のように語っている。

しかし、プロテスタントのアイルランドというのは、まず考えにくい。疑いようもなく、アイルランドはこれまでカトリック教会の最も忠実な娘であった。おそらく、最初のキリスト教宣教師を礼儀正しく迎え、一滴の血も流さずに、新しい教義に改宗した唯一の国だろう。これはかつて、カッシェルの司教がジラルドゥス・カンブレンシスの愚弄に対して誇らしく語ったとおりである。七、八百年の間、アイルランドはキリスト教の精神的中心であった。世界各国に息子たちを送り出して福音書を説かせ、学者を送り出して聖典を解釈し書き換える任務に就かせたのである。（*OCPW* 121-22）

このときの聴衆は、祖国回復運動の中心として、広大な教皇領地をめぐって日増しにヴァチカンに対する敵意をあらわにするようになっていたトリエステの人々であった。ジョイスはカトリック教会の歴史の中でアイルランド人司祭がはたした重要な役割について、むしろ誇らしげに語っているようである。

この講演の前年、ジョイスは仕事を求めて一人ローマに行き、ノラとジョルジオのために生活費を稼ぐべく銀行で働きながら、『ダブリンの市民』出版に向けてグラント・リチャーズ社と交渉する、というあまり楽しくない五カ月を過ごした。スタニスロースに宛てた一九〇六年十一月十三日付の手紙には、教皇不可謬性決定に関わったアイルランド人司教について、図書館で調べたと書かれている。

今日、ヴィットリオ・エマヌエーレ図書館に行き、「教皇の不可謬性」が宣言された一八七〇年のヴァチカン公会議の経緯について調べてみた。時間が足りず、終わらなかった。最終的な宣言がなされる前に、多くの聖職者が抗議のためローマを離れている。宣言の際には、教義が読み上げられると、教皇は「諸君、これでよろしいか」と尋ねた。諸君は皆、「プレイセット（賛成）」と言ったが、二人だけ「ノン・プレイセット（不賛成）」と言った。だが教皇は「くそったれ！　私は不可謬だ！」と。一説によればこの二人の聖職者とは、カプッツォ司教〔「カイアッツォ」教区をトリエステ方言でキャベツを意味する「カプッツォ」にかけた言葉遊び〕とリトル・ロック司教らしい。別の説によれば、アジャッチオ司教とリトル・ロック司教とか。僕はマックヘイルの生涯を調べてみたが、彼はテュアムとどこか他のところの司教を兼任していた。〔ジョン・マックヘイル、アイルランド、テュアム大司教として第一回ヴァチカン公会議に参加〕ヴァチカン公会議で投票したというようなことは、どこにも書かれていない。明日もう一度図書館に行って、物語のその部分を書き換えるつもりだ。「恩寵」は一九〇一年か二年が舞台だから、カーナンは一八七〇年当時は二十五歳くらいということになる。一八四八年生まれだから、「聖母無原罪御宿り」の教義が宣言された一八五四年には、たったの六歳だったことになる。

(*L* II 192-93)

「聖母無原罪御宿り」と「教皇の不可謬性」は、いずれも十九世紀後半に定められた教義で、ローマ・カトリック教会の権威を誇示するものとして、ジョイスが強い関心を示している。『ダブリンの市民』第十四話「恩寵」の主人公カーナンは結婚に際し、プロテスタントからカトリックに改宗したが、教会には通っていない。彼を改心させ行状を改めさせようと、友人たちは「教皇不可謬性」を持ち出して静修に誘う。友人の一人、ミスタ・カニンガムは、枢機卿会議で全員賛成の中で不賛成だった二人のうちの一人がアイルランドのジョン・マックヘイルであったという。ジョイスは事実を面白可笑しく変えて話のタネにするアイルランド人の姿を描いている。居合わせた男たちが疑わしそうにすると、次のように締めくくってみせる。

——そこでみんなが議論していた。世界中から集まったすべての枢機卿、司教、大司教たち、それと闘犬のようなとんでもないこの二人が。そこでついに教皇自ら立ち上がり、《聖座から》不可謬性をカトリック教会の教義と宣言したのさ。まさにその瞬間、それまで何度も反対していたジョン・マックヘイルが立ち上がり、ライオンのような声で《われ信ず！》と叫んだのさ。

（*D* 147）

カーナンを改心させるために教皇不可謬性の話を持ち出す男たちであるが、結局のところ状況の打開のためには、権力の権化ともいうべきカトリック教会に依り頼むしかないのである。

一方、中世のアイルランド教会とローマ教会の間の論争は、『フィネガンズ・ウェイク』で重要な役割を果たしている。第一部第七章でショーンは双子の兄弟シェムを異端者であると糾弾する。

君は陽気な天国の助言に従い、聖なる幼少時より、この二つの復活祭の島で育てられ、養われ、育まれ、丸々と成長し、彼の地を嘲っていた（夜になるまで奪い、残り物を取り損ない、あとは手当たり次第）。ところが今や、紛れもなく、君はこの卑怯者の世紀の白豚どもに混じって黒く汚れ、隠れたる神の二つに対する二重の二心を持ち、否、有罪宣告を受けた愚者、アナーキスト、自己中心者、異端者となり、君自身の最も激しく疑り深い魂の虚無の上に、分裂王国を築いた。

（*FW* 188.19-27）

なす。モースによれば、ブリテン島とアイルランド島の異端者の系譜は、『自然の分割について』(*De Divisione Naturae*)において、理性と権威が対立する場合、人間は理性を信ずるべきである、と説いたため、著書の焼却を余儀なくされたヨハンネス・スコトゥス・エリウギナに始まり、知性よりも意志の優位を、そして罪を犯す自由のある人間の自由を説いたダンズ・スコトゥスへ、さらには信仰と理性は独立していることを立証しようとし、宗教改革に影響を与えたオックハムのウィリアムに至る。

ジョイスの作品で、教会は霊的生活の敵として、また人の成長を阻害するものとして描かれている。イグナチオ・ロヨラが反ルネッサンスの指導者として、中世の価値の復活を求めて闘ったように、ロヨラの教育制度の申し子であるジョイスは、教育者たちと同じように、中世の武器を手に、近代の価値のために闘ったのである。[21]

ジョイスとカトリシズム

ジョイス研究者モースは、この箇所を取り上げて、ジョイスをローマ・カトリック教会の異端者の一人とみ

モースは、ジョイスがローマ・カトリック教の信仰を放棄した背景には、反権威主義、そして不可謬性を宣言し、忠実なアイルランドの司祭たちに背を向けた十九世紀ローマ・カトリック教会への反発があるという。ジョイスとカトリック信仰についての概ね妥当な見解であるように思われる。『ジェイムズ・ジョイスの聖パウロ的見方』(一九七八年)の著者ロバート・ボイルは、ジョイスがカトリック派であったか、反カトリック派であったかの確証は見出せないとする。また『フィネガンズ・ウェイク』におけるジェラード・マンリー・ホプキンズ(一八四四―八九)の扱いが、「ホプキンズ自身のカトリシズムの夢の扱いに比べてはるかに穏当で寛容であり、

孤独なスティーヴンのほろ苦いリアクションとは異なり、聖パウロの超自然的楽観主義に通じるものがある」と
述べている。[22] 一方、ケヴィン・サリヴァンのジョイスとカトリシズムについての見解はさほど楽観的ではなく、
ジョイスの召命拒否とその後のカトリック信仰の拒否を区別している。サリヴァンによれば、ジョイスは召命拒
否の結果として聖職制主義者となったのであり、「芸術家ジョイスの手は、絶えずならなかった聖職者の亡霊に
導かれている」と述べる。[23] ジョイスの時代のアイルランド人司祭たちは、中世以来の伝統にならって正統性のた
めに闘いつつも、植民地アイルランドの置かれた状況に順応していた誇り高き聖職者集団であった。

植民地政府行政官として東洋へ

アイルランドでこの時代にカトリックの若者が出世を望むとすれば、一方には大英帝国の植民地に軍人または官僚として赴くという道があった。ジョイスが一八八八年から九一年まで学んだクロンゴウズ・ウッド・コレッジの同窓会誌『ザ・クロンゴウニアン』一八九五年クリスマス創刊号に掲載の「インドの文官勤務」は、クロンゴウズ校と同じくイエズス会が経営するタラベッグ校の卒業生よる植民地勤務報告である。同校はジョイスが入学する少し前の一八八六年にクロンゴウズ校と統合されている。人口が英国の二倍以上あるインドを統治する仕事にはやりがいがあることはいうまでもないと、出世の見込みにも触れている。「英国に住む場合に比べて、結婚を少しばかり遅らせることができれば、立派な家、大勢の召使い、冷蔵庫にシャンペン、四輪馬車に軽装二輪馬車、アラブ人の奥さま、百ギニーの駿馬まで」の豊かな生活が用意されている、と請け合う。[24] 著者の言によれば、植民地文官試験は競争がさほど厳しくないことから、合格することも夢ではない、とのこと。英国の植民地支配下にあるアイルランドでは将来が望めないカトリックの若者の多くが、こうして海を渡って東洋に赴いた。彼らは遠い東洋の文物を持ち帰り、ヴィクトリア朝オリエンタリズムの発展に寄与した。クロンゴウズ校には、卒業生の寄贈とみられる日本の蒔絵の小箱などが飾られている。[25]

このように行政官として東洋に赴いた若者がいる一方で、宣教師となって未知の国へ派遣される道を選んだ者も少なくなかった。これは中世以来のアイルランドの伝統であり、またカトリック教会の勢力を物語る。司祭は職業というよりは天職であり、ローマ・カトリック教会の七つの秘蹟の一つ「召命」を受けて、すなわち神に召し出されて初めて就くことができる。高等学校卒業生の進学先として、一九〇一年版『アイルランド・カトリック住所録及び年鑑』では六校が上げられている。そのうちメイヌースのセント・パトリックス・コレッジ、ドラムコンドラのオール・ハロウズ・コレッジ、ローマのアイリッシュ・コレッジ、パリのアイリッシュ・コレッジの四校は、いずれも主として司祭の養成を目的として設立された。他の二校はジョイスが学んだカトリック・ユニヴァーシティ・オヴ・アイルランド、それにカトリック・ユニヴァーシティ・オヴ・メディシン（医科大学）の二校である。[26]

スティーヴンと司祭職

ジョイスの自伝的小説『若い芸術家の肖像』で、信仰をめぐって心が揺れ動く主人公スティーヴンに、ベルヴェディア校の校長は次のように切り出す。

――こういう学校では、一人かまあ二人か三人、神が信仰の生活にお召しになる生徒がいるものです、とやがて彼は言った。そういう生徒は、敬虔さという点でもそれからよい模範を示すという点でも、他の者とは際立って違う。みんなから尊敬されるし、信心会の全員から級長としてたぶん選ばれることになる。それでね、スティーヴン、君はこの学校でそういう生徒だった。聖母信心会の級長でしたしね。たぶん神がお召しになりたいと思っていらっしゃる生徒は、この学校では君らしい。

司祭の声の重々しい感じを強める、誇らかな口調のせいで、スティーヴンの心臓の鼓動が早くなった。

——このお召しを受けることは、全能の神が人間に与えることのできる最高の栄誉ですよ、と司祭は言った。地上のどの王も皇帝も、神の司祭の力を持っていません。天国の天使や天使長も聖人も、いや、聖母ご自身ですら、神の司祭の力を持っていない。教権、罪を縛りそして解き放つ力、悪魔祓いの力、神の創造なさった生物から彼らに力を振るう悪鬼を追い出す力、天なる偉大な神を祭壇へ呼び下し、パンとぶどう酒の形をとらしめる力、そういう権威。なんという恐るべき力でしょう、スティーヴン！

半ばこのような話を期待していたスティーヴンだったが、即座に「はい」とは答えられなかった。帰り道、「イエズス会士、スティーヴン・ディーダラス師」となった自分を想像してみるが、今はひどくかけ離れていることに愕然とする。ブル島で見かけた少女の美しさに喜びを感じる自分は、司祭として香炉を振ることは決してないだろう、と社会と宗教の秩序から巧みに逃げを打つ人生を選ぶのである。

ジョイス自身のカトリック教会との決別については様々な見解がある。ジョイス公認の伝記を書いたハーバート・ゴーマンによれば、ジョイスが司祭になる決断をしなかったのは、思春期に芽生えた罪の意識により、自分は司祭として禁欲生活を送ることはできないと直感したことによるという。(27) 一方、『ジェイムズ・ジョイスの学校時代』の著者でイエズス会士でもあるブルース・ブラッドリーは、『ユリシーズ』出版百周年記念講演で次のように述べている。

ジョイスのイエズス会の教師たちにとって最大の疑問は、その宗教観がどのように育まれたのか、ということでしょう。これはイエズス会士である私自身にとっても大きい問題で、ここでお話しするには大きすぎるのですが、これまでジョイスについて語るときに、私は「不可知論者」や「無神論者」ではなく「背教者」という言葉を使ってきました。というのも現代も我々の多くにとってそうであるように、ジョイスが受け入れられなかったのは、神の存在やキリストの神性（こちらについては議論の余地がありますが）というよりは、むしろ教会の制度であるように思われるからです。[28]

ブラッドリーのこのような見解は、ジョイスが前に進むために、十九世紀のカトリック教会に見切りをつけたと考えれば、腑に落ちる。

フリン神父

ジョイスの作品には様々な司祭が登場するが、修道会司祭と教区司祭に分かれる。十九世紀のアイルランドでは、両者とも東洋などへの宣教に赴く機会はあったが、教育やアイルランド聖職者団への忠誠心が異なる。ジョイスはどのように両者を描き分けているだろうか。教区司祭の一例が『ダブリンの市民』第一話「姉妹」のジェイムズ・フリン神父である。フリンが主任司祭を務めていた聖カタリナ教会は、ダブリン中心部の十三世紀に遡る歴史的地域、リバティ地区にある。（図13）主人公の少年はフリン神父について、次のように回想する。

ローマにあるアイルランド神学校で学んだことがあり、ぼくに正しいラテン語の発音を教えてくれた。カタコンベやナポレオン・ボナパルトについての話を聞かせてくれたし、ミサの様々な儀式の意味や司祭の着用する様々な祭服の意味を説明してくれた。（*D* 6）

フリンは当時の神学校としてより一般的であったメイヌース・コレッジではなく、ローマのアイリッシュ・コレッジで教育を受けたという。またフリンが少年に教えたのは十九世紀に論争となったラテン語の発音であった。二十世紀初頭のアイルランドでは、ミサは司祭の語るラテン語により進行し、会衆は沈黙のうちにミサ典書でそれを追う、というスタイルであった。その中で侍者を務める少年だけは、ラテン語による応答を暗記する必要があった。当時、長い間の慣習となっていた大陸風ラテン語、あるいはイギリス風ラテン語から、キケロの時代のローマ風ラテン語に戻そうという動きがあったという[29]。ミサで英語が使われるようになるのは第二ヴァチカン公会議（一九六二―一九六三）以降のことになる。フリン神父はまた少年に、ローマで見聞きした外の世界について語った。少年の伯父をはじめとする周りの大人が、あからさまにフリン神父への不信感をあらわし、神父が少年に悪影響を及ぼすのではないかと考えたのは、自分たちの知らない世界への恐れがあるのかもしれない。神父の死を知らされて、少年は夢の続きを思い出そうとする。

図 13　聖カタリナ教会，ダブリン

長いビロードのカーテンと古風な吊りランプがあったのを覚えている。ぼくはとても遠くの、風習も一風変わったどこかの国にいたように感じた――ペルシャだ、と思った――。けれども夢の結末は思い出せなかった。（D 7）

少年の夢の中でフリン神父はヴィクトリア朝オリエンタリズム、すなわち放蕩の地としての東洋と結びついている。ジョイスが描くのは、アイルランドに戻ることになった司祭の失意の晩年の姿である。パリやローマのアイリッシュ・コレッジで学んだ若者の多くは、外国に宣教師として派遣されるか、司祭職から離れるかして、アイルランド国内で教区司祭となるケースは比較的少なかった。フリン神父はローマや東洋での刺激に満ちた生活を何らかの理由で断念して、ダブリンの教区司祭として平凡な日々を送ることになったのかもしれない。

アイリッシュ・コレッジ

パリのアイリッシュ・コレッジ、現アイルランド文化センター（図14）に残る資料『司教訪問録』によれば、大陸のアイリッシュ・コレッジはカトリック司祭の養成を目的とし、アイルランド司教団の海外神学校委員会の監督下にあった。一九二〇年の項を見ると、パリのアイリッシュ・コレッジを退学して、翌年アイルランド司教団によって認可されたメイヌース宣教会に加わり、中国に向かった若者が二名いたことがわかる。

刑罰法下のアイルランドでは、カトリック司祭の養成には複雑な事情があった。トレント公会議（一五四三―一五六三）以降、各司教は改革教令により教区内に神学校を設立することが義務付けられていた。[30]例えばダブリンでは一五九二年にエリザベス女王によりトリニティ・コレッジが設立されて神学と哲学を中心に教育が行われたが、アイルランド国教会、いわゆるプロテスタントの司祭の養成を目的として、カトリック教徒には開かれていなかった。カトリック教徒の入学が認められるようになってからも、カトリック信者の多くは大陸のルーヴァン、パリ、サラマンカなどの大学で学ぶ道を選び、やがて自分たちの宿舎や学校を作っていった。十八世紀末にはルーヴァン、リール、プラハ、サラマンカ、ローマなどの大学都市を中心に、およそ三十校のアイリッシュ・コレッジが開かれていた。アイリッシュ・コレッジは各都市のアイルランド人コミュニティの中心となり、祖国の独立戦争の間は、国外でアイルランドの大義を宣伝する重要な役割を果たした。アイリッシュ・コレッジでの生活について次のような記録がある。

神学校にはすでに叙階された二十代の司祭と、若者の両方がいた。年長の学生の中には、フランス語、スペイン語、イタリア語、オランダ語などで苦労する者もいた。若い学生たちは現地の言葉を難なく習得したが、多くはアイルランド語を忘れてしまった。学校の上層部はこれを心配した。アイルランド語を忘れてしまえば、帰国を躊躇する可能性もあり、国に戻ってアイルランド語使用地域で働くには不適当となってしまう。そこでアイルランド語教育に力を入れるようになった。アイルランド語会話の時間を設け、ルーヴァンやローマではアイルランド語の印刷所を運営するようになった。アイルランド語の専門家が教材を作ったり、授業を支援したりした。パリのアイリッシュ・コレッジでは一七六八年に英語アイルランド語辞典が出版された。こうして十九世紀末から二十世紀初頭にかけてのアイルランド語復興運動の先鞭がつけられた[31]。

図14　アイリッシュ・コレッジ（現アイルランド文化センター），パリ

ヨーロッパのカトリック国にあったアイリッシュ・コレッジ（アイルランド神学校）は、司祭を目指すアイルランドの若者に、神学だけでなくアイルランド語を学ぶ場も提供したのである。アイリッシュ・コレッジが設立された当時のアイルランドは、ゲール語とも呼ばれていたアイルランド語が郡部で広く話されて、ミサはラテン語で行われても、司祭の説教はアイルランド語を使用するのが一般的であったものと思われる。教区司祭の養成にはアイルランド語教育が必須であった。

パリのアイリッシュ・コレッジは、一五七八年にウォーターフォード出身のジョン・リー神父が、パリ大学モンタギュー校で学ぶアイルランド人学生のために、サン・トマ通りに設けた生活共同体に起源がある。一六七七年にはカルム通りにあるロンバード校に移ったが、パリ大学でイグナチオ・デ・ロヨラが、のちにフランシスコ・ザビエルも学んだ学校である。やがてフランス革命の戦禍を逃れてシュヴァル・ヴェール通りに移転し、のちにこの道はイルランデ通り（アイルランド人通り）と名付けられた。卒業生の中にはアイルランド本国やフランスで、司祭となるだけでなく教授や校長となるものも多く、パリ大学教授の中にも同校出身者が何人もいた。パリ大学に隣接する立地条件から、ここで学ぶアイルランド人の若者は、パリ左岸で一般的であった東洋文化との交流の機会も、ある程度はあっただろう。「姉妹」のフリン神父も、少年にカトリックの典礼を教えるだけでなく、ローマのアイリッシュ・コレッジで学ぶ間に耳にした東洋の風物について話して聞かせたのではないだろうか。

海外のアイリッシュ・コレッジで反英運動が盛んになるのを危惧し、またフランス革命によって破壊されたフランス国内のアイリッシュ・コレッジの機能を補うために、一七九五年にアイルランド議会の議決により、ダブリン郊外、キルデア州メイヌースにセント・パトリックス・コレッジが設けられた。のちにメイヌース・コレッジの名前で知られるようになる。『ダブリンの市民』第十一話「痛ましい事故」で、主人公ミスタ・ダッフィの自宅本棚に置かれた『メイヌース教理問答』（図15）は、彼の不毛な人生への痛烈な皮肉ともなっている。ミセス・シニコーの淡い求愛を拒絶した四年後、本棚にはニーチェの本が二冊加わっていた。ミスタ・ダッフィはミセス・シニコーが彼と別れた後、酒に溺れて電車に轢かれて事故死したことを新聞記事で知る。

英国は刑罰法のもとで、アイルランド語しか話さないカトリックの人々のために司祭を養成する必要性という矛盾に気づいた。このカトリック神学校を英国政府の予算により運営するという事実は、様々な議論を呼んだ。アイルランド聖職者団を完全に支配するために英国がとったのは、メイヌース・コレッジの新入生に「忠誠の誓い」を義務付けることであった。一八五五年版「メイヌース委員会報告書」によれば、新入生は入学翌年一月に、全員並んで時の英国王ジョージ四世（在位一八二〇年―一八三〇年）に忠誠を誓うだけなく、名簿に署名することになっていた[32]。

当初、メイヌースではアイルランド語の使用が禁じられていたが、十九世紀末には状況が変わったようで、前述の一九〇一年版『アイルランド・カトリック住所録及び年鑑』の大学登録には、メイヌースでの教授職の一つに「アイルランド語」が挙げられている。登録リストの中で、セント・パトリックス・コレッジは第一に挙げられていて、評議員にはアーマー、ダブリン、キャッシェル、テュアムの各大司教、それにゴールウェイなどその他の教区の司教たちが名を連ねている。メイヌースこそは英国によるカトリック・アイルランド支配の中心であり、組織化されたカトリシズムの象徴であった。英国はアイルランド国内にカトリック神学校を設けることによって、くすぶりかけた革命への情熱に水を差すのに、ある程度成功したといえるかもしれない。

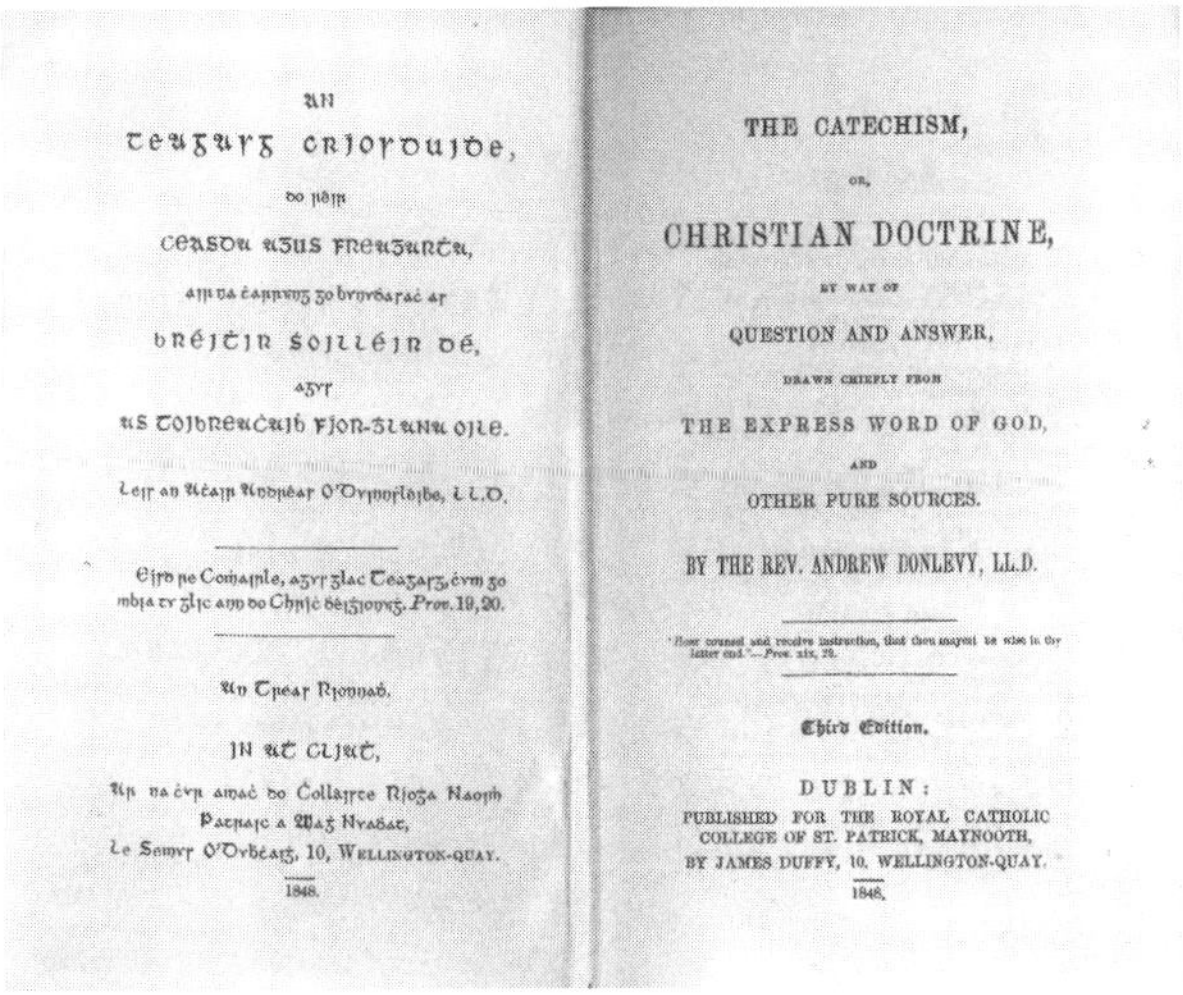

THE CATECHISM,
OR,
CHRISTIAN DOCTRINE,
BY WAY OF
QUESTION AND ANSWER,
DRAWN CHIEFLY FROM
THE EXPRESS WORD OF GOD,
AND
OTHER PURE SOURCES.
BY THE REV. ANDREW DONLEVY, LL.D.
"Hear counsel and receive instruction, that thou mayest be wise in thy latter end."—Prov. xix, 20.
Third Edition.
DUBLIN:
PUBLISHED FOR THE ROYAL CATHOLIC
COLLEGE OF ST. PATRICK, MAYNOOTH,
BY JAMES DUFFY, 10, WELLINGTON-QUAY.
1848.

図 15 『英愛対訳教理問答集』（メイヌース・カテキズム）より

コンミー神父

英国王への忠誠の誓いに抵抗して、メイヌースではなく海外のアイリッシュ・コレッジに進学した青年は少なくなかったが、その一人がのちに『ユリシーズ』第十挿話《さまよえる岩々》でコンミー神父が夫人に出会う場面で、間接話法の会話に名前が登場するデイヴィッド・シーヒー下院議員となる。

陽光にきらめく木の葉の陰を歩いて行くと、向こうからデイヴィッド・シーヒー下院議員夫人がやって来た。

——とても元気でございます、神父様。神父様は？

コンミー神父もじつに元気一杯というところでしてな。たぶんバクストへ鉱泉保養に行くことになるでしょうて。で、息子さん方は、ベルヴェディア校ではしっかりやっておいでかな？　なるほど。それはまことに喜ばしい。それと、ミスタ・シーヒーは？　まだロンドンに。まだ議会の会期中でしたな。すばらしいお天気ですなあ。本当に気持ちがいい。

（*U* 10.16-23）

デイヴィッド・シーヒーは兄ユージンの後を追って、パリのアイリッシュ・コレッジに一八六五年に入学したものの、二年後にパリでコレラが流行した際、アイルランドに戻ることを余儀なくされた。兄弟は揃って病気にかかり、二人ともパリにとどまって病気で死ぬよりはと、一人は家族のために帰国する決意をしたという。[33] パリのアイリッシュ・コレッジ所蔵の「一八五八年以降　学生名簿」（図16）には、デイヴィッド・シーヒーについて「一八六七年一月、病気のため退学、世俗生活の誓いを立てる」との記述がある。この名簿を見ると、世俗生活の誓い（ヴォタ・セクラリア）を立てることは、さほど珍しいことではなかったようである。帰国したデイヴィッドはやがてベッシー・コーイと出会い結婚することになる。二人の間にはベルヴェディア・コレッジでジョイスの学友となるユージンとリチャードの兄弟、それに四人の娘たち、ハナ、メアリ、マーガレット、キャスリーンがいた。ジョイスは度々ベルヴェディア・プレイスに面したシーヒー邸を訪れた。父親の破産により転居を重ねて、貧困というべき状態に陥っていたジョイス家とは比べ物にならないこの家で過ごす時間は貴重だったに違いない。

ジョイスの学友ユージン・シーヒーの娘ルースは、聖心会の修道女となって、中国を経て来日、二〇〇八年に亡くなるまで終生日本で女子教育に尽くした。シーヒー家の四人の娘たちについても特筆すべきであろう。ハナはジョイスの大学での学友フランシス・スケッフィントンと結婚、夫妻は男女平等の信念から苗字をシーヒー＝スケッフィントンとした。フランシスは一九一六年の復活祭蜂起後間もなく逮捕されて、処刑された。ハナはその後、アイルランドを代表する婦人参政権運動家となった。ジョイスは姉妹のうちでは大学で一緒に学んだメアリ・シーヒーと一番仲が良かったという。そのメアリが結婚したのが、やはりジョイスの大学での学友で詩人、国会議員となるトマス・ケトルである。ケトルは第一次世界大戦に従軍し、ベルギーで戦死した。その「わが娘ベティへ、神の贈り物」はアイルランド人の愛誦する詩となり、ダブリンのセント・スティーヴンズ・グリーン公園には、この詩の一節が刻まれたケトルの銅像が立つ。デイヴィッド・シーヒーは司祭職から世俗生活への転向というアイルランドでは珍しくない人生を送った好例である。アイルランド社会の発展に尽くし、孫の一人を通じて結果的に東洋宣教にも寄与した。

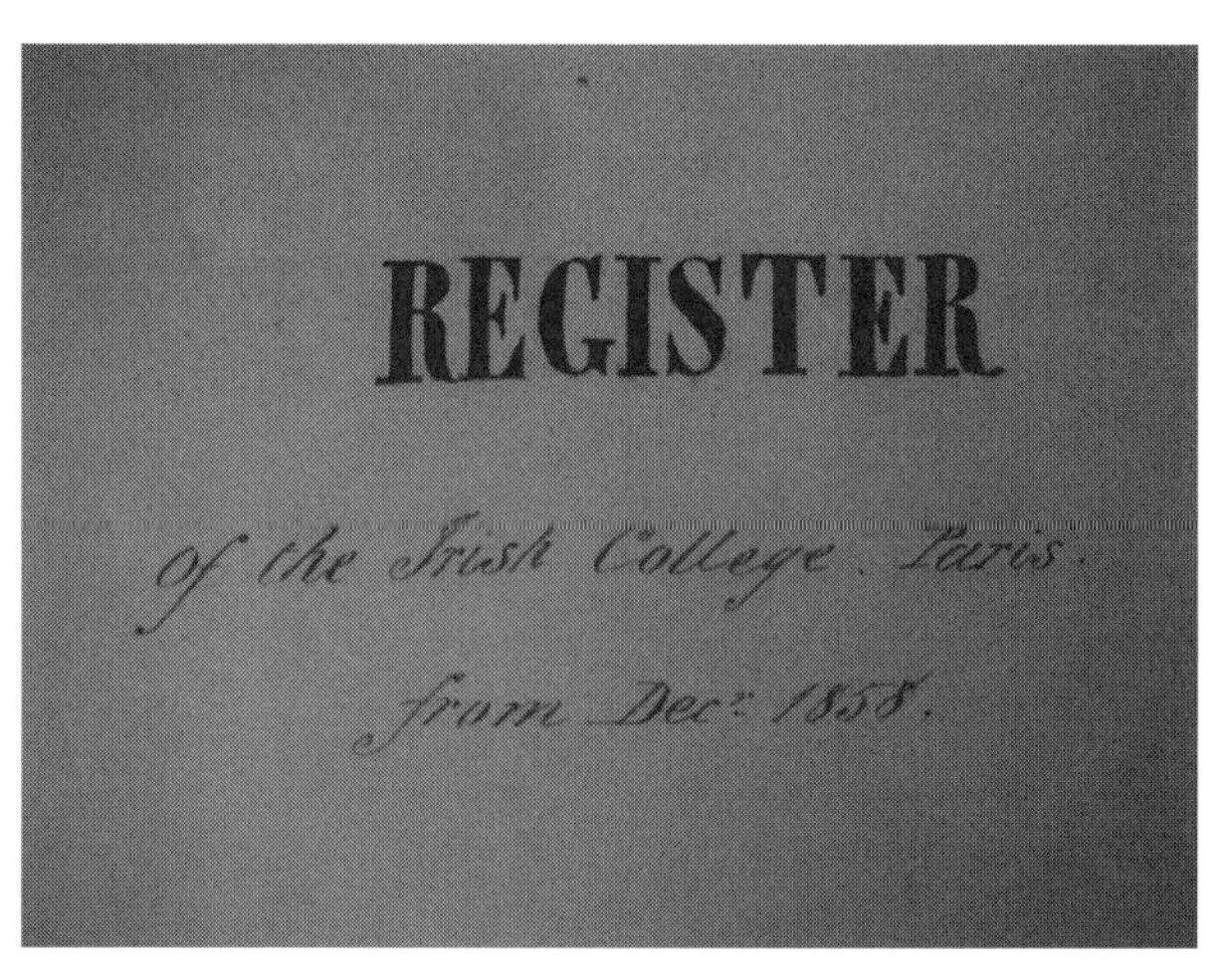

図16　パリのアイリッシュ・コレッジの学生簿

枢機卿ポール・カレン

ポール・カレン（図17）はジョイスのカトリック教会に対する反発の象徴ともいうべき司祭である。カレンはローマのアイリッシュ・コレッジで学んだのち、『ダブリンの市民』のフリン神父とは異なり、司祭として階段を上り詰め、一八六六年にローマ教皇によりアイルランドで最初の枢機卿に任命された。ジョイスは講演「アイルランド、聖人と賢者の島」で、アイルランドのカトリック教会がローマに忠実だったにもかかわらず、枢機卿の任命がこのように遅かったことを、ローマによるアイルランドの評価が不当に低いことの表れである、と述べる。（*OCPW* 122）カレンはローマのアイリッシュ・コレッジ校長を務めてから、一八五〇年にアーマー司教となり、一八五二年にはダブリン大司教となって辣腕を振るった。（図18）カレンはローマ教皇庁だけでなく、英国政府とも緊密な関係を維持して、強大な権力を手にしたが、英国寄りの心情のため、反フィニアン・反愛国主義と批判されることも多く、『フィネガンズ・ウェイク』を含むジョイス作品に度々登場する。『若い芸術家の肖像』のクリスマス・ディナーの場面では、カトリック教会の造反によるパーネル失脚事件について、ケイシー氏とダンテの対立する意見が披露される中で、スティーヴンの父ディーダラス氏がカレンの名前を持ち出す。

——あれは国を裏切った男です！　とダンテは答えた。裏切り者で姦通者です！　ああいう男を司祭様たちが見捨てたのは正しいことです。司祭様はいつだってアイルランドの味方ですもの。

——本当かい？　とケイシー氏はいった。

憤慨のあまり顔をしかめた彼は、げんこつで食卓をたたき、それから一本ずつ指を起こしてゆく。

——アイルランドの司教たちははたしてわれわれを裏切らなかっただろうか？　あの併合問題の頃ラニガン司教はコーンウォリス侯爵に忠誠を誓ったじゃありませんか。一八二九年にはカトリック解放と引きかえに、祖国の向上を売りわたしたじゃありませんか。壇の上からも告解室でも、フィニア党を非難したじゃありませんか。それにテレンス・ベリュー・マクナマスの遺骨をはずかしめたじゃありませんか。

彼の顔は怒りで紅潮したし、スティーヴンもその言葉に感動して頬をほてらせた。ディーダラス氏があからさまな軽蔑をしめす馬鹿笑いをした。

――おやおや、と彼は叫んだ。あのポール・カレンじいさんのことを忘れていた。あれだってやはり神様の目だぜ！

ダンテが食卓に身をかがめて、ケイシー氏に叫んだ。

――正しいのよ！　正しいのよ！　あの方々はいつだって正しいのよ！　何よりも大事なのは神様と道徳とキリスト教です。（P 33）

大司教、つづいて枢機卿としての任期中に、カレンは、植民地化を意味する「コロナイズ」にかけた言葉遊びでしばしば用いられる表現であるが、アイルランドを「カレン化（カレナイズ）」した、とまでいわれる。いわゆる「信心革

図 17　ポール・カレン枢機卿の肖像画

図 18　ダブリン大司教館

命」によって、それまでの比較的自由で地方色豊かなアイルランドのカトリック教会の典礼を見直して改めるのに中心的役割をはたした。枢機卿としては、宗教の枠を超えて、アイルランドの社会問題にまでその政治力を発揮した。中でもカトリック教徒の教育、特に大学の問題は、ジョン・ヘンリー・ニューマンが新設されたばかりのカトリック大学の学長を辞任して以来の懸案事項であり、教授を任命する必要もあった。

アイルランドの社会問題の最重要課題は、大飢饉以来の深刻な貧困であった。その結果、アイルランドからの移民が急増し、本国では人口も司祭の人数も激減していた。ダブリンやコークといった都市部の救貧院は悪名高く、プロテスタント各派はそれを口実に貧しいカトリック教徒たちを改宗させようと躍起になっていたが、アイルランド西部地域では特に顕著であった。カレンは貧民学校（図19）を開設して、カトリックの孤児たちを収容し食糧を与え改宗させようとするプロテスタントの改宗勧誘と戦う姿勢を見せた。一八四七年の時点で、人口の八割が政府による救済を受けていたほどに飢饉の被害が大きかったコネマラ地方では、プロテスタントの活動が特に盛んであった。[34] ローマのアイリッシュ・コレッジに保管されているカレン関係資料の中に、カレンの名前で出されたカトリック教徒とプロテスタント教徒の結婚を禁じる通達がある。結婚を禁じるだけでなく、結婚式に参列することも破門につながる罪にあたる、と強い口調で述べる。別の通達では、カトリック教徒がプロテスタント系の病院に入院することを勧めないとしている。理由としては、プロテスタント系の病院はカトリック司祭の訪問を禁じているから、とのこと。[35] カレンは施策を次々と実行して行った。

『フィネガンズ・ウェイク』第一部第二章、主人公のHCEが読者に紹介される場面で、「彼の帽子は天井からぶら下がっていたが、マッケイブとカレンの赤儀式頭巾ほどには突出せず」（*FW* 32.36-33.02）と、ポール・カレンとその後継枢機卿であるエドワード・マッケイブが登場する。カレンは赤い枢機卿帽（図20）をかぶり、敬称「猊下（エミネンス）」と話しかけられ、理屈の上ではアイルランドの宗教指導者としてローマ教皇により任命されるので、英国の支配から自由ということになる。事実、一八六八年に英国皇太子がダブリンのメーター・ミゼリコーディエ病院を表敬訪問した際、病院には皇太子の肖像画と並んでカレンの肖像画が飾られていたという。二人の枢機卿は『フィネガンズ・ウェイク』第一部第八章、ＡＬＰの豪華なドレスの描写の中で、「彼女がまとっていたのは、二人の枢機卿の木の椅子を被い、哀れなカレンを押しつぶし、マッケイブの息の根も止めそうな玉虫色の翡翠の時代物のガウン。」（*FW* 200.01-02）と再び登場する。ジョイスの作品にカトリック教会の権力の象徴として登場するポール・カレンは、自らの出世と同時にアイルランド・カトリック教会の出世を画策し、ついに一八六六年にアイルランド初の枢機卿に任命されることによって、教区司祭の頂点に立ったといえよう。皮肉にもジョイスが惹かれたのは、カレンの推進により典礼で用いられるようになったラテン語であった。ヨーロッパのアイリッシュ・コレッジで学び、宣教に赴いた多くのアイルランド人司祭は、実際にはパリやローマで異文化を体験し、キリスト教とは異なる価値観が存在することを知り、その後宣教に赴いた先でそれを確認することになる。

図 19　貧民学校募金のためのカード

図 20　カレン枢機卿の赤い儀式用帽

司祭にならなかったジョイスは、アイルランドを離れて住んだヨーロッパの各都市で、違う形ではあるが同様の体験をすることになる。

四、中国でのアイルランドによる宣教活動

二十世紀初頭、アジア各国で独立の機運が熟し、愛国主義が台頭する時期に、東洋で働いていたアイルランド人宣教師がいた。その足跡を、当時の新聞記事やジョイスの作品をもとに辿ってみたい。大戦間のヨーロッパでは、アジアでの西洋列強の動きとともに、新興国日本の近代化に伴う勢力拡大に強い関心が寄せられた。ジョイスは一九二〇年から主に暮らしたパリで、東洋の人や文物に触れる機会が少なくなかった。『ユリシーズ』第三挿話《プロテウス》で、母の病のためパリ滞在を切り上げて帰国したスティーヴンは、パリを思い出しながら自嘲的に聖コロンバヌスに言及する。

> おまえは素晴らしいことをやるはずだったね、え？　熱血コロンバヌスに続いてヨーロッパへ布教に。フィアクルとスコトゥスは天国の三脚椅子に座って、一パイント入り壺からビールをこぼして。ラテン語で大声で笑っている。エウゲ、エウゲ！
> （*U* 3.192-94）

中世以来、アイルランド人宣教師はブリテン島に、そしてヨーロッパ大陸に渡って活動の場を広げていた。英国支配下のアイルランドでは、宣教師たちの任務は主として英国の植民地や米国に住むアイルランド系住民の司牧であった。だが二十世紀に入ると状況に少しずつ変化が見られ、宣教師たちはアフリカや東洋を目指すように

なる。

「未開の中国野郎」

『ユリシーズ』第五挿話《食蓮人たち》で、ダブリンの町を歩き回るブルームは、オール・ハロウズ教会のドアの掲示に見入る。

ドアには同じ掲示がある。イエズス会士ジョン・コンミー師による説教、イエズス会士聖ペトロ・クラヴェルとアフリカ宣教について。昏睡状態に陥ったグラッドストンの改宗のための祈り、なんていうのもあったな。プロテスタントも同じようなことをやっている。神学博士ウィリアム・J・ウォルシュを正しい宗教に改宗させよう、というのだから。何百万人もの中国人を救済しよう、か。一体、未開の中国野郎にどうやって説明するのだろう。一オンスの阿片の方を有難がるのじゃないか。天人たち。彼らにとっては鼻もちならない異端の邪教だろう。博物館に彼らの神ブッダが横向きに寝そべっている像があったな。頬杖をついてくつろいで。線香が燃えていて。磔のキリスト像とはえらい違いだ。イバラの冠に十字架。そういえば聖パトリックはシャムロックとはうまいこと考えたものだ。となると箸かな？

(*U* 5.322-30)

実際に東洋やアフリカが布教の場として、アイルランドで視野に入るようになるのは、一九一六年の復活祭蜂起以降のことであるが、『ユリシーズ』ではすでにその萌芽が見られる。引用箇所で市民ブルームはカトリック、プロテスタント双方の宗教愛国主義ともいうべき布教合戦に思いを馳せる。もちろんブルームは中国人を阿片中毒と結びつけたり、仏教徒の慣習をキリスト教の立場から偶像崇拝とみなしたり、とヴィクトリア朝ステレオタイプにどっぷり浸かっている。

「未開の中国野郎」（The Heathen Chinee）というのは、もともとブレット・ハート作曲のバラード「正直ジェイムズのごまかしのない言葉」のタイトルの一つである。ア・シンなる中国人が「邪悪」で「風変わり」と描写される。この「未開の中国野郎」という言い回しは好んで用いられ、出版物にも度々登場することになる。例えばM・P・シール著『黄色い危険、または中国帝国の分割によって、ヨーロッパ諸国の仲が引き裂かれたら、どうなるか』第二章「未開の中国野郎」では、主人公のイェン・ハオは「未開人以外の何者でもない」「目は乾いた氷のよう」「白人女を完全にものにすることを企んでいる」などと描写される。イェン・ハオは日本の大臣伊藤侯爵に、日本海軍について「飼い主が剃刀を使うのを見た猿に、それを持たせるようなもの」だと言い、アジア人はヨーロッパ人のものまねをする、という西洋人の持つステレオタイプをなぞる。そして「閣下、日本と中国が一つになって、アジア大陸やコーカサス地方を横断する口実さえあれば、今日のヨーロッパを負かし、我らの進行を妨げるものは何もありません」と誘うのである。[36] 日露戦争後にヨーロッパで怖れられたいわゆる「黄禍論」は、中国と日本に対し既得権があると信じる英国では、特に深刻に受け止められていた。

『ユリシーズ』は一九〇四年のダブリンが舞台であるが、出版された一九二二年までにアイルランドは復活祭蜂起と独立戦争を体験していることもあり、戦争の影が色濃くみられる。

メイヌース中国宣教会

ブルームが思い出す「何百万人もの中国人を救済しよう」というスローガンは、一九一八年からアイルランド全土に広まったメイヌース中国宣教会を反映するように思われる。ニューヨークでアイルランド系移民の司牧にあたっていたコーク出身の司祭エドワード・ガルヴィン（一八八二―一九五六）がカナダ人司祭ジョン・M・フレーザーに出会って聞いた話、すなわち中国では英語を話す司祭が不足している、というのが始まりであった。ガルヴィンはフレーザーとともにバンクーバーから上海に向う「エンプレス・オブ・チャイナ」号に乗船した。

一九一二年、清朝が崩壊して間もなくのことである。ガルヴィンが本国に送った報告書には、親が子を捨てざるをえない中国の貧困の状況、新しい国家を作るために必要な英語を教える学校が望まれていること、などが書かれていた。

> プロテスタントの宣教師は中国のどこにも大勢います。私がいるところでは、カトリック司祭二十三名に対し、プロテスタントの牧師は二百名ほどいて、大変熱心です。プロテスタントの学校はどこの地域にもたくさんあるので、上流階級の中国人を獲得し改宗させる可能性があります。カトリックの英語の学校がないのは、英語ができるカトリック司祭がいないからです。(37)

図21　コロンバン会本部，ナヴァン

当時、中国で布教していたカトリック司祭はフランス人、ドイツ人、イタリア人が主で、プロテスタントによる布教の成功を目にしたガルヴィンは、アイルランド人によるカトリック宣教の可能性を見出した。一九一六年には、中国で働く司祭を探すだけでなく、宣教の基盤を作るために、上海を発って第一次世界大戦のさなかダブリンに戻った。八月に帰国してみると、四月の復活祭蜂起の記憶はまだ新しく、その後の指導者の処刑は、人々の心に暗い影を落としていた。ガルヴィンはダブリンにいる間にメイヌースのセント・パトリック・コレッジで教える若き神学教授ジョン・ブロウィックに会い、中国の状況と自分の願いを訴えた。こうして一九一八年にメイヌース中国宣教会がアイルランド司教団により認可され、聖コロンバン修道会がガルヴィンとブロウィックにより設立された。ゴールウェイの近く、ダルガン・パークに中国宣教のために司祭を教育する神学校ができた。ガルヴィンとブロウィックは手分けしてアイルランド各地をまわり、資金集めに奔走した。一九一六年の復活祭蜂起によって英雄的行為と熱情に駆られた多くの若者が、進んで中国宣教に一生を捧げたのである。[38] キリスト教宣教師は日本の敗戦と中華人民共和国の成立により、一九五〇年代には中国国外に追放となる。中国を追われた宣教師の多くが戦後日本にやって来た。聖コロンバン修道会（図21）も例外ではなく、和歌山、茅ヶ崎、藤沢などで活動した。

一方、中国ではカトリックの各修道会がローマ教皇庁布教聖省（プロパガンダ・フィーデ）の割り当てにより布教活動を行っていたが、一九一九年にコロンバン会に割り当てられたのは、湖北省の漢陽市とその周辺地域であった。翌一九二〇年、最初のコロンバン会司祭の一団が上海に向かってアイルランドを出発した。だがこの時期、政治的に不安定な中国国内で外国人排斥の機運が高まり、プロテスタント、カトリックを問わず、宣教師たちの受難が始まった。

フーキェン・ミッション

一九二六年十二月八日付『アイリッシュ・タイムズ』紙には、中国におけるアイルランド人の布教活動を報じる記事が掲載されている。それによると一番人数が多いのが、ダブリン大学福建省宣教会となっている。ダブリン大学とはトリニティ・コレッジ・ダブリンの通称であったから、プロテスタントの宣教会ということになる。それ以外のプロテスタント宣教会としては、フレンズ外国宣教会、メソディスト教会、ウェズレアン宣教会、長老派教会宣教会などが挙げられている。[39]

この頃、パリのジョイスは『フィネガンズ・ウェイク』となる次の作品に取り組んでいた。『フィネガンズ・ウェイク』の題辞「パリ　一九二二―一九三九」が示すとおり、その創作ノートは『ユリシーズ』出版直後の一

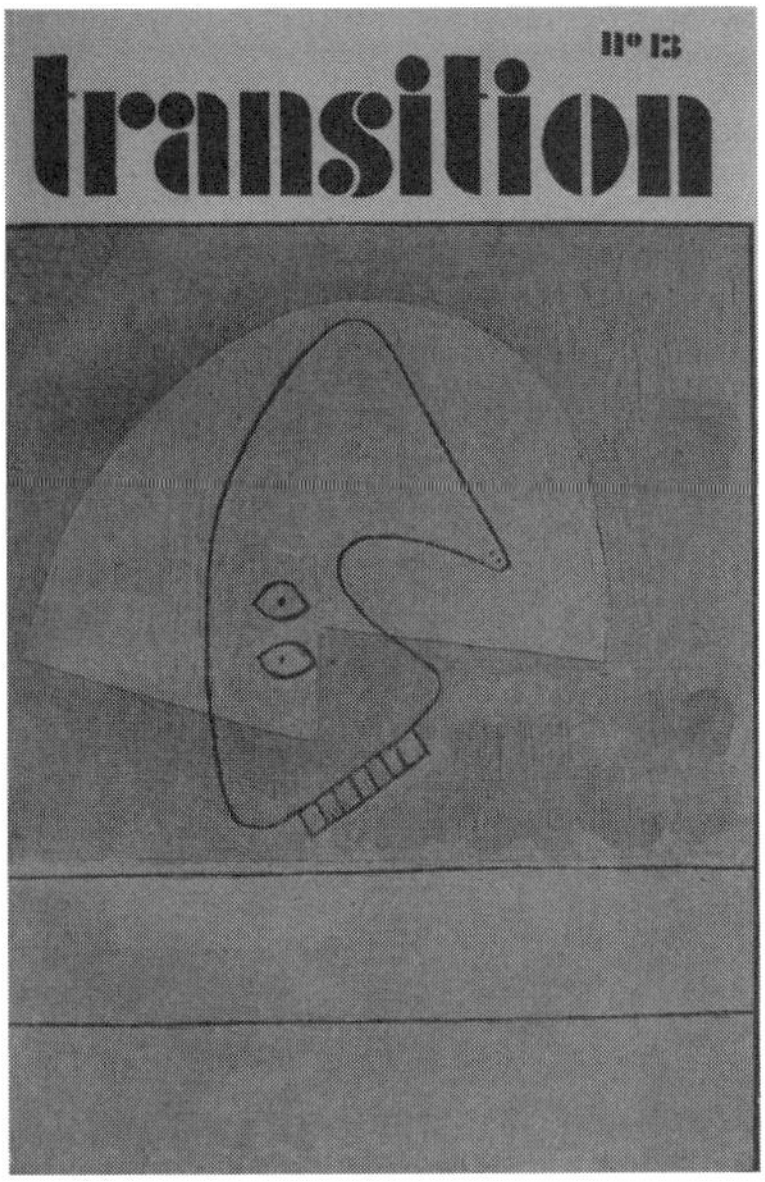

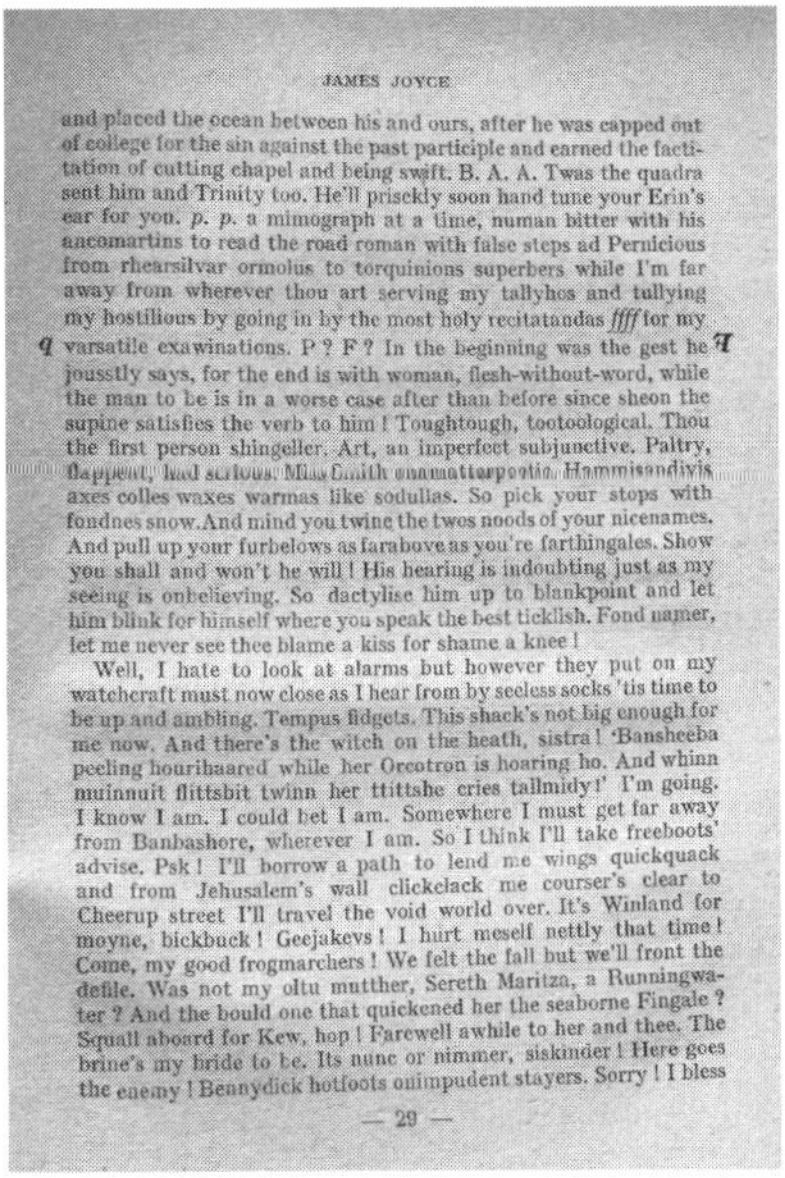

JAMES JOYCE

and placed the ocean between his and ours, after he was capped out of college for the sin against the past participle and earned the factitation of cutting chapel and being swift. B. A. A. Twas the quadra sent him and Trinity too. He'll prisckly soon hand tune your Erin's ear for you. *p. p.* a mimograph at a time, numan bitter with his ancomartins to read the road roman with false steps ad Pernicious from rhearsilvar ormolus to torquinions superbers while I'm far away from wherever thou art serving my tallyhos and tullying my hostilious by going in by the most holy recitatandas *ffff* for my varsatile exawinations. P ? F ? In the beginning was the gest he jousstly says, for the end is with woman, flesh-without-word, while the man to be is in a worse case after than before since sheon the supine satisfies the verb to him ! Toughtough, tootoological. Thou the first person shingeller. Art, an imperfect subjunctive. Paltry, flappent, had serious. Miss Smith onamatterpoetic. Hammisandivis axes colles waxes warmas like sodullas. So pick your stops with fondnes snow. And mind you twine the twos noods of your nicenames. And pull up your furbelows as farabove as you're farthingales. Show you shall and won't he will ! His hearing is indoubting just as my seeing is onbelieving. So dactylise him up to blankpoint and let him blink for himself where you speak the best ticklish. Fond namer, let me never see thee blame a kiss for shame a knee !

Well, I hate to look at alarms but however they put on my watchcraft must now close as I hear from by seeless socks 'tis time to be up and ambling. Tempus fidgets. This shack's not big enough for me now. And there's the witch on the heath, sistra ! 'Bansheeba peeling hourihaared while her Orcotron is hoaring ho. And whinn muinnuit flittsbit twinn her ttittshe cries tallmidy !' I'm going. I know I am. I could bet I am. Somewhere I must get far away from Banbashore, wherever I am. So I think I'll take freeboots' advise. Psk ! I'll borrow a path to lend me wings quickquack and from Jehusalem's wall clickclack me courser's clear to Cheerup street I'll travel the void world over. It's Winland for moyne, bickbuck ! Geejakevs ! I hurt meself nettly that time ! Come, my good frogmarchers ! We felt the fall but we'll front the defile. Was not my oltu mutther, Sereth Maritza, a Runningwater ? And the bould one that quickened her the seaborne Fingale ? Squall aboard for Kew, hop ! Farewell awhile to her and thee. The brine's my bride to be. Its nunc or nimmer, siskinder ! Here goes the enemy ! Bennydick hotfoots onimpudent stayers. Sorry ! I bless

— 29 —

図23　欄外のFとP,『トランジッション』13号

transition
Nº 13

図22　『トランジッション』13号（1928年）

九二二年のメモに始まり、一九三九年の出版に至るまで十七年に渡って記されている。この頃、混迷する中国で活動していたキリスト教の宣教師たちは、山賊に襲われたり、身代金目当てに誘拐されたり、あるいは虐殺されたり、拷問を受けたりしていた。さらに日中戦争が混乱に拍車をかけた。宣教師に対する暴力事件は新聞で広く報道されて、ジョイスも読んだものと推察される。

『フィネガンズ・ウェイク』第三部第二章でショーンはジョーンとなって、双子の兄弟シェムについて演説してから、「崇敬する手紙」を届けるミッションに出発する。出発を前にしてショーンは、乙女たちに向かってシェムについて次のように語る。

あいつはすぐにもあなた方のエリンの耳に調べを届けるだろう。謄写版印刷で一回ずつ。あれほどうまいやつはいない。私が遠くで任務に就いている間、あいつは銀や金メッキのような褒め言葉や竜巻のような玉葱、最も聖なるレシタチーヴォから気まぐれな戦争賛美のフォルテ

ッシモまで。福建省宣教会のコーチとなるために。ピアノ？　フォルテ？　ソボスティウス修道士よ、私の未熟な青年時代に、いつも教えてくれたではないか。[40]　（*FW* 467.32-468.7）

『「フィネガンズ・ウェイク」初稿版』の当該箇所にはこの一節は見当たらず、一九二四年のノートでは、「私の叔母」から先にとんでいる。一九二八年出版の『トランジション』十三号に発表された「進行中の作品」で、この箇所は次のようになっている。

He'll prisckly soon hand tune your Erin's ancomartins to read the road roman with false steps ad Pernicious from rhearsilvar ormolus to torquinions superbers while I'm far away from wherever thou art serving my tallyhos and tullying my hostilious by going in by the most holy recitatandas *fff* for my versatile examinations. P? F?[41]

『トランジション』十三号（図22）の頁の余白には二つの印、逆さP及び逆さFが印刷されている。（図23）この二つの印を置き換える形で、一九三九年出版の『フィネガンズ・ウェイク』に付け加えられたのが、福建省宣教会のくだりとローマの王たちをめぐる言葉であり、いずれも戦争と関わりがある重要な修正といえよう。中国南部沿岸に位置する福建省は、広東省や浙江省と並んで、早くから西洋人との交渉があった。一九二〇年代にはプロテスタント、カトリック双方が宣教本部を置いている。『トランジション』の逆さPは、qに似ているともいえる。そのため逆さFと一緒にフーキェン（福建）の音を表している、という見方もできよう。つまりローマ字のFとPの音による置き換えであり、このような置き換えは『フィネガンズ・ウェイク』では珍しくない。この修正によって意味として付け加えられるのは、音の強弱を表わすフォルテとピアノということになる。この経緯は一九二〇年代、三〇年代の欧米の新聞を賑わした東アジアの状況を反映しているように思われる。

五、ショーンの東へのミッション

「フーキェン・ミッション」という言葉が登場する『フィネガンズ・ウェイク』第三部第二章は、二人の洗濯女がリフィ川のほとりで消えてゆく場面で終わる第一部第八章、ＡＬＰの章の続きとして書かれた。一九二四年五月二十四日付、ハリエット・ショー・ウィーヴァー宛の手紙でジョイスは、郵便配達人として「崇敬する手紙」を届けるショーンの任務(ミッション)について、次のように説明している。

申し訳ありませんが、書き写すことはできなかったのですが、ショーンは既に語られた出来事の中を夜、逆方向に進む郵便配達人として描かれています。十字架の道行の十四留の体裁で書かれていますが、実際にはリフィ川を河口に向かって流れていく樽に過ぎません。（*L* I.214）

リフィ川は潮の満ち引きの影響を受けるため、フィーニックス・パーク南東の角にあたるアイランド橋に向かって西向きに川を遡って流れたギネスの酒樽は、再び引き潮に乗って海に向かって東に流れていくことになる、とはヴィム・ファン・ミエロの解説である。『どのようにジョイスは「フィネガンズ・ウェイク」を書いたか』の編著者の一人で、ジョイスの生成論的研究で知られるファン・ミエロによれば、背景には一九二四年にジョイスがパリで体験し、『アイリッシュ・インデペンデント』紙でも報じられた洪水があるかもしれないという。ファン・ミエロはショーンの旅の三層のリアリティについて、ジョイスの創作ノートをもとに次のように述べる。

> 第一に、テキストの最も抽象的なレベルでいえば、クライヴ・ハートが落日と結びつけているが、ショーンは父を探し、また父に倣って、死に向かって旅をしている。本章全体に、特に妹イッシーとの別れの場面には、「死」と死後の生が、「ぼくの通夜で大泣きしないでくれ」（*FW*453.02-3）などとほのめかされ散りばめられている。〔……〕キリストの受難を模して、あるいはもじって、ショーンは自分が死んで、イースター卵として復活する、と宣言する。〔……〕次のレベルは物語の出来事により近く、時間と叙述を軽やかに繋いでいるのだが、ショーンは「過去への巡礼」に出発する。[42]この旅の中で、現在は存在と、過去は不在と合体する。それは四人の歴史家と時・時制と過去とのヴィシー風の関係を生む旅でもある。ショーンは不在を存在させるというわけである。（VI.B.16:75）最後に、文字どおりのレベルでは、ショーンの時間を遡る旅は、彼の西に向かう旅と一致する。父を探してというよりは、父の爪先を探して。〔……〕聖パトリックのように西の全てを祝福するのである。[43]

『フィネガンズ・ウェイク』第三部第二章と第三章は、第一部の父ＨＣＥの動きをたどるショーンの逆行する動きを中心に対位構造をなす。ファン・ミエロはまた、ジョイスが読んだヴィクター・ブランドフォード著『聖コロンバヌス――社会的継承と霊的発達の研究』（一九一三年）から「聖性と英雄主義の社会学的起源となるのは、探求（クエスト）と宣教と巡礼という三つの主要な宗教的制度である」を引いている。[44]

ショーンをめぐるこの二章は、『シェムとショーンの物語』（一九二九年）の「オントとグレイスホーパー」を核として生まれ、一九三〇年代半ばに『フィネガンズ・ウェイク』として出版されるまで修正を重ねてきた。ファン・ミエロは『トランジション』誌への掲載こそが「実際の普遍化」の出発点であったと述べる。「フーキェン・ミッション」の追加もそのような一例ではないだろうか。ジョイスが言及しているのは漢陽のコロンバン会のミッションでも香港のイエズス会のミッションでもなく、ダブリン大学福建宣教会、カトリックではなくプロテスタントのミッションである。アイルランド聖公会は英国聖公会宣教協会[45]を通じて早くに中国宣教に乗り出し、一八八五年にはダブリン大学（トリニティ・コレッジ・ダブリン）が自校の宣教会を設立している。『中国でのトリニティ・コレッジ・ダブリン―ダブリン大学福建ミッションの歴史　ミッション五十周年記念編纂』は福建省でのプロテスタント宣教の歴史を伝える。

一八四二年の阿片戦争後、宣教師たちは中国各地を調査し、上海と寧波が占領されると福州に二人の宣教師がやってきた。そのうちの一人、ウェルトン氏の医療技術は、町でも周辺の村でも評判だったが、当局や文人の間には強い敵意がみられた。一八六〇年までに二人の男性と一人の女性宣教師が尊い命を失い、二人の宣教師の健康が損なわれ、すべて無駄のように思われた。というのも、本国の委員会に報告された改宗者は皆無で、改宗の見込みもなかったからである。委員会は宣教会を撤退させる決断をした。だが一人残った若い宣教師G・スミス氏は、本国委員会に福州で後一年の猶予を、と懇願した。

同年、上海から来た外科医W・H・コリンズ牧師は、滞在中に施療院を開いて好評を得、一八六一年ついに四名が受洗したのである。福州宣教活動が無駄と批判されることなく実を結んだのは、ダブリン大学ミッションの最初の牧師の功績である。

スミスはようやく扉が開いたのを見届けて一八六三年に死去したが、以来ミッションは盛況である。一八六八年には最初の中国人牧師が誕生、福建省は一九〇五年には一教区となるまで成長した[46]。

ジョイスが読んでいた『アイリッシュ・タイムズ』紙は、その後も福建ミッションについて報じたが、次第に増加する反外国人暴動についての報道が多くなっていった。一九二七年二月二十二日付記事によれば、プロテスタントだけでなくカトリックの宣教会も英国海軍の保護下にあったという。

ハインド主教の報告によれば、福建省政府は外国人が充分な保護を受けることを認める布告を出し、我が海軍は支配下にある中国沿岸地域全体で保護の約束をした。主教も領事も海軍は信頼に足りるとしている。沿岸地域とは阜寧及び阜南のダブリン大学福建ミッション各拠点、羅源などの聖公会宣教協会ならびに聖公会婦人宣教会各拠点である。宣教師はこれらの拠点から撤退してはいない。(47)

異教徒を改宗し、優れた西洋文化で感化するためにアジアに進出した宣教師たちが、図らずも英国による植民地活動の一端を担うことになり、このため当局から警戒されることにもなった。愛国主義運動と結託し反逆者に協力しているとみなされることさえあったが、実際には庶民には教育や医療という面で恩恵がもたらされることが多かった。ジョイスが『フィネガンズ・ウェイク』で福建ミッションに触れているのは、一義的にはFとPの二文字を音としてまた視覚的にも書き替えたことによるが、中国におけるプロテスタントの布教活動の困難についても、ジョイスが関心を寄せていたことの表れではなかろうか。ジョイスにとり、一九三〇年代の中国や日本は遠い存在であったが、アイルランド人宣教師が派遣されていたことにより、いくらか身近に感じられたのかもしれない。

ニュージーランドの「ポピー」

ジョイスのすぐ下の妹、マーガレット・アリス・ジョイス（一八八四―一九六四、通称ポピー）もまた、英国の植民地で修道女として生涯働いたアイルランド人の一人であった。母親を亡くしたジョイス家（図24）で家族の世話した後、一九〇九年に慈善聖母修道女会に入会した。(48) 同年九月十五日にはキルケニー州キャランの聖ブリジッド宣教学校に入学した。同校は修道会に入会し、海外に赴任する前の少女たちを教育する目的で、一八八四年にパトリック・モランによって創設された。モラン自身オーストラリアに渡って、のちに大司教、枢機卿となる。マーガレットは一学期間、同校で勉強し、同年十一月十一日にニュージーランドに向けてキングスタウンを出港、ちょうど帰国中だった兄のジェイムズが見送ったという。ニュージーランドに到着後は、シスター・メアリー・ガートルードと名乗って、十二月三十日には仲間三名とともにグレイマウスにある慈善聖母修道女会の諸聖人修道院に入った。一九一二年七月十三日に四人は誓願を立て、慈善聖母修道女となった。シスター・メアリー・ガートルードはグレイマウスに続いてロレット校でピアノと歌を教え、一九六二年七月には修道生活五十年、金祝を祝った。アイルランドに帰国することはなかったが、家族とは連絡を取り続けたという。ジョイスは『フィネガンズ・ウェイク』のマオリ語やニュージーランド方言などについて、手紙で問い合わせたようである。マーガレットはジョイスの作品や素行についてあまり芳しくないと思っていたのか、「放蕩者の兄で、近代でもっとも有名で黙認できる小説家、ジェイムズ・ジョイスのために償い祈る生涯であった」という。[49]

図24　ジョイスが父と妹たちを訪ねたダブリンの住居

若い時にローマ・カトリック教会と袂を分かったジョイスであるが、アイルランドを離れてから、イエズス会士をはじめアイルランド人司祭たちのヴァチカンの権威との戦いについて、そして東洋での苦悩について知るところとなったのだろう。改宗と非改宗、対立するものの適合と不適合という観点から、はたして「西が東を揺り起こすだろう」（*FW* 473.22-23）と言えるのか、東洋はジョイスの関心の対象となったのではないだろうか。『フィネガンズ・ウェイク』に福建宣教会（フーキエン・ミッション）という語句を挿入したことから、カトリックとプロテスタントが中国で繰り広げてきた布教競争をジョイスが承知していたことが窺えるといえるかもしれない。

郵便配達人ショーン

『フィネガンズ・ウェイク』第三部第一章冒頭、チャペリゾッドの居酒屋でHCEと妻のALPが眠る深夜、近くの教会で真夜中の鐘が鳴ると、甲高い声で「ショーン、ショーン、郵便物を送るのだ!」と呼ぶ声がする(*FW* 404.7)。そこへロイヤル・ダブリン・メール郵便配達人の制服に身を包んだショーンが登場する。ショーンは「この開いた手紙」(*FW* 410.22)、あるいは「あの軟弱な文形」(*FW* 413.31)を届けるために出発するにあたり、「俺に名前の似た他者、あいつが頭で俺はいつもあいつに仕える鬼」(*FW* 408.17-18)、すなわち双子の兄弟で手紙の筆記者のシェムについて語る。続く「オントとグレイスホーパー」挿話は「イソップ寓話」(*FW* 422.22)、働き者の蟻と歌ってばかりのキリギリスが冬になって報いを受ける物語「蟻とキリギリス」のパロディである。ショーンはシェムの悪事を言い連ね、『フィネガンズ・ウェイク』に登場する百文字からなる十番目で最後の言葉を吐き出す。また母親ALPと「ジェイミーのような茶番息子シェム」(*FW* 422.36-423.1)を「あの分厚い手紙がいけないのだ」(*FW* 423.10-11)と責める。「イエズス会に入った」(*FW* 423.36))ジェイムズは「自分の気に入るように俺の語句を好き勝手に斬り刻む書記シェム」(*FW* 423.15-16)となり、「確かに俺の物語を盗んだ」(*FW* 425.2)と告発する。こうして手紙ならびに『フィネガンズ・ウェイク』自体の信憑性が問われることになる。

ショーンは自分こそ「封筒入り携帯用手紙」そのものであり、これからリフィ川を下る「ギネス氏の登録ずみ単独審理法廷用樽」(*FW* 414. 9-13)で運ばれるところであるという。ギネスの酒樽で運ばれるショーンは、弟セトの陰謀により箱に入れられてナイル川に流されたエジプト神話オシリス王に通じる。第三部第一章はギネスの酒樽で川を下るショーンに捧げる叙情的な文で締めくくられる。

強い人よ、コートを裏返して、谷間の私たちのところに、若き雄のガチョウよ、いま一度、とどまっておくれ。そしてゴロゴロ回転しながら帰るお前に、繁栄の苔が付着しますように。霧の夜露がお前の箍(たが)に、ダイヤモンドのように輝きますように。お前の樽の栓口が、子としての消火栓でしっかりと閉まりますように。大麦を揺らす背後の風が、泳ぐお前の脛に幸運を吹き寄せますように。

(*FW* 428.9-14)

時間と空間を移動して、西から東へそして再び西へとリフィ川の潮の満ち引きとともに進路を変え、真実の手紙を運ぶショーンの任務は、「言葉」の本質を示唆するように思われる。ショーンのように西から東へと宣教師として旅をし、未開の野蛮人に真の言葉を伝えようとしたのが、アイルランド人を初めとするキリスト教司祭たちであった。『フィネガンズ・ウェイク』とその文化的背景を注意深く読むと、植民地支配の道具となった宣教師たちの挫折と植民地の政治的状況が、実はアイルランド本国での紛争を反映することをジョイスが認識していたことが明らかになる。

第三章　イッシーと東洋趣味の舞台

「踊りながらダンスから帰宅する娘たち」（*FW* 602.32-33）

一、踊る娘と父親　「ポップ」の創造

十九世紀の西洋の人々の抱く東洋のイメージは、舞台芸術に登場する謎めいた妖婦による誘惑と現実逃避に深く結びついていた。『ユリシーズ』第四挿話《カリュプソ》では、ダブリンの街を歩く主人公レオポルド・ブルームの心に、東洋の官能的なイメージが広がっていく。

若返るような気がする。東のどこかの国で、朝早く。夜明けとともに出発して、絶えず太陽より先にぐるりと、一日分の行程をこっそり先回りすればいい。永久に続ければ歳をとらないはず。浜辺を歩き、見慣れない土地を、都市の城門へと到着する。歩哨がいる。兵卒あがりの老将校も。トゥウィーディー爺さんそっくりの大きな口ひげを生やして、長い槍に寄り掛かっている。日よけの天幕をめぐらした商店街を歩いて。ターバンを巻いた顔がいくつも通り過ぎる。暗い洞窟のような絨毯屋。怪傑ターコーみたいな大男があぐら

をかいて螺旋形の水キセルをふかしている。道では呼び売りの声。茴香の香りをつけた水を飲む、シャーベット。一日中ぶらぶら歩きまわって。盗賊の一人や二人に出くわすかもしれない。出くわしてやろうじゃないか。歩き続けて日が暮れる。円柱の並ぶあたりに回教寺院の影が落ち、巻物を抱えた僧侶が一人。木々が身を震わせ、合図だ、夕風の。俺は通り過ぎる。薄れゆく黄金色の空。母親が一人、戸口から俺を見つめている。彼らの謎めいた言葉で子ども達を家に呼び戻す。高い壁、その向こうで弦楽器の音が響く。夜空、月、菫色、モリーの新しい靴下留めの色。弦楽器。聞け。少女がかき鳴らす何とかいう楽器、ダルシマーだ。俺は通り過ぎる。

たぶん本当はこんなじゃないだろう。いわば本で読むお話さ。太陽を追いかけて。扉には旭日模様。彼はひとりで思い出し笑いをした。（*U* 4.83-100）

ブルームの夢想は一八七三年にダブリンで上演された人気パントマイム劇「怪傑ターコー」の場面、それにエクルズ通りの自宅本棚に置いてあるアメリカ人旅行者フレデリック・D・トンプソンの旅行記『太陽を追いかけて』の扉頁などについてくり広げられる。西洋人によって書かれたこのような東洋見聞録をもとに、多くの舞台芸術作品が書かれた。遥かな東の国々は演劇、オペラ、バレエなどに、異なる文化に息づくロマンチックな背景と冒険の物語を提供した。

舞台芸術は詩や小説よりも早く、二十世紀になって間もなく、モダニズムの洗礼をうけた。ダンスは非描写的な舞台芸術として、革新に対して最も開かれているという[1]。東洋からの借用は演劇のモダニズムの標準となり、ベルトルト・ブレヒト（一八九八—一九五六）は中国の演劇にヒントを得、アントナン・アルトー（一八九六—一九四八）はバリ島の舞踊に理想を見出し、ウィリアム・B・イェイツの舞踏劇ならびにイーゴリ・ストラヴィンスキー（一八八二—一九七一）作曲のバレエ「結婚」（一九二三年初演）は、日本の能を模しているという。非西洋に由来する舞台芸術の表象は、もとの文化では伝統的であったものが、西洋の舞台では伝統を突破する革新的な武器となった。このような東洋の舞台芸術の「不思議」に惹かれる西洋人の態度は、東洋を征服すべき「他者」とみなす植民地主義の表れともいえよう。

欧米のキリスト教文化圏では、宗教や言語文化が異なる東洋、とりわけ各地の「謎めいた言葉」（*U* 4.95-96）に対する畏怖があった。これは東洋でも同じことで、日本で「南蛮文化」などと称して異文化を鎖国の対象として隔離したのは、変化を強いられることへの恐れからであったかもしれない。ジェイムズ・ジョイスは演劇や舞踊などのこのような動きをいち早く察知し、『フィネガンズ・ウェイク』において東洋を内面化することにより、先駆者たちを越えようとした。中でも顕著なのがイアウィッカー家の娘イッシーとその分身たちの踊る姿である。イッシーは二人の妖婦、七人の虹娘（レインボウ・ガールズ）、二十九人の閏年娘（リープ・イヤー・ガールズ）に分裂する無邪気な娘役であり、女性の愚かさと性的魅力の勝利であると、早くから指摘されている。[2] また西洋の妖婦や、伝説のアイルランド王女イゾルデとして、そしてイアウィッカー家のドラマの主役として、分裂しつつ踊るイッシーの姿には自己と他者の区別はなくなっている。

イッシーはジョイスの『フィネガンズ・ウェイク』創作過程において、最初に生み出された登場人物とされる。[3]「イズの父（ポップ）さんと母（モップ）さん」という創作ノートの記述からは、主人公ハンフリー・チムデン・イアウィッカー（HCE）の起源はイゾルデの父にある、ということがわかる。当時ジョイスは『クライテリオン』誌一九二二年十月号及び翌一九二三年一月号に連載されたトマス・S・ムアによるトリスタンとイゾルデ伝説を扱い近年英国で出版された諸作品に関する記事を読んでメモしていた。ムアはアルジャーノン・C・スウィンバーン（一八七三—一九〇九）やローレンス・ビニヨン（一八六九—一九四三）のイゾルデ伝説をめぐる新作は、性的情熱と裏切りをバランス良く描き出すという点で、シェイクスピアなどに比べて見劣りがすると述べる。[4] ジョイスはリヒャルト・ワーグナーの作品の方に説得力があるとのムアの記述に刺激を受けたのか、イゾルデ伝説を自分なりの夢あるいは夜の物語、すべてを超越する死についての物語として再現しようと思ったようである。[5] エズラ・パウンドも戯曲『トリスタン』を書いているが、一九一六年に狂言として書かれて以来、上演されたことはないものと思われる。一方、ジョイスの創作ノートの「ポップ」は、例えば「ポップが同性愛者であるというのは間違いである。テンプルの公園で一時的に露出したというどこかの女中の訴えにより逮捕された」などと一人歩きを始める。[6] この記述は一九一八年出版のフランク・ハリス著『オスカー・ワイルド伝』で、ワイルドの義父ホレイシオ・ロイドに対する同様の訴えについて読んだことに由来する。[7] こうして『フィネガンズ・ウェイク』は、戸外で女中たちを相手に露出行為に及んだと訴えられるイッシーの父HCEの夢物語として紡ぎ出されてゆく。

ここでは『フィネガンズ・ウェイク』の主調をなす舞台芸術に焦点をあわせ、東洋が不思議な「他者」であるばかりでなく、分裂する自己の不可欠な一部として描かれていることを検証する。東洋的な舞台への言及が多数あるのは、ジョイスが音楽好きであったためもあろう。この頃パウンドと知り合ったジョイスは、パウンドを通じて中国や日本の文学に親しんだ。またモダニズムに沸くパリに住むようになり、ストラヴィンスキーのバレーなど、プリミティヴィズムに接する機会があった。『ユリシーズ』に続く新作を構想するにあたり、人の生と死、死を超越するものとしての死者の霊について書くことは自然の成りゆきであった。

『フィネガンズ・ウェイク』の娘イッシーは、二人に分かれて「マギーたち」(*FW* 560.15) となり、フィーニックス・パークでHCEの不謹慎な行為の対象となったとされる「二人のおバカな女中」(*FW* 192.02) に繋がる。さらに七人に分かれると「右足から左足へ、前へ、後ろへ、くるりと回る」レインボウ・ガールズとなる。「あの子たちは天使のように頷いてくるりと回る、あの子たちは天使の花輪なのだから」(*FW* 226.21-23)。『フィネガンズ・ウェイク』終盤近く、イッシーは「十五と四人」のリープ・イヤー・ガールズとなり、「あの無垢で淫らな少女たちの夢」の中、「ケヴン!」と呼ぶ声がこだまして、「踊りながらダンスから帰宅する娘たち」(*FW* 602.32-33) となる。

二十世紀初頭、草創期のモダン・ダンスの発達は、形式の点でも内容の点でも、西洋に来て踊って見せた異国の舞踊家たちによるところが大きい。『フィネガンズ・ウェイク』の東洋関連の言葉に舞台芸術関係の語彙が多いのも納得がいく。一九二〇年代のパリでは、ヴァーツラフ・ニジンスキー（一八九〇―一九五〇）（図25）の踊るロシア・バレエ（バレエ・リュッス）の公演、アフリカ系アメリカ人ジャズ歌手ジョセフィーン・ベーカー主演の「黒人レビュー（ルヴュー・ネーグル）」など、原始主義（プリミティヴィズム）が一世を風靡していた。ジョイスは娘のルチア・アナ・ジョイス（一九〇七―一九八二）がダンスに打ち込んでいたこともあり、舞台芸術に接する機会が多かった。ルチアがイザドラ・ダンカン（一八七七―一九二七）の兄レイモンド・ダンカン（一八七四―一九六六）のもとでダンスを学んだことは、『フィネガンズ・ウェイク』のイッシーの人物像形成と密接な関係があるように思われる。この頃ルチアは六人の若い女性によりパリで結成されたダンス集団「リズムと色（レ・リトウム・エ・クルール）」の一員として活躍、一九二六年十一月二十日にはシャンゼリゼ劇場でデビュー公演を行った。[8] このグループは『フィネガンズ・ウェイク』に「公園で集まるリズムと色たち」（*FW* 610.34）として登場する。これに続く時期、ジョイスが「進行中の作品」に取り組んでいる間、幸福とはいえない思春期を過ごしたルチアは、次第に精神の均衡

図25　「シェヘラザード」（1910年）で踊るニジンスキー

が崩れていくのが傍目にも明らかになり、やがてダンスを諦めることになった。ルチアの精神の不調は、アイルランドやヨーロッパなど世界各地で繰り広げられる過酷な戦争の現実と同時期に進行していった。ジョイスの最愛の娘ルチアは、イアウィッカー家の踊る娘イッシーとして、また父と交わしたとされる多言語混淆の会話や文通を彷彿とさせるナラティヴにおいて、永遠に生きることになった。

本章では『フィネガンズ・ウェイク』に登場するオリエンタリズムの舞台芸術を取り上げ、東洋が西洋の舞台でどのように表象されていたかをたどり、そのような表象がジョイスの創作に影響を与えた可能性を検証する。

二、『アラジン』の変遷

『千夜一夜物語』から『アラビアン・ナイト』へ

ジェイムズ・ジョイスは、六歳でクロンゴウズ・ウッド・コレッジ（以下、クロンゴウズ校）に入学した三年後の一八九一年の復活祭に、「アラジン、または不思議な腕白小僧」（以下、『アラジン』）に最年少の出演者として出演した。「その他、子ども役」の一人としてプログラムに名前があり、写真が残っている。[9]（図26、図27）ヘンリー・J・バイロン（一八三四―一八八四）が一八六一年にパントマイム劇として書いた原作は、イギリスやアイルランドで人気の演目であった。『アラジン』は『シンドバッドの冒険』『アリババと四十人の盗賊』『床屋物語』とともに『ユリシーズ』にもたびたび登場する。帝国主義とキリスト教倫理観が作用するこれら異国の物語の受容と変容の歴史は、ヴィクトリア朝英国のオリエンタリズムを彩る。

『アラビアン・ナイト』の一編「アラジン」は中東民話に由来すると考えられている。妻の不貞に怒って復讐のため毎晩のように処女を娶っては殺していたシャリヤール王にシェヘラザードが語る『千夜一夜物語』としてアラビア語で出版された。その成立には二つの系譜があるとされ、一つはアッバース朝（七六二―一二五八）の都バグダッド、もう一つはファーティマ朝（九〇九―一一七一）のエジプトである。「平和の都市」バグダッドは世界的な図書館で知られた文芸の中心地であり、中世ヨーロッパでは入手困難とされたギリシャ・ローマの古典の多くが、ルネッサンス期にバグダッドからもたらされた。外交官として中東に派遣されたフランス貴族の随員として同行経験があるオリエント学者アントワーヌ・ギャラン（一六四六―一七一五）がアラビア語からヨーロ

図26　クロンゴウズ校での「アラジン」出演者たち，後列左端がジョイス

ALADDIN,

OR THE WONDERFUL SCAMP.

A BURLESQUE.

THE SULTAN (a Monarch in difficulties) ... WILLIAM J. GRANT

THE VIZIER (who, amidst other dirty work, is supposed to have cleaned out the Exchequer.) HENRY HARRINGTON

PEKOE (the Vizier's hope and his own pride) ... LOUIS M. MAGEE

ALADDIN ... ... GEOFFREY GRATTAN ESMONDE

ABANAZAR (a Magician) ... ... JAMES M. MAGEE

THE SLAVE OF THE LAMP ... ... JAMES J. CLARKE

THE GENIUS OF THE RING ... ... PATRICK M. RATH

THE WIDOW TWANKAY (Aladdin's mother, "who," to quote "he 'Arabian Nights,'" "was rather old and who even in her youth had not possessed any beauty.) GEOFFREY J. GILL

PRINCESS BADROULBOUDOUR (the Sultan's Daughter)
ARTHUR P. O'CONNELL

MANDARINS.—James Fegan, Joseph McArdle, Daniel Sweeney, William Mooney, Jeremiah O'Neill, Thomas O'Brien, Philip Redmond, Joseph Carvill, Hugh Sheridan, Patrick Gallagher.

COURTIERS, ATTENDANTS, IMPS, &c.—William L. Murphy, Francis McGlade, Dominic Hackett, Matthew Kennedy, Patrick Field, Lewis Comyn, John McSweeney, Cecil Thunder, Gerald Gill, Gerald Downing, John Verdon, Charles Holohan, William Hackett, Vincent Kennedy, James Joyce, Thomas Furlong, William Field, John Lawton, Thomas Fitzgerald.

図27　クロンゴウズ校の「アラジン」プログラム

ッパの言語への最初の翻訳として仏語版『千夜一夜　アラブの物語』全十二巻を一七〇四年から一七一七年にかけて出版、イスラム世界の学問を高く評価するヨーロッパの読者に歓迎された。ギャランが参照したアラビア語原典は三ないし四巻物のシリアの写本で、その後行方不明となっている。

ジョイス研究者ザック・ボーエンは『ユリシーズ』の主人公レオポルド・ブルームと『アラビアン・ナイト』に登場するアッバース朝第五代カリフ、ハールーン・アッラシード（七六三または七六六―八〇九）に類似点を見出す。バグダッドとダブリンから新しい「聖都」を作ろうとするカーニヴァルにも似たジョイスの意図が窺えると、ボーエンは『千夜一夜物語』に言及して次のように述べる。

ジョイスの新しいブルームサレム、すなわちダブリンには八世紀後半のバグダッドとの共通点がいくつもあった。例えば大言壮語の市民たち、ときには滑稽で大酒飲み、性を探求し貪欲で、好んで詩を朗読し歌を歌い、自分を実際より大きく見せようとし、あけっぴろげのパフォーマンスをする。[10]

ヨーロッパで西洋の東洋に対する優位が打ち出されるのは、ナポレオン軍のエジプト遠征以降のことである。一六八三年にオスマン・トルコがウィーン征服に失敗、十八世紀になるとイスラム圏の勢力が次第に衰退していく。『千夜一夜物語』の流布は、英国とフランスが中東で繰り広げる覇権争い、そしてキリスト教世界とイスラム教世界の勢力争いと並行して、十九世紀に英国がインドと中東を植民地として支配するまで続いた。

『千夜一夜物語』に代わる『アラビアン・ナイト』という題名が確立したのは、英国のアラブ学者で画家のエドワード・W・レイン（一八〇一―一八七六）が『千夜一夜物語』の縮約版として、『アラビアン・ナイツ・エンタテインメント』（『アラビアン・ナイト』）を一八三八年から四年かけて刊行してからである。続いて完全版『千夜一夜物語』がジョン・ペイン英訳により、一八八二年に九巻本として出版された。さらに原作に忠実という触れ込みで、探検家で作家のリチャード・F・バートンが一八八五年に出版したのが『千夜一夜の書』であった。三人の英訳について、それぞれレイン訳は「図書館向き」、ペイン訳は「書斎向き」、バートン訳は「ゴミ溜め向き」といわれる。中でもバートン訳は物語とは直接関係のない注釈により、イスラム世界の習慣や性行動に着目するだけでなく、原著に加筆することによってアラブ文化のエロティシズムを過度に強調したとされる。バートンは検閲を避けるために翻訳の一部を友人たちに私家版として頒布もした[11]。『アラビアン・ナイト』は十九世紀に英国で大ブームとなり、子どもの鑑賞に相応しいパントマイム劇として教育的観点からさらに書き変えられることになった。他国の民話を自由に書き変え、必ずしも根拠のない注釈をつけるのは、ヴィクトリア朝オリエンタリズム特有の異文化受容の形となっていった。

「アラジン」誕生

誰もが知っている『アラジンと魔法のランプ』の物語は、もともと『千夜一夜物語』を仏語訳したギャランが参照したシリア本にあったのではなく、フランスに住んでいたシリア人マロン派キリスト教の修道僧、ハンナ・ディアブがギャランに語って聞かせたものとされる。フランスではルイ十四世がカルヴァン派新教徒との戦いを有利にするために、ローマ・カトリック教会の正当性の証拠を求めて、日の昇るところとしてのレヴァント、すなわちシリアを含む地中海東部沿岸地方に関心を寄せた。「アラジン」は十八世紀フランスで、ギャランの『千夜一夜物語』仏語訳に付け加えられたのである。

一方、英国人のリチャード・F・バートンは、言葉の才能があり、東洋の十二言語に通じていたといわれる。インドで暮らしたのち、イスラム教徒に変装してメディナとメッカへ旅し、非イスラム教徒には禁じられていたイスラム教神殿に潜入したという。エチオピアとソマリランドにも出かけ、多彩な体験を旅行記として著した。一八六一年に結婚して英国外務省の一員となり、領事を務めたトリエステで、インド以来三十年間取り組んでいた『千夜一夜物語』の英訳を仕上げた。十六巻本として三年にわたり刊行されたバートンの『アラビアン・ナイト』は評判となり、一八八六年にはナイト爵を授けられた。東洋の言語を自由に操るバートンは、自由人として行動した時代もあったが、やがて帝国主義的言説を駆使して西洋の東洋に対する優位を説く立場をとるようになった。

『アラビアン・ナイト』の「アラジン」の物語の舞台は、イスラム世界から遠く離れた地域に設定され、アラジンは寡婦となった母親と中国の僻地に暮らす貧しい少年として描かれている。そこへアフリカからやってきた邪悪なムーア人の魔法使いが現れ、騙されたアラジンは魔法のランプを探す旅に出かける。「アラジン」が一七八八年に英国で芝居として初演された際に、ギャラン訳に登場する邪悪な魔法使いに「アバナザー」という名前が与えられた。一八一一年出版のジョン・スコットによるギャラン仏語訳からの英訳が、のちにチャップブックや児童文学、パントマイム劇、バーレスクなどとして書き直された英文学作品の原典とされる。ヘンリー・J・バイロン（一八三五―一八八四）による戯曲『アラジン、または不思議な腕白小僧』（以下、『アラジン』）もその一つで、ヴィクトリア朝英国の観客の好みに合わせて、大幅な書き変えを行なっている。（図28）一八六一年四月二十九日にロンドンのロイヤル・ストランド劇場で開催された「オリエンタル・バーレスク・エクストラヴァガンザ」の一環として初演され、英国各地でクリスマスと復

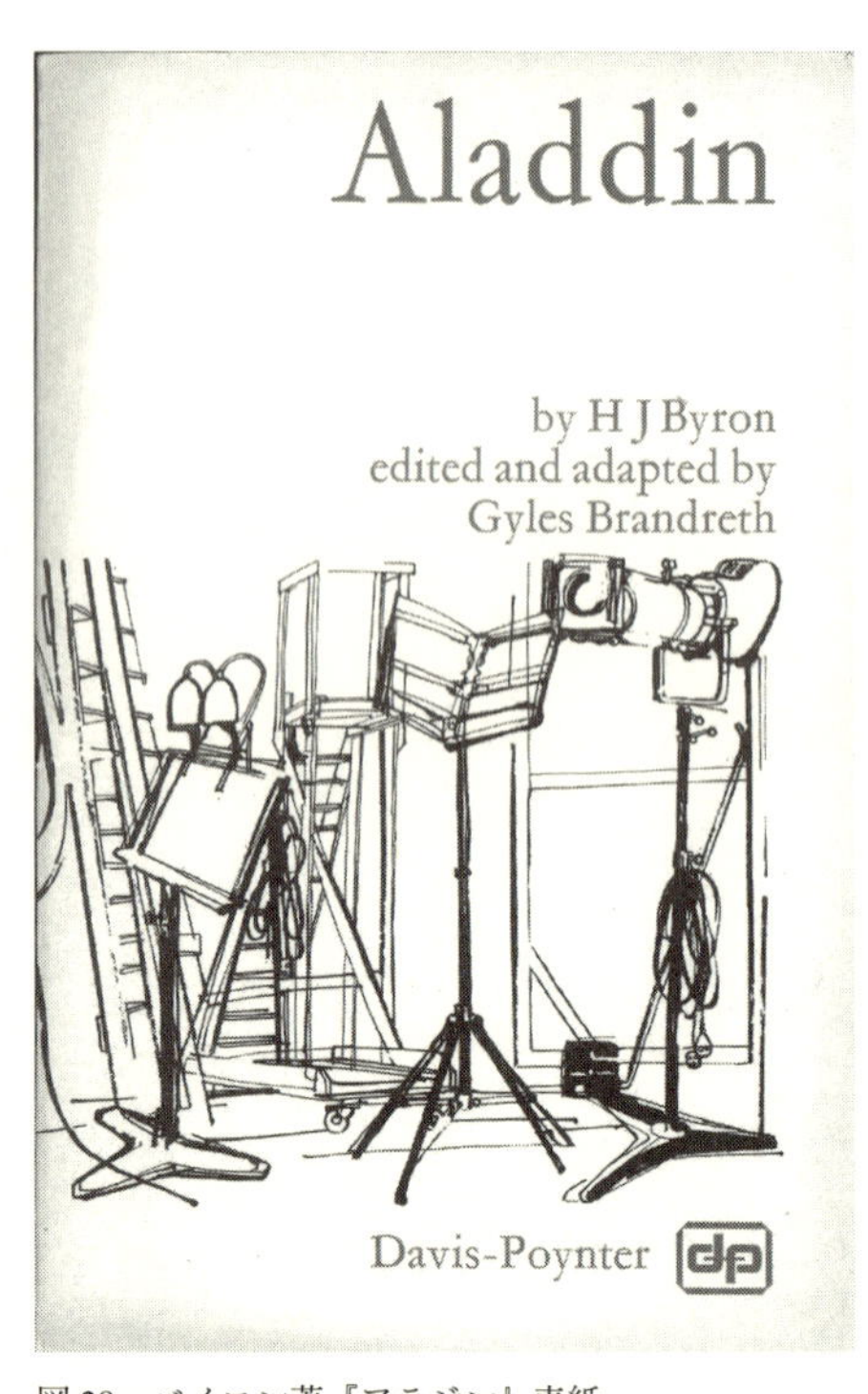

図28　バイロン著『アラジン』表紙

活祭に上演されるパントマイム劇の人気演目となっていった。マンチェスター生まれのバイロンは、領事としてハイチに赴任の経験があり、ドイリー・カート劇団のギルバートとサリヴァンとも親交があったことから、植民地に題材を得て『アラジン』の登場人物に植民地風の名前をつけたものと思われる。

図29　パントマイム劇が上演されたクロンゴウズ校食堂（1890年頃）

クロンゴウズ校の『アラジン』上演

ジョイスの通ったクロンゴウズ校では、さらに登場人物の名前を変えた『アラジン』が上演された。[12]（図29）英国では一八四三年施行の劇場取締法により、それまでの特許劇場の独占に終止符が打たれた。その後に登場したバイロンは「アラジン」などお馴染みの物語を笑劇（バーレスク）に仕立てる名人として活躍した。バイロンは『アラジン』に中国をめぐる言葉遊びを盛り込み、アラジンの母親は、紅茶とトーストと一緒に食べる「山盛りの小エビ」をランプの奴隷に注文する、いかにも英国的でありながら中国皇帝の宮廷でも寛いでいるトゥワンケイ未亡人として膨らませた。母親の名前は緑茶の輸出で知られる中国の港町、屯渓（トゥワンケイ）から採用された。またアラジンの恋敵で大臣の息子の名前、ピコーは中国語の白毫（バイハオ）が語源で、高級紅茶の銘柄として知られる。バイロンの『アラジン』はイスラム教国のスルタンに仕える大臣が登場して、中国の官吏と茶を飲むという滑稽な取り合わせになっている。そして英国にとって植民地の象徴である「茶」をめぐる言葉遊びが次々登場する。劇は中国皇帝の宮廷の一室、大臣が官吏を従えて茶を飲む場面で幕をあける。

大臣　茶だ、茶だ、心地よい茶だ！
　緑色で新鮮な混じり気のない茶だ。
　すっかり虜になってしまった
　一ポンドあたり六十ペンスもした
　一ポンドあたり六十ペンスもした
　何と言っても茶だ！
　甘い香りは
　大葉のスーチョンを巻いたもの
　まるでネクタルのよう、ネクタルのよう、ネクタルのよう
　ほかの者たちがいかに蒸留酒を好もうと
　私には茶が一番だ[13]

一八九一年にクロンゴウズ校で上演された『アラジン』の役名を、バイロン原作と比較すると、プログラム掲載順に次のようになる。

バイロン原作の登場人物名	**クロンゴウズ校　一八九一年上演プログラムの人物名**
中国皇帝	スルタン（問題を抱えた君主）

バドゥルールブドゥール王女（皇帝の娘）
大宰相
ピコー（大宰相の息子）
トゥワンケイ未亡人
アラジン（トゥワンケイ未亡人の息子）
アバナザール
ランプの奴隷
指輪の守り神
ティー・トゥ・タム（廷臣）
腕白小僧、女官、マンダリン、群衆など

宰相（国庫を空にするなど悪事を働いている）
ピコー（宰相の自慢の息子）
アラジン
アバナザール（魔法使い）
ランプの奴隷
指輪の守り神
トゥワンケイ未亡人（アラジンの高齢の母親、醜女）
バドゥルールブドゥール王女（スルタンの娘）
官吏（マンダリン）
廷臣、腕白小僧など

バイロンの原作に登場する「中国皇帝」が、クロンゴウズ校ではトルコ皇帝「スルタン」に置き換えられ、宰相乃至大宰相との取り合わせという点においては、筋の通ったクロンゴウズ校に軍配があがる。だが、清朝中国皇帝に仕える官吏（マンダリン）がスルタンに仕えているという設定には、文化の混同が見られる。シェイクスピア劇などが中心となっていた学校の復活祭劇に「アラジン」を取り上げたのは、学事長ジョウセフ・ラフターの意向であったようだ[14]。中国とトルコの宮廷が錯綜した笑劇であるが、楽しい音楽や言葉遊び満載で来客に大いに受けたようである。クロンゴウズ校での『アラジン』上演は十九世紀の英国にみられる「オリエンタル」な舞台での文化の混乱と意図的な書き換えの好例である。植民地政策の成功を背景に、英国では他の西洋諸国に比べて、異文化の表象に加筆修正することへの抵抗が少なかったようである。在校当時のジョイスはこのような状況を知る由もないが、『アラジン』をはじめとする文離滅裂な笑劇の伝統はジョイスに強い印象を残したものと思われる。

英国におけるパントマイム劇の伝統は、イタリアの即興喜劇コンメディア・デラルテの流れを汲むとされるが、十九世紀のパントマイム劇に登場する「デイム」と呼ばれる滑稽な中年女性役は、男性コメディアンが演じることが多かった。同様にプリンシパル・ボーイと呼ばれる主役男性は、女優が演じることが多かった。登場人物の性と俳優の性の組み合わせが融通がきくところは、クロンゴウズ校のような男子校には好都合であっただろう。『アラジン』のデイム、トゥワンケイ未亡人役はクロンゴウズ校ではジェフリー・ギルが演じた。一方、ジョイスと同じ三年生で小柄なアーサー・P・オコンネルがバドゥルールブドゥール王女役を演じている。パントマイム劇のデイムはまた京劇の老旦（ラオダン）にも通じる。老旦は滑稽な中年女性役で、男優がつとめるものと決まっていた。西太后（一八三五―一九〇八）が贔屓にした京劇は北京で盛んに上演され、外国人が鑑賞する機会もあった[15]。ジョイスの時代のダブリンで人気の演目であったパントマイム劇『アラジン』であるが、『ユリシーズ』第十五挿話《キルケ》、レオポルド・ブルームの夢に母エレンが登場する場面に、トゥワンケイ未亡人の名前がある。

あご紐付きのモッブキャップをかぶったパントマイム劇のデイム姿で登場、トゥワンケイ未亡人のクリノリンのペチコートと腰あて、途中まで膨らんだ長袖ブラウスは後ろでボタン留め、灰色の手袋とカメオのブローチ……　（*U* 15.283）

ブルームの夢に現れるデイム姿の母エレンは、完全に英国風のファッションに身を固め、トゥワンケイ未亡人の中国色は払拭されている。ステレオタイプとしてのパントマイム劇の役柄は、人々の意識の奥深くに定着していたといえよう。

『フィネガンズ・ウェイク』のアラジンと魔法のランプ

『フィネガンズ・ウェイク』第一部第五章、ＨＣＥの秘密を明かす手紙とその配達をめぐる記述の中に、アラジンの魔法の洞窟が登場する。

　もし何年も暗い溝を掘ったあげく、一人の桶担ぎが、いや庭師でもただの肉屋でもいい、どこかの熱弁家が、われわれの疑念をもう一度晴らそうという馬車屋の野蛮人どもと同じ目的で、われらが偉大な昇る人、正確には自分の苗字より三シラブル分小さい男（そう、そう、ちっぽけな）フィオン・イアウィッカーの耳は、かつてはラジオ・キャスターのトレードマーク、エースの特許品として柳細工地元のジャーゴン（聞け！　呼んでいる！　いたるところで！）、このラジオ放送ともいうべき書簡は木綿、絹、金襴、コール墨、菌こぶ染料、焼いた煤などが原料、われわれが絶えず戻らねばならないシャムか地獄かはたまた灼熱地獄のどこかで、くるくる回っては戻る太陽のもと、アラジンの知恵の洞窟で、われわれに暗い油をそっと差し出すあの誰かだろうか。（*FW* 108.16-28）

「われらが偉大な昇る人」（*FW* 108.20）ＨＣＥをめぐるこの引用箇所の前後には東洋への言及が少なくない。「孔子のミーンの教え」（*FW* 108.11）とは、「中庸の」教え、すなわち知恵と分別に基づく中庸の道を説く孔子の教え、となる。また中国で書簡は筆と墨、すなわち「焼いた煤」（*FW* 108.24-25）で書かれていた。「馬車屋の野蛮人ども」（Kinihoun or Kahana, *FW* 108.17）には「動的な」「フイヌム」などの他に、四、五世紀のヨーロッパに脅威をもたらした騎馬民族「匈奴」、そして匈奴を制圧した漢族などが読み取れる。この大文字で始まる固有名詞のような語にはアラビア語でぶどう酒を意味する「キニ」、司祭を意味する「ハナ」も含まれる。またアラビア語の「バルバル」には「言語」の意味があるが、英語の「野蛮人（バーバリアン）」の語源はアラビア語ではなく、ギリシャ語で「言語習慣の異なる外国人」を意味する「バルバロス」、「外国語による吃音のような音声」を意味する「ババ」などであるとされる。[16] これは人間が本能的に不可解な言語に恐怖を抱くことの表現であり、主人公HCEの吃音は野蛮人あるいは外国人の属性と捉えることができる。大英帝国の植民地に置かれた総督府の官吏は、植民地政策の一環として、現地の言語を修得する事が義務付けられ、このため英国では多くのオリエント学者が生まれた。エドワード・サイードがバートンについて論じているとおり、十九世紀の英国による東洋支配に特徴的だったのは、「野蛮人」たる原住民の言語を自ら修得することであった。彼らは言語をマスターすることにより、その地についての専門家と自称するようになり、原住民の代弁者役を買って出たのであろう。

ジョイスが『フィネガンズ・ウェイク』で英語に挑み、基本的に英語の構文を保ちながら、多言語で執筆したのは、まさにこのような英国による言語支配への反発によるのではないだろうか。自身が多言語使用者であったジョイスは、英語が逆に諸言語に侵略される様子を小説にしたともいえよう。「アラジンの知恵の洞窟」（*FW* 108.27-28）はウィンダム・ルイスが『ユリシーズ』について語った「あれはアラジンの驚異的なガラクタの洞窟だ」という評価に言及しているといわれる。[17] おそらくジョイスは『ユリシーズ』をアラジンの魔法と結びつけたウィンダム・ルイスの考えに賛同したのであろう。ALPの「題名のないママフェスタ」（*FW* 104.4）である手紙は「どのページにおいても引用符の欠如という特徴がある。著者は憲法上、人の発言を不正流用できない常習犯であった」（*FW* 108.33-36）とあるが、発話を再現するのに引用符を用いないのは、ジョイス自身の書き方でもあり、テキストのこの箇所はジョイス作品の無理解な受容の皮肉な回想、と読むこともできよう。また他者の発話や書いたものの不正流用にスポットライトを当てることは、ヴィクトリア朝オリエント研究の原典盗用と無断の書き変えにも関係している。『フィネガンズ・ウェイク』を通じてジョイスは、不正流用も不信も手紙や言葉の宿命であるが、それなくして語ることはできないということを示している。

『フィネガンズ・ウェイク』第三部第四章、夜明けと主人公の目覚めが間近となり、夢の魔法が消えようとする直前に、邪悪な巨人とランプによって魔法の力を手にした賢い少年の心象が現れる。この章は「幕。無言劇」(*FW* 559.18) あるいは「クローズアップ。主役」(*FW* 559.19) などとあるように、当時パリでも盛んに上映されていた無声映画の体裁になっている。

何と素晴らしい舞台芸術家! 本物の祭壇のための理想的な住まい。賛美歌の入り口近くには巧妙なチューニング・ベルが下がっていて、お化けの神様、敷居さんを起こす。リンリン、リンリン。マギーたちも皆いる。チャンプ、しっかりして。やめて! お願いやめて! やめて頼むから! ああ、お願いやめて! かれの家は何て不吉なんでしょう、幽霊? そう、そうだわ。彼女の下には巨大な人が横たわっている。彼のジョッキ、アラジンのランプがここに。花の青髭か美女と野獣の床か。彼が亡き者にしたものたちに新たに感謝!

(*FW* 560.13-21)

イアウィッカー家の三人の子ども達、あるいは四人の老人たちが、HCEとALPの寝室を覗き見ると、油がこぼれたのかランプは薄暗く、魔法の力もなさそうである。HCEのランプの魔法は消えて、『アラビアン・ナイト』同様、夢はもう叶わない。近親相姦の無意識の欲望も夢の中で叶うことはない。パントマイム劇の人気演目として度々上演されるうちに、『アラジン』の東洋の起源はいつしか忘れ去られ、魔法のランプは妖術のイメージと共にひとり歩きするようになった。ジョイスは『アラビアン・ナイト』のオリエンタリズムを解体して、舞台上の妖術の象徴としてのランプをテキストに織り込んでいるといえよう。

三、一九〇〇年パリ万国博覧会の川上貞奴と不破伴左衛門

アラビー　大オリエント祭

ジョイスの作品で最初に博覧会が登場するのは『ダブリンの市民』第三話「アラビー」である。「アラビー」というタイトルは、一八九四年五月十四日から十九日までダブリン中心部ボールズブリッジの催物場ロイヤル・ダブリン・ソサエティで開催された「アラビー　大オリエント祭」に由来する。東洋をテーマにしたこの博覧会の記録からは、ヴィクトリア朝ダブリンで人々の東洋観がどのように養われたかが窺える。ジョイスの短編には閉店間際の人気のない薄暗い売店が登場するが、実際のアラビーには一週間で九万二千人以上が来場、様々な商品が並び、たびたび新聞を賑わした。今も残る会場の写真には、エジプトなどに混じって日本商品の売り場がある。日本風の奇妙な衣装を身につけた売り子たちの上には「ジェイムズ・トールボット・パワー夫人　ワカヤマ勧工場」という看板が写っている。[18]（図30）勧工場とは百貨店の前身となる物産店であり、ワカヤマ勧工場については詳細不明であるが、海外の博覧会などを渡り歩いた個人商店ではないかと考えられる。[19]

慈善バザーが新聞で取り上げられたのには、ボランティアとして商品を売る手伝いをする上流階級の子女たち自身が結婚市場で売り出し中、という事情もあったようだ。この点で重要になるのが、売店の後援者たるパトロンの名前である。ジェイムズ・トールボット・パワー夫人といえば、ダブリンのレパーズタウンに屋敷を構えていたジェイムズ・トールボット・パワー卿の妻ではないかと思われる。[20]パワー夫人は夫の死後、屋敷を傷痍軍人のための施設レパーズタウン・パーク・ホスピタルに提供した。慈善バザー「アラビー　大オリエント祭」の後援者に相応しい。ジョイスの短編「アラビー」ではダブリンの人々が体験した興奮と思い通りの買い物ができなかった少年の幻滅との落差が強調されて、魅力的な娯楽を庶民に提供するという博覧会のステレオタイプが覆さ

れているといえよう。

十九世紀後半、それまで限られた人が書物や美術品でしか知らなかった東洋に、一般の西洋人が接する機会となったのが万国博覧会であった。貿易の促進を目的に、大量消費が期待される欧米の大都市で開催された。東洋は西洋の手助けによって「文明開化」すなわち西洋化、近代化されつつある、という帝国主義的認識が背景にあった。世紀末までに最も多く万国博覧会が開催されたのはパリである。一九二〇年から戦争に追われるように疎開するまで、二十年間パリで暮らしたジョイスの作品もまた万国博覧会に彩られている。

図30　アラビー・オリエンタル・バザー，ワカヤマ勧工場，1894年，ダブリン

バンザのポンゴとパリ万博公演『ゲイシャとサムライ』

『フィネガンズ・ウェイク』第四部、夜明けを前に「朝日の使者を待つ間、目に見える全てに色が、耳に聞こえる全てに夜明けを告げる声が、どのようなスペクタクルにも場所が、どのような出来事にも時が与えられて」（*FW* 609.19-21）、ミュータとジューヴァが「彼」（*FW* 609.23）について話し合っている。

ジューヴァ　よかろう！　ポンポン　パカパカ、坊主の荷物持ち連中、洞窟野郎も引き連れて、スレーンの戦場を移動するキリスト教菊花聖歌男。

ミュータ　バンザのポンゴ！　そして確かめたいのだが、ドルイドらしい衣装をまとった背の高い男は誰だ？

ジューヴァ　バルキリーさ。あいつはこの経緯全体について、基本的に神智学でまみれている。

ミュータ　石化野郎め！　金髪王ホリルッドよ。記念碑の下から復活するのは一体誰だ？

ジューヴァ　堅く信ぜよ、信じて立ち去れよ！　フィン、フィン、王、王！

（*FW* 609.32-610.5）

ジューヴァの語る「坊主の荷物持ち、ポンポン　パカパカ　スレーンの戦場を移動するキリスト教菊花聖歌男」という言葉に応じて、ミュータが「バンザのポンゴ！」と叫ぶ。寒い夜明け、男の到来を待っているミュータは、ジューヴァの「湯たんぽ」（*FW* 610.30）を借りて、自分の「ベッド温め機」（*FW* 610.32）として使うという。「エリンの坊主」（*FW* 610.32）ミュータは、ジューヴァを「老ぼれゴム肌」（FW 610.30-31）と呼ぶ。二人は、第一部第一章で「血にまみれた小川のあたりで荒っぽい動詞を交換する」（*FW* 16.8-9）、マットとジュートに相当するようでもある。マットはジュートの尋問に応えて「ただの発話者」（*FW* 16.15）と自己紹介し、吃音でアイルランドの歴史を語り、次のようにまとめていた。

おびただしい数の生の物語、たっぷりした雪のかけらのようにパチっと、上から落ちてくるゴミのように、オズの魔法使いの竜巻のように、この浜辺に下から落ちてきたことはない。今は全て塚の中に葬られている。水より水に、土より土になって。

（*FW* 17.26-30）

第四部のミュータとジューヴァは、やがて登場するパトリックの前座をつとめる。アイルランドの守護聖人パトリックの肖像は、チャペリゾッドの居酒屋の壁にかかる絵に描かれている。ミュータとジューヴァの二人は「老ぼれ薬缶が朝のてっぺんから煙を吐いている」(*FW* 609.25)、すなわち台所の薬缶が沸騰して蒸気を上げるのを見て、かつてスレーンの丘に聖パトリックが灯した過越の火から流れ出た煙について話す。

ここでは一九〇〇年のパリ万国博覧会をめぐって、『フィネガンズ・ウェイク』第四部、ミュータとジューヴァの会話に登場する「バンザのポンゴ」(Pongo da Banza, *FW* 609.35) という語句の新しい解釈を提案したい。「バンザ」はこれまで「坊主」「万歳」など日本語との関連、また「腹」を意味するイタリア語「パンチア」との関連が指摘されている。[21]「バンザ」には歌舞伎十八番の一つ『不破』の主人公、不破伴左衛門、略して「伴左」の名前が見え隠れしてはいまいか。というのも、一九〇〇年のパリ万国博覧会で川上音二郎一座により上演されたこの演目の一部で、不破伴左衛門の恋人、遊女葛城役を演じた川上貞奴が一躍時の人となったからである。不破伴左衛門と名古屋山三が葛城をめぐって争う『不破』は、現代でもその一部が鶴屋南北作歌舞伎演目「浮世柄比翼稲妻」の一場面「鞘当」として上演される。桜が満開の江戸吉原で、二人の武士の刀の鞘があわや、という華やかな場面である。貞奴の美しくもエロティックな自刃の場面は、自殺は敗北で罪とみなすキリスト教社会に衝撃を与えた。若きピカソをはじめ多くの芸術家や作家がこの舞台を見て、貞奴の姿に西洋とは異なる東洋の死生観を見出したが、それは『フィネガンズ・ウェイク』の主要テーマの一つでもある。

「パカパカ　スレーンの戦場を移動するキリスト教菊花聖歌男」(*FW* 609.32-33) は、舞台の上で見栄を切る川上音次郎一座の人気演目、『ゲイシャとサムライ』の伊達男バンザこと不破伴左衛門。菊の国からやってきたバンザが、手下を従えて下駄を鳴らしながら舞台に上がると、馴染みの客から掛け声がかかる。パリ万博の舞台で、一座の鳴物に合わせて演じられた『ゲイシャとサムライ』は、『一九〇〇年博覧会の日本音楽　貞奴の踊り　ベネディクトゥス転写』(一九〇〇年) としてフランス語で出版されている。[22] 著者ジュディット・ゴティエは当代きっての日本通で、作家テオフィル・ゴティエの娘である。バンザの名前は劇の冒頭に登場する。

ゲイシャとサムライ

第一幕

（吉原のゲイシャ置屋中庭、満開の桜）

第一場

（遍歴中のサムライ、バンザ）

バンザ　（腰を下ろして、誰かを待っている様子。ゲイシャに向かって）さあ、踊ってくれ。暇つぶしに。

ゲイシャ　喜んで、旦那様。桜の舞を踊りましょう。

バンザ　ちょうど見頃だ。

ゲイシャ　そうでしょう。さあ。

（バンザが踊る）「桜の舞」

バンザこと不破伴左衛門とは歌舞伎十八番の一つ『不破』の主役で、一六八〇年に初代市川団十郎が江戸の市村座で初演、満開の桜の下、伴左が恋敵の名古屋山三とともに登場する。伴左は市川団十郎家のお家芸である荒事の代表的役柄で、対する山三役は和事の代表的役柄とされる。二人は派手な衣装に身を包み、渡り台詞と呼ばれる名調子で競う。のちに鶴屋南北作『浮世塚比翼稲妻』の一場面『鞘当』として演じられることが多くなったのは、『不破』に比べて二人がより公平に扱われて面白いから、という説もある。『鞘当』は一八二三年の初演以来度々演じられ、戦後だけでも上演回数は二十六回に上る。[23] 人気のだし物『鞘当』は、パリ万博では西洋人向けに脚色して上演された。

川上音二郎一座のパリ公演の背景には、トロカデロ広場の博覧会場内パリ街に、専属劇場を構えていたアメリカ人舞踊家ロイ・フラーが、客を呼べる演目を探していたところ、川上一座のアメリカでの興行の成功を耳にしたことにある。一座は六月にパリ入り、『ゲイシャとサムライ』の凛々しい武士の役名は「バンザ」となった。ゴティエによれば、第一幕はある春の宵、吉原の満開の夜桜の下で繰り広げられ、『鞘当』を彷彿とさせる。第一場で伴左が恋人を待つ間、旅役者が舞を披露する。第三場で伴左は葛城と歩く恋敵の山三を見咎め、刀の鞘で挑発する。第二場では待ち焦がれた恋人葛城を茶屋に招く伴左だが、なぜか葛城は気乗りしない様子。

第二幕は「娘道成寺」を脚色したもので、第一場は紀伊の国のとある寺の中庭、武士の名古屋山三衛門は許嫁の織姫を伴って登場、寺の僧侶たちに江戸から追いかけてくる嫉妬に狂った花魁から隠してほしいと懇願する。この花魁こそは続く第二場で山三を追いかけて寺に到着する葛城である。道成寺の鐘にまつわる行事に参加するため、と称して、境内に入る許しを請う。葛城は僧侶たちに入山を認めてもらおうと、得意の舞を披露、この後「手毬」「ドジョウ」「花笠」「羯鼓」と続く。舞が終わっても入山が認められないと知ると、怒った葛城は無理やり門から入り込む。最後の場面では、木槌を持って寺の中に隠れている恋敵の織姫を追う。名古屋が葛城を捕まえると、葛城は怒りと恍惚のうちに、愛と嫉妬のため、その場で自刃する。名古屋は涙を流し、僧侶たちは葛城の霊魂のために祈祷する。

川上貞奴がパリの舞台で巻き起こしたセンセーションについて、序文でゴティエは次のように語る。

この素晴らしい日本の一座には、一人の偉大な芸術家、喜劇役者、マイム役者、舞踏家、悲劇役者である貞奴がいて、目下パリは彼女に夢中である。これまで我々が知らなかった、そして今はもう存在しない封建時代の日本のかすかな名残りとして、貞奴は我々の前に立つ。今の日本では、花魁と悲劇役者がこの伝統を忠実に伝えるだけで、彼らとて間もなく文明の新しい流れに飲み込まれてしまうだろう。

貞奴が演じるのは、我々観客がやっと察するところでは、三百年前に遡る大歴史劇の縮図であるようだ。二日間の物語が三十分ものの芝居に仕立てられているためか、日本語を解するものにとってもわかりにくい。[24]

ゴティエは貞奴の演技に、文明と対照的な原始主義を見た。だが日本政府派遣の烏森芸者一行や日本人新聞記者の間では、歌舞伎「鞘当」、舞踊「道成寺」、民謡「カッポレ」など幾つもの人気演目を合わせて脚色したこの珍妙な芝居は不評であったようだ。[25] しかしながら、大変な評判になったのは確かで、川上一座の百二十三日間のパリ公演の間、『ゲイシャとサムライ』は二一八回演じられた。西洋人がそれまでは木版画でしか見たことのなかった日本の芸者が生きた姿で現れる。舞台芸術にみられる「本物の異文化の表象」は、時として観客の期待を反映して奇矯になることがある。だが、川上一座の公演によって、東洋の死生観と自刃の美意識、恐ろしさが西洋に伝わったのは事実であろう。

川上一座はパリ万博後にブリュッセルとロンドンに巡業し、翌一九〇一年一月にスエズ運河経由で帰国したが、間もなく再渡欧して六月にロンドン着、ピカデリー・サーカスのクライテリオン座で公演した。『タイムズ』紙の劇評は「英国で人気のある『ミカド』や『ゲイシャ』などのまがい物の日本趣味よりも本物である」と称賛している。[26] 川上一座の評判は確たるもので、続いてパリで六日間の公演を行ってから、ロイ・フラーの世話によりヨーロッパ主要都市を巡業することになった。一九〇二年二月にウィーンのシュターツ・オーパー劇場で七十二歳の皇帝フランツ・ヨーゼフ一世臨席の公演に飛び入りで加わったのが、若き日のイザドラ・ダンカンの舞台デビューであったという。一座はサンクト・ペテルブルク、モスクワ、ローマ、ミラノ、ヴェネツィア、マドリッド、ブリュッセルの各都市を巡業した。四月二十五日または二十六日のミラノ公演は『マダマ・バタフライ』を作曲中のジャコモ・プッチーニが観劇したという。またローマ公演の際には、プッチーニに日本の音楽について情報を提供したとされる駐イタリア日本公使夫人、大山久子が貞奴に会っている。[27]

劇評と創作

パリ万博で貞奴の舞台を見た観客の中には、イザドラ・ダンカンのような芸術家も多く、当時の劇評は貞奴の与えた視覚的衝撃の大きさを語る。フランスの演劇専門誌『ル・テアートル』一九〇〇年九月上旬号掲載のアルセーヌ・アレクサンドルによる劇評「ロイ・フラー劇場における日本のパントマイム劇」は、三枚の写真で彩られている。半ページ大の一枚は『ゲイシャとサムライ』第一幕、キャプションには登場人物と役者名が「ナゴヤ」(M・カワカミ)、「ゲイシャ」(貞奴)、「バンザ」(M・ツカサ)とある。全頁大の一枚は同幕の別場面で、吉原の街で花魁(ゲイシヤ)とお付きの女たちの前で、刀の鞘が触れそうな一触即発のナゴヤとバンザ。(図31)三枚目は第二幕、ゲイシャが木槌を手に恋敵のオリヒメ(マダム・タカナミ)に向かっていく様子が写っている。[28]同じ『ル・テアートル』誌十月下旬号のコラム「演劇二週間」では、アンリ・フーキエが「貞奴」と題する記事を書いている。[29]この号は貞奴のカラー写真が表紙を飾るだけでなく(図32)、舞踊「花笠」の衣装を着けた貞奴の全頁版写真が掲載されている。

フランスの劇評では貞奴の演技と声は「幼い」「野蛮な」「獣のような」などと描写されているが、荒俣宏によれば観客の心をつかんだのは『ゲイシャとサムライ』第二幕、ゲイシャが喉を突いて果てる自刃の場面であった

図 31　左から NAGOYA（カワカミ氏）, LA GHÉSHA（マダム・サダヤッコ）, BANZA（ツサカ氏）,『ル・テアートル』挿図キャプションより

図 32　『ル・テアートル』表紙に掲載された川上貞奴

という。(30) アレキサンドルも、自刃の場面を「夢のようで現実的」「計算された乱れ」などと描写し、「絹と黄金と炎でできた人形」の場面を賞賛する。貞奴の伝説的な自刃の場面にインスピレーションを得て、芸術家達は創作

に向かった。ゲイシャの人形のような表情の裏に女の情念を見たパブロ・ピカソは、一九〇二年に「死の場面の過剰により強調された」貞奴の姿を、グワッシュとインクで描いている。[31] またフランスのゴシック小説家、ジャン・ロランは公演から十一年後に、「両目を奇妙にまばたき、胸と腹を大きく波打たせて痙攣し、死にゆく貞奴の様子は、死に向かうベリーダンスに他ならない」と死の演技のエロティシズムを強調する。[32]

一九二〇年以降パリに住んでいたジョイスは、娘ルチアがエリザベス・ダンカンとレイモンド・ダンカンのもとでモダン・ダンスを学んでいたこともあり、このような記述に触れた可能性はあるのではないだろうか。貞奴が演じたゲイシャの狂乱の死は、自らの意思で生と愛を超越した女の死を、敗北でなく勝利と捉える点において、アイルランド伝説の王女イゾルデの死に匹敵するといえよう。『フィネガンズ・ウェイク』最終章、パトリックの場面に、『ゲイシャとサムライ』に登場する伊達男バンザの名前を読み取ることは可能ではないかと思われる。

四、ジャポニスムの歌劇と『フィネガンズ・ウェイク』

ジュゼッペ・ヴェルディ作曲のオペラ『アイーダ』は、スエズ運河開通を記念して建設されたカイロ歌劇場で、一八七一年に初演された。時のエジプト副王イスマイル・パシャ（一八三〇—一八九五）の依頼によるもので、この頃からオリエントを舞台とするオペラが次々と作曲された。その後、一八七六年のパリ万国博覧会をきっかけに日本への関心が高まり、想像上の日本を舞台とする、いわゆるジャポニスムの歌劇が各地で上演された。十七、八世紀にヨーロッパの貴族の間で流行したシナ趣味、シノワズリーに代わるものとして、十九世紀後半に欧米で台頭しつつあった市民階級の間に広まったのがジャポニスムである。ウィリアム・S・ギルバート作曲、アーサー・サリヴァン脚本の『ミカド　秩父の町』（一八八五年）のロンドン初演は、舞台でのジャポニスムの先鞭をつけたといえよう。アンドレ・メッサジェ作曲『マダム・クリザンテーム』（お菊夫人、一八九三年パリ初演）、シドニー・ジョーンズ作曲『ゲイシャ ある茶屋の物語』（一八九六年ロンドン初演）、ピエトロ・マスカーニ作曲『イリス』（一八九八年ローマ初演）などが続いた。中でもジャコモ・プッチーニ作曲『マダマ・バタフライ』（一九〇四年ミラノ初演）は、プッチーニが作曲を手掛け、その死後にフランコ・アルファーノにより完成された中国を舞台とする『トゥーランドット』（一九二六年ミラノ初演）と並ぶ人気演目となった。

オペラはヴィクトリア朝のダブリンでも庶民の娯楽、日常生活の一部であった。若い頃から歌が得意で、テノール歌手として声楽を学び、生涯オペラのアリアを愛唱したジョイスは、『フィネガンズ・ウェイク』で数多くのオペラの題名、歌詞、登場人物、作曲家、歌手などに言及している[33]。オペラはジョイスにとって、アリアの美しさだけでなく、他者としての東洋を体験する機会でもあった。『フィネガンズ・ウェイク』に登場する作曲家の中で、ワーグナーに次いで重要な役割を果たすのはヴェルディであり、プッチーニであろう。ワーグナー同様、ヴェルディの作品は、ジョイスの時代のダブリンで度々上演された。『フィネガンズ・ウェイク』では、一八八八年にダブリンで初演されたヴェルディの『アイーダ』が、『エジプト死者の書』に由来するテーマの背景旋律となり、プッチーニの『マダマ・バタフライ』と『トゥーランドット』は、中国と日本の表象を彩る音源となっている。

ジョイスがダブリンから移り住んだハプスブルグ帝国の港町トリエステには、ダブリン以上に豊かなオペラの環境があった。ジョイスは酔った労働者に混じって酒場の外で歌ったり、市立ジュゼッペ・ヴェルディ歌劇場や、隣接する優雅な佇まいで音響の素晴らしいフィルハルモニカ・ドラマティカ劇場、一八七八年開館のロセッティ劇場などの天井桟敷にもぐり込んだりしていた。一九〇八年にはジョーンズの『ゲイシャ』がトリエステで上演されている[34]。

ここではジョイスの時代にヨーロッパ各都市の舞台で、オペラとして演じられた東洋に焦点を当てる。オペラは歌詞と音楽と踊りによる現実の幻想的な再現であるが、ジャポニスムのオペラは往々にして、登場人物の名前などバカバカしさに満ちている。また多くの場合、東洋は理性に欠ける未熟な他者として描かれている。ジョイスがどのような意図により、『フィネガンズ・ウェイク』において日本を舞台とするオペラに言及しているのかを検証する。

「ミカコー!」（*FW* 233.27）と喜歌劇『ミカド』

ロンドンのサヴォイ劇場を本拠地とするドイリー・カート劇団、別名サヴォイ・オペラの二幕物の喜歌劇『ミカド』は、一八八五年にロンドンで初演され、その後一九〇〇年までの間に、ヨーロッパ各地で八カ国語により上演された。(35) この人気レパートリーのダブリン初演は一八八六年四月のことであった。ジョイスの学友、コンスタンティン・カランの回想によれば、サリヴァンの歌曲はバルフ、グノーなどの曲と並んで、若いジョイスの十八番であったという。(36)『ミカド』は英国での日本ブームに乗じてヒットしたものの、基本的に英国についての物語であり、諷刺は日本でなく英国の国内体制に向けられている。登場人物の名前や役職も、ジャポニスムや異文化趣味を反映している。例えば日本のミカド（天皇）とその息子のナンキー・プー（旅芸人に変装して身分を隠している、ヤムヤムと恋仲）、秩父の死刑執行人ココ、高官プー・バー、貴族のピッシュ・タッシュとゴー・トー、三人娘のヤム・ヤム、ピッティ・シング、ココの監督下にあるピープ・ブー、そしてナンキー・プーに惚れている年増のカティシャ、といった具合である。題名を見る限り、脚本を担当したギルバートは埼玉県秩父町で起こった一八八四年十月の農民の反乱、秩父事件について知っている模様である。東京近郊の山あいに位置し、養蚕で知られた秩父の農民は、政治家や商人が行き来する中で、次第に公民権に目覚めていった。当時、日本の天皇（ミカド）は若き「口髭ムツヒト」（*FW* 54.33-34）、軍服の洋装に口髭姿の肖像画で知られていた。

喜歌劇『ミカド』はジョイスが在籍した寄宿学校クロンゴウズ・ウッド・コレッジでも、またダブリン市内で通学したベルヴェディア・コレッジでも上演されている。クロンゴウズ校の同窓会誌『ザ・クロンゴウニアン』一八九八年第一号には「『ミカド』について　外部の人間の見解」が掲載されている。クロンゴウズ校の生徒による「三人の娘たち」、「プーバーとミカド」、「ココとカティシャ」の舞台写真三枚と、出演生徒三十二名が勢ぞろいする見開きの記念写真で飾られている。出演者は和服を模した衣装と、髷もどきの鬘、扇子などの日本趣味の小物を身に着けている。『ザ・クロンゴウニアン』誌にはプログラムも掲載され、オペラ『ミカド』の人気のほどが窺われる。[37]

しかし実際の『ミカド』は、「ミカド」と「ゴー・トー」といった人物名、それにお辞儀の習慣や第二幕の歌「宮様宮様」以外には、日本的要素はほとんどみられない。人物名にはまた、帝国主義につきものの近隣文化との混同がみられる。男性名ナンキー・プーは「南京」の日本語読みに近く、女性名カティシャはロシア語の女性名イェカテリーナの愛称「カチューシャ」に近い。首をはねて死刑というのは、風変わりな東洋の「野蛮性」を強調した処刑法のつもりであろうか。オペラ『ミカド』の特徴は、日本の現実から離れ、日本のリアリティを破壊する技巧と言えよう。一方、登場人物が歌う歌には、「だって日本人はハンカチーフを使わないから」「よく物思いに沈むの、あどけない日本的な風情で」「我々の態度は風変わりで面白い」など、「日本」は度々登場する。[38]だが曲調は英国風そのもので、グリーやマドリガルなどの合唱曲、また「立派な英国紳士」など流行歌の替え歌もあり、ヴィクトリア朝英国の観客にとっては、馴染み深い音楽であったようだ。

『ユリシーズ』第八挿話《ライストリュゴネス族》で、ダブリン中心部の繁華街を歩くレオポルド・ブルームの意識に、オペラ『ミカド』の一曲が浮かぶ。

> ここはホイットブレッドがクイーン座を開く前に、パット・キンセラがハープ劇場を経営していた場所だ。あいつは快男児だった。ダイオン・ブーシコー流に、秋の満月みたいな顔に、可愛いボンネットをかぶって。三人の可愛い女学生。時のたつのは早いねえ。スカートの下から赤いパンタロンをちらつかせて。
>
> (*U* 8.600-03)

ブルームが思い出しているのは、パット・キンセラが女子学生に扮して『ミカド』の挿入歌「三人の女学生」を歌った場面である。もう一曲、ナンキー・プーの「春に咲く花」は『ユリシーズ』第十五挿話《キルケ》に登場する。

俺は早熟だった。若さ。動物相。俺は森の神に捧げられた生贄。春に咲く花。交尾の季節だった。毛管引力は自然現象だ。亜麻色の髪をしたロティ・クラーク。可哀想なパパのオペラグラスで、毎晩身づくろいをするのをカーテンの隙間越しに盗み見たものだ。ふしだら女は夢中で草を食んだ。(*U* 15.3352-57)

また『フィネガンズ・ウェイク』第二部第一章、イアウィッカー家の子ども達による余興、「フィーニックス劇場」の一場面に『ミカド』の歌が登場する。

暗くなる(だん、だん)、この我らの楽しい動物現象の世界が。あそこの道しるべの縁の沼地、池には満ち潮。アヴェ・マリア海の! 我々は暗闇に包まれる。人も獣も凍える。何もしないという希望。ひざ掛けが欲しいだけ。ひどく寒い! デウカリオンよ、石炭をくべよ。ピュラーを呼べ。はあ。高貴な奥方様は何処に? 愚か者は中にいる。ハハ! 彼は何処に? 残念ながらうちに。ナンシー・ハンズと一緒に。チチ! 猟犬は迷路を通り抜けて逃げた。(*FW* 244.13-21)

日本語の「チチ」と「ハハ」が登場するこの箇所では、ナンキー・プーとピッティ・シング、それに三人の娘たちの名前が暗示される。「高貴な奥方様は何処に?」は死刑執行人ココの語り口を思わせる。ココの名前は同じ章の前方で「ココ・クリーム」(*FW* 236.4)に、また『ミカド』は「ミカコ!」(*FW* 233.27)や「マコト!」(*FW* 233.35)といった呼び名となっている。子ども達のゲームが終わる頃、「ミック、ニックとマギーたちのマイム」に『ミカド』の登場人物が現れて、日本についての断片的な知識を披露する。こういった『ミカド』からの断片は『フィネガンズ・ウェイク』に散見される日本語と関連している可能性がある。

『ミカド』が他のジャポニスムのオペラと異なるのは、西洋人の東洋での放縦な性行動の物語ではなく、権力の不条理を描いている点であろう。秩父の農民の反乱をめぐる物語は、英国の国家権力に向けた、あからさまな諷刺の陰に、とうに忘れられているが、それでも一九〇七年に伏見宮がロンドンを公式訪問した際には、日本の君主の名前を冠する喜歌劇を賓客の滞在中に上演すべきかどうか、異文化の遠慮のない借用を危惧する人もいたようで、是非が議論されたという[39]。

二〇〇七年三月に東京芸術劇場で榊原徹指揮により上演されたオペラ『ミカド』は、秩父の町が舞台に設定されている。名高い秩父夜祭りの日に町に到着した放芸人ナンキー・プーは、たちまち織り子のヤムヤムと恋に落ちる。ところが地元の有力者であるココは、ヤムヤムの父親を丸め込んで結婚の約束を取り付ける一方で、人妻との姦通罪で死刑を言い渡されている。この複雑な恋模様はミカドが到着して、ナンキー・プーが実はミカドの跡取であることが判明して解決する。ジョイスにとって『ミカド』は身近な日本の表象であり、作品にも度々登場することからも、アリアの旋律とともに植民地風の背景が醸し出す諷刺を好んだものと思われる。

『ゲイシャ　ある茶屋の物語』

ジョイスが暮らしていたトリエステで、一九〇八年のオペラ・シーズンに上演されたのが歌劇『ゲイシャ　ある茶屋の物語』である。『ユリシーズ』第六挿話《ハデス》では、ブルームの回想に友人マーティン・カニングハムの酔った女房の歌が次のように引用されている。

やれやれ、あの晩のあの女は見ものだったに違いない。ディーダラスは、俺はその場にいたんだ、と話していた。酔って、マーティンの傘を振りまわしてほっつき歩いて。

《そう私はアジアの宝石と呼ばれているの
　アジアの宝石
　ゲイシャなの》
（*U* 6.355-57）

シドニー・ジョーンズ（一八六一―一九四六）作曲、オウェン・ホール（本名ジェイムズ・デイヴィス、一八五三―一九〇七）脚本、ハリー・グリーンバンク（一八六五―一九四六）作詞の『ゲイシャ　ある茶屋の物語』は、喜歌劇というよりは音楽劇、『ミカド』よりもさらに軽い娯楽、今でいうミュージカルであろう[40]。日本が舞台とはいうものの、中国人ワン・ヒ経営の日本式茶屋「万喜楼」以外にはあまり日本的要素はみられない。だが、欧米で大ヒットし、「ゲイシャ」という言葉が普及するきっかけとなったといわれる。ダブリンではロイヤル座で一八九八年初演、『アイリッシュ・タイムズ』紙の一九〇七年公演の劇評は好意的である[41]。オーストラリアのホバートでも一九〇一年に初演、劇評では色鮮やかな舞台装置と、日本から取り寄せたという豪華な衣装、そして歌の数々が話題になっている[42]。

『ゲイシャ　ある茶屋の物語』の多彩な登場人物には、日本語、中国語、仏語、英語などの名前が付いている。例えば主役の芸者おミモザさん、茶屋のフランス人通訳ジュリエット・ディアマン、英国人のモリー・シーモア嬢、総督府付き近衛兵カタナ、総督兼地方警察長官イマリ侯、英国海軍軍艦「タートル」号乗員でモリー嬢の許婚レジナルド・フェアファックスなどである。遠い日本で、レジナルドは芸者のおミモザさんに心を惹かれ、伯母の助言により慌てて来日した許嫁のモリー嬢は、レジナルドの心を取り戻すために、ゲイシャ「ロリポリ」にポリ」(San holypolypools. FW 302.32-303.1) として登場する。おミモザさんに横恋慕するイマリ、そのイマリに密かに心を寄せるフランス娘ジュリエットも加わって大騒ぎとなる。

作曲家のジョーンズは、どの歌も三分以内で歌えるようにしたという。おミモザさんの歌う「アジアの宝石」は歌詞が脚韻を踏む軽快な明るい歌で、一躍流行歌となった。

変装する。「ロリポリ」の名前は『フィネガンズ・ウェイク』第二部第二章、夜のレッスンに「さん、ホリポリプールズ」

アジアの宝石

一人のかわいい日本人娘が
ある時くつろいで座っていた
ひんやりした木陰の多い庭園で
その時一人の陽気な外国人が
通りがかりにこう言った
お邪魔していいですか、お嬢さん

娘は扉を開け
お話しするのも気恥ずかしいことだが
彼は日本の美しい娘に
戯れに接吻するのを教えた
西の海の向こうにいる

かわいい白人娘のように

君はアジアの宝石さ、と彼は言った
でも娘はゲイシャの女王
だから笑ってこう言った「旦那様、今日は戯れに
私の扇子に近づいていらっしゃるけれど
明日はどこかへ行ってしまうのでしょう。
日本の小娘など忘れて！」

だが彼が戻ってきたとき
（ようやく、ああ）
あのひんやりした木陰の多い庭園に
あの大胆な外国人男は
明らかに冷たく
英国人の女の話をした

心乱れて
かわいい白人娘を思い
どれほど会いたいか、と言った
そして忘れてしまった

あのかわいそうな日本娘を
だって接吻さえしなかったのだから！

でも娘はアジアの宝石だったから
美しい芸者の女王だったから
笑ってこう言った「よく言う通りね
あなたは愛せるときだけ愛するのよ
一ヶ月、一週間、それとも一日だけ
日本娘には充分なのかしら[43]」

『フィネガンズ・ウェイク』第一部第五章では、ＡＬＰの手紙「ママフェスタ」に付与された題名一覧の中に、「彼は私を僕のアイシャの宝石・決闘と呼ぶ」（He Calls Me his Dual of Ayessha. *FW* 105.19-20）がある。ここでは元の歌詞の宝石（Jewel）に決闘（Duel）と別解（Dual）がかけてある。

「ゲイシャ　ある茶屋の物語」からはもう一曲、よく知られた歌が『フィネガンズ・ウェイク』に登場する。道化役の茶屋の経営者ワン・ヒが歌う「チン・チン・チャイナマン」である。文法の間違い、ＬとＲを区別しない発音など、いわゆるピジン英語の特徴がみられる。

チン・チン・チャイナマン

チャイナマン金儲からない

一生働いても
ワシワシ一度は
ワシワシ誤解され
襟を盗ろうと思ったら
たまたまお金が入ってた
綺麗な五ドル札が手に入ったよ
たくさんのお金だ!

チン・チン・チャイナマン
とってもとっても悲しいあるよ
怖いよ
商売も
とってもとっても景気が悪い
冗談じゃない
破産だ
店は閉めなければならない
チン・チン・チャイナマン
チョップ、チョップ、首がとぶ

『フィネガンズ・ウェイク』第四部でパトリックが日本訛りの英語を話し、大ドルイド僧が中国人のピジン英語を話すという設定は、ジョイスがこの歌に着想を得たものかもしれない。一方、『フィネガンズ・ウェイク』第三部第三章では、四人の福音書家、マタイ、マルコ、ルカ、ヨハネに名前が似たマット、マーカス、ルーカス、ジョニーの四人の老人が、ケシの花に囲まれ手紙を傍らにケルト神話の戦士オスカーのように眠る、ショーン扮するヨーンを発見する。老人たちに尋問されたヨーンは、伝説のフォクルットの森に言及する。『告白』の中でパトリックがアイルランドに戻るように語りかける夢の中の声を聞いたという森である。手紙を届ける郵便配達人ショーンはパトリックとなり、「チン・チン・チャイナマン」に似たピジン英語を話し始める。

私怒ってない、黄色い人の言葉話すよ。いい先生、ルーさん、どうぞ。私ピジンじゃない、基礎では一番の、泥炭地学の権威だよ。私ピジンでいつか別な時に歌いましょう。お願いです、ルーキー・ウォーキーさん！　アダム神様の牛腹奥様はゲームの中、私を引っ張って、おやまあ、ジャックが彼女のものとなり、かなりオイオイやって。

(*FW* 484.29-34)

これに対してルーカスまたはルークはこう応じる。

孔子や論語などが地獄行きとは、やりすぎだ！　トトはチン・チン・チャットを検査する郵便配達人ではない。やめろ、お前の悲しい仔羊親父の話など。お前はローマ・カトリック教徒か、四三二？

(*FW* 485.35-36)

パトリックと大ドルイド僧に語らせたピジン英語は、ジョイスにとり「黄色い人」の話す言語を再現する一つの方法であった。中国語や日本語でなくても、訛りのある英語を話させることによって、二十世紀初頭の日中関係を再現しようとしたものと思われる。ピジン英語とジョイスについては本書の第五章で取り上げる。恋人たちが理想的な組み合わせとなって終わる『ゲイシャ　ある茶屋の物語』は非西洋人の登場人物が話す訛りのあるいわゆるピジン英語、日本と中国の混同、誘惑する芸者、という図式などが流布するきっかけとなった。

『イリス』

ピエトロ・マスカーニ作曲のオペラ『イリス』が日本で初演されたのは、一八九八年のローマでの初演から百年余を経た一九八五年のこと、二〇〇八年と二〇一一年に東京芸術劇場で再演された[44]。十九世紀末のイタリア・オペラには珍しく、主役のイリスは行動にドラマ性の少ない、いわば受け身の存在で、唯一の行動が峡谷の底への身投げであるという[45]。音楽という点においても、最終場面、大円団の合唱にソリストが誰も参加しないという点が珍しい。また『ミカド』や『ゲイシャ』とは異なり、伝統的な日本の旋律が使われていない。江戸の吉原から遠く離れた富士山が登場することの不自然さ、大阪や京都といった地名が男性の人名となっていることのバカバカしさなど、他のジャポニスム・オペラとはかなり異なる。

十九世紀末のイタリアでオペラ制作は、伝統を誇るリコルディ社と新参のソンゾニョ社の二大音楽出版社の支配下にあった。作曲家マスカーニは一八九〇年にソンゾニョ社主催のコンクールに「カヴァレリア・ルスティカーナ」を応募して大成功を収めた。しばらくソンゾニョ社の依頼による作曲が続いた後、ライバルのリコルディ社の依頼により作曲したのが『イリス』であった。脚本家のルイジ・イッリカは若い時に船員として世界漫遊の経験があり、日本を舞台に東洋の典型的な主題を中心とした幻想的な作品を作りたいと考えていた。イッリカが愛読していたのがモーリス・メーテルランク（一八六二―一九四九）やジョリス・カール・ユイスマンス（一八四八―一九〇七）などの象徴主義の文学で、いずれも現実的世界とは対照的な退廃的描写で知られる。演劇評論家、岸純信は『イリス』が日本で上演された際に、杜若の紫色が舞台で効果的に使われていたと指摘する。若いイリスは身投げして杜若の花に変身する。村の娘が杜若の精に変身する話が『伊勢物語』にあり、能「杜若」としても知られている。オペラ『イリス』と杜若の紫色で繋がる能「杜若」については後述する。

『イリス』はプッチーニ作曲『マダマ・バタフライ』の先駆けとなったジャポニスムのオペラで、同じイッリカが歌詞を書いている。第一幕、美しいイリスは盲目の父親イル・チェコと粗末な小屋に住んでいる。夜明けの少し前、合唱団が「太陽の讃歌」を歌う中、ムスメたちがイリスの小屋の近くの川辺で洗濯をしながら陽気に歌う。「ムスメ」とはこの歌劇の洗濯女たちにつけられた名前であるが、日本語がそのまま英語あるいはフランス語となって、未婚の日本の女性・女中・妾などを意味する普通名詞となっている。[46] イリスを慕う金持ちの道楽者オオサカがイリスをさらっていく。一方、吉原の置屋の主人キョウトは人形芝居を見物しているイリスをさらう計画を立てる。第二幕、気がつくとイリスは知らない家に幽閉されている。オオサカの求愛を拒否したイリスは、花魁の姿で人形のように縁台に座らされる。父親イル・チェコはそのような娘の姿を見て、富に目が眩んで家出した親不孝者と勘違いして泥を投げつけ、イリスは絶望して身を投げる。第三幕、引き上げたイリスの身体から宝石を奪う屑拾いたち。太陽が昇り、背後でイル・チェコ、オオサカ、キョウトが歌う中、イリスは意識を取り戻すが、やがて自然に溶け込むように花が咲き乱れる菖蒲畑に沈んでいく。[47]

　本章で取り上げるジャポニスムのオペラの中でも『イリス』は『フィネガンズ・ウェイク』と最も密接な関係があるように思われる。『フィネガンズ・ウェイク』第二部第二章は本文テキストが中央に、左右それぞれにシェムとショーンによる注釈が、ページの下にはイッシーによる脚注があり、「夜の世界のイリス」（またはアイリス）という語句は本文中に登場する。

　　ファッショナブルなものを全て調査するのであれば「夜の世界のイリス」を参照のこと。* どうにかして理解はできない。神の道にても到達できない。〔……〕

＊　トマト・マーマレード添えのド・クィンシー風サラダはスミレ色の上にインディアナ・ブルーを載せると美味。

(*FW* 285.26-28, fn)

「イリス」には何層もの意味が込められているが、この箇所は夜と関連付けられ、解釈が難しいとされる。イリスはギリシャ神話の虹の女神であり、脚注の中ではトマトの赤、マーマレードの橙、マルメロの黄、サラダの緑、インディゴの藍、そして青と紫という虹の七色が言及されている。

続く『フィネガンズ・ウェイク』第二部第三章は、日本語由来の言葉が多出する章であるが、これまたＨＣＥの分身と思われる人物、仕立屋カーシーの話にオペラ『イリス』にも似た菖蒲が咲く光景が登場する。

だが彼のスペクトルは窮状、禿頭、喪失、目眩、鼾の中、意思に反して、海のように咲き誇る菖蒲の花の上に立ち現れたばかりであった。それはよく言うところの人生の転換というようなものであったかもしれないが、起き上げれば夜の可能性もある。空洞の丘よ、低い谷よ！　朝の音と匂いを伴って。

(*FW* 318.33-319.2)

原文の「海のように咲き誇る菖蒲の花」(irised sea) とは、一義的にはアイルランドとブリテン島を隔てるアイリッシュ海への言及と考えられるが、水辺に咲く菖蒲、谷底や夜から朝への移り変わりなどにはマスカーニのオペラ『イリス』が反映されているようにも思われる。「スペクトル」はまた虹の女神としての「イリス」にも通じる。

『フィネガンズ・ウェイク』第三部第三章はヨーンとなったショーンの尋問を中心に展開するが、「イリス」はエジプト神話のオシリス神の妻の女神「イシス」に通じる。次の箇所はマスカーニのオペラの「太陽の讃歌」を思わせる。

エイヴィンを黄金の門会の会員にしよう、沈む夕日が彼女を裏切ったから。イリスよ、オシリスイリスよ！　汝に口を与えん！〔……〕我が心よ、我が母よ！　我が心よ、我が闇から抜け出んことを！　彼らは我が心を知らず、最愛のクーラムよ！　我が憂いよ！　我が栄光よ！　説教師さん、何という思いがけないことよ、あなたの天文学的慎ましさから聞くとは！　ええ、あそこには懐かしい我が家の斜めアーチがあった、色亡霊蒼穹とラクダが針を得たこぶの上方に光が溢れて。イリスの品位ですって！　ルビーの深紅と緑柱石の薄青色とかんらん石のクリソライトと翡翠の緑色とサファイアの瑠璃色とラピスラズリの群青色と。（*FW* 493.27-28, 34-494.5）

エジプト神話の女神イシスとして、オシリスが夜の闇から蘇るのを待っているイリスは、ギリシャ神話の虹の女神でもあり、「色亡霊蒼穹」すなわち太陽と色彩溢れる陽光であり、ここでは七色の貴石として表現されている。『フィネガンズ・ウェイク』にイリスの名前が最後に登場するのは同章終盤である。

一人の乙女について考えてみよ、奉献の。乙女を重ねよ、受胎告知の。汝の最初の思いを忘れるのだ、無原罪の御宿りの。ノックせよ、そうすれば現れるだろう。震えながらも輝いていた者は、いつまでも輝くだろう。乙女を閉じて、覆い、隠すのだ、背後に。叙情とテーマに続いて、優しく輝く谷間のイリス。この若い酒場の女は、婉曲的に表現するならば曖昧に出現し、自らコンシュエロからソニアまで二役を演じているのか。（*FW* 528.19-25）

ここで息子ショーンの声を借りて語っているのは母ALPであり、乙女マリアの奉献、受胎告知、無原罪の御宿りそして出現に言及することにより、谷間のイリスを含む乙女たちに注目を促す。あるいはHCEを訴えたという乙女たちに言及しているのかもしれない。マスカーニのオペラ『イリス』の主人公「イリス」は、『フィネガンズ・ウェイク』に登場するイリスという名前にまつわる複数の表象の一人である。が、日の出から日没に至る色彩の変化、死と復活を暗示するという点において、最も成功しているといえるかもしれない。マスカーニのオペラで描かれる父と娘の近親相姦的愛情と、娘が裏切ったという思い込みはまた、『フィネガンズ・ウェイク』最後のALPの「冷たい怒った怖いお父さん」(*FW* 628.2)という言葉に繋がる。この独白の中でALPは娘イッシーと自分を同一視し、イッシーはまたイリスの名前を反映する。『フィネガンズ・ウェイク』の女性たちは、マスカーニのイリスが父親のいわれのない告発によって死に至るように、HCEの夢の中の罪をめぐって変化を遂げる。ジョイスは愛と死にキリスト教とは異なる日本的な意味を与えるのに成功しているのではないだろうか。

ジョイスは妻ノラ宛ての一九〇九年十月二十七日付の手紙で、プッチーニ作曲『マダマ・バタフライ』に言及している。

二人で『マダマ・バタフライ』を観に行った夜、ずいぶんひどい仕打ちでしたね。僕はただ君と一緒にあの美しい繊細な音楽が聴きたかっただけなのに。君の魂が僕と同じように、第二幕で蝶々夫人が希望のロマンスを歌う「ある晴れた日に」の「いつかある日、ある日、水平線に煙が上がるのが見えて、船が現れるでしょう」を聴いて、憂いと切望で揺れるのを感じたかったのです。(*L* II.255-56)

ジョイスの手紙にあるのはオペラ『マダマ・バタフライ』第二幕で蝶々さんが歌うアリア「ある晴れた日に」である。第一幕でアメリカ海軍の軍人と結婚した日本人の娘が、第二幕では夫の帰国後に生まれた男の子を育てている。別な男との結婚を勧める周囲の人々、そして「奥様は無駄に待ち続けていらっしゃる」という女中スズキの言葉にも関わらず、蝶々さんは「夫」の帰りを信じて次のように歌う。

いつかある晴れた日
遠い水平線に
煙が上がるのが見えて
船が現れるでしょう。
そして白い立派な船が
滑るように入港して、礼砲が轟くでしょう
見えるでしょう？　ほら、彼がやってくるわ！(48)

『マダマ・バタフライ』が先行する他のジャポニスムのオペラと異なるのは、日本人女性とアメリカ人男性の愛を喜劇でなく悲劇として描いた点にあり、プッチーニは印象的なアリアや日本の民謡を散りばめて成功している。オペラ『マダマ・バタフライ』を思わせる言葉は、『フィネガンズ・ウェイク』第二部第一章「フィーニックス劇場」で、グラッグが「自分でじっと見つめることでズロースの色を当てるため」（*FW* 224.26-27）に少女（たち）に近づく場面に現れる。

なんて可愛い美少女たちでしょう、ほら、マダマ・リファイ！　それであの子たちに魔法をかけて、どうするつもりですか？　シンデレネリーは上靴を足首に引っ掛けたけれど、あまりにちっちゃくてお婿さんがやってきた。

（*FW* 224.28-30）

女性の魅力を高めるとされた中国の纏足の習慣への言及という解釈も可能であろう。続く第二部第二章「夜のレッスン」の脚注に登場する「ミスター・ブーテンフライ」という言葉も同様に『マダマ・バタフライ』を思わせる。

〔……〕またちょん切られた胸像（胴体はないものの一番大事な部分は残っている）、彼がしたこと、いつしたか、最後まで追求されて*〔……〕。

* ミスター・ブーテンフライ、あたしとマートルは知りたくて仕方ないのだけど、どこかに落ち着いて、司祭叙階を受けることを考えたことはある？

（*FW* 291 14-16, fn）

『フィネガンズ・ウェイク』出版後間もない一九三九年七月に、フランク・バッジェンに宛てたジョイスの手紙によれば、第二部第二章は昔の学校の教科書を模していて、本文両側の欄外書き込みは、それぞれシェムとショーンによるもので、ハーフタイムに左右を交代するとのこと。一方、妹のイッシーは、兄たちのように左右交代する間沈黙して姿を消すこともなく、脚注としてずっと君臨し続けるという。右記の引用はちょうどハーフタイムの箇所で、主として老マーク王とイゾルデ、つまりHCEとイッシーに関するものである。この「ミスター・ブーテンフライ」の解釈を試みるなら、『マダマ・バタフライ』の男性版を思わせる言葉であり、ズボンの前あきとしての「フライ」には性的放縦が暗示されている。この言葉は第三部第三章、シェムがヨーンとなる降霊会では「ムーンスター・ファイヤーフライ」（ホタル怪物氏）と形を変えて現れる。ピンカートンが求愛する日本人の娘に与えた愛称「蝶々さん（バタフライ）」は、ここでは「ホタル（ファイヤーフライ）」となる。ホタルは短命で暗い夜に川面を飛ぶことで知られる。踊る娘イッシーから、羽ばたく蝶、さらには死にゆくホタルが想起される。

　三幕からなるオペラ『マダマ・バタフライ』は、ルイジ・イッリカとG・ジアコーザの歌詞にプッチーニが曲を付けた。十九世紀の日本と西洋の出会いを描き、蝶々さんは以後、アジア人女性のステレオタイプとなった。ミュージカル「ミス・サイゴン」（一九八九年）は、『マダマ・バタフライ』をヴェトナム戦争下のサイゴンに置き換えて翻案したものとされる。オペラ『マダマ・バタフライ』の原作としては、アメリカ人作家ジョン・L・ロング（一八六一―一九二七）による短編小説「マダム・バタフライ」（一八九八年）があり、これを脚色したアメリカ人劇作家デイヴィッド・ベラスコによる同名の戯曲（一九〇〇年）、さらにはフランス人作家ピエール・ロティ（一八五〇―一九二三）による小説「マダム・クリザンテーム」（お菊夫人、一八八七年）などが挙げられる。十九世紀末のジャポニスムと、西洋の舞台で展開された想像上の日本の影響がみられる。プッチーニは、一九〇四年にスカラ座で初演された二幕物を書き直して三幕構成とした。物語の中心となるのは、長崎に住む若い日本人女性、蝶々さんをめぐる愛と裏切りと死である。蝶々さんは誇り高い武士の娘として生まれながら、落ちぶれて芸者となっている。来日したアメリカ海軍軍人ピンカートンに見初められて「結婚」するものの、間もなくピンカートンが帰国することになる。ピンカートンの離日後に生まれた男の子を育てながら、あてもなく彼を待つ蝶々さん。三年後、長崎に戻ってきたピンカートンはアメリカ人の妻を連れていた。それを知った蝶々さんは、息子を残して自刃する。異国情緒と自己犠牲の悲劇として世界中で人気のあるオペラである。

　原作のロング著「マダム・バタフライ」はキリスト教宣教師の妻として日本に滞在したロングの姉の体験に基づくという。ロングは西洋人男性の身勝手さに批判的であり、ピンカートンは蝶々さんの親戚を遠ざけ、アメリカでの離婚の条件について嘘をつき、一文無しで見捨てる男として描かれている。一方、ロングの小説の主人公「お蝶さん」または「蝶々さん」は、間違いの多い英語を喋ることから、無知で理性に欠ける奇矯な若い女として描かれている。この物語をオペラとして翻案するにあたり、プッチーニとイッリカは宗教的対立を付け加えた。オペラの主人公蝶々さんはキリスト教に改宗したことにより、仏教の僧侶である親代わりの伯父に勘当されたことになっている。『フィネガンズ・ウェイク』に「僧侶」（坊主、bonze）という言葉が度々登場するのは、ジョイスが『マダマ・バタフライ』に登場する蝶々さんの伯父である「ロ・ジオ・ボンゾ」（僧侶の伯父）に馴染みがあったことが関係するように思われる。ロングの小説では最後に蝶々さんの家をピンカートン夫妻が訪れると誰もいないのに対し、オペラでは男の子が残されていて、アメリカに連れて行かれることが暗示されている。『マダマ・バタフライ』で描かれているのは東洋における西洋人の複雑な心情であろう。西洋人男性にとって性的放縦の場としての東洋が強調される一方、抗議と怒りを表明して自殺するほどに理性を失った東洋の女性への恐怖が描かれているようにも思われる。西洋人男性と東洋人女性の不平等な関係は、当時の西洋と東洋の関係でもあった。それはまた、ロングの小説やマスカーニのオペラに登場する「ムスメ」（*mousmé*）という日本語由来の言葉の多用に明らかである。日本語の「娘」はカタカナ表記によって、「明治時代に日本在住の西洋人の妾となった女性」という植民地的な意味を帯びる。

ジョイスと同じアイルランド出身のテノール歌手ジョン・マコーマック、そしてソプラノ歌手マーガレット・シェリダンも『マダマ・バタフライ』に度々出演した。トリエステで十年間暮らして、イタリア語に堪能、歌が得意であったジョイスは、イタリア語の歌詞から自由に引用することができた。アリア「ある晴れた日に」だけでも、『フィネガンズ・ウェイク』で六回は引用されている。[49]『マダマ・バタフライ』を始めとするジャポニスムのオペラに描かれた日本は、異文化が衝突する中での普遍的な愛、裏切り、死の表現をジョイスに提示したといえよう。ジャポニスムのオペラから引用した人名や言葉がさらに変形することにより、読者はそれが文化や言語から切り離された作り物であることを認識する。ジョイスは西洋で定着していた東洋のステレオタイプを利用して英語を覆してみせたといえるかもしれない。

五、夢幻能「杜若（かきつばた）」

ジョイスは、アーネスト・フェノロサの遺稿をエズラ・パウンドが編集して出版した『能または嗜み』（一九一七年）を所持していたことから、日本の能楽に触れる機会があったものと思われる。パウンドを通じて能に想を得たイェイツが舞踊劇を書いたことは知られているが、ジョイスもまた、生者と死者の出会いを表現する洗練された芸術としての能に関心を寄せたのではないだろうか。中でも『能または嗜み』所収の「杜若」は、一幕で旅の僧が出会う若い女性が、続く二幕では杜若の精に変身して登場、かつて在原業平と心を通わせた女性の霊であると述べる物語である。『フィネガンズ・ウェイク』を理解するために、能、特に夢幻能「杜若」が重要な役割を果たすように思われる。

パウンドは『ポエトリー』誌一九一四年五月号に「錦木」を英訳で紹介したのを手始めに、同年の『クォタリー』誌に「羽衣」を、翌年五月には『演劇　季刊戯曲批評』に「熊坂」を発表、これに「景清」を加えた謡曲四編が、『日本の高貴な演劇　アーネスト・フェノロサ遺稿、エズラ・パウンド編、ウィリアム・バトラー・イェイツ序文』（一九一六年）として出版された[50]。同年マクミラン社から出版されたのが『能または嗜み』であり、翌年ニューヨークのクノップフ社から同じものが出版された。その一冊にアメリカ人弁護士ジョン・クィンからジェイムズ・ジョイスへの献辞が書かれたものが、一九二〇年トリエステでのジョイス蔵書リストの中にある[51]。『能または嗜み』で紹介されている謡曲の多くが、夢幻能、この世のものではない霊と人との出会いの物語である。夢幻能には現世を超えた存在としての神、鬼、亡霊などが登場するが、一幕のシテが二幕では変身して、亡き人の霊、後ジテとして現れることが多い。民間伝承の芝居であった能が、現在のような形式になったのは、十四世紀、世阿弥元清（一三六八―一四四三）の時代である。以来、謡と囃子ともに武士の嗜みとして盛んになった。戦場に向かう前の武士にとって、能を通じて生と死に親しむことに意味があったのかもしれない。また十七世紀に徳川幕府が能楽を奨励したのには、参勤交代により江戸に集合する武士たちの共通言語、標準語の形成という意図があったという。だが、大名の庇護を受けてきた能楽は、明治維新以降絶滅の危機に瀕した。東京大学にお雇い外国人教師として招かれたフェノロサが、日本美術とともに能楽を西洋に紹介したことは、その継承には有益であったといえよう。フェノロサが師事した梅若実（一八二八―一九〇九）は、観世、宝生、金春、金剛、喜多というシテ方五家の一つ、観世流宗家として、明治時代に能楽が置かれていた状況をよく理解していた。それまで各大名家に仕えていた諸流派をまとめて、観客の前での公演という近代的な舞台の形式を作る中心となった。

アイルランド伝説のクフーリン・サイクルに基づく新しいドラマを作ることにより、イェイツはアイルランドの新しい演劇運動において、「生から距離を置くことにより、不思議な出来事や手の込んだ言葉」に説得力をもたせる可能性を見出した。クフーリン・サイクルに基づく戯曲とは「鷹の井戸」「緑色の兜」「バーリャの小川にて」「骨の夢」の四編である。イェイツが日本の能から取り入れたのは、簡素な舞台、その上で奏でられる音楽、コーラスの歌、そして仮面をつけた俳優による舞踊である。日本人舞踊家、伊藤道郎（一八九三―一九六一）は「鷹の井戸」初演の際に鷹の精を演じて、ロンドンで話題になった。その後「骨の夢」と「鷹の井戸」は『二つの舞踊劇』（一九一九年）として、「鷹の井戸」「イーマーのただ一度の嫉妬」「骨の夢」「カルヴァリ」は『四つの舞踊劇』（一九二一年）としてマクミラン社から出版された。イェイツの舞踊劇は、能の形式の一部は踏襲するものの、似て非なるものであった。見えないものの美を描くという点において、日本とアイルランドに共通するものを見出したのは尾島庄太郎（一八九九―一九八〇）である。[52] 一方、高橋康也（一九三二―二〇〇二）はイエイツと能を結びつけたのは、若い時に身近にオカルト、アイルランド民話、ジャポニスムの流行があったことだと述べる。[53]

パウンドは、『能に倣う戯曲集』（一九一六年）所収の「トリスタン」で、伝統的な夢幻能を書こうと試みた模様である。「トリスタン」は伝説のマルメロの木を求めて放浪する旅の彫刻家が、コーンウォールにある城の廃墟で、一人の女に出会う物語である。[54] この作品が上演されたという記録はなく、またパウンドが実際に能の公演を見るのは、ずっと後になってからのことである。パウンドは『能または嗜み』の脚注の中で、能を理解することの難しさについて、次のように述べている。

> 一九三九年までには「葵の上」をはじめ、いくつもの能がフィルムに録画されているが、実際に日本で能がきちんと演じられるのを見ない限り、この芸術の全体を伝えるのは極めて難しく、録画に頼るほかないということになる。[55]

この時期、西洋では能への関心が高まりつつあった。一九二一年にはフランス人東洋学者ノエル・ペリー（一八六五―一九二二）が、謡曲「老松」「敦盛」「卒塔婆小町」「大原御幸」「綾鼓」の仏語訳を出版した。[56] また一九二一年から七年間駐日フランス大使をつとめたポール・クローデル（一八六八―一九五五）は、能の本質について、「演劇においては何かが起きる（やってくる）が、能では誰かがやってくる」と語ったことで知られる。[57] 能舞台には決まりごとがあり、檜の本舞台の右側には地謡座が、後方には後座を経て松が描かれた鏡板があり、左手には橋掛かりを経て揚幕があって、鏡の間へと続く。夢幻能では、一幕のシテは橋掛かりから退出し、二幕で過去の亡霊となった後ジテに変身して再び登場する。

『フィネガンズ・ウェイク』と「杜若」の関連については、加藤アイリーン(一九三二—二〇〇八)が明らかにして、関連のある日本語への言及を指摘している。また杜若の花と池にかかる「八橋」のイメージは、『フィネガンズ・ウェイク』の娘イッシーと踊る分身たち、子どもたちの色当てゲーム、稲妻、それに天と地を結ぶ虹などにおいて顕著である。『フィネガンズ・ウェイク』は夢幻の書として構想されたのであり、夢幻能は生者と死者の出会いを表現するための指針となったのではないだろうか。ジョイスはイェイツとパウンドへの対抗心から、アイルランドの伝説の王女イゾルデの物語を語り直して、恋人たちが舞台を出入りし、生と死の間を往還する物語を書いたのではないだろうか。

パウンドは『エゴイスト』誌の編集者として、またアメリカの文芸雑誌の代理人として、一九一三年十二月に初めてジョイスに手紙を送った。その頃ジョイスはトリエステに住み、『ダブリンの市民』の出版を目指していたが、グラント・リチャーズ社が要求してきた書き変えを拒否したため苦境にあった。それからほぼ十年間、ジョイスはパウンドと親しく付き合うことになった。『若い芸術家の肖像』出版の前には、代理人に応募したジェイムズ・グランド・ピンカーがどのような人物か面接してほしい、とジョイスがパウンドに依頼し、一九一五年三月にはパウンドから好意的な返事が来て、ピンカーは一九二二年に亡くなるまで、ジョイスの代理人をつとめた。[58] 同じ手紙でパウンドはジョイスに、中国の詩を訳した本を送ると述べているが、これは現在イェール大学所蔵の『キャセイ』である。一九二〇年にジョイスはパウンドの助言により、一家でパリへ引っ越した。そしてパウンドの世話により一部の挿話が『リトル・レヴュー』誌に連載されたものが、一九二二年にパリで『ユリシーズ』として出版されたのである。

フォレスト・リードは『フィネガンズ・ウェイク』に見られるパウンドの影響について論じ、フェノロサの中国関係の手稿を手にしたことが、次の箇所でＨＣＥの風貌に孔子風との記述がある要因ではないかと推測する。

滑稽な円錐状の滑稽な孔子風の頭巾をかぶり、田舎者の顎は泰山あたりの孔夫子のような長身

(*FW* 131.34-36)

フェノロサの漢字と漢詩、それに日本の能についての遺稿をメアリー未亡人から受け取ったパウンドの中で、中国と日本の古典が結びついて、次第に中国や日本の言葉、文学、演劇に関心を寄せるようになった。フェノロサは日本滞在中に、漢籍が日本では教育の基礎となっていて、日本文化を理解する上で不可欠であることを体験し、自ら中国語や漢詩について学ぼうとした。パウンドが一九一六年に出版した詩集『輝』には「キャセイ　李白より　アーネスト・フェノロサ遺稿並びに森博士及び有賀博士の解読による」が含まれている。[59]この中で中国の詩人陶淵明と李白の名前が、それぞれ原語に近い英語読みの"T'ao Yuan-min", "Li Po"でなく日本語読みの"Tou En-mei", "Rihaku"と綴られているのは、日本で漢詩を学んだフェノロサの遺稿に倣ったものであろう。また「キャセイ」の副題からは、フェノロサが漢詩を英訳するにあたり、東京大学での教え子である有賀長雄(一八六〇—一九二一)の助力があったことがわかる。法学者となった有賀は、フェノロサの再来日に際して通訳をつとめた。またフェノロサ没後にメアリー未亡人が東洋美術史関係の遺稿を『東亜美術史綱』として出版するために来日した際にも終始助力を惜しまなかった。[60]パウンドの「キャセイ」はフェノロサと日本人通訳による漢詩の英訳がもとになっている。

フェノロサがロンドンで急死して、出版を目指していた未完成の原稿がメアリー未亡人の手元に残された。メアリー・フェノロサは最初の結婚で日本に住んだ経験のある小説家であった。フェノロサと再婚して日本を再訪した際に、夫が能楽に関心を示したのを見聞きしたことから、能楽関係の遺稿の出版を目指したものと思われる。夢幻能の雰囲気を伝え、日本語の詩文の比喩表現の英訳を完成するのには、同郷の詩人パウンドが最適だと考えた。フェノロサの能に関する遺稿について、当初パウンドはあまり良い印象を受けなかったようで、ジョン・ク

インへの手紙で「美しいところもあるが、緩慢過ぎる」と述べている。[61] 長年日本に住み、度々能を鑑賞する機会があり、梅若実に師事もしたフェノロサとは異なり、パウンドが能楽の本質を理解するのは難しかったであろう。だが、これを皮切りにパウンドは生涯にわたって能と関わることになった。フェノロサの英訳の編集に取り組み、自身「トリスタン」を書いた第一期には詩としての謡曲に関心を寄せていた。一九二〇年から『ピサのキャントゥズ』出版の一九四八年までの第二期は、舞台芸術としての能への理解を深めた。第三期、ソフォクレスの悲劇を脚色した『トラキースの女たち』では舞台上の輝くような啓示に到達したとされる。[62]

パウンドが出版にこぎつけた能楽関係のフェノロサ遺稿は、イェール大学アーカイヴ所蔵の「能」ノート四冊と、能楽関係の講演録「日本の叙情的演劇」及び「第五回講演　能」からなる。[63] パウンドは他の資料も参考に、フェノロサの英訳に手を入れ、『能または嗜み　アーネスト・フェノロサ並びにエズラ・パウンドによる日本古典演劇研究』（一九一六年）として出版した。一九五九年出版の『日本古典能楽』はそのリプリント版で、イェイツの『日本の高貴な芝居』の序文、付録一「物語のあらすじ」、付録二「音楽について」付録三「衣装の手入れと取り合わせ」が付け加えられている。

実際に能を舞台で見たことがないジョイスやイェイツなどの西洋人にとって、本書は能楽の入門書となったであろう。パウンドは序文で「能楽について英語で書かれたものをいくつか読んだが、フェノロサ教授はもっとも能を熟知している」と述べている。[64] 続いて能楽の簡単な歴史を紹介し、「香道」を例に挙げて、能もまた引喩の技を基礎とする芸術の一つであると述べる。「神に捧げる舞や霊の出現をめぐる民間伝承、のちには戦や歴史の行状記に基づく、素晴らしい構えと舞と謡と演技の非模倣的芸術」であり「限られた高貴な人たち、引喩を解する訓練を受けた人たちのものである」とする。[65] パウンドは西洋人研究者の能楽への無理解を嘆き、「日本の象徴的舞台と仮面の演劇」を西洋の演劇と比較している。フェノロサ遺稿の中にあった一九〇一年の能楽公演パンフレットに掲載された梅若実の解説に言及している。さらに、大和田建樹（一八五七―一九一九）の著書を読んだフェノロサのメモから、能の演目である「番組」に関する部分を紹介している。世阿弥による伝統的な番組は六番立、祝言・修羅・蔓または女物・鬼能・再び祝言という構成になっている。こうして世阿弥と大和田建樹を引いて、パウンドは次のような結論に至る。

その一　日本では真面目な演劇と庶民の演劇が最初から明確に区別されている。模倣だけの舞台は軽蔑されている。

その二　能は西洋のあらすじの慣習とは全く異なる方法で、自然に鏡を差し出す。つまり秩序だった五番か六番からなる番組により、完全な生の一式を提示する。『ハムレット』のように何らかの状況や問題が提示され分析される、ということはない。能の典礼は生と循環の完全な図を提示あるいは象徴する。

個々のだし物は、ギリシャの演劇に類似した、例えばよく知られたオイディプースのこれまたよく知られた苦境のように、既知の状況を扱う。

その三　能の伝統は途切れることなく続いているので、その完全な上演には、西洋の舞台すなわち演劇的意味を失ってしまった道徳寓意劇、聖史劇、大衆の舞踏などから消えてしまった要素が数多く残っている。[66]

パウンドは典型的な能の例として「卒塔婆小町」をあげ、旅の者が登場し、橋掛かりを渡りながらどこへ向かうのかを語り、時には舞の振りの意味を説明することもある、と述べる。文末には能の用語辞典が挙げられている。『ユリシーズ』を書き上げて以来、新しい表現方法を模索していたジョイスにとって、能を紹介するパウンドの序文と謡曲の翻訳は、まさに探し求めていたものであっただろう。引喩に通じた選ばれた観客のために演じられる生と循環を表現する洗練された芸術、これは刺激的だったに違いない。しかしながらイェイツやジョイスに影響を与えた能について論じるときに注意すべきは、今日の舞台で見る伝統芸能としての能そのものというよりは、西洋演劇との相違点が重要になる、ということだろう。イェイツは自身、能を書く意図はなかったし、イェイツを越えようとしたジョイスも然りである。二人の想像力を捉えたのは、引喩のわざであり、夢幻能という概念、つまり生者と死者の霊の出会いであり、芝居の途中で変身して、愛と生と死について唱えながら、音楽に合わせて舞うシテの姿であったと思われる。

フェノロサの遺稿と取り組んでいた一九〇五年の夏、パウンドはロンドンで一人の日本人青年と出会った。舞踊家の伊藤道郎である。パウンドは日本で能の観劇経験があった伊藤に、フェノロサのノートを解読して翻訳を仕上げる手助けを依頼した。ノートに書かれた謡曲の英訳は、主としてフェノロサが再来日した際に英語教師をつとめた東京高等師範学校の同僚、平田喜一（一八七三―一九四三）、のちの英文学者の平田禿木が口述したものである。平田の協力によりフェノロサが読んだのは、主として大和田建樹による能楽研究書である。イェール大学所蔵のフェノロサのノート「能」には、大和田著『謡と能』（一九〇〇年）の能楽研究に加えて、能の起源と歴史については『史籍集覧』（一八八一―八五年）、『群書類聚』（一七四六―一八二一年）などからの抜粋も見られる。[67] 謡曲の英訳を推敲するにあたっては、フェノロサのノートが役立ったものと思われる。一方、伊藤道郎の名前は一九一五年十月二十三日付のパウンドからジョイス宛の手紙に登場する。

伊藤道郎が来週、衣装をつけて能の舞踊を演じることになっている。今のところ「芸術世界」での話題といえばそれくらいだ。デュラックとリケットが考案した本当の日本の大名の衣装らしい。非常に貴重なものだ。伊藤は私が会った日本人の中では数少ない面白い人物だ。大体の日本人は強さが足りないように思われる。もう一人、大きい竹の笛を吹くいいやつがいる。[68]

伊藤道郎は一九一一年に声楽の勉強のため渡欧したが、イザドラ・ダンカンの舞台をベルリンで見て、歌からモダン・ダンスに転向した。それまでの古典舞踊とは異なるダンカンの自然な踊りに魅了されたという。ダンカンに入門したいと持ちかけたところ、断られて妹のエリザベス・ダンカンがパリで開いた学校に行くように勧められた。のちにジョイスの娘ルチアがダンスを学んだところである。だが伊藤はパリへは行かず、ドイツのドレスデンに近いジャック・ダルクローズ学校で音楽を学ぶことにした。一九一四年、第一次世界大戦の混乱の中、ダルクローズ学校は閉鎖されて、伊藤は戦火を逃れてドイツからオランダに移ることを余儀なくされて、ロンドンに向かう。伊藤はロンドン、ピカデリーの「カフェ・ロイヤル」でパウンドと出会い、その後二年間ロンドンに滞在することになる。

イェイツの舞踊劇「鷹の井戸」は一九一六年四月にキュナード夫人のサロンで初演、数日後にはチェスターフィールド・ガーデンズで再演された。主役の泉守り、すなわち鷹の精を演じたのが、エドマンド・デュラック考案の衣裳と仮面を着けた伊藤道郎であった。「鷹の井戸」はクアラ・プレス社より『クールの野生の白鳥』(一九一七年)の一部として最初に出版され、続いてマクミラン社より『舞踏家のための四つの劇』(一九二一年)として出版された。ト書きには「古代の劇場でなければならない。パウンドあるいは伊藤から聞いた伝統的な能舞台に倣ったものである。イェイツが打ち出した素朴な演劇は、絨毯を広げるなり、棒で印をつけた空間なり、あるいは間仕切りを壁に立て」、仮面をつけた六人程の役者で足りる、とある。三方が観客席に囲まれた小さい舞台で演じられる、としているのは、能舞台で役者の立ち位置を決めるのに重要な役割を果たす「目付け柱」に言及しているようである。[69] イェイツの序文には未知の舞台への憧れと戸惑いが窺える。

芝居は幕を上げたり下げたりするかわりに、布を広げたり畳んだりすることで開幕したり閉幕したりする。[70]

この記述は、能舞台で役者の入退場に関わる二枚の布に関する説明に基づくように思われる。能舞台の橋掛りの端には、役者が入退場する際に巻き上げられる五色の「揚幕」が下がっている。また作り物とは、公演に際して製作し、終演後に解体する道具の一種で、竹で作った骨組みを布で巻いたものである。例えば「隅田川」では、行方不明の子を探す母親がたどり着く隅田川の河畔の塚を表す簡素で象徴的な形をしている。多くの夢幻能で、作り物を覆う布が外されると、中から霊となった登場人物が現れる仕掛けとなっている。このように異次元を表すのが作り物の空間であり、いわば結界としての布は実際に舞台で見ないと、その形状は理解しにくいだろう。イェイツの「鷹の井戸」冒頭部分のト書きには、楽士が舞台中央に黒い布を運ぶ動きの記述があり、挿図『鷹の井戸』で使用する黒い布の図案』が添えられている。[71] 明らかイェイツは布の背後から霊が現れるという能の演出に魅了されたのであり、それは自身の新しい演劇に能を取り入れた理由の一つと考えられる。

だがこの複雑な演出のためか、「鷹の井戸」は欧米で上演されることが少なかった。西洋の伝統的な演劇手法には馴染まなかったのであろう。「鷹の井戸」は数奇な運命をたどり、アイルランドでは日本との関連はじきに忘れられて、一九三三年にバレエ「青髭」「角製の酒杯」「ヒヤシンス・ハルヴィー」との四部作として、ニネット・ド・ヴァロア主役により、アベイ座オリジナルの演出によるバレエ作品として上演された。[72] 一方、日本ではイェイツの劇は「鷹の泉」及び「鷹姫」という新作能として脚色され上演されている。二〇一〇年七月「鷹の井戸」公演では、観世流宗家の梅若玄祥が老人役をつとめ、コンテンポラリー・ダンスの森山開次が若者役、サンフランシスコ・バレエのプリンシパル、ヤンヤン・タンが井戸守と鷹の精の二役という異色の演出で上演された。二〇一七年二月にはケルティック能「鷹姫」でアイルランドのコーラス・グループ「アヌーナ」が共演、梅若玄祥がシテをつとめた。

能楽に特徴的な表現方法としての面の使用は、フェノロサとパウンドにより紹介され、西洋の演劇人が注目したが、中でもイェイツは実際に面を取り入れた舞踊劇を書いた。エドマンド・デュラックが伊藤道郎のために考案した「鷹の井戸」の井戸守の面が大層気に入り、『舞踏家のための四つの戯曲』には井戸守の面のみならず老人と若者の面の挿絵が掲載されている。この序文を書く頃までには、イェイツも能面が木彫であること、幾つかのカテゴリーがあり、老女や若い娘などを表すいわば原型として用いられること、古い能面が様々な演目で繰り返し使用されることなどを認識していた。このことを念頭に、クーフリン伝説に基づく四つの舞踊劇を書いたものと思われる。面を着けることによる新しい表現方法の可能性を見出し、次のように述べている。

生から一定の距離を保つことにより、つまり孤独と沈黙の中にだけ存在する深遠な感情を表現するものとして、今いちど英雄や怪奇の原型を創造することは、共同作業をする詩人や芸術家にとって、刺激的な冒険となるだろう。[73]

生と現実から一定の距離を保つ、という面が生む効果は、イェイツの新しい演劇に深い感情を表現する力を与えた。ジョイスもまた、面や幕を比喩的に使うことで異次元の生を表現する可能性に魅了されたのではないだろうか。『フィネガンズ・ウェイク』では夢の舞台で演じる原型としてのイアウィッカー一家、エヴリマンと妻と双子の息子たちと娘を創造し、『ダブリンの市民』のリアリズムから『若い芸術家の肖像』と『ユリシーズ』を経て、古代から伝わる原型による抽象的なモダニズムに到達したといえよう。

一方、伊藤道郎は一九一六年に「鷹の井戸」に出演した後、ロンドンからニューヨークに渡り、イザドラ・ダンカンと共演するなどモダン・ダンサー、振付家として活躍した。第二次世界大戦中には、敵国人として収容所に送られ、一九四二年に日本に強制送還された。のちに伊藤はイェイツ同様に自身の舞踊も能の影響を受けている、と次のように述懐している。

プロフェッサー・フェノロサが日本でお能の研究をされた。そして沢山の原稿を残したまま亡くなられた。

ユズラ・パウンドという人がこのフェノロサの原稿を編纂して「能」という書物を出版したが、この時私はユズラ・パウンドに頼まれて原稿整理の助手をした。簡単な手助けのつもりで始めた仕事だったが、やっているうちに段々面白くなり、真に得るところが多かった。〔……〕

支那から日本へ猿楽がはいって来た。田楽がはいって来た。それ等が漸次洗練されて、当時の坊さん神主あるいは哲学者などによってお能というミラクル・プレイになったものである。このお能のコンストラクトは紀元前にあったギリシャのプレイと同じものである。面を使い、コーラス〔コロス、合唱歌舞団のことか〕を使う。然し日本のお能はギリシャのものを真似たのではない。そして日本のお能は二十世紀の現在も存在しているのである……などと説明している。

私はこの「お能」を読んで、ほんとうに洗練された舞台芸術はやはりお能へ還らなくてはならない、と感じた。

キャンパスに絵具で木を描いて、「ここに木があるぞ」と言う。それは一方から言えば人間のインテリジエントを侮辱しているのだ。そういうものを使わなくても「此処に木あり」ということは我々のコモンセンスで見えるようにしなければならぬ。支那の芝居でもそうだが、英国の芝居では雪が降っていることを表現するには紙を細く切ってそれを降らせる。生きた木を舞台へのせて「やあ本物そっくりだ」とよろこんでいる。これは最も原始的な、幼稚な手法なのである。

お能の鉢の木などで「さん候」などと言って出て来ると、馬も何もいないけれども、そこに馬を生かして乗っている。これが芸術である。

私の舞踊もこれに影響を受けた。出来るだけ無駄を省き、出来るだけ写実を離れることを工夫した。この編纂が完成され出版された時、欧米の詩人、作家、劇作家は非常に感激した。(74)

伊藤道郎はフェノロサのノートを読むパウンドの手伝いをすることによって能を再発見し、写実から離れることの重要性を認識した。これはジョイスが『フィネガンズ・ウェイク』を書くにあたって採用した方法でもあった。能に倣ったイェイツの舞踊劇における写実からの逸脱、そして死者の霊の描写に、ジョイスは強く惹かれ、また対抗心を燃やしたに違いない。

「杜若」

フェノロサとパウンドにより英訳された謡曲は「卒塔婆小町」「通小町」「須磨源氏」「熊坂」「猩々」「田村」「経正」「錦木」「砧」「羽衣」「景清」「葵の上」「杜若」「張良」「玄象」の十五番である。中でもジョイスが惹かれたと思われるのが「杜若」である。フェノロサは一九〇一年六月十六日に梅若能楽堂で「杜若」を鑑賞し、能鑑賞ノート四冊の最後の一冊には、右頁には平田があらかじめ口述したと思われる謡曲の素訳が、左頁には実際に鑑賞した舞台での登場人物の動きなどが記されている。[75]「杜若」は一九〇一年夏にフェノロサ夫妻が日本を最後に離れる前に見た能の一つである。伊勢物語に題材を得た在原業平の恋の物語で、シテは杜若の精、ワキは旅の僧で、東に下る途中の旅の僧が杜若の名所、三河の八橋を通りかかると、土地の女が現れて、在原業平の歌を詠む。語頭をつなぐと「かきつばた」と読ませるアクロスティックである。

唐ころも　着つつ馴れにし　妻しあれば
遥々来ぬる　旅をしぞ思う[76]

フェノロサとパウンドの英訳にはこの歌は訳出されておらず、従ってアクロスティックも試みられていないが、杜若の精は次の台詞を語る。

SPIRIT

In the Ise Monogatari you read, 'By the eight bridges, by the web of the crossing waters in Kumode, the iris come to the full, they flaunt there and scatter their petals.'[77] And when some one laid a wager with Narihira he made an acrostic which says, 'These flowers brought their court dress from China.

杜若の精

伊勢物語に「八つ橋の近く、川が蜘蛛手に交わるところ、杜若の花は満開となって翻り、花びらを散らす」とあります。誰かが賭けをした際、業平は歌に詠みました。「この花は衣を中国から持ってきた」と。

図33 「杜若」『能百番　上巻』より

原典は謡曲「杜若」より、次に挙げる杜若の精の謡と思われる。

伊勢物語に曰く此処を八橋と云いけるは水行く川の蜘蛛手なれば橋を八つ渡せるなり。その澤に杜若のいと面白く咲き乱れたるを。或人かきつばたと云う五文字を句の上に置きて。旅の心を詠めと言いければ。[78]

「蜘蛛手」という川の形状を説明する言葉が、フェノロサとパウンドの訳では地名とされ、業平の言葉遊びは賭けと解釈される。このように平田喜一の説明と謡曲の英訳が混在し、誤解もあるようで、正確な英訳とは言い難いが、フェノロサはじめ一同の苦労が偲ばれる。伊勢物語の禁断の愛の物語は、色鮮やかな夢幻能「杜若」として書き直されることにより、能舞台で永遠に生きることになった。

能「杜若」第二場では、旅の僧の前にあたかも夢を見ているように、後シテの杜若の精が現れる。身に着けているのは、高子皇后の御衣である唐衣と業平の五節の舞の冠である。（図33）次のようにうたいながら、時に業平に、時に業平の愛した高子皇后となって舞う。

これこそこの歌に詠まれたる唐衣。高子の后の御衣にて候え。又この冠は業平の。豊の明かりの五節の舞の冠なれば。形見の冠唐衣。身に添え持ちて候うなり。[79]

この謡曲はフェノロサとパウンドによる英訳では次のようになっている。

KAKITSUBATA
This is the very dress brought from China,
Whereof they sing in the ballad,
'Tis the gown of the Empress Takago,
Queen of old to Seiwa Tenno,

She is Narihira's beloved,
Who danced the Gosetsu music.
At eighteen she won him,
She was his light in her youth.

This hat is for Gosetsu dancing,
For the Dance of Toyo no Akari.
Narihira went covered in like.
A hat and a robe of remembrance![80]
I am come clothed in a memory.

パウンドは和歌のアクロスティックを再現こそしなかったが、英訳された謡曲の韻文としての美しさに惹かれ、また霊の登場により何世紀も前の禁断の愛を描く中世日本文学に魅了されたとみられる。業平の歌をパウンドに詠んで聞かせたのは伊藤道郎だったかもしれない。フェノロサおよびパウンド編訳「杜若」のパウンドによる解説では、この感情表現の機微は、東に向かう途中、三河の国を通過する際に、業平が恋人を想った心が、杜若の咲き乱れる沼地で明らかになる、と西洋とは異なる繊細な愛の表現を説明している。[81]また杜若の精が身につけている豪華な衣装は、若い廷臣と后の禁じられた愛を視覚的に表現している。『源氏物語』やトリスタンとイゾルデ伝説の愛にも通じる普遍的な文学のテーマである。

能「杜若」のワキ、旅の僧はやがて菩薩の法を説くことになる。杜若の精は后となって菩薩の化身としての業平に舞を捧げる。

THE LADY

I am indeed the spirit, Kakitsubata, the colours of remembrance.

And Narihira was the incarnation of Bosatsu of Gokusaki's music. Holy magic is run through his words and through the notes of his singing till even the grass and the flowers pray to him for the blessing of dew.

PRIEST

A fine thing is a world run waste,

To the plans that are without mind,

I preach the law of Bosatsu

LADY

This was our service to Buddha,

This dance in the old days.

PRIEST

(hearing the music)

This is indeed spirit music.

LADY

He took the form of a man.

PRIEST
Journeying out afar
From his bright city.

LADY
Saving all…[82]

「男の姿となって／輝く街より／遠くへ旅立ちすべてのものを救う」とうたう杜若の精。フェノロサおよびパウンド訳の「杜若」はコロス（地唄）のうたう「杜若の精はかき消え、花の魂は仏と溶け合い」、「仏の救済は思い出を超える」で幕を閉じる[83]。

「杜若」とジョイスについて論じる加藤アイリーンは、「『杜若』は最も深い情念と杜若の花（女）と葉（男）に象徴される崇高な貴族性の物語である」という言葉を紹介している。また杜若またはアイリスをめぐるエロティックな暗示が西洋にも存在し、もともと紫色のアイリスに象徴されたフランス王室の紋章が、ある時から聖母マリアの象徴でもある白百合の花に変えられたこと、にもかかわらず「フルール・ド・リス」（百合の花）と名付けられた紋章の花が、実は百合よりはアイリスの花の形をしていることを挙げている[84]。そして日本語が多出する『フィネガンズ・ウェイク』第四部で「イロのアイリス男の虹の鉢」（*FW* 612.20）に、「色彩」「性愛」「恋人」などをも意味する日本語の「色」を読み取る。また『フィネガンズ・ウェイク』第三部第三章では「アッラ・イッララ・ヒッララ男」（*FW* 497.4）と在原業平の名前を見出す。能「杜若」が「伊勢物語」の歌を引用しながら観客を多重の意味へと誘うのと同様に、『フィネガンズ・ウェイク』もまた「日本語音(ヤッパノイズ)であるかのように」(*FW* 90.27) 日本語を含む多重の言語により、英語を踏み越えるのである。

加藤はまた、『フィネガンズ・ウェイク』第一部第一章冒頭の「カミナリ」(*FW* 3.15) と稲妻との関連についても論じる。少し後に「ジングザング」(*FW* 20.2) とあるが、この言葉から「杜若」に登場する三河の沼地にかかる八橋とともに、東洋思想で相反する性質を表す陰と陽、男性原理と女性原理を連想するという。また古代ケルト思想には、東洋の陰陽を表す印によく似た、円形がS字型に白と黒に二等分されたシンボルがあるという。『フィネガンズ・ウェイク』第二部第三章の「シーロスコウロ」(*FW* 317.33) や第四部の「シロスクロス」(*FW* 612.18) に加藤は、絵画の技法としての「キアロスクーロ」(明暗の配合による表現) に加えて、日本語の「白」と「黒」への言及を読む。ジョイスの色、橋、雷、虹などへのこだわりを根拠として、ジョイスがイェイツを意識して、東アジアに目を向け、イェイツがアイルランド神話のクーフリン・サイクルをめぐる舞踊劇を創作したのに対抗して、フィン・サイクルの物語を書く決意をしたという結論に至る。

こうしてみると、ジョイスが弁護士ジョン・クインから一九一七年に贈られたフェノロサおよびパウンド訳の「杜若」を読んだとすれば、旅の僧が訪れた三河の花盛りの杜若によって永遠に語り継がれることになった何世紀も前の業平と高子皇后の愛の物語は、トリスタンとイゾルデの伝説にも通じる東洋の宮廷愛の表現として、ジョイスの心を捉えたに違いないと思われる。一九二二年に『ユリシーズ』を出版、次の作品に取り掛かったジョイスの心の中に「杜若」が留まっていたことは想像に難くない。過去の人物が夢の中で結ばれるという話により、イアウィッカー家の夢の物語『フィネガンズ・ウェイク』の方向性に弾みがついたといえるかもしれない。「杜若」で土地の若い女が杜若の精となって、業平と愛人の両方に変容して舞う姿は、イッシーとその分身たちが踊る姿に繋がったのではないだろうか。

業平の歌のアクロスティックに詠まれる紫色の杜若の花の言葉遊びは、『フィネガンズ・ウェイク』第二部第一章、悪魔グラッグとなったシェムが、イッシーの心に浮かぶ色を当てるという子ども達の色あてゲーム「天使と悪魔」にも通じる。ジョイス自身が子どもの時に親しんだ遊びであるという。

—月光硫黄石の色かい？
—違うわ。
—じゃあ業火赤石の色かい？
—違うわ。
—それともヴァン・ディーメンの珊瑚真珠の色かい？
—違うわ。
彼は負けた。

(*FW* 225.22-24)

グラッグは「黄」、「赤」、「珊瑚色（ピンク）」と、イッシーの色あて問答に正解できず、癇癪を起こす。正解はヘリオトロープの薄紫色である。可視光線の一端である紫は『フィネガンズ・ウェイク』で重要な役割を果たす。夜が更けて、子どもたちの就寝の時間となり、連禱が捧げられる。

フェノロサとパウンドにより英訳された「杜若」最後のト書き「杜若の精は、変身した姿が空中に消えるように去りゆく」は、[85]『フィネガンズ・ウェイク』最終頁、ＡＬＰが消えゆく場面を思わせる。この章ではＡＬＰの手紙の「一字一句」(*FW* 615.1) がついに読者に提示される。手紙は「アルマ・ルヴィア・ポッラベッラ」（生命・リフィ川・美しい泉、*FW* 619.16）という署名で終わり、ＡＬＰ最後のモノローグへと続く。

柔らかな朝。町よ！　ルスプ！　葉ずれのようなわたしのおしゃべり。ルプフ！　夜が来るたびにわたしの髪は長く伸びた。落ちながら音も立てず。リスプン！　風もなく言葉もなく。葉っぱが一つ、たった一つ、それから数枚。

（*FW* 619.20-23）

ＡＬＰは「今となっては誰がウィックロウの滝が丘から谷へ落ちるところ（ヘリオトロープの丘）で「私の色探し」などするでしょう」（*FW* 626.17-18）と述懐する。ＡＬＰは娘のイッシーと一心同体である。やがて退場へと向かうＡＬＰは次のように述べる。

寂しさの中に寂しさ。みんなのせいよ。わたしは逝きます。ああ、苦い終わりよ！　みんなが起きる前にそっと。誰も見えないし、知ることもないでしょう。誰もわたしを恋しがることもないでしょう。

（*FW* 627.34-36）

こうしてリフィ川であるＡＬＰは、ダブリン湾であるＨＣＥの潮と合流して、海に注ぎ込み消えてゆく。『フィネガンズ・ウェイク』はジョイスがイェイツの舞踊劇に対抗して書いた夢幻能といえるかもしれない。東洋を取り入れた舞台が西洋で人気が高い中、ジョイスはとりわけ愛と死を描くことを、さらには生者と死者、この世とあの世、そして自己と他者の交わりを描くことを、日本の夢幻能から学んだのではないだろうか。

第四章　シェム・ザ・ペンマンと「消えることのないインク」（*FW* 185.26）

一、エジプト神話と『フィネガンズ・ウェイク』

HCEとその家族をめぐる夜の物語『フィネガンズ・ウェイク』には様々な伝説の英雄が登場する。ケルト神話の巨人フィン・マックール、年老いたマーク王の許婚、アイルランド王女イゾルデに恋をしてしまうマーク王に仕えるトリスタン。死んで永遠の命のうちに結ばれるという、この世で成就しない愛は、『フィネガンズ・ウェイク』の重要なモチーフの一つである。HCEが娘イッシーに抱く近親相姦にも通じる欲望もまた成就することはない。そしてもう一人『フィネガンズ・ウェイク』に死と再生の表象として登場するのが、エジプト神話のオシリス王である。古代エジプトでは死者はオシリス王と同化することによって、永遠の命を得ると信じられていた。『フィネガンズ・ウェイク』最終章夜明けの場面で、HCEは古代アイルランドの英雄フィンのように、また古代エジプトの王オシリスのように、死後の生を生きるため、長い眠りから目覚めようとしている。

ナポレオンのエジプト侵攻以来、西洋諸国ではエジプト文明への関心が高まり、十九世紀から二十世紀初頭にかけて、エジプトでの遺跡発掘は各国の威信にかけて、空前のブームとなった。その頂点ともいうべきは、一九二二年に王家の谷で発見された若き王ツタンカーメンの墓であろう。ジョイスのエジプト神話への関心には、そのような時代背景がある。『フィネガンズ・ウェイク』第一部第一章に登場する「マスタバトゥーム」(*FW* 6.10)はエジプトの初期王朝時代の支配階級の墓で、カイロ近郊ギザのピラミッド周辺でも発掘されている。そのような墓で発見された副葬品の中に「死者の書」と呼ばれることになる死後の生を願う呪文がある。

まず、ジョイスとエジプト神話について考察し、次いで、エジプト神話の冥界の書記トト神が『フィネガンズ・ウェイク』の双子の一人、「物書きシェム」(Shem the Penman, *FW* 125.23)に表象されるのを検証し、最後に、オシリスに倣って旅立つ「郵便配達人ショーン」(Shaun the Post, *FW* 206.11)に言及する。「手紙」と『フィネガンズ・ウェイク』という本の著作権と信頼性をめぐって張り合うのが、双子のシェムとショーンである。「今日もなお不十分に悪く評価されているメモ魔(ちくしょう、恥知らず、馬鹿でアホ、儲かるかい、ガス、密造酒が、え?　どうだ!)(*FW* 21-24)」、すなわち、物書きシェムが、「消えることのないインク」(the indelible ink, *FW* 185.26)で書きとめた手紙を配達するのが郵便屋ショーンということになる。邪悪な兄弟セトの陰謀により箱詰めにされてナイル川を下るオシリスに倣って、ショーンは、「ギネス氏の登録済みの樽で運ばれる」(*FW* 414.11-13)。

「手紙」とインク

『フィネガンズ・ウェイク』で主人公HCEのいわゆる罪をめぐる真実を明らかにするとされる「手紙」は、ゴミの山から雌鶏によって発見された。その経緯が第一部第五章で紹介されている。

あの原罪雌鶏について。真冬(早い時期だったか、霜が降りる頃だったか)が沖合に去って、春が四月を告げる頃のこと、教会の鐘が懐かしい愛の歌を歌う頃、氷まみれで震える一人の人物、いわばほんの少年が見かけたのは、あの運命のゴミの山、あるいは、おが屑工場か化学底円錐形小山の上で、奇妙な行動をする一羽の冷たい鶏であった。
(*FW* 110.22-26)

手紙、レターとは文字でもあり、言葉は「書くこと」により手紙や書物となって、時間や空間を超えて伝わる。手紙をめぐるジョイスの壮大な構想は、長い創作過程の中で発展し拡散し、重要なモチーフの一つとして、『フィネガンズ・ウェイク』ではさまざまな章に登場する。手紙をめぐる記述の変遷を辿ると、一九二三年から二五年にかけての第一期、『クライテリオン』誌一九二五年七月号に掲載されてから書き直した一九二七年までの第二期、一九三〇年代半ばから一九四〇年までの第三期に分けられる。[1] 完成した『フィネガンズ・ウェイク』第一部第五章は「手紙の章」とも称されるが、大きく二つのセクションに分けられる。第一セクションでは手紙、すなわち夫HCEの罪に対する妻ALPによる弁明の手紙の名前が「ママフェスタ」に始まって、さまざまに仮定される。そして第二セクションでは手紙の内容とその解釈に焦点が当てられる。

至高の人を記念する彼女のママフェスタは、異なる時代で数多くの名で通ってきた。こうして我々が耳にするのは、「老アウグストゥス救済のためのいと高き令夫人の書」とか「波間の谷の子守唄」「すべての品位の名残に万歳」「アナ・ステッサ蘇り注目される」「ガン親父跪き、キャノン卿復活」〔……〕(*FW* 104.4-9)

続いて手紙の由来、すなわち誰が書いたのか、どこからどうやって届いたのかが語られる。手紙を掘り出した雌鶏そして差出人については、次のように書かれている。

件(くだん)の雌鶏の、ドーラン家のベリンダは五十歳を超えていて(チーパリズィー雌鶏品評会三等章銀メダル受賞)、十二時に引っ掻いていたのは、見たところ断じてかなりの大きさの便箋らしきもの、船便にてボストン(マサチューセッツ州)より、一月三十一日付で親愛なる、と言及しているのがマギーうちは皆元気、暑いのでミルクがヴァンホーテンのココアみたい、それから総選挙ね、生まれながらの紳士の綺麗なお顔、ウエディング・ケーキの素晴らしいプレゼント、クリスティのためにありがとう、気の毒なマイケル神父様の愉快な葬式、人生を忘れちゃダメよ、お元気マギー〔……〕(*FW* 111.5-11)

多くのアイルランド移民が渡ったアメリカ東海岸の都市ボストンから、故郷の家族や友人に送られた手紙のようである。手紙の外観についても種々記されているが、著者の身元の根拠となる署名がない点については次のような記述がある。

ならばなぜ、お尋ねするが、署名など必要なのだろうか。どのような言葉も、文字も、ペンの筆づかいも、紙上の空間も、それ自体が完璧な署名ではないだろうか?(*FW* 115.6-8)

手紙をめぐるテキストの変遷は、ジョイスの『フィネガンズ・ウェイク』創作の軌跡を辿る。雌鶏がゴミの山からつつき出したとされるボストンの手紙は、正体不明の著者が紙にインクで書いたものである。HCEの「罪」について、真実を告げるはずの手紙の信憑性が、いつの間にか『フィネガンズ・ウェイク』自体の著者の正体と書かれたことの信憑性への疑義となって物語が展開する。手紙を書くのに用いたとされるのが「消えることのないインク」である。紙にインクという形態で、人の死後も生き延びる手紙や文字、さらにいえば本の信頼性というテーマは、『フィネガンズ・ウェイク』理解の鍵の一つといえよう。一方、エジプト「死者の書」の中心となっているのが、オシリスをめぐる伝説である。中でも、死んだオシリスの遺体から抽出した液体が、トト神のインクへと変化を遂げる、という話は、人の自然死を超越し、能動的記憶により生き延びる方法を提示する。

ジョイスとエジプト神話の出会いは、ダブリンのヘルメス協会での体験の頃に遡る。同協会ダブリン支部は一八八六年、プロテスタントの神智学者チャールズ・ジョンストン（一八六七―一九三一）によって創設され、美術学校で学んでいたウィリアム・B・イェイツとジョージ・ラッセルが入会していた。[2] やがてアイルランド文芸復興運動の中心となるのが、彼らプロテスタントの若者たちである。ジョイス自身は文芸復興運動には懐疑的であったが、ヘルメス文書については研究していたようで、一九〇二年にジョージ・ラッセルを訪ねて、神智学及び東洋思想への関心を示したという。[3] 一九〇四年には友人のオリヴァー・セントジョン・ゴガティとヘルメス協会の例会に出席しようと出かけたが、ゴガティによれば、ジョイスはむしろ、「いつものような尊大な態度であった」という。[4] 結局、ヘルメス協会の会合が行われるはずだった部屋は空であった。ヘルメス文書とはヘルメス・トリスメギストス（ヘレニズム期エジプトにおいて崇拝されたトト神の別名）にまつわる文書である。ヘルメスは新プラトン主義者がエジプトのトト神に与えた異名で、ギリシャのヘルメス神と同一視され、錬金術を含む神秘的教義の著者とされる。当時のヘルメス協会では、ヘレナ・ブラヴァツキー著『ヴェールを脱いだイシス』（一八七七年）やジェイムズ・フレーザー著『金枝篇』（一八九〇―一九一五年）などが広く読まれていた。こういった書物を通じてジョイスはエジプト神話に親しむようになったものと思われる。

アイルランドの葬送

アイルランドではキリスト教が全土に広まってからも、ケルトの風習に由来する独自の葬送の伝統が残っていた。異教の風習に親しんでいたことは、ジョイスが後年、エジプトの葬送の典礼に関心を抱いたことと無関係ではない。『アイルランドの通夜の娯楽』（一九六九年）の著者ショーン・オサリヴァンによれば、古来アイルランドでは通夜で歌ったり踊ったり、ゲームをしたり、時には遺体そのものを担ぎ出すこともあったという。人々が眠くならないように、いたずらをするのは常套手段で、遺体にいたずらをして上体を起き上がらせたり、震わせたりすることもあった。

このような通夜の様子が歌われているのが、民謡「フィネガンズ・ウェイク」である。酒好きのティム・フィネガンはある日、いつものように酒を引っ掛けて仕事中に梯子を踏み外し、頭を打って死んでしまう。家に運んだティムの遺体をベッドに横たえ、足元にウィスキー、枕元にはポーターが並べられる。集まった人たちはティムの母親にお茶とケーキを振舞われ、タバコやウィスキー・パンチなども出てきて、賑やかな通夜が始まる。泣き出したビディ・オブライエンにビディ・オコナーが文句をつけると、一方が他方に殴りかかり、これを皮切りに男同士、女同士の殴り合いとなる。その時、ミッキー・マロゥニーが投げつけたウィスキーがティムの遺体に降り注ぎ、ティムは生き返る、という歌詞である。[5]

アイルランドの通夜の習慣は、人間が未知の死の領域に直面したときの、本能的な畏怖の念に由来するのかもしれない。オサリヴァンによれば、死は取るに足らない出来事である、という態度で畏怖の念を軽減するために、通夜では飲んだり食べたり、ふざけたり遊び興じたり、ときには泣き叫ぶこともあったという。こうした通夜の慣行の行き過ぎや金の無駄遣い、過度のアルコール摂取を諫めようと、アイルランドのカトリック教会は異教の慣習の禁止に躍起になったという。[6]

「死者の書」とレプシウス、ナヴィル、ルヌフ、バッジ、ヒンクス

十九世紀に広く知られるようになった、エジプトで死後の生を願う呪文「死者の書」へのジョイスの関心は、アイルランドの葬送の伝統と無関係ではないように思われる。大英帝国のエジプトに対する野心は、エジプト学の発達をもたらし、植民地アイルランドでも何人ものエジプト学者が育った。アイルランド語と英語の併用によ

る言語意識の高まり、それに加えてケルトの伝統が、学者たちが象形文字解読に取り組む要因の一つとなったのかもしれない。

「エジプト死者の書」という表現が一般的になったのは、ドイツ人エジプト学者で、ベルリン・エジプト博物館々長をつとめたカール・リヒャルト・レプシウス（一八一〇―一八八四）がイタリア、トリノ博物館所蔵の葬送パピルス類についての解題付き類別目録を一八四二年に出版した際に、本の題名に用いて以来のことである。[7]このときレプシウスが当該パピルスの、挿絵や飾りを伴い象形文字で記されたテキストを「章」に区切り、番号を付したことから、エジプトの葬送の呪文は以後、この章番号により引用されることになった。レプシウスによる『エジプト死者の書』のドイツ語訳が出版されたのが一八九二年のことである。いわゆる「ピラミッド・テキスト」または「棺桶テキスト」として発掘されたものは「死者の書」ヘリオポリス本と呼ばれることもある。後に第十八王朝から第二十王朝の間に製作され、パピルスの巻物形式の副葬品として発掘されたのが「死者の書」テーベ本である。ドイツ政府に雇われたスイス人エジプト学者エドゥアール・アンリ・ナヴィル（一八四四―一九二六）は、世界各国の博物館所蔵のテーベ本パピルスを研究する際に、レプシウスの分類を踏襲し、一八八六年に『第十七王朝から第二十王朝のエジプト死者の書』として出版した。

テーベ本パピルスの中でもよく知られているのが第十九王朝初期にテーベで書記をつとめたアニのために作られた、長さ八・五メートルの「アニのパピルス」である。テーベで発見されて、大英博物館理事会が一八八八年に購入した。そのファクシミリ版に序文を書いたのが、当時大英博物館古代エジプト・アッシリア遺物課管理人であったピーター・ルペイジ・ルヌフ（一八二二―一八九七）であった。ルヌフは若い時にカトリックに改宗したこともあり、一八五五年にオックスフォード大学からダブリンに新設されたカトリック大学に移り、古代オリエント史及び言語の教授となった。独学で象形文字を学んだルヌフは、当時最も有名なエジプト学者の一人であった。ダブリンでの教授職に次いでロンドンの視学官となり、一八八六年に大英博物館古代エジプト・アッシリア遺物課管理人に任命された。レプシウスやナヴィルといった有力エジプト学者たちと親交があったルヌフは『エジプト死者の書』の英訳に取り組んだ。ところが一八九一年に年齢を理由に引退を勧告され、後を継いだのが長年ルヌフの助手をつとめていたE・ウォリス・バッジ（一八五七—一九三四）であった。バッジはのちに、楔形文字を刻んだ書版の非合法取引をめぐり、ホルムズド・ラッサムに対して不当な告発を行ったことで知られるが、ルヌフの後継者として「アニのパピルス」研究を自らの業績とした。[8]

一方、ルヌフがダブリンで過ごした十年間に頻繁に文通をしていたのが、エジプトの象形文字など、古代中東言語の解読に成功した初期エジプト学者エドワード・ヒンクス（一七九二—一八六六）である。ヒンクスはダブリン大学（現トリニティ・コレッジ・ダブリン）で学び、若干二十歳でジュニア・フェローに選ばれたが、六年後に辞職して、以後プロテスタントの一教区牧師として生涯を終えた。最初の任地はアードトレア、次いで一八二五年にベルファスト近郊ダウン州の小教区キレレアに移り、亡くなるまでここで暮らした。ダブリンの王立アイリッシュ・アカデミー、大英博物館、ロンドンの王立アジア協会などの仕事をし、一八四三年にはトリニティ・コレッジ・ダブリン所蔵パピルスの図録を編纂したことで知られる。[9]このパピルス断簡十八点の多くは「死者の書」の部分であり、これを一八三八年にトリニティに寄贈したのはキングズバラ卿であった。長さ五メートル以上ある最大の断簡は、ナヴィル著『第十七王朝から第二十王朝エジプト死者の書』に掲載されている。[10]若いカトリックの学生であったジョイスが、トリニティ・コレッジ図書館所蔵キングズバラ卿パピルスについて知っていた可能性は大きいとはいえない。しかし大英帝国第二の都市ダブリンで、古代エジプト文明はある程度知られていたといえよう。

ジョイスと「死者の書」

ファクシミリ版『アニのパピルス』は五四センチ、折り込み写真が三十七枚掲載された十九頁からなる大判印刷物で、「アニのパピルス」に関する出版物の挿絵の多くはこの本からの引用であり、一八九四年には第二版が出版された。翌一八九五年にはバッジ編英語対訳並びに字訳版『死者の書　アニのパピルス』が出版された。ジョイスはパリ在住のアメリカ人ハリー・クロズビーを通じて、このファクシミリ版を目にしている可能性がある。クロズビーの伯父で銀行家のジョン・ピアモント・モーガン（一八三七—一九一三）がファクシミリ版『アニのパピルス』を所有していた。モーガンは美術品収集家としても知られ、ニューヨークのメトロポリタン美術館館長をつとめた。モーガンの甥クロズビーは、第一次世界大戦に従軍したのち、一九一九年にハーバード大学に入学、二年後にはモーガン銀行パリ支店配属となった。クロズビーは同郷で離婚したばかりのポリー・ピーボディとパリで結婚し、ポリーは夫の助言によりカレスと改名した。新夫婦はパリで詩を書きながら、贅沢な亡命生活を送った。二人は一九二七年にザ・ブラック・サン・プレス社を創設して出版業に乗り出し、『ユリシーズ』を出版して話題になっていたジョイスに接近したのである。

「アニのパピルス」より以前に発見されてトリノ博物館所蔵となったエジプトのパピルスについても、ジョイスは聞いていたかもしれない。トリノ博物館のパピルスは『エジプト死者の書　現存する最も古く最も重要な古代エジプト宗教文書』として一八九四年にチャールズ・H・デイヴィス英訳により出版された。アイルランド国立大学ダブリン校（ユニヴァーシティ・コレッジ・ダブリン）ジェイムズ・ジョイス図書館がその一冊を所有しており、「イエズス会　聖イグナチウス・コレッジ・ダブリン」の蔵書印が押されている。ユニヴァーシティ・コレッジ・ダブリンの前身であるダブリンのイエズス会学校のいずれかから継承しているものと思われる[11]。アイルランドのイエズス会は、ダブリン中心部、セントスティーヴンズ・グリーン八六番地のカトリック大学の一部として、一八七三年から七四年にかけて隣接する八七番地にセント・パトリックス・ハウス学寮を設置した。一八八〇年には閉鎖されたが、一八八二年になってベルヴェディア・コレッジ近くのアッパー・テンプル・ストリート二三番地に聖イグナチウス・コレッジを開設し、ウィリアム・デレイニー神父が副校長に就任した。一八八三年の終わりにイエズス会は新設のロイヤル・ユニヴァーシティを構成する一大学として、ユニヴァーシティ・コレッジの運営を任されることになった。蔵書印にある聖イグナチウス・コレッジは、現在のイエズス会ミルタウン・インスティテュートに併合された。[12]

ジョイスがエジプト神話に関心を抱いていたことは、『フィネガンズ・ウェイク』批評の早い段階から指摘されている。ジェイムズ・アサートン著『ウェイクの書物』(一九五九)によれば、ジョイスは「進行中の作品」の解説書として、ベケットの編集により一九二九年に出版された『ダンテ・ブルーノ・ヴィーコ・ジョイス』にエジプト神話への言及がないことに懸念を示したという。[13]「進行中の作品」の一部が『シェムとショーンの物語』としてザ・ブラック・サン・プレス社から出版される少し前のことである。『フィネガンズ・ウェイク』創作に果たした『エジプト死者の書』の役割を広く知らせたいと、ジョイスはハリエット・ショー・ウィーヴァー宛の一九二九年五月二八日付の手紙で、次なる解説書の企画を提案している。

〇に続いて私は×を計画しています。つまり四人の寄稿者による四本の論文です。今のところ一人だけ見つけました。伯父上から相続した大判挿絵入りの『死者の書』を所有しているクロズビーです。論文の題目は夜の扱い(例えば死者の書、十字架の聖ヨハネ著『霊魂の暗い夜』など参照のこと)、仕組みと化学、ユーモア、そして四つ目の題目はまだ決まっていません。

(*L* I 281)

『フィネガンズ・ウェイク』が一九三九年に出版されて間もなく、ジョイスはフランク・バッジェン宛八月二十日付の手紙で『死者の書』に言及している。その頃バッジェンは『フィネガンズ・ウェイク』を紹介する記事を書いていた。「エジプト人がこの聖典につけた別の名前で締めくくるのはいかがだろうか。死者の書はまた太陽のもとに現れる章の書でもあります。」(*L* I 406) こうしてバッジェンは『ホライゾン』誌掲載の「ジョイスの太陽のもとに現れる章の書」（一九四一年九月号）で、ジョイスが『フィネガンズ・ウェイク』に『エジプト死者の書』を用いていることを最初に指摘したのである[14]。

時代が下がって、ダニス・ローズは『太陽のもとに現れる章の書』（一九八二年）で、ジョイスの創作ノートである「バッファロー・ノートブック」の記述のもとになったとして、『死者の書』をあげている。またジョン・ビショップは『ジョイスの暗闇の書「フィネガンズ・ウェイク」』（一九八六年）で『死者の書』に一章を割いて、『フィネガンズ・ウェイク』の言葉の多くがエジプト神話に由来すると指摘する。バッジから引用して、古代エジプト人が死後の生を信じていたこと、死者が冥界の試練を生き延びることができるように、葬送の儀礼を尽くすこと、さもないと死者を待ち受けるのは二度目の死、そして霊魂消滅であること、などを説明する。章の題目が「『フィネガンズ・ウェイク』と『エジプト死者の書』　棺桶の中」となっていることからもわかるように、重要なのはミイラとなった遺体である。エジプト神話とキリスト教の終末論を比較する必要を説き、『死者の書』への言及を指摘して、『フィネガンズ・ウェイク』の主人公ＨＣＥを古代エジプトの王たちのように、死後に夜の闇を旅する、と位置付ける。ＨＣＥの埋葬の場面ではツタンカーメンの引喩を読み取り、キリスト教における死と復活の信仰からの逸脱という点を強調する。

ジョイスは自らの「深層の泥炭（ボッグ・オヴ・ザ・デプス）」（*FW* 516.25）において、ツタンカーメンとＨＣＥに類似点を認める。それはＨＣＥが幾らかでもツタンカーメンについて知っていたとか、エジプト人がツタンカーメンの死を眠りの一種とみなしていたからではない。ツタンカーメンが死の時点ではジョイスの主人公と同様の無の状態にあり、同様に異界へと進み、同様に太陽による復活を体験するからである[15]。

ローズによると、ジョイスが「バッファロー・ノートブック」に引用しているのは、二種の『死者の書』であるという。一つはバッジによる英訳の三巻本で、一九〇九年に出版された[16]。クロズビーがジョイスに贈呈したとされるのは、おそらくこの版ではないかと思われる[17]。もう一つは大英博物館から一九二〇年に出版され、博物館内で販売されていた簡略な青表紙の小冊子、『死者の書　挿絵二十五点』と題するもので、現在ユニヴァーシティ・コレッジ・ダブリンのジェイムズ・ジョイス図書館が所有している。

ファクシミリ版の挿絵と呪文を見、英訳を読むことにより、ジョイスは古代エジプト人の死生観、特に死後の生の信仰について、またそのために不可欠な埋葬の儀礼について、視覚で捉えるとともに呪文を読むことができた。古代エジプト人は死者が夜の闇の中を危険な旅をしてから、夜明けとともに死後の生に歩み出すのだと信じていた。「死者の書」の呪文は、夜の世界の太陽神であるオシリスが夜明けまで、昼の太陽神アモン・ラーが船に乗って東からやってくるまで、死者を守るものであった。

人の生と死を新しい方法によって描こうとしたジョイスが、古代エジプト人にとって永遠の命を保証する護符である「死者の書」を見逃すはずはなかった。エジプトの葬礼を『フィネガンズ・ウェイク』のテキストに織り込むことによって、ジョイスはヴィクトリア朝オリエンタリズムから抜け出して、キリスト教とは異なる新しい観点から、生と死を描くことになった。

「オントとグレイスホーパー」

一九二八年にエジプト各地を旅行したハリー・クロズビーは、古代エジプト人の太陽信仰に深く感銘を受けた。クロズビーは『ユリシーズ』の出版によりパリで有名になっていたジョイスに近づいて親交を結び、ザ・ブラック・サン・プレス社を軌道に乗せようとしていた。二人の話題の中心が古代エジプトであったとしても不思議ではない。ジョイスの「進行中の作品」に、古代エジプト文書からの引用が多く見られるのはそのためであろう。一九二九年にはザ・ブラック・サン・プレス社よりその一部、「ムークスとグライプス」、「これまでで最も泥だらけで湿ったどろんこ」、「オントとグレイスホーパー」の三編が『シェムとショーンの物語』として出版された。中でも、「オントとグレイスホーパー」（図34）には「死者の書」を示唆する部分が多く、のちに『フィネガンズ・ウェイク』第三部第一章では、ショーンがシェムについて語る次のような寓話となっている。

地上のすべてのものは、彼の「息づかいの書」が命じるように、それゆえにそうなのですけれど、シェムにしろ、ショーンにしろ、どうやら時間を潰しているようです。

こいつはおったまげた、スカラベだ、俺の魂だ！ なんというホラ話だ！ 名誉毀損だ！ 不誠実だ！ プー！ プシュラ！ 創造神プタ！ ゴート人のなんたる時だ！ とオントは怒りをぶちまけた。オントはといえば、夏の愚か者・蝶ではないので、トト神のように・思慮深く氷のようなガラス窓の前で、蜂のように高速で涼しい空間を作っていた。今話題になっているのとは反対に無無無と冷たかったのである。あのノミ野郎のところのパーティになど行くものか、と彼は決めたのかもしれない、なぜって彼は我らの社交リストには載っていないから。バーの埋葬にも行かないぞ、あの無精者め、このコフキコガネの巣に心臓（アブ）、と魂（クー）と身体（カト）がある限り。ネフエル（にもかかわらず）、オントは自分の産卵場所に安全な鍵をかけると、

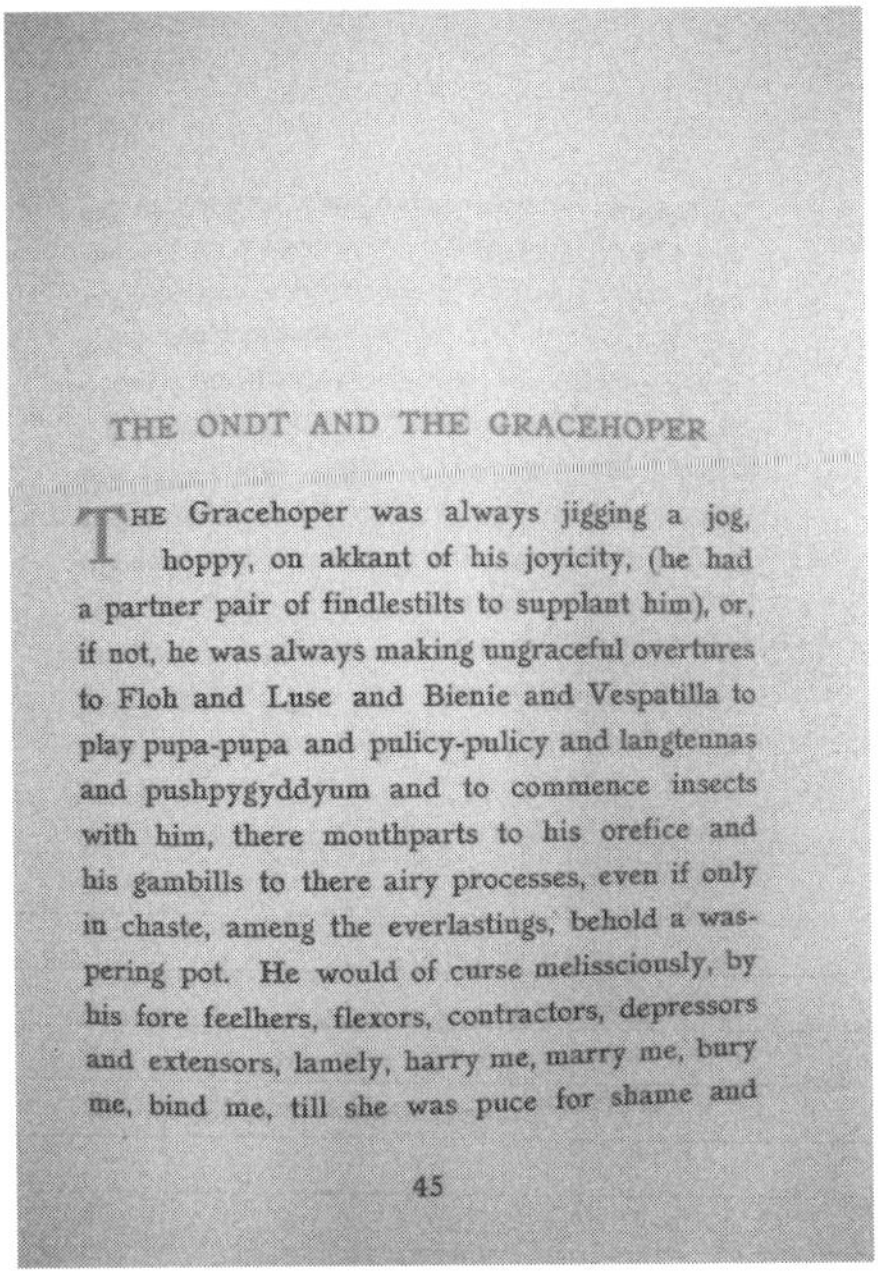

THE ONDT AND THE GRACEHOPER

THE Gracehoper was always jigging a jog, hoppy, on akkant of his joyicity, (he had a partner pair of findlestilts to supplant him), or, if not, he was always making ungraceful overtures to Floh and Luse and Bienie and Vespatilla to play pupa-pupa and pulicy-pulicy and langtennas and pushpygyddyum and to commence insects with him, there mouthparts to his orefice and his gambills to there airy processes, even if only in chaste, ameng the everlastings, behold a waspering pot. He would of curse melissciously, by his fore feelhers, flexors, contractors, depressors and extensors, lamely, harry me, marry me, bury me, bind me, till she was puce for shame and

45

図34 「オントとグレイスホーパー」

歓呼して唱えた。やつも俺も水が空にならないように！　セクメト神の冥界よ！　やつが俺を豚の糞で埋め尽くさないように！
(*FW* 415.22-35)

ここでは「エサウップ」（*FW* 415.17）の寓話「アリとキリギリス」がショーンによって語り直されている。登場するのはエジプトの創造神プタ、その配偶神で冥界の悪人を懲らしめるセクメト神といった神々や、ネフェルタリ、ハトシェプストといった王妃たち、聖なるコガネムシ、スカラベやスフィンクス、カーやバーの概念、それに『死者の書』から「息づかいの書」などである。

グレイスホーパーはイソップ寓話のキリギリス（グラスホッパー）の変形である。音楽好きで歌ってばかり、冬に備えることも怠り、神の恩寵（グレイス）頼みのグレイスホーパーはシェムそのもの。弟ジョン（ショーン）・スタニスロース・ジョイスから見た作家ジェイムズ（シェム）・ジョイスの姿でもあろう。

いつもジグを踊るように軽く走り、自らの喜びの街ジョイシティのために幸せに飛び跳ね、（彼を支えるのは一組のヴァイオリンの弦）、そうでない時もフロー、ルーズ、バイニー、ヴェスパティラを相手に、聞き苦しい序章を奏でていた。
(*FW* 414.22-25)

一方、オントはといえば、イソップ寓話の働き者の蟻（アント）に通じるが、フランス語で恥を意味する「オント」(honte) と同音である。「背が高く、たっぷりした強そうな肉体の持ち主、とてもむっつり不機嫌な様子、会長の風貌であった。心の中に空間を作っている時以外は」（*FW* 416.3-6）というオントはショーンを思わせる。エジプト神話の書記トト神のように、記録をとるのが仕事である。トト神はまた崇高な知性を表す鳥アイビス（トキ）の頭で表象されることが多い。寓話の最後でグレイスホーパーはオントに向かって次のように語りかける。

君の天才は世界にあまねく知られ、君の占める空間は至高なり！
だが聖なるサマリア人・聖マルチノよ、なぜ君は時に勝てないのか？
(*FW* 419.7-8)

この寓話で描かれるのは、空間を表すシェムと時間を表すショーンの言葉における対立である。『シェムとショーンの物語』ではジョイスのエジプト神話への関心を垣間見ることができる。だが、強い太陽信仰から常に死に囚われていたハリー・クロズビーは、『シェムとショーンの物語』出版の年の十一月に若い女性と心中してしまった。クロズビーの死は波紋を呼び、文芸雑誌『トランジション』は一九三一年にクロズビーを悼む特別号二号を出版した。パトロンとしても詩人としても評価されていたということであろう。[18] 一方、残されたクロズビーの妻カレスは、夫の死後もジョイスと良好な関係を保ち、一九三六年には『ジェイムズ・ジョイス詩集』を署名入り限定版五十部、標準版七五〇部として、ザ・ブラック・サン・プレス社より出版した。[19]「室内楽」「ポウムズ・ペニーチ」「エッケ・プエル」が収められている。[20] エジプトに命まで捧げたハリー・クロズビーとは異なり、ジョイスにとってエジプト神話は言葉や概念の供給源の一つであったのだろう。

二、消えることのないインク

アナ・リヴィア・プルーラベルの手紙「ママフェスタ」(*FW* 104.4) の筆記者と目されるシェムは、『フィネガンズ・ウェイク』の夢の世界の書記の役割を果たしている。そして「書く行為」の媒体としてのパピルス、紙、羊皮紙、布、インクなど、それに書くことの様々な慣習への言及が多いのが『フィネガンズ・ウェイク』第一部

第五章、いわゆる「手紙の章」と呼ばれる箇所である。「書」をめぐるこのような言葉は、いずれもジョイスお気に入りの記号表記である。アイルランドを離れて、ローマで『ダブリンの市民』に取り組んでいた若い日、ジョイスは弟スタニスロースに、「僕はインク壺に聖霊が宿るという考えが好きだ」と書いている。[21] グラント・リチャーズ社との交渉の中で、作品の書き直しを命じられると、再びスタニスロース宛に「G・Rがいうようにこの本を書き直すようなことをしたら、きっとまたインク壺の中に聖霊と呼ばれるものが、ペンの背には僕の文学的良心という邪悪な悪魔が座っているのを見付けることだろう」と書き送っている。[22]

シェムの章ともいわれる第一部第七章には、シェムの住所として「オシー家または恥の家、静かに歩む者は、「呪われたインク壺」とも呼ばれるが、アイルランドのアジア、ブリムストーン遊歩道無番地」が挙げられている。そこでは「彼の筆名シャットが表札にセピア色で刻まれ、小さい窓には黒い帆布でできたブラインドがかけられて」「魂の縮こまった秘密の細胞の息子が生の中を喘いでいた」（*FW* 182.30-35）。このようにシェム・ザ・ペンマンを口汚く罵る語り手は、双子の兄弟ショーン・ザ・ポストである。二人はそれぞれ言葉の占める空間と時間を表し、競い合う。

手紙の章の語り手は、ＡＬＰの手紙を「女の作り事」（*FW* 109.31）だとして、その信憑性と信頼性に疑問を投げかける。手紙は「ごく日常的な外見の切手の貼られた封筒」（*FW* 109.7-8）に包まれ、そこに書かれている事実は「後方にほんの少しだけ」（*FW* 109.33）である。封筒と手紙の関係は、「女の衣服」（*FW* 109.31）と身体の関係にも似ている。また、この手紙には書き手の素性を明かす署名が欠落している。代わりに「十字状の追伸からは三つの口づけ、あるいはより小さく短い接吻が注意深く削り取られていること」（*FW* 122.20-22）は、「必ずしも手紙に署名をしないアイルランドの習慣」（*FW* 114.36-115.1）であるとともに、手紙が本物であることの曖昧さの証といえよう。「どのような言葉も、文字も、ペンの跡も、紙に占める空間はそれだけで自らの署名となる」（*FW* 115.6-8）と考えれば、手書きの手紙は容易に書き手の素性を明かすともいえる。一方、印刷された文字や書物は、「その他のインキュナブラを含めて」（*FW* 114.6-7）、「学識の略奪に満ちている」（*FW* 108.7）、すなわち剽窃を疑われることが多い。つまりジョイスはこの章において、文字、手紙、書物、さらにいえば人々の言葉の記録としての歴史に至るまで、その信憑性に疑問を投げかける。

「反キリスト教以前の」アイルランドで、「灯りの煤とブラックソーンの枝」を用いて書く慣習は、「自家製の棍棒をカリグラフィーに使うこと」とともに、『フィネガンズ・ウェイク』においては、「未開な蛮性」（*FW* 114.10-13）からの進歩、と位置付けられている。その結実が「『ケルズの書』の難解なトゥンク頁」（*FW* 122.23）ということになろうか。同様に中国や日本には墨あるいは「煉瓦型煤」（*FW* 108.25）を硯で少量の水とともに擦ることによって墨汁を作り、これに筆を浸して「南北に線が伸びる」（*FW* 114.3）縦書き用の紙に字を書く、という筆記の慣習があることにもジョイスは言及している。「申命記における聖人伝の執筆」（haggiography in duotrigesumy *FW* 234.12）を表す言葉には日本語の「墨」の音が、聖人伝を書くのに相応しい媒体として付け加えられていると解釈できるかもしれない。中国や日本では、書道は日常の営みであるが、時代を超えた良質の古墨や古硯は珍重される。インクや墨はトト神とシェムのいずれにも深い関わりがある。

トト神からインク壺とパレットを手に入れるための呪文

エジプトの知恵の神トトは、「死者の書」の書記であり、死者の審判を記録する役割を担う。死後の生の途上で死者は、審判の間でオシリスおよび同席する四十二柱の陪審の神々と対面する。自分の身の潔白を証明するためには神々の前でその名前を正しく言わなければならない。続いて「〇〇したことはありません」と否定告白を行う[23]。『死者の書』の挿絵では、多くの場合オシリスは死者と対面する形で王座に座っている。オシリスの両脇には双子の女神イシスとネフティスが死者と向かい合って立っている。死者の前に天秤にかけられているのが、一方は死者の心臓、もう一方は真理のシンボルとしての羽である。死者の告白が本当かどうか試され、もしも嘘をついているとわかれば、そばに控えている悪魔が直ちに心臓を食べてしまい、永遠の命は失われる。審判の記録をとるトト神の手元には、いつもインクとパレットが描かれ、エジプトの墳墓ではインクやパレットに関連した副葬品が多く発見されている。

トリノ博物館所蔵パピルスに書かれた「死者の書」呪文九十四、別名第九十四章は、死者がトト神にインク壺とパレットを懇願するための呪文である。

呪文九十四

題名　トト神からインク壺とパレットを手に入れるための呪文

挿絵　死者はトト神に向かってパレットとインク壺を差出している。

一、おお、偉大なる見る者、父を見る者よ！　トト神の書物を守る者よ！　私はまいりました。私には心(アク)があります。私には魂(バー)があります。

二、私は力を得ています。私はトト神の書き物を備えております。セト神の蛇アケルが戻っていきます。私はパレットをお持ちします。私はインク壺をお持ちします。両手でトト神の書き物を持ち上げます。神々の神秘の集合を。私はここにいます。私は書いたものの功績により書記であります。私はオシリス神の腐敗をもたらします。私が書いた書物は、トト神は良い書物だと言っています。毎日。私は自分の善により善であります。二つの世界のHarphreにより、真実を行うこと、すなわち日毎の太陽の動きを。[24]

古代エジプト人はトト神のインク壺に入っているのは、オシリス神の腐敗した遺体から抽出された液体であると信じていた。[25] 遺体の腐敗という避けがたい事実を転じて、インクという創造の力に変えることによって、死を乗り越えようとしたのであろう。これはキリスト教では聖変化により、イエス・キリストの身体、肉がパンとなり、血がぶどう酒となって信者を養う、と信じられているのに通じる。書く行為にこだわり続けたジョイスは、遺体からインクを作る、という古代エジプト神話を「死者の書」を通じて知り、化体すなわち神の身体の変化により、インクが聖なる力を帯びるという考えが気に入ったのであろう。ジョイスが参照したとみられるバッジ英訳「死者の書」で呪文九十四は、「インク壺とパレットの呪文」となっている。[26]

シェム・ザ・ペンマンのインク

『フィネガンズ・ウェイク』第一部第七章では、書記としてのシェム・ザ・ペンマンが批判的に描写されている。語り手はシェムの書いた「彼の無用でユリシーズ的な読解不可能な『青いエクルズの書』」(*FW* 179.26-27)を攻撃している。ジョイスの主著で、パリで出版された『ユリシーズ』(**図35**)初版は表紙が青い。初版出版の際に印刷を引き受けたディジョンのダランティエールがジョイスの好みの青を求めて、ドイツで顔料を買い付けて白い紙の片面を染めたものである。シェムの身体から排出された糞便から作られたインクが、その卑しさの象徴となっている。古代エジプト人のインクについての信仰を、ジョイスは否定的に踏襲して、ラテン語による消えることのないインク誕生の経緯を、次のように記している。

最初に、偉大なる作家である芸術家は、何ら恥も謝罪もなく、レインコートを引き上げ、ズボンの前を開けて、生命の根源たる力強い大地に身体を近づけて、生まれたままの尻をさらした。そしてすすり泣き、呻きながら、自らの手の中に排便した(非常に散文的で申し訳ないが、自分の手に脱糞したのですね、すみません)。それから、黒い獣から解放されて、ラッパを鳴らし、自らの糞を、うつむきと呼ぶ葬祭の印として使われていた壺に入れた。続いてメダードとゴダード双子兄弟に祈願しながら、嬉々として滑らかに水を注ぎ入れた。大声で唱えていたのは「わが舌は素早く書き記す書記の筆」で始まる賛美歌である(小便をして、

図35 『ユリシーズ』の青い表紙

気がそがれたと言い、容疑を晴らして欲しいと言ったのです）。汚い糞を神聖なるオリオンの芳香と混ぜて火を通し、冷気にさらし、焼きつけ、作り上げたのが消えることのないインクであった（オライアン店製品の偽物を作ったのですよ、消えることのないインクを）[27]。

（*FW* 185.25-186.2）

天上のとは言い難いシェムの身体から、夜毎に不確定量の卑猥な物体が出ている、という記述は、トト神のインクの伝説を思わせる。オシリスの遺体という俗物を聖別してインクにするというエジプト神話の逆説を、さらに逆説的に取り入れているといえよう。言葉だけでなく概念や信仰も含めて、ジョイスがエジプトから学ぶことは多く、そこから生と死と復活、それに創造についても視野を広げていったのである。

三、マロン派ローマ・カトリック教会の典礼とショーンの出立

ギリシャの歴史家プルタルコスが伝えるところによれば、オシリスはエジプトを平和に治める王であったが、邪悪な兄弟セトの陰謀により、木製の箱の中に閉じ込められて、ナイル川の河口まで流されてしまう。オシリス

の妻で、妹でもあるイシスは、双子の妹ネフティスの助けにより、オシリスの遺体を探し出して隠すのだが、ある夜セトが見つけ出し、十四の部分に引き裂き、国中にばら撒いてしまう。イシスが船に乗ってその部分を拾い集め、ようやくオシリスは永遠の命のうちに復活したとされる[28]。

オアシス、オアイシス

『フィネガンズ・ウェイク』第三部第二章、ショーンは快活なジョーンとなり、「聖バーチド慈善ナショナル・ナイト・スクールを卒業した二十九人の野外乙女たち」に出会う。「乙女たちは昔々ある四年毎にどうであったか、今でも覚えているようで、子午線前の人生のレッスンを学んでいるところであった」(*FW* 430.1-4)。ナイト・スクールの舟の艪をこぐ乙女たちに、ショーンは好ましい立ち居振る舞いについて講釈を述べる。これはエジプト神話のピラミッド・テキストに描かれているように、空を旅するための何千年もの帆船を操る太陽神ラーが死者に座る場所を与える[29]」というエジプト神話に基づく。ジョーンは乙女たちの中に「大好きな妹イジーの登場を認め」(*FW* 431.15)、近親相姦にも似た心情で近づこうとする。ショーンのスピーチが終わると、「閏年乙女たち」はショーンを見送るために集合する。

好意の夢、好意的な夢。彼女たちは知っていると信じることを、どうやって信じるのか知っている。何故に嘆き悲しむのか。

ああ、今日なのか！　嘆きの日よ！　オシリスを求める詩篇にして。昨日客人の賛美歌が、明日マロン派の嘆きに呼応して。

オアシス、崇め奉る木立深いレバノンの杉よ！

オアイシス、シナイ山の涼やかな糸杉よ！

オアシス、崇め奉るいと高きカディスの棕櫚よ！
オアイシス、幻想的なイェリコの天使のバラのアーチよ！
オアシス、若葉が広々と茂る野営所のオリーヴよ！
オアイシス、露滴る蜃気楼のテニスの球、鈴懸よ！
ピペット、ピペッタには気付かれない悲しみが！

(*FW* 470.11-21)

この詠唱はエジプトを舞台にしたモーツァルトのオペラ『魔笛』のアリア「オシリス、イシス」に倣うものである。オペラで、メンフィスにある女神イシスの神殿に仕える神官ザラストロは、夜の女王の試練に立ち向かうタミーノの無事を、オシリスとイシスに祈る。この箇所についてジョイスは、一九二八年八月八日付ハリエット・ショー・ウィーヴァー宛の手紙の中で、次のように説明している。

マロン派（ローマ・カトリック教会）の典礼には、使用言語であるシリア語が反映されています。聖金曜日にイエスの身体が十字架から外され、シーツにくるまれて墓に運ばれ、その間白い装束の娘たちが花を撒き、香が焚かれます。マロン派の典礼はレバノン山で用いられているものです。Λbはちょうど石で打たれ、香が焚かれた若いオシリス神のように出発するのです。ここでショーンは既に「昨日」とみなされています（ドイツ語で昨日はゲシュテルン、マロン派キリスト教徒の「今日」という嘆き悲しむ声をふり切り、まなざしを「明日へ」（To Morrow より「マロン派へ」向けています）。ゲシュターンズ（Guesturn's）とマロン派の嘆き悲しむ声（To-maronite's）のアポストロフィとハイフンにより、バランスをとっているのです。［……］

乙女たちの聖歌隊はふた組に分かれます。オアシスと発音する者と、オアイシスと発音する者と。（「天にまします我らの父よ」、などを参照のこと）ラテン語では「'Quasi cedrus exaltata sum in Lebanon etc'」となります。『若い芸術家の肖像』のベルヴェディア・コレッジの章を参照のこと。挽歌には二十九の言葉があります。六かける四は二十四語と最後の五語「しかしあなたは、主よ我らを憐れみたまえ！」（Tu autem, Domine Miserere nobis!）です。

（*L* I 263-64）

マロン派ローマ・カトリック教会

マロン派とは、シリア及びレバノン国内のローマ・カトリック系キリスト教徒を呼ぶ言葉であり、典礼儀式の異なるラテン、ビザンチン（ギリシャ）、アルメニア、コプト、シリア、カルデアとともにキリスト教会七派の一つである。中東アラブ圏でイスラム教に対抗して勢力を保ってきたマロン派ローマ・カトリック教徒は、親西欧でありながら、他の地域のローマ・カトリック教会とは異なる独自に発展した典礼を保持している。

ジョイスが一九〇五年から十年間暮らしたハプスブルグ帝国の港町トリエステには、ギリシャ正教とセルビア正教の壮麗な教会が今もそびえ立つ。ジョイスは自宅のすぐ近くにあったこれらの教会を度々訪れて、ローマ・カトリック教会とは異なる典礼に魅了された。この体験により、アイルランドで絶対視されていたローマ・カトリック教会が、ジョイスの中で相対化されたといえよう。

ウィーヴァー宛の手紙の説明では、ローマ・カトリック（ラテン）教会と正教の儀式が入り乱れている。『フィネガンズ・ウェイク』では、ショーンの出発を前にキリストの死を思わせる場面が再現される。キリストの死は復活の前提条件であり、この後間もなくショーンは旅立つ。

ホーンは去りぬ！　わが悲哀、わが破滅！　我らの神エホヴァゼウスよ！　我らの賢人クリシュナよ！　最後から最初まで見送ろう、我らが彼方の光線をたどり、君の巡礼光泳動に退き、君の過去の対蹠へと、大

いなる喜びの便り配布を、愛は遅すぎることはない我らの郵便箱に委ねた君よ。（*FW* 472.15-19）

語り手は最後に「スフィーニックス」の復活を予告して、ショーンに別れを告げる。

われらの不死鳥スフィーニックス公園もまた、その尖塔を光らせ、太陽に向かって炎のような大股で歩み出すだろう。ああ、暗闇の陰鬱な不透明さはもう消えた！　勇敢な足の痛いホーンよ！　君の進行を続行せよ！　保持せよ！　さあ！　やり抜け、断固、コンチクショウ！　静かな雄鶏もついに鳴くだろう。西は東を揺り起こすだろう。迎えるべき朝のある夜の間は歩け、光と朝餉の運び手よ。朝が来れば過去のすべてが深い眠りにつくだろう。アマン。（*FW* 473.19-25）

ショーンの出立

ショーンの出立はキリストの死と復活、そしてオシリスの死と復活につながる。ジョイスがトリエステを去ったのちもキリスト教諸派の典礼に強い関心を抱いていたことは、友人ジャック・メルカントンの回想に記されている。一九三八年の復活祭、二人はパリの聖フランシスコ・ザビエル教会で聖金曜日ならびに聖土曜日の典礼に参列した。メルカントンは「一年中でこの二日は、ジョイスが人類の最も古い神秘を象徴する典礼が再現される教会へ必ず行った日である」と証言する。[30]　祖国アイルランドを支配していたローマ・カトリック教会からは離れたジョイスであるが、復活祭のパリで教会の礼拝に参列し、特別な思いを寄せていたことは確かである。

現代エジプトとキリスト教

エジプトの古代文明と彩り豊かな歴史は、西洋オリエンタリストたちの垂涎の的であった。十九世紀の『死者の書』発掘、ならびにそれに続くエジプト学の発展は、西洋帝国主義列強によるエジプト侵攻の成果でもあった。だがエジプトには、キリスト教がイスラムと共存してきた歴史がある。聖マルコのアレキサンドリア到着に遡る長い歴史を有するエジプトのキリスト教、すなわちコプト教は、エジプト全土に広がっている。コプト教会の信者数はエジプトの全人口の一割以上、「千のミナレットの街」と称される大都市カイロには、数多くのコプト教会がある。[31]

図 36　イエズス会聖家族学校，カイロ

図 37　イエズス会聖家族学校の中庭，カイロ

キリスト教の他の諸宗派もまた、エジプトに進出しており、ローマ・カトリック教会の宣教教育修道会であるイエズス会は、一八七九年以来カイロ中心部で聖家族学校を運営している。(図36、図37) 筆者が二〇〇八年八月に同校を訪問した際には、一般公開の図書館でフランス人のジャック・マッソン神父が迎えてくれた。エジプトにいる宣教師の任務は、イスラムで禁止されているキリスト教への改宗を勧めることではなく、コプト教信者のための司祭養成であるという。さまざまな宗教が共存するトリエステやパリで暮らしたジョイスは、古代エジプトの死生観だけでなく、コプト教や東方諸教会などの異なる信条や典礼にも関心を寄せていた。

講演「アイルランド　聖人と賢者の島」とエジプト

東西ヨーロッパの境に位置するトリエステは、アラブ人やユダヤ人など各国の商人が行き交うアドリア海の港町である。何回かの引越しを経てジョイスが落ち着いたサン・ニコロー街は、桟橋に向かう古い道(図38)。ダブリンで生まれ育ったジョイスにとって、この街での様々な出会いは新鮮な体験であったと思われる。ベルリッツ校の斡旋により英語の個人教授をするようになった生徒の一人に「イル・ピッコロ・デッラ・セッラ」紙の記者をしていたフランチーニ・ブルーニがいた。ブルーニを通じてジョイスは編集長ロベルト・プレッツィオーネを紹介された。プレッツィオーネはイタリア語に堪能なジョイスに、アイルランドについて連載記事を書かせようと考えた。トリエステで祖国奪回運動(イレデンティズモ)が盛んになった時代のことである。大英帝国の植民地アイルランドから来た若者に、ハプスブルグ帝国の支配下にあるトリエステの人たちの琴線に触れる文を書いてもらおう、という趣向である。この企画はユダヤ人の新聞社々主テオドーロ・マイエルの気に入った。ユダヤ人の血を引き、ジャーナリストとして成功したマイエルはのちに『ユリシーズ』の主人公でユダヤ人の血を引く広告取りとして描かれるレオポルド・ブルームの人物像形成に一役買ったとされる。

ジョイスの最初の記事「フィーニアニズム」は三月二十二日付の「イル・ピッコロ・デッラ・セッラ」紙に掲

載され、評判になった。アイルランドを離れて以来、ジョイスは世界各地の英国植民地の動向について、とりわけ敏感であったものと思われる。個人教授の生徒の一人で市民大学の事務局長をしていたアッティリオ・タマロが訪ねてきて、アイルランドに関する一連の講演を依頼した。一九〇七年四月二十七日、ジョイスは市民大学主催により、トリエステの証券取引所講堂で「アイルランド、聖人と賢者の島」と題する講演を行った。その中で、次のようにエジプトに言及している。

このように過去について訴えることに意味があるのならば、カイロの農夫もイギリス人観光客のポーターをつとめることを拒否する権利があるでしょう。古代エジプトが滅びたのと同じように、古代アイルランドも滅んだのです。

(*OCPW* 125)

植民地アイルランドの置かれた社会状況を説明し、長い間見向かれもしなかった三千年前のアイルランド語の遺産にすがろうとするアイルランド文芸復興運動を批判して、ジョイスは現代の貧しいエジプト人を例に挙げる。二十一世紀のカイロで、イエズス会聖家族学校がイスラム、ユダヤ教、プロテスタント、正教会、カトリック教会など、あらゆる宗教の信徒を受け入れていると知ったら、ジョイスはどう思っただろうか。一九一六年に同校を訪問したエジプトのスルタン、フセイン一世は「貴校は他者の信仰を尊重している」と讃えたという[32]。このような宗教的寛

図38　サン・ニコロー街，トリエステ

容はジョイスの育ったアイルランドでは考えられなかったものである。

　諸宗教の共存、他宗派に対する寛容は、フランスと英国が中東で覇権を巡って繰り広げた競争の結果といえるかもしれない。同様の状況は、例えば近代以降の日本などでも見られるが、これは東洋における西洋主義（オクシデンタリズム）の重要な側面といえよう。祖国アイルランドを捨てて大陸に渡ったジョイスは、トリエステで宗教的寛容に接して、偏狭なナショナリズム、そしてオリエントを原始的で野蛮と見下す西洋優位のオリエンタリズムを放棄するに至り、やがて夜の物語を書くにあたり、古代エジプトの死生観を取り入れることになった。

第五章　『フィネガンズ・ウェイク』の日本語　「もしそれが日本音語ならば」（*FW* 90.27）

一、一人称代名詞の自己と他者

『フィネガンズ・ウェイク』に登場する諸言語、とりわけ非インドヨーロッパ語族の中で、日本語はヘブライ語と並ぶ特別な存在である。「雷」は "kamminarronn"（*FW* 3）として、主人公HCEの墜落を表わす百一文字からなる擬音語、すなわち各国語で雷を意味する語の羅列の一部となっているが、「雷」という日本語をジョイスに教えたのは一九二六年七月十五日、パリにジョイスを訪問した英文学者、勝田孝興（一八八六―一九七六）であった。勝田の回想によれば、ジョイスはこう尋ねたという。

「僕は雷が怖いのですが、日本語では何と言うのですか」

勝田が教えると、続いて

「それに日本語には雷を含む四つの恐ろしいものがあるそうですね」

というので

「地震、雷、火事、親父」

と教えると、笑ったという。(1)

『フィネガンズ・ウェイク』第三部第三章冒頭の"jeeshee!!!!!!"（*FW* 475.2）は、日本語の「自死」に関連するという記述がローランド・マックヒュー著『「フィネガンズ・ウェイク」注解』にある。(2) だが、むしろジョイスの制作ノート「バッファロー・ノートブック」十一番十三頁の"Jishin Kaminari Kaji oyaji"と関連があるように思われる。このノートは勝田訪問以前の一九二三年九月から十一月にかけて使用されたノートであることから、別の人物に教えてもらった可能性が高い。パリにはジョイスと親交があった日本人が何人かいた。フェノロサの漢字論を読んだ可能性のある一九一九年に始まり、「地震、雷、火事、親父」という日本語の慣用句を知ってメモした一九二三年、勝田の訪問を受けた一九二六年を経て、日本語で「わたくし」を表わす語を転写した出版直前の一九三八年まで、『フィネガンズ・ウェイク』執筆と日本語には深いつながりがあるように思われる。

ジョイスの日本語へ関心は次の三点に集約される。

（一）一人称代名詞の使い分けにみられる豊富な語彙
（二）LとR、VとB、SとSHの音を区別しない発音
（三）漢字から発達した複数の表記法とローマ字表記

『フィネガンズ・ウェイク』では、「雷」の場合のように、複数の言語が同義の英語の異形として用いられることが多い。だが第二部第三章、「仕立屋カーシー」の職業に関連して登場する「仕立屋」（shitateyar, *FW* 319.27）「冬服」（fouyoufoukou, *FW* 320.5）にみられるように、日本語の引用は総じて発音、音への関心に由来するように思われる。前述の勝田以外にも、ジョイスの身辺に日本語の発音について情報提供した人物がいたのであろう。

ジョイスは諸言語の音を活用した言葉遊びの達人であったが、こうした自由な造語という創造性は、中世アイルランドのフィリー、すなわち世襲のゲール語詩人の作詩法の伝統を受け継いでいる。

　言葉の音と意味へのこだわりの背景には、二十世紀初頭に広まった人間の潜在意識への関心の高まりがあった。それまで文献学を中心に研究されていた言語が、人間の意識を反映していると考えられるようになったのである。言語を理性（ロゴス）の表象とするロゴス中心主義の考え方に疑問を呈し、言語とはシニフィアンとシニフィエからなる恣意的な記号体系であると主張したのは、スイスの言語哲学者フェルディナン・ド・ソシュール（一八五七―一九一三）であった。ロゴス中心主義は古代ギリシャのプラトン派から続くヨーロッパの伝統でもあった。

　日本におけるソシュール研究の第一人者である丸山圭三郎（一九三三―一九九三）によれば、ソシュールの言語哲学には東洋思想に通じるところがあるという(3)。丸山が例としてあげているのが、般若心経の一節「色即是空、空即是色」、すなわち「色（しき）とは現象界の物質的存在であって、そこには固定的実体がなく空（くう）であり、それによりはじめて現象界の万物が成り立つ」という考え方である。仏教思想ではあらゆる現象を相対的なものとしてとらえる。ソシュールは晩年、神話とアナグラム（語句のつづり換え、字なぞ）の研究に没頭し、言語学から離れていったが、この経験により言語の相対性など自身の一般言語学の論旨を固めていった。ソシュールの言語観が後世に残したのは、言語に関する表現不能のカオスではなく、際限のない弁別という考え方であった。ジョイスと同様にソシュールも言語を肉として、生きたものとして考えたのである。言語がロゴスの静的表象なのではなく、むしろロゴスの実体を生み出すのが言語であると。

　丸山の造語である「身（み）わけ」と「言（こと）わけ」は、現実を認識し言語化する際の方法を表すソシュール理論を理解する助けとなる。「身わけ」とは、人類共有のゲシュタルト（経験の統一的全体）・形態であり、その例として旋律や色彩などがある。一方「言わけ」とは言語表現であり、特定の人たちに共有の文化形態・余剰である。丸山が「身わけ」と「言わけ」の境界にあるものとして、色の認識に触れているのは、ジョイスの読者にはとりわけ興味深い。色は「言わけ」により言語毎に無数の名前がつけられているが、実際に紫から赤にいたる空の虹の色を認識するのは「身わけ」によるのであって、紫外や赤外に色があるとしても、認識されず名前もない。

虹と色の認識は『フィネガンズ・ウェイク』の重要なテーマである。例えば第二部第一章、イアウィッカー家の子ども部屋で「ミック、ニックとマギーズ」という寸劇が双子の兄弟シェムとショーン、妹のイッシーにより上演されるが、「天使と悪魔」という遊びに興じる際、グラッグまたは悪魔に扮するシェムは、イゾッドまたはフローラに扮するイッシーが思い浮かべた色を当てなければならない。シェムは三回試みたものの、正解の「薄紫色（ヘリオトロープ）」を言い当てることができない。さらに重要なのは、『フィネガンズ・ウェイク』最終章、聖パトリックと大ドルイドの論争が、アイルランドの哲学者ジョージ・バークリー（一六八五―一七五三）の主観的観念論における知覚論をめぐることであるが、これについては後述する。

ソシュール言語哲学のパラダイムに先行するとして丸山があげるのが、カール・マルクス（一八一八―一八八三）、フリードリッヒ・ニーチェ（一八四四―一九〇〇）、それにジグムント・フロイトの思想であるが、この点においてもジョイスとの共通点がみられる。ソシュールとジョイスはいずれも言語の相対性に至るが、きっかけとなったのは非西洋言語との接触であった可能性が考えられる。『フィネガンズ・ウェイク』執筆当時ジョイスが住んでいた一九二〇年代から三〇年代のパリでは、世紀末のジャポニスムの流行を経て、日本に関する書物を読んだり、日本人に会ったりする機会が少なくなかった。ジョイスが日本、特に日本語の特質について関心を抱いたのは自然なことであったかもしれない。一九〇五年の日露戦争での日本軍の勝利は西洋の人々の記憶に生々しく、二大戦間のこの時期、日本は近代的軍事大国として、また産業大国として力をつけつつある不気味な存在であった。そのような中、日本や中国の美術や文学、言語を西洋に紹介して、モダニズムに大きい影響を与えたのが、アメリカの社会学者、アーネスト・F・フェノロサの著作であった。

日本語により西洋人の認識論が覆された前例としては、ドイツの言語哲学者ウィルヘルム・フォン・フンボルト（一七六七―一八三五）がいる。フンボルトはサンスクリット語、アメリカ原住民諸部族の言語、中国語、マレー語などを学ぶうちに、博物学者で探検家であった弟のアレクサンダー・フォン・フンボルト（一七六九―一八五九）を通じて、十七世紀にスペイン人フランシスコ会師、ドミニコ会師などの宣教師が出版した日本語文法書三冊を入手した。そこで日本語では同じ言葉が一人称代名詞と二人称代名詞のどちらにも使われると知り、衝撃を受ける。[4] すなわち「こなた、そなた、あなた」といった空間を表す言葉が、そのまま一人称、二人称、三人称代名詞として使われること。日本では身分の上下が空間に占める位置と連動することから、ある人称代名詞が一人称になったり、二人称になったり、と揺れ動くこと。このような人称代名詞の揺らぎは、自己そのものの揺らぎ、そして自己同一性喪失に結びつくとみなされたのかもしれない。一八二九年の論文で日本語の人称代名詞の特異性に言及したフンボルトは、その後日本語については完全に沈黙してしまう。こうした日本語体験などを通じて、フンボルトは言語学から人間の心理構造の探求、自己と他者の認識のあり方へと関心が移っていった。

日本語の一人称代名詞はジェンダー、年齢、社会階級などによって使い分けられるが、この事実はジョイスの注意を引いたようで、『フィネガンズ・ウェイク』には日本語で「わたくし」を表す語を十語羅列した「ワシワッチワタイワタシ！　オイラセッシャオレボクジブン！　たくさんのワタクシ！」（Washywatchywataywatashy! Oiraseesheorebukujibun! Watacooshy lot! *FW* 484.26)）が登場する。ジョイスが参照したのはウィリアム・G・アストン著『日本口語文法』（一八八八年）である。[5] 一八六四年に来日して英国公使館日本語通訳生となったアストンは、一八八四年に領事試験に合格、一八八六年には公使館で最高位の日本語書記官となった最初期の日本学者である。デリーで生まれ、ベルファストのクイーンズ大学で文献学を学んだアストンの日本語習熟は、英国の植民地支配において現地の言語の習得が重要視されたことを示す好例である。アストンの著書は、欧米で日本語を学ぶ学生の基本文献となった。アストンは日本語のRの発音が難しいと述べているが、このことが、日本人英語学習者がRとLの音を混同しやすいということにつながり、日本人英語話者のステレオタイプ、ジョイスのいう

「ニッポン英語」（Nippon English）の特徴のひとつとなっている。

「バッファロー・ノートブック」十二番が使用されたとみられる一九二六年六月から八月の間に、アイルランド文学を研究していた勝田孝興がパリに住むジョイスを訪れている。同年七月十五日のジョイス訪問の際の英文記録「ジョイスとの面談」が勝田の遺族の元に残っている。[6] また勝田が『英語青年』に寄稿した記事によれば、同年二月から十一月にかけて勝田はたびたびパリを訪れているので、ジョイス訪問も複数回であったかもしれない。[7] 同「バッファロー・ノートブック」十二番のメモの解釈としては、ジョイスがアストンの日本語文法書を勝田に見せてもらい説明を受けた、あるいは既に持っていたアストンの文法書を勝田に見せて説明してもらった、などいくつかの可能性があろう。

『フィネガンズ・ウェイク』では日本語の語彙と発音に加えて、漢字表記への言及も見られる。ジョイスがフェノロサの漢字論「詩の媒体としての漢字考」（"The Chinese Written Character as a Medium for Poetry"）から日本語の「我」という漢字についての記述を引用していることは、二〇〇七年に扶瀬幹生がオンライン・ジャーナル『発生論的ジョイス研究』に公表し、一部がマックヒュー著『「フィネガンズ・ウェイク」注解』第三版に採用されている。[8]

扶瀬の指摘どおり、ジョイスの「バッファロー・ノートブック」三十番七十四頁の上半分には、ジョイスの筆記者マダム・ラファエルの字で書き写されたと思われるフェノロサからの引用があり、『フィネガンズ・ウェイク』で使用されたことを示す大きい×印がついている。

Spear in hand = emphatic
five and a mouth = weak and defensive
conceal = selfish and private

cocoon sign and a mouth = egoistic
self sign = speaking of oneself[9]

これはフェノロサ論文の次の箇所からの筆写と思われる。

Take for example, the five forms of "I". There is the sign of a "spear in the hand" = a very emphatic I; five and a mouth = a weak and defensive I, holding off a crowd by speaking; to conceal = a selfish and private I; self (the cocoon sign) and a mouth = an egoistic I, one who takes pleasure in his own speaking; the self presented is used only when one is speaking to one's self.[10]

フェノロサが説明しているのは「我、吾、己、台、予」の五文字の解説とみられる。[11]「バッファロー・ノートブック」のメモには緑色の色鉛筆線が引かれており、ジョイスが作品に使用したことがうかがわれる。そのうち「我」の解説文は『フィネガンズ・ウェイク』第三章第三部に「我が手の稲妻よ、我が言葉となれ」("This bolt in my hand be my worder!" (*FW* 483.15-16)) として登場する。「我」という字は「戈(ほこ)」を描いた象形文字であり、切り立った山をあらわす「峨」(ガ)」と同系であるが、「我」はその音の仮借である。フェノロサは漢詩について、漢学者森槐南から通訳を通じて学び、そのような説明を受けたものと思われる。フェノロサの遺品には、森槐南の「中国詩」の講義ノートが残っているが、槐南の日本語による解説をフェノロサのために英訳したのは、東京高等師範学校の同僚であった平田喜一、のちの英文学者平田禿木である。漢字の起源に関する槐南の見解は、その後の漢字研究の進展により、現代のものとは異なる部分もあるようだが、フェノロサによる力強い解釈には説得力がある。

『フィネガンズ・ウェイク』では自己を守る武器としてのspearがboltすなわちthunderbolt、前述の百一文字からなる雷鳴を表す語となっている。雷鳴はまた、聖書の「使徒行録」が伝える、聖霊降臨の際に使徒たちが不思議な言葉で話し始めるのを告げる合図となる天から聞こえる大きい音にも通じる。

そのとき突然、激しい風が吹いて来るような音が天から聞こえ、彼らが座っていた家じゅうに響き渡り、炎のような舌が現われ、分かれておのおのの上にとどまった。するとみんなは聖霊に満たされ、聖霊が語らせるままに、さまざまな他国の言葉で語り始めた。（『新約聖書』「使徒行録」二章一—六）[12]

シグラと漢字

ジョイスのテキストと漢字の関係については、ロシアの映画監督セルゲイ・エイゼンシュタイン（一八九八—一九四八）がシネマトグラフィーと近代文学、書など日本の芸術との共通点を論じる中で言及している。『フィネガンズ・ウェイク』以前のジョイス作品においても、いわゆるカバン語がみられるが、これは映画の手法としてのモンタージュに通じるという。[13] 漢字が象形文字のモンタージュのように、部首の組み合わせにより出来上がる過程は、単なる足し算ではなく、新しい概念の創出を伴う。ジョイスが作った最初のシグラは、中国人留学生に教えてもらった「山」という「文字語」（letterword）であった。ハリエット・ショー・ウィーヴァー宛の手紙で次のように説明している。[14]

最後はⅢです。「山」という意味で「チン」と呼ばれますが、普通の中国人が「ヒン」や「フィン」を発音すると似たような音になります。（*L* I 250）

山という漢字に起源を持ち、大文字のEを横にしたこのシグラは、主人公の眠れる巨人HCEを表す。ジョイスは他の主要登場人物についても、順次シグラを創っていった。シグラとは幾重にも意味の重なる人物像の凝縮であり、広がったり分かれたりすることもある。例えばHCEのシグラは二つに分かれて、双子の息子シェムとショーンを表す[と∧となる。シグラすなわち「文字語」は表象に加えて、概念の結合と離脱をも表し、漢字の成立同様に、各国語からウェイク語が生まれる過程そのものを反映しているように思われる。

以下、『フィネガンズ・ウェイク』において、これまでに日本及び日本語との関連を指摘された箇所の検証から始め、続いてジョイスの日本語語彙の情報源を探る。ジョイスが愛読した『ブリタニカ百科事典第十一版』「日本」の項、田中保、勝田孝興、佐藤健ら日本人情報提供者との交友、それに日本人俳優の発話を聞いた可能性などを検討する。最後に『フィネガンズ・ウェイク』最終章、聖パトリックと大ドルイドの論争「パドロックとブックリーお喋り」(*FW* 611.2)における中国と日本の表象について論じる。ジョイスが『フィネガンズ・ウェイク』後半部分を中心に、日本語を多用した背景には、二十世紀初頭の日本の政治的躍進があり、中国と日本の対立が書き込まれることになったのではないか。中国と日本の長い歴史の中で、中国が近代化のライバル日本の植民地支配の餌食になることを懸念すると同時に、反植民地主義のプロパガンダとしてのナショナリズムの台頭を毛嫌いするジョイスであった。

二、『フィネガンズ・ウェイク』の日本語研究

『フィネガンズ・ウェイク』に日本語由来の言葉があるという指摘は早くからあった。年代順にアダリーン・グラシーン、ローランド・マックヒュー、ペーター・スクラバネック、加藤アイリーンの研究を紹介する。尚、本

書付録に四名の研究の一部を再録した。

アダリーン・グラシーン

アダリーン・グラシーン（一九二〇―一九九三）は『「フィネガンズ・ウェイク」調査』（一九五六年、以下『調査』）において、"hakusay"（*FW* 36.4）や"hochsized"（*FW* 548.9）に、葛飾北斎（一七六〇―一八四九）を、また次の二箇所には「能（のう）」を読む[15]。

方舟だって？ 能（のう）？ 雑木林では何の動く気配もない。トンボやクモがゆらゆら葦の間を頼りなげに飛んでいく。静寂が懐に畑を呼び戻す。静かな感謝。さようなら。

Ark!? Noh?! Nought stirs in spinney. The swayful pathways of the dragonfly spider stay still in reedery. Quiet takes back her folded fields. Tranquille thanks. Adew.

（*FW* 244.26-29）

同パトリック、かつての話が達者な、それでいて話をしない、能（のう）の男は自由、言葉を飲み込んでしまう

Same Patholic, quoniam, speeching, yeh not speeching noh man liberty is, he drink up words

（*FW* 611.10-11）

グラシーンはまた、「蝶々」（butterfly）の暗喩は、プッチーニ作曲オペラ『蝶々夫人』のヒロイン「蝶々さん」と解釈する。

なんて綺麗な美女、この、マダマ・リッファイ、あなたは何で彼らを魅了するつもりなのか、教えてくれマダマ。シンデレラ・ネリーは靴をぶらぶらさせた、チョウチョウ小さかったけれど、花婿をもたらした。

Quanty purty bellas, here, Madama Lifay! And what are you going to charm them to, Madama, do say? Cinderynelly angled her slipper. it was cho chiny yet braught her a groom

（*FW* 224.28-31）

ピヨピヨと干渉し間欠するメッセージがヘルツ周波で、（ヴェニス風の名前で、星と呼ぶのだ）ジッパー留めのハンドバッグから蝶が、傷ついた鳩がぎょっとして、鳥小屋から逃げ出して

When（pip!）a message interfering intermitting interskips from them（pet!）on herzian waves,（call her venicey names! call her a stell!）a butterfly from her zipclasped handbag, a wounded dove astarted from, escaping out her forecotes

（*FW* 232.9-13）

船首を繋いで、私たちのところの司祭になることは考えたことがありますか、ミスター・ブーテンフライ。私とマートルは知りたくてうずうずしています

Have you ever thought of a hitching your stern and being ourdeaned, Mester Bootenfly, here's me and Myrtle is twinkling to know (*FW* 291.n.4)

またグラシーンはアメリカ人らしく「ペリー」(perry) には一八五三年に黒船で来日した米国海軍のマシュー・C・ペリー提督（一七九四—一八五九）の名前を読む。

船乗りジュコレオンのように、ペリー・ボートで押し寄せたとき、滑り台を上げ、注文を発送して、雌鳥を捕まえて、羽を整えた。灰褐色と炎の色の、フィンの子とダブの子の

Like Jukoleon the seagoer, when he bore down in his perry boat he had raised a slide and shipped his orders and seized his pullets and primed their plumages, the fionnling and dubhlet, (*FW* 367.21-23)

さらにグラシーンの『調査』の物語概要には、ジョイスがフランク・バッジェン宛の手紙で、聖パトリックと大ドルイドについて、日本語との関連で説明していることが紹介されている。グラシーンの研究により、『フィネガンズ・ウェイク』に多数の言語が用いられていることが具体的に示されたが、日本語もその一つであった。

ローランド・マックヒュー

ローランド・マックヒューは『「フィネガンズ・ウェイク」のシグラ』（一九七六年）で"shitateyar"（*FW* 319.27）が日本語の「仕立屋」(tailor) を意味することを指摘している。のちに『「フィネガンズ・ウェイク」注解』（一九八〇年、以下『注解』）序文で、日本語についてはチェコ人のペーター・スクラバネックの助言があったことを明らかにしている。『注解　第二版』（一九九一年）では日本語の注解はさらに増え、『注解　第三版』

(二〇〇六年)では七十箇所を超えるが、それぞれの妥当性には検討の余地がある。ローマ字表記による日本語では、音の共通性は再現することができても、日本語の言葉遊びの再現は難しい。一つの漢字に漢読みと訓読みという複数の読みをあて、漢語と大和言葉を併用するという日本語の二元性をどこまでジョイスが理解していたか。『フィネガンズ・ウェイク』のテキストに日本語が織り込まれているか否かは、文脈や意味に即して検証されなければならない。本書付録として、マックヒューの注解に付けたコメントは、一つの試みである。

ペーター・スクラバネック

マックヒューに日本語に関する情報を提供したペーター・スクラバネックは、チェコ人数学者で、アイルランド滞在中に祖国で「プラハの春」が勃発、帰国を断念したとされる。『フィネガンズ・ウェイク』研究者としても知られ、『フィネガンズ・ウェイク案内状』(*A Wake Newslitter*)第一号に発表した「聖パトリックの悪夢の告白」(一九八五年)では『フィネガンズ・ウェイク』の日本語の隠喩について論じている。[16] 第三部第三章については、「パトリック」(Patholic)のニッポン英語に対する大ドルイド「バルケリー」(Balkelly)のピジン英語を中心に詳述している。第三部第三章とは「夢のモノローグが終わって」(*FW* 474.05)展開される、ショーン演ずるヨーンの「亜複数言語演劇」(*FW* 474.04)である。四人の老人の尋問に応えて、夢の中のショーンの声を借りて、イアウィッカー家の人々が語る場面は、伝説の聖パトリックの告白の再現になっている。

スクラバネックが日本語について調べるにあたり参照したのは主として辞書類であったようだ。一人称代名詞の羅列についてては、ジョイスの「バッファロー・ノートブック」に書かれたメモに言及して解説しているが、数多い一人称代名詞の微細な差異については、早稲田大学の鈴木弘ならびに中央大学の松村賢一の協力を得ている。また「坊主」(bozu)、「僧」(so)などの隠喩について解説する中で、アイルランドにキリスト教を伝えたパトリックの果たした役割を、日本におけるイエズス会宣教師になぞらえる。漢字の構成についても、ショーンのシグラである∧は日本語で人を表す漢字に通じる、という指摘をしていることにみられるように、ジョイスの創造性への漢字の関与について一定の理解がみられる。

加藤アイリーン

加藤アイリーン（一九三二―二〇〇八）が論文「全能の主よ！　そう私たちに変身はないのです。稲妻形に蛇行する陰陽の物語に耳を傾けてください」（一九九七）において早い時期に言及している。[17] ジョイスが『ユリシーズ』に続く作品の執筆に取りかかる少し前に、同郷の詩人ウィリアム・B・イェイツがフェノロサとパウンド編訳『能または嗜み』を通じて知った日本の能楽に想を得て、独自の舞踊劇を出版した。加藤は言及していないが、イェイツを意識していたジョイスが、一九一七年にジョン・クインから寄贈された『能または嗜み』を熟読した可能性はあるといえよう。[18]

加藤はアイルランド、メイヨー出身で、アイルランド国立大学ゴールウェイ校卒業後、フランスのポワチェ大学、パリ大学で学び、日本人外交官、加藤吉彌と知り合って結婚した。夫の任地ニューヨークで、コロンビア大学のドナルド・キーンに日本の古典文学を学び、日本で暮らすようになって能に親しんだ。[19] 加藤は「千年紀の問題受難劇の上演」（*FW* 32.33）との関連から、「そしてノホマイヤは我らの場所となりうるか」（*FW* 32.01）に「能」を読みとる。「くそ！」（*Shite!*）（*FW* 142.5-7）について、shit の変形としての通常の意味に加えて、能または狂言の主役「シテ」にもなると指摘する。尋問する四人の老人が、ヨーンに向かって「アラ　イララ　ヒララの男よ」（*FW* 497.4）と呼びかけるに至っては、『伊勢物語』の色男、在原業平の名前を読むのはあながち的外れとはいえないだろう。能「杜若」では後段で業平の亡霊が登場するが、ここから論を進めて、「色」という言葉が日本語では「色彩」と「色情」の意味を重ね持つことを説明し、「色の杜若男の虹色壷」（Iro's Irismans ruinboon pot）（*FW* 612.20）に日本語を読み取る。杜若の色である紫は、虹の七色の一端として、人の現実認識の限界を示す色でもある。能「杜若」と『フィネガンズ・ウェイク』の関係について最初に指摘したのは加藤であるが、ジョイスが日本の謡曲の英訳を読み、そこから示唆を得たことは明らかであるように思われる。加藤は次の箇所にも能に関連する言葉が読み取れるという。

あの向かいにいるのは偉大なる指導者フィンその人ではないか、法廷でヨアキモノを身にまとい、背の高い馬に乗ったあの姿は

Is that the great Finnleader himself in his joakimono on his statue riding the high horse there forehengist?

(*FW* 214.11-12)

マックヒューはこの箇所に「着物」(kimono) の暗喩を読み取るが、加藤によればそれに加えて、接尾辞「もの」が暗示されるという。「物」は能などにおいては、「狂女物」のように、演目のカテゴリーを表す接尾辞である。パウンドは『能または嗜み』の序文で、能の分類ならびに番組構成など演能についても説明している。"joakimono" は「ヨアキム物」となり、聖アンナの夫で聖母マリアの父とされる聖ヨアキムに関連した物語、ということになる。また「旅衣」"Journee's clothes" (*FW* 226.11) は、能「杜若」のワキとして登場し、在原業平の恋人の亡霊と対面する旅の僧を示唆するという。次のテキストについての指摘は、日本語を解し、能「杜若」を日本語だけでなく、ジョイスと同じ英訳でも読んだからこそのものと思われる。

太陽神ルーには彼の山がある、ルカにも彼の山が。彼の浅間に乾杯して、いつまでもなくならない豚を食べ、通常の棚は豚小屋とする

he Lug his peak has, the Luk his pile; drinks tharr and wodhar for his asama and eats the unparishable sow to styve off reglar rack
(*FW* 130.3-5)

加藤によれば「浅間」は浅間山を示唆するという。浅間山はジョイスが参照した『ブリタニカ百科事典第十一版』「日本」の地理の項に、代表的な山の一つとしてあげられているだけでなく、フェノロサ・パウンド訳の能「杜若」にも登場する。

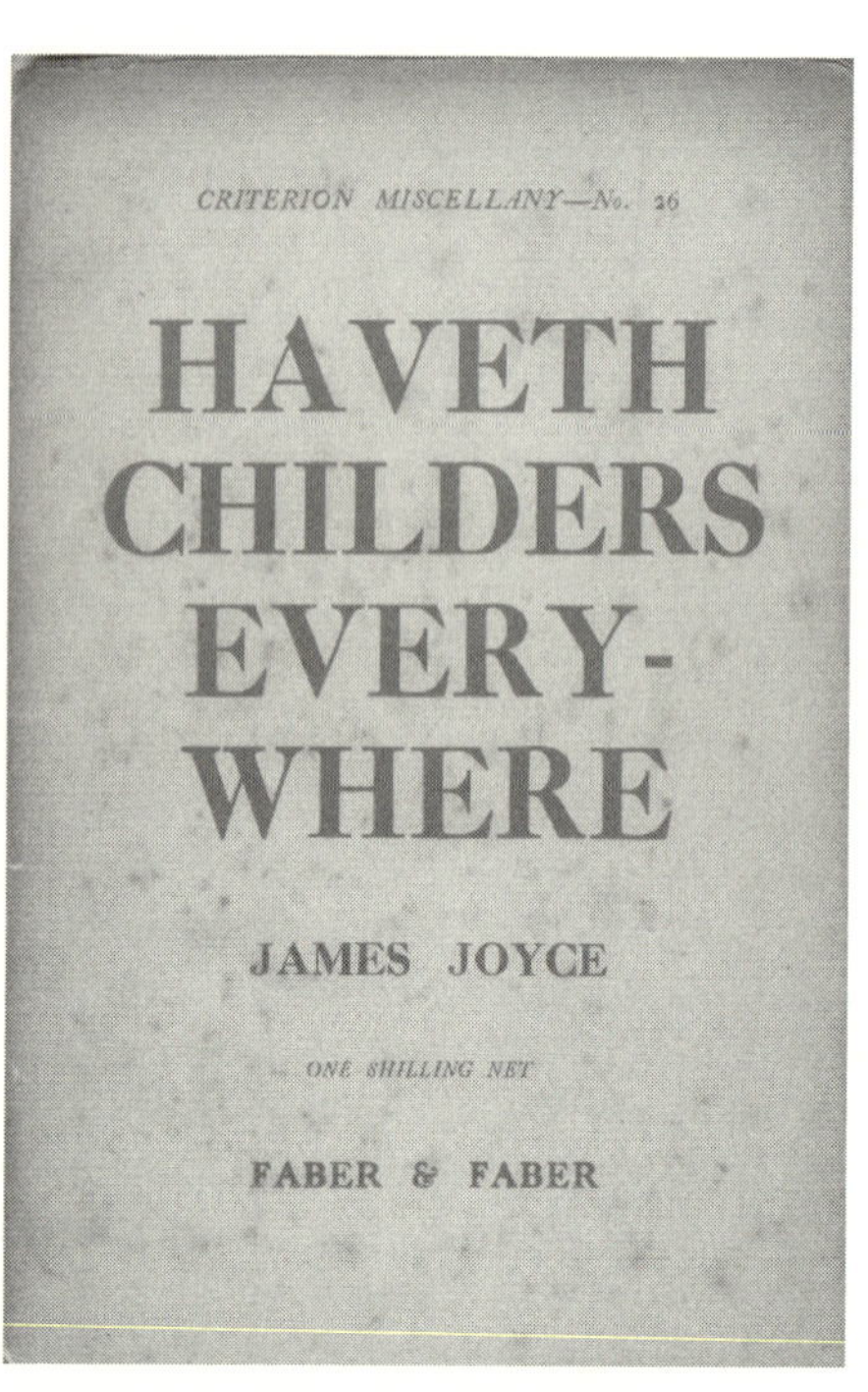

図 39 『いたるところに子どもあり』表紙

また「失意の将軍」"The broker-heartened shugon!"（*FW* 535. 20）の "shugon"、「軽い櫓はいらない」"yeddonot need light oar"（*FW* 535.9）の "yeddo" などにも、加藤は日本を読み取る。『いたるところに子どもあり』（*Haveth Childers Everywhere*）（図39）として、一九三〇年に出版された「進行中の作品」の断片で、のちに『フィネガンズ・ウェイク』第三部第三章となる箇所においても、HCEが征服した都市の一つとして「江戸」（Yeddo）があげられる。また加藤の指摘どおり、植物の「杜若」を日本のアイリスとして西洋に紹介したのは、江戸時代に長崎オランダ商館に医師として赴任したドイツ人植物学者エンゲルベルト・ケンペル（一六五一―一七一六）であった。以来、杜若は西洋において、日本を象徴する花の一つとなっている。杜若の紫色は『フィネガンズ・ウェイク』第二部第一章および第四部で重要な役割を果たす。

一方、日本語の『愛』は「藍」に通じることから、「見よ、愛が生きる。イヴは堕落を選んだ。ほら、葉が笑っている。愛、愛、愛、アンティオキアの人よ。我々は失われた者の最後に続く、ルルよ」“Lo, lo, lives love! Eve takes fall. La, la, laugh leaves alass! Aiaiai, Antiann, we’re last to the lost, Loulou”（*FW* 293.21-23）という加藤の解釈が可能になる。「このヤフーとあの人間ニンフの間に置くように」“putting it as between this yohou and that honmonymh”（*FW* 490.12-13）に言及して、英文学においては目新しい同音異義語の多用が、日本や中国の詩においては古くから高く評価されてきた技法であると説明する。

加藤はまた、日本人の英語の発音にも言及している。「彼女はお茶が大好き」“She velly fond of chee”（*FW* 166.30）について、日本語では「ティー」の音が難しく、「チー」と発音されることが多いと説明してから、「チー」が幼児語で「小水」を意味すると、またアイルランドでは薄い紅茶を俗に“piss”（おしっこ）というと述べる。外来語の「ティー」は、「パーティー」「ティーシャツ」などの例にみられるように、カナ表記の関係もあって「チー」よりは「テー」と発音されることが多いのが実情であるが、同じ箇所の“velly”は確かにRとLを区別しない日本人の発音する英語、ジョイスのいう「ニッポン英語」（Nippon English）のステレオタイプであり、“Leally and tululy”（*FW* 89.36）のようにしばしば登場する。こうして加藤は『フィネガンズ・ウェイク』が能「杜若」と同じく、「生と愛を賞賛し、性愛を賛美」する物語である、と結論づける。[20]

三、ジョイスの情報源

ニッポン英語

一九二六年にジョイスをパリに訪問した勝田孝興は次のように記録している。

ジョイスは俗語や方言、ピジン英語についても高く評価している。このような言葉遣いは、当初は嫌われても、やがて標準語となる可能性が高い、と（勝田孝興　英文滞欧ノートより拙訳）

勝田との会話により、ジョイスが聖パトリックと大ドルイドの論争に関する初期のメモを見直して、二人がそれぞれニッポン英語とピジン英語を話す設定にしたとしても不思議はない。これ以前のジョイスの作品にもニッポン英語は登場する。『ユリシーズ』第十四挿話《太陽神の牛》には英語伝播の変遷が記載されているが、ニッポン英語ないしピジン英語が多用されている。「だんな、わかりました」（"I shee you, shir" *U* 14.1518）は、日本語では "see" と "shee" の音が区別されないことによるニッポン英語といえよう。『ユリシーズ』は一九〇四年、日露戦争開戦の年を舞台とするが、その後大方の予想を裏切って、小国ニッポンが大国ロシアに勝ったことから、『ユリシーズ』出版の一九二二年頃までには、次のような表現は一般的になっていた。

日本野郎？　高角射撃って、それ本当かい？　戦争特報によると撃沈だ。そいつが言うには、そいつもあぶねえが、露助もだとさ。

Jappies? High angle fire, inyah! Sunk by war specials. Be worse for him, says he, nor any Rooshian（*U* 14.1560-61）

パリに引っ越して以来、日本人との交友を通じて日本語表現に親しむようになったジョイスは、『ユリシーズ』出版を経て、『フィネガンズ・ウェイク』にニッポン英語とピジン英語を採用するに至った。

『ブリタニカ百科事典　十一版』と新聞記事

一九三一年に『いたるところに子どもあり』として出版された『フィネガンズ・ウェイク』第三部第三章後半部分には、世界各地三十都市の名前の羅列がみられる。その中に、ニューヨーク、ウィーン、ブダペスト、リオデジャネイロ、アムステルダム、コペンハーゲンなどと並んで「イェッド」すなわち江戸がある。ジョイスが執筆する傍らで、友人スチュワート・ギルバートと長男ジョルジオの妻ヘレンが、『ブリタニカ百科事典　十一版』(一九一〇―一九一一年、以下、『ブリタニカ百科事典』)のこれらの都市に関する記載を読み上げ、ジョイスはHCEによるダブリン建設の話に、どのように都市名を織り込むか吟味するのであった。[21] アムステルダムは「私はアダム」とドイツ語で将校を意味する「アムト」を重ねて「アムツァアダム」(*FW* 532.6)となった。『フィネガンズ・ウェイク』の日本に関連する記述、特に地名の主たる出典が、『ブリタニカ百科事典』であるとみられる。

『フィネガンズ・ウェイク』第一部第八章の「川内」(*FW* 196.9)、「木曽」(*FW* 203.35)、「石狩」(*FW* 207.24)、や次章の「川」(*FW* 208.25)「信濃」(*FW* 231.9)などは、いずれも『ブリタニカ百科事典』「日本」「地理」の項、主要河川一覧表からの引用と思われる。[22] Sendai(川内)とIshikari(石狩)は綴じ込みの日本地図にも、大きい文字で書き込まれて、見つけやすい。二十世紀初頭に海から日本を訪れた外国人にとって、時には川を船で遡るため、川や湾に関する情報は重要であった。『ブリタニカ百科事典』の日本地理、特に川に関する詳細な記述は、他の国についても見られるもので、英国の植民地支配の野望を反映しているといえよう。同様の理由で紙幅を割いているのが、日本の武器に関する記述である。また植民地支配において重要とされてきた文化についても、文学や美術を中心に詳述されている。『ブリタニカ百科事典』第十五巻の前書きには、日本に関する項目毎に頭文字で示されている執筆者が紹介されている。英国の植民地支配を磐石にした専門家集団、ジャパノロジストと呼ばれる人たちである。[23] 日本の項は百十九頁におよび、七百五十万分の一地図が綴じ込まれて、英国による日本の公式ガイドブックといえよう。

日本の項には中項目と小項目がたてられている。「地理」の中項目には沿岸線、山、地震、平野、河川、湖と滝、地学、鉱泉、気候、植物相、動物相。「人々」の中項目には言語と文学、日本美術、経済状況、政治行政。別項として軍隊、海軍、財政、教育、宗教。「外国との交流」の中項目には日本の対外戦争と紛争に関する小項目がある。「日英同盟」の項では、中国と朝鮮の独立について、一九〇五年に両国間で締結された協約の説明がある。日本国内の歴史に続いて、最後に付け加えられた「一政治家による日本の主張」は、より広い視野からの記述を目指して、英国の見方だけでなく、日本の政治家に発言の機会を与えるという趣旨であろう。

百科事典が新聞雑誌的な記述になっていることからも、中国と戦争状態にある日本への関心が英国内で高まっていたことが明らかである。ジョイスが読んでいた新聞、特にアイルランドと英国の新聞においては、日本の中国侵攻、さらにアジア諸国への侵攻についての記事が年々増加していた。列強の中でも東アジアに足がかりを持ち、優先的植民地支配権を主張する英国では、日本の影響力の拡大が連日のように報じられた。日本への関心の指標となるのが『アイリッシュ・タイムズ』紙の日本関連記事の数である。日露戦争の一九〇四年と一九〇五年には日本関連記事が各年千三百以上掲載されたが、その後減少して、一九一八年には二百以下にまで落ち込み、関東大震災があった一九二三年に再び五二三にまで増えて、その後は増加に転じて一九三七年には七九〇となった。ちょうどジョイスが『フィネガンズ・ウェイク』の執筆にあたっていた時期のことである。『ブリタニカ百科事典』に加えて、こうした新聞雑誌記事からの日本に関する情報が『フィネガンズ・ウェイク』のテキストに反映されている場合が少なくない。

裸婦の画家、田中保

ジョイスと日本人洋画家の田中保（一八八六―一九四一）の出会いは、田中が妻のアメリカ人美術評論家ルイーズ・ゲッバード・カンとパリに移り住んで間もなくのことであった。十八歳でアメリカに移住、シアトルで絵画を学んだ埼玉県出身の田中は、裸婦像と風景画で一世を風靡した。一九一七年に展覧会で展示予定の絵が不道徳ということで撤去を求められると、強く抗議した。田中は支持者であったルイーズと同年に結婚、ルイーズは『ザ・インターナショナル・スチュディオ』誌一九一八年九月号に「ヤスシ・タナカ」を寄稿、夫の立場を擁護した。[24]「アメリカの無関心で美術に疎い人々」を批判し、夫の絵の非西洋的要素と特徴的な色づかいを指摘する。一九二〇年一月に夫妻は田中の絵を梱包して、ニューヨークからパリに向かう。パリに到着したルイーズは、夫を美術界に紹介すべく、役に立ちそうな人脈を求めた。

田中夫妻をジョイスに紹介したのは、一九二一年にパリのノートルダム・デ・シャン通り七十番地二に仕事場を設けていたアメリカ人詩人エズラ・パウンドである。田中はパウンドと同じこのモンパルナスのアパルトマンに、一九二三年から一九四一年に亡くなるまで住んでいた。パリでのジョイス夫妻の社交生活に、亡命アメリカ人社会が大きい役割を果たしたのは、妻のノラが英語以外の言語を話すことに消極的だったためもあろう。「アメリカ租界」ともいえる田中やパウンドの住むモンパルナス周辺は、ジョイス夫妻にとっても馴染深い社交の場であった。そのようなある日、田中夫人ルイーズは『ザ・パシフィック・レヴュー』誌にジョイスについての記事を寄稿しようと提案したものと思われる。[25]実際に一九二一年同誌に掲載されたルイーズ・ゲッバード・カン著「フランス現代文学事情」は、第一次世界大戦後のフランス文壇の紹介であり、ジョイスへの言及は見られない。ルイーズはフランス人作家について、特に主要作家が戦争と愛国主義について自由に論じる「アメリカでは今でも許されない率直な文章」について書くことにしたものと思われる。[26]あるいはアメリカで『ユリシーズ』各挿話が連載されていた『リトル・レヴュー』誌が前年十二月に発売中止となり、一九二一年九月にはニューヨーク悪徳弾圧協会が同誌を猥褻罪で訴えるなど、問題視されていたジョイスについては書かないよう、何らかの圧力があったのかもしれない。田中保とジョイスはともに作品がアメリカで猥褻罪に問われたことになる。

田中はパリ画壇では歓迎されて、一九二〇年十一月ギャルリー・ドゥヴァンベズ画廊での第一回個展を皮切りに次々と作品を発表し、一九二二年十一月のサロン・ドートンヌに出展した、と『アメリカン・アート・ニューズ』誌が報じている。この展覧会にはアメリカ人画家マイロン・ナッティングが描いたノラ・ジョイスの肖像画も出展されている。[27] 田中の作品は定期的にサロン・ドートンヌならびにサロン・ナショナルで展示されるようになった。[28] 一九二四年一月にマルサン画廊で開いた個展の出品作「渓流にて」がリュクサンブール美術館に買い上げとなり、ジュ・ド・ポームに展示され、同年四月二十七日付『朝日新聞』は、「無名の日本画家が一躍世界的大家――巴里放浪二十年の貧しき田中保、リュクサンブールに買い上げ」と報じている。[29] 一方、フランスの美術評論家は田中の作品に日本的要素を見出そうとすることが多く、田中の西洋油画に見られる東洋的要素を明らかにして解説することが妻ルイーズの仕事となった。ルイーズは一九三六年に二月十六日にパリのアメリカン・ウィメンズ・クラブで「芸術と自然」と題する講演を行い、夫の画風について次のように説明している。

> 田中の構図は、西洋の人たちに「古典的」だとよくいわれます。しかし、古典的でもバロック的でもありません。彼のキャンバス上の処理は大変個性的で、例えば彼の垂直性への志向や、全体的なリズム、非対称の均衡のさまを見ますと、私は彼が生まれた故郷の掛軸絵の系譜にあることを認めないわけには参りません。[30]

ジョイス夫妻との付き合いの中で、ルイーズは日本語や日本の美学に関する疑問についても、田中との間を取り持つことができたであろう。エルマンの伝記には一九五四年の田中夫人ルイーズとのインタビューが紹介さ

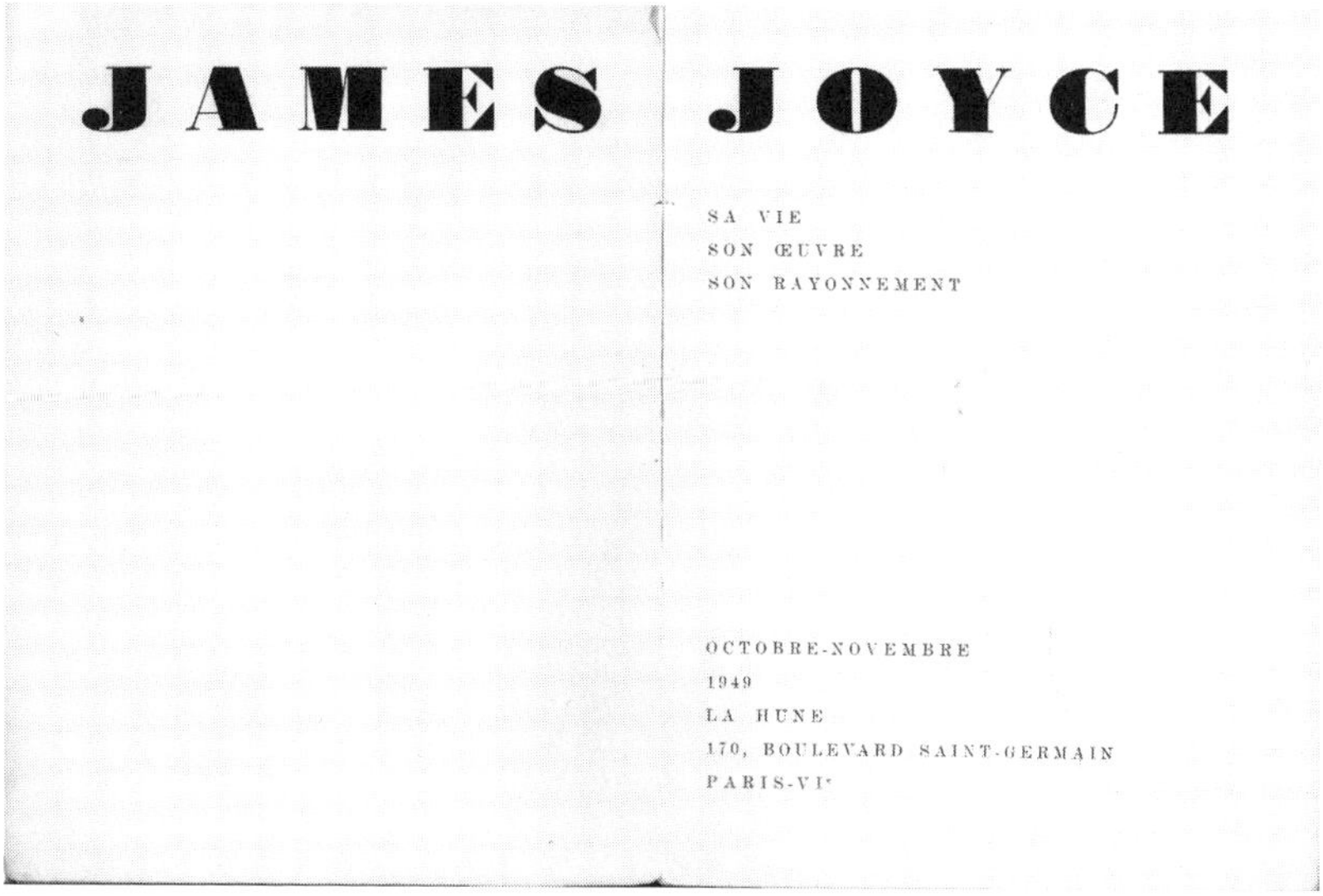

JAMES JOYCE

SA VIE
SON ŒUVRE
SON RAYONNEMENT

OCTOBRE-NOVEMBRE
1949
LA HUNE
170, BOULEVARD SAINT-GERMAIN
PARIS-VIᵉ

図40 『ジェイムズ・ジョイス　その生涯，作品，威光』展覧会図録（1949年）

れている。ジョイスは田中夫妻を食事にたびたび招待したが、芸術に何の関心もない人たちも一緒だったという。ルイーズはアメリカの新聞にジョイスを紹介する記事を書いて欲しいと頼まれたこともあったが、田中夫妻は夜遅い付き合いを好まなかったため、次第にジョイス夫妻とは疎遠になったという[31]。

　第二次世界大戦後の一九四九年十月、ジョイスの旧蔵書がパリのギャルリー・ラ・ユンヌで売りに出された際の図録『ジェイムズ・ジョイス――その生涯、作品、威光』（図40）に一冊の日本美術書が掲載されている[32]。この時の展示品はアメリカのバッファロー大学により一括購入された。トマス・コノリー編『ジェイムズ・ジョイスの蔵書　解説付目録』（一九五五年）によれば、このフランス語による日本美術書はヘンリー・マーティン著『日本美術』で、もう一冊のフランス語の中国美術書、ラファエル・ペトルッチ著『中国の画家たち』と一冊に綴じ合わされ装丁されているという[33]。ジョイスは疎開する前に住んでいたパリ最後のアパートに、この日本と中国の美術書を置いていた。日露戦争の好戦的な勝者というジョイスの日本観が、パリで暮らした歳月を経て、日本の美術・美学を嗜むまで広がったといえようか。パウンドの影響もあろうが、「進行中の作品」を書いていたジョイスは、日本語と日本美術の簡潔性と装飾性を評価するようになったのである。

アイルランド文学者　勝田孝興

『ユリシーズ』が一九二二年にパリで出版されると、世界中からのジョイスを訪ねて来る読者の中に日本人研究者や文学者がいた。ジョイスは一九二六年七月十五日付ハリエット・ショー・ウィーヴァー宛の手紙に、その一人についてこう書いている。

親愛なるミス・ウィーヴァー
このところ訪問者が続いています。〔……〕翻訳依頼もハンガリー、ポーランド、日本などから届いています。日本人は実際に私を訪ねてきて、Λbcのジャップラテン語を見せると喜んでいました。（*LI* 242）

一九九七年に扶瀬幹生の報告により、ジョイスの「バッファロー・ノートブック」に日本語の記載があることが明らかになった。[34] 続いて熊谷安雄が、一九二六年七月十五日にパリに住むジョイスを訪問したのは勝田孝興（一八八六―一九七六）であることを発表し、その根拠として勝田のノート「Drama VI」に英文で書かれた、ジョイスのインタビュー記事を転載している。[35] 勝田のローマ字による署名が「バッファロー・ノートブック」十二番にあることから、同じノートブックに日本の神の名前を書いたのが勝田であることが推測される。漢字五文字の日本語に、発音のローマ字表記ならびにそれぞれの漢字の意味を英語で記したものが続く。扶瀬によれば「バッファロー・ノートブック」十二番百十二頁と百十三頁には次のように記載されている。

VI.B.12.112(*g*): 天御中主命 / **1 2 3 4** ^+ ④ +^ **5** / **Amé no minaka nushi no** / **mikoto** / **(1)** / ~~**(2)**~~ ~~**(3)**~~ ^+ ~~**(2)**~~ ^+ ㈢ ㊉+^+^/ **(4)** / **(5)** /
(heaven's middle master / **^+of+^** / **Amé no minaka nushi** / **no** / ^+**of**+^ / **mikoto** } >>
VI.B.12.113（a）: Takaoki / Katta >
VI.B.12.113（b）: 天照大御神 / 1 2 3 4 5 / Ama terasu oh mi kami /（1）Heaven（2）shine（3）great /（4）pre honorific /（5）god（dess）(36)

勝田は訪問記に、ジョイスの質問に応えて天照大御神の名前を教えたと、次のように書いている。

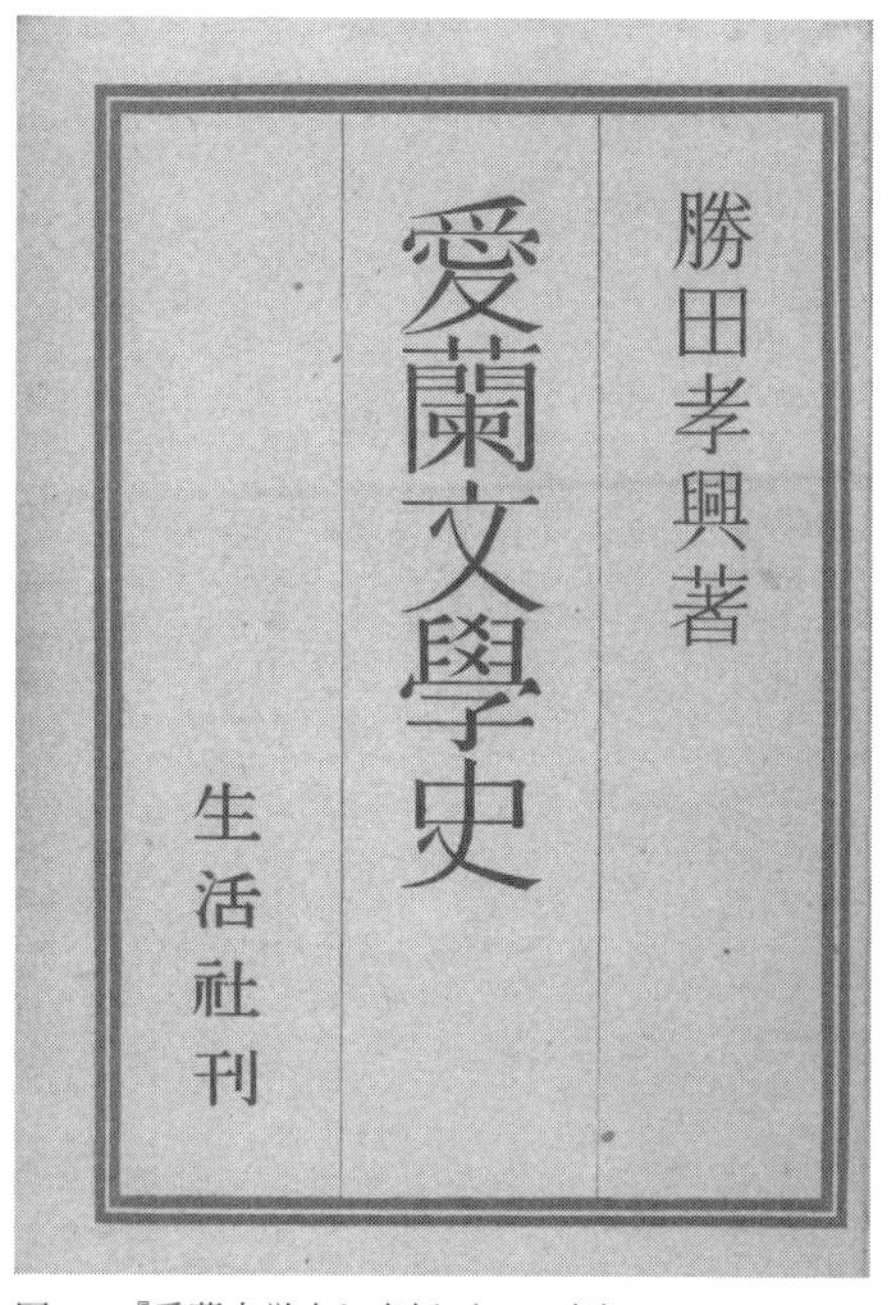

図 41 『愛蘭文学史』表紙（1943 年）

> 彼は大部の本を書いている、と述べた。非常に形而上学的であると。そして十年はかかるだろう、と言った。『ユリシーズ』には八年かかり、『若い芸術家の肖像』には五年かかったと。新しい本には日本語をたくさん入れていると述べ、日本で最初の女性は誰かと尋ねたので、「天照大御神」を発音とともに教えた。(37)

勝田は一九二五年から一九二七年にかけて、ヨーロッパとアメリカで研究生活を送り、一九四〇年に『愛蘭英語と蘇格蘭英語』、一九四三年には『愛蘭文學史』（図41）を出版している。アイルランド英語の発音を研究していた勝田は、日本語についての情報提供者として最適であったと思われる。もっともジョイスの手紙の記述とは異なり、ジョイスに『若い芸術家の肖像』の翻訳を勧められたにもかかわらず、勝田自身はジョイスの作品を翻訳出版することはなかったようである。勝田の遺族のもとに残る原書には、一九二六年の訪問時のものと思われるジョイスの署名がある。

劇作家、翻訳家　佐藤健

パリのジョイスを訪ねた日本人にもう一人、シェイクスピア書店（図42）に出入りしていた佐藤健（ペンネームは賢、一八八六―一九六一）がいた。福島市の生まれで、福島中学で角田柳作[38]（一八七七―一九六四）に薫陶を受けたことが、一九〇六年に渡米するきっかけとなったのかもしれない。シアトルで働きながらハイスクールで学び、戯曲を研究、のちにニューヨークに移り、カレッジで学びながら働いて渡欧の資金を貯めたという。一九二〇年には日本評論社から『米国よりの脚本集』（図43）を出版、序文で次のように述べている。

僕は半生の余を米国に送った。日本とは永く遠ざかって居る。従って僕の脚本も日本内地の人たちの書く物とは大分に違って居る。材料の選び方、性格の描写、筋の運び方、脚本の思想などに於いて、特別の点が著しければ著しいだけ、僕の成功している訳である。舞台上のテクニックは全然西洋のを使用した。
西洋に居て何故西洋人を題材にした脚本を書かぬかと怪しむ人があるかも知れぬが、西洋人を書く時には僕は英文で書く、そして米国で出版する。それから日本人に白人の精神を描くのは殆ど不可能である。[39]

佐藤は一九二三年に演劇やオペラなどを研究するためにドイツに渡ったが、間もなく、アメリカで人種差別と生活苦に苦しんだ日々を英語で綴った自伝的小説 *The Yellow Japanese Dogs*（『黄色い日本の犬たち』）の執筆を始めたようである。やがてドイツから移り住んだパリは、エコール・ド・パリ全盛期、アメリカ人や日本人も少なくなかった。恩師角田柳作の影響か、あるいは交友のあったマグヌス・ヒルシュフェルト（一八六八―一九三五）、ハヴェロック・エリス（一八五九―一九三九）などに勧められたのか、佐藤は井原西鶴の『男色大鑑』を英語に訳している。佐藤はまたフランスで市販の日記帳に一日一頁綴った、一九二六年の英文日記を遺している。[40] 映画館通いしながら、日本人画家や音楽家、パスツール研究所に留学中の中村拓医師、アメリカ人芸術家たちなどと付き合い、タイプライターに向かって西鶴の英訳や *The Yellow Japanese Dogs* の執筆に取り組む日々であった。日記には一カ月の支出として、四一四・九〇フランのうち、一六五・五〇フランが家賃であると記し、「経済的

図 42　パリのシェイクスピア書店の名刺版カード

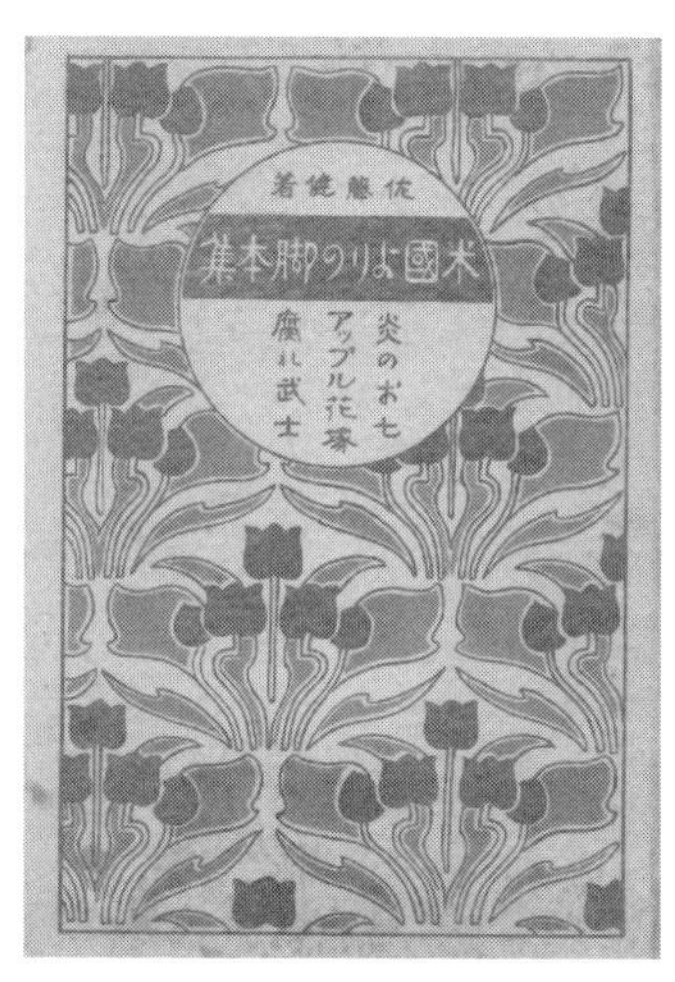

図 43　『米国よりの作品集』表紙（1920 年）

困窮に文句を言ってはいけない、将来は運命に託すと決めたのだから」と書いている。人種差別に苦しんだアメリカとは異なる、芸術家としての生活であったものと思われる。パリに人が戻った九月には、エズラ・パウンド夫妻やアメリカ人ピアニスト、ジョージ・アンタイル（一九〇〇―一九五九）とともに、「六段」「秋風の曲」など日本の音楽を聴いている。次第に寒くなるパリで体調を崩し、腹痛に悩みながらも、九月二十三日には自身の英訳から仏訳された西鶴の仏文原稿を受け取り、風邪で寝込んでいるアンタイルを見舞い、シルヴィア・ビーチに会っている。二十七日にはビーチに西鶴のドイツ語訳タイプ原稿を贈呈、三十日にはN・R・F出版社に仏訳原稿の訂正版を渡している。アメリカでは道が開けなかった出版が認められ、貧しいながらも充実したパリ生活であったようだが、体調を崩し同年末にはマルセイユから帰国を余儀なくされる。

帰国直前に佐藤はシェイクスピア書店で、日本に帰ったら『ユリシーズ』を紹介し、宣伝して売りたいと語ったところ、シルヴィア・ビーチの紹介によりジョイスに会うことになった。シェイクスピア書店でもらった『ユリシーズ』と『若い芸術家の肖像』を手に、ジョイスを訪問したことについて、十月二十七日付日記に書いている。（図44）

バスに乗ってジョイスのところに向かう。間違えて、違うところで降りてしまった。かなり長い間歩いたようで、汗をかいた。ジョイスの息子か、とてもハンサムな青年がドアを開けてくれた。しばらく喋った。予想していたのとは異なり、礼儀正しい人だった。まずは作品を読まなくては、と言って、日本から手紙を書く約束をした。彼はとても感じが良かった。『ユリシーズ』と『若い芸術家の肖像』に署名（図45）してもらって、地下鉄でミス・レナールの所へと急いだ。

（欄外）ジョイスはとても綺麗なアパートに住んでいた。[41]

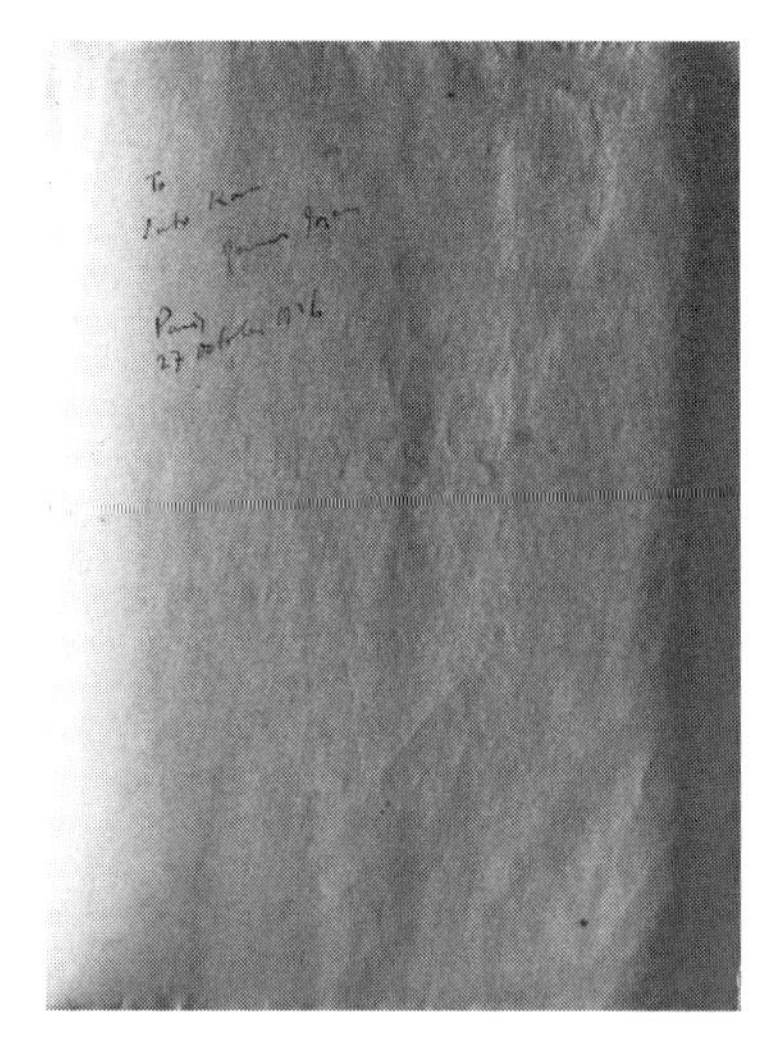

図 45　ジョイスから佐藤健への献辞（『ユリシーズ』）

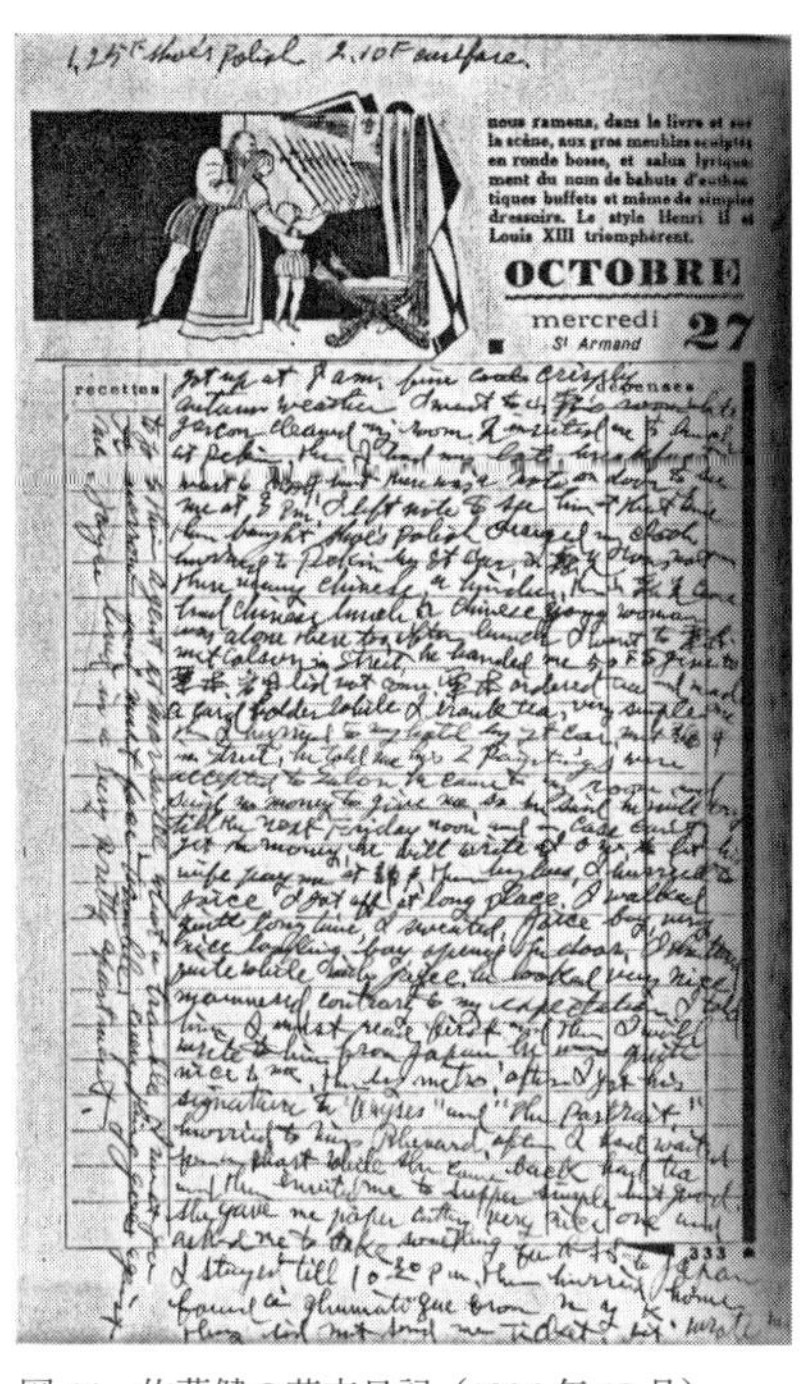

図 44　佐藤健の英文日記（1926 年 10 月）

QUAINT STORIES
OF SAMURAIS
BY
SAIKAKU IBARA

TRANSLATED FROM THE OLD ORIGINAL
BY
KEN SATO

図 47　*Quaint Stories of Samurais* 扉

SAÏKAKOU EBARA

CONTES D'AMOUR
DES SAMOURAÏS
XIIe siècle japonais

Traduit du texte original
PAR
KEN SATO

STENDHAL ET COMPAGNIE
MCMXXVII

図 46　*Contes d'amour des samouraïs* 扉

帰国直後の一九二七年に、まず『男色大鑑』仏語訳が *Contes d'amour des samouraï* 限定五八〇部として、スタンダール社から出版された。（図46）佐藤の訳となっているが、日記によれば、佐藤の英訳からセシル・クノエルツェルが仏訳したものである。[42]『男色大鑑』はドイツ語にも訳された模様であるが、出版されたかどうかは不明である。佐藤はパリ滞在中に、旧知のマグヌス・ヒルシュフェルト医師をベルリンに訪問し、パリに戻ってから、マグヌス医師及びフランクフルトの出版社に、完成したばかりのドイツ語訳タイプ原稿を送っている。[43]佐藤自身による英訳は、一九二八年に限定五百部私家版 *Quaint Stories of Samurais*（『奇妙なサムライの物語』）として出版された。（図47）本に記載はないものの、出版したのはロバート・マッコールマン（一八九五—一九五六）のコンタクト社とされる。アメリカ人作家マッコールマンは、『ユリシーズ』初版の予約販売にも尽力したビーチの協力者であった。コンタクト社は住所がシェイクスピア書店と同じオデオン通り十二番地となっている。また印刷は『ユリシーズ』と同じディジョンのダランティエール社である。内表紙には次のような記述がある。

> これらの物語は日本で生まれ、アメリカで何年か暮らしたケン・サトーによって英訳された。ミスタ・サトーの外国人風の英語が、物語の古風で奇妙な味わいを特に残していると思われるので、そのまま印刷したものである。[44]

佐藤の翻訳はその後の西鶴研究や翻訳の基準となり、佐藤は『男色大鑑』の翻訳者として知られることになった。一九二六年の英文日記には angry を angly と記載するなど、日本人特有の英語、ジョイスのいうニッポン英語が僅かにみられるが、英文は流暢である。『奇妙なサムライの物語』序文で、「平均的な欧州人にとって、同性愛は嫌悪すべきものかもしれないが、この物語はどれも西鶴の時代の武士の精神を真に反映している」と、中世日本の同性愛の風習について解説している。また西鶴が多用する言葉遊びについて、日本語から英語に訳すのが難しいので、言葉を補うことはあったが、あくまでも原作に忠実であるとも述べている。ジョイスが *Quaint Stories of Samurais* を読んだという記録はないが、シルヴィア・ビーチかマッコールマンを通じて入手し、目を通した可能性はあるように思われる。

帰国後の佐藤は『ユリシーズ』の販売に関わった様子はなく、福島中学で英語を教えたり、児童演劇のための脚本を書いたりした。だが日本が軍国主義に傾く中、欧米での体験を生かす機会はほとんどなく、日本語の脚本も方言使用などを批判されることもあったようである。[45] やがてジョイスが日本の文壇で話題になるのを、どのような思いで見ていただろうか。帰国後も文通を続けていたマッコールマンが *The Yellow Japanese Dogs* の出版に意欲を示した。一九三〇年に佐藤はアメリカに戻っていたマッコールマンに原稿を送ったが、反日感情の高まりの中、出版社は見つからず、原稿は行方不明となり、遺族のもとには断片しか残っていないようである。帰国後も意欲的に英文で脚本などを書き、出版を目指していた佐藤であるが、原稿は出版されることなく、パリから持ち帰ったジョイスの署名入り著書などとともに、福島の遺族のもとにある。

西洋映画の日本人俳優、早川雪洲

ジョイスはパリで、田中、勝田、佐藤以外にも日本語や日本の言語哲学について語った日本人知己はいたかもしれないが、映画の中でも日本人と出会っていた可能性がある。『フィネガンズ・ウェイク』でパトリックが話す「ニッポン英語」の背景には、日本人との交友に加えて、西洋映画の中で日本人俳優が話す言葉があるのではないだろうか。ジョイスの映画への関心は、トリエステに住んでいた頃に始まり、映画に魅了されて、故郷のダブリンに初の映画館「ヴォルタ」座を開館することになった。これまでのジョイスと映画に関する研究は、草創期の映画産業との関わりや、ジョイスの描く意識の流れが、映画でどのように表現されているか、あるいはジョイス作品の映画化などが中心であるが、ジョイスが映画から受けた影響にも検討の余地があるように思われる。[46]

一九一〇年代から二〇年代にかけて、パリは映画発展の中心であった。カルチエ・ラタンの作家や画家、学者たちがこぞって芸術としての映画に惹かれた。

一九一八年当時、パリの二十区に合計二五八の映画館があったという。それに加えて、シネマ・バー、シネマ・カフェ、ミュージック・ホール、サーカスなどでも映画が上演されるという盛況ぶりであった。[47] ジョイスが一九二〇年にパリにやってきた頃の映画はまだ揺籃期にあったが、フェルナンド・レジェなどアヴァン・ギャルドのアーティストたちにとって、映画は実験の媒体となった。[48] パリでジョイスは映画製作技術の向上を目撃することになる。「ニュース巻」（*FW* 489.35）を見たり、「耳を映画トーン」に傾けたり（*FW* 62.9）、「おバカなモットークラフト／シリーモトグラフ」（*FW* 623.19）などを作品に取り入れたりすることでもあった。やがて商業映画が盛んに作られるようになると、映画自体だけでなく、俳優や監督なども海を越えるようになり、ジョイスが『フィネガンズ・ウェイク』を執筆する頃には、国際映画も数多く作られるようになっていた。その数の多さから、どの映画館でいつどの映画が上映されたかの記録を調べることや、ジョイスが滞在先のホテル等での鑑賞を含めて実際に見た映画を特定することは、オペラ体験を追うよりも難しい。だが映画は『フィネガンズ・ウェイク』に登場する各言語、特に日本語とニッポン英語やピジン英語の発音についての情報源として見逃すことはできない。

戦前の国際映画界で活躍していた日本人俳優といえば、名前が挙がるのが早川雪洲（一八八九―一九七三）であろう。二十一歳で渡米した早川は、草創期のハリウッド映画で東洋的で端正な風貌の悪人役によってトップスターになった。一九一五年製作のサイレント映画の傑作、セシル・B・デミル監督『チート』で白人女性の肌に焼ごてを押し付ける残忍なアジア人役で、一躍有名になった。だが黄禍論が盛んなアメリカでは、人種差別も公然と行われ、日系人社会からはその悪役ぶりで後ろ指を指されて、早川は一九二二年にアメリカからヨーロッパに向かった。その後は一時日本に帰国したものの、一九三七年にはフランスに戻り、戦後の一九四九年まで滞在した。実際は英語が堪能な早川であったが、アーノルド・フランク監督による『侍の娘』（一九三六年）ではドイツ語を、マックス・オピュルス監督による『吉原』（一九三七年）やジャン・デラノア監督の『マカオ　遊びの地獄』（一九三九年）ではフランス語を自由に操る人気俳優として、ハリウッドで期待されたアジア人悪党役から離れて、日本人役を生き生きと演じている。ジョイスが早川雪洲の出演作を観たという確証はないが、日本の帝国主義と野望に関心を抱いていたジョイスが、評判になっていた映画を見た可能性はあるように思われる。早川その他の日本人、あるいはアジア人俳優の英語やフランス語の発音、あるいは日本語の発音を聞いて、ジョイスが興味をそそられたであろうことは想像に難くない。ジョイスは言語に対して並外れた感性を示し、言葉が帝国主義の道具となると同時に、愛国主義の道具ともなることを見抜いていた。祖国アイルランドで話されていたアイルランド訛りのヒベルノ英語は愛国主義の表現の一つとして、英国からの独立に貢献した。支配者である英国人の話す標準英語との差異を際立たせることにより、英国によるアイルランド植民地支配を前景化したといえよう。

ジョイスの作品に登場するニッポン英語や中国人のピジン英語は、西洋人から見たアジアで話されている英語であった。その不完全性が植民地支配下にある人々の知的レベルの低さの表れとみなされることも多かった。『フィネガンズ・ウェイク』のパトリックと大ドルイドがニッポン英語とピジン英語を話すことの背景には、このような社会状況があったのである。

四、日本における『フィネガンズ・ウェイク』受容

『フィネガンズ・ウェイク』は長い準備期間を経て完成し、一九三九年に英国フェーバー社から出版された。ち

ょうど第二次世界大戦の勃発と重なり、その夏ジョイスは家族とともに十九年間住み慣れたパリを離れて、疎開を余儀なくされた。精神病院の転院が認められない長女ルチアを案じつつ、ヴィシーでの短い滞在を経て、中立国スイスにたどり着いた。その後間もなくジョイスは体調を崩し、十二指腸潰瘍の手術後の一九四一年一月にチューリッヒで亡くなった。ジョイスの晩年は、最後の作品となった夢の書『フィネガンズ・ウェイク』完成の喜びと家族への思いに満ちていた。自作の評判をいつも気にかけていたジョイスであるが、この謎の多い本を解読しようとする、怒涛のような研究書の出現を見届けることなく、この世を去ったのである。出版までの十七年間「進行中の作品」という名前で知られ、最後まで題名が伏せられていた。モダニズム文学の傑作『ユリシーズ』の作者の気まぐれとみなされることも多く、初期の英語圏読者からは理解不能ともいわれた「進行中の作品」の断片および『フィネガンズ・ウェイク』が、日本では拒否されることなく、詩人たちにあるいは詩として訳され、真髄が伝えられたことは興味深い。

「進行中の作品」の紹介

日本で最も早い時期に「進行中の作品」に言及したと思われるのは、春山行夫編『詩と詩論』九号（一九三〇年九月）所収「イギリス文壇の近況」の西川正身の記事である。

所で最後に英文学の最先端、「意識の流れ」の文学を代表するJ・ヂョイスに就いて一言しよう。彼は「ユリシィズ」の境涯を一歩踏み出て、パリ発行の“transition”誌上に“A Work in Progress”と言う仮の表題で長篇を引続き掲載して——尤も最近の同誌には見えないが——あくまで新しい試みを企てている。この長篇の一部分が夫々“Anna Livia Plurabelle”, Haveth Childers Everywhere”となって最近手に入り易くなった。又この間S. Gilbertが“James Joyce's *Ulysses*”を出して原本を購えない英国の一般読者の為に「ユリシィズ」の代用物を供給すると共にあの難解な作品の注解を与えてくれている。併しながらジョイス自身の姿は淋しいものだ。聞く所に依れば彼は目を病んで今瑞西にあり、原稿は赤い鉛筆を用いて大きな字で書かねばならぬとか。[49]

西川は「進行中の作品」の雑誌連載から抜粋部分の出版という経過を追って説明する。同時代の日本の詩人たちがジョイスに抱いた強い関心がうかがわれる。『詩と詩論』は詩人たちの発表の場であると同時に、欧米モダニズム文学の近況を伝えたり、詩を訳して紹介したりしている文芸雑誌である。同誌十号と十一号には夭折のモダニズム女流詩人、左川ちか（一九一一—一九三六）がジョイスの *Chamber Music* を「室楽」として訳している。[50]同誌十二号（一九三一年六月）には関康郎が『トランジション』第十三号掲載のスチュアート・ギルバート著「ジョイスの《Work in Progress》」を訳出している。ギルバートは『ユリシーズ』批判にも言及して、ジョイスの新作の主題と手法を次のように紹介している。

《Work in Progress》の主題が明かにされるなら、そこに使用された形態と言語も自然に推論される筈である。《トランジション》の九號で、エリオット・ポール Eliot Paul 氏はこの作のライトモチーフを明快に説明していた。H・C・Eのあの騒々しい、英雄的でしかも人間的な、余りに人間的な征服者の人格は、その大発端からして、我らが、随意に「新歴史」の循環道路に踏み入るために選ばれた起源から、（時間的制限を受けた人間には当然ものの始めがある筈だから）その発端、起点から既にこの書を支配している。このテクストの難解さはその題目のために起こってきている。何故なればその言葉は主題同様に全世界的のものであるからである。その言葉を組み立てている音の結合は数多くの國に瓦つており、その音の反復は地の果て果てから跳び反へてくる。夜空の雲が散り消えてまた垂れこめるままに、目近く或いはぼんやり見える河と山の巨大な影のこの奇怪なる世界に、人類の無限永劫なパノラマが露はにされて横たはつている。[51]

同誌の編集者、春山行夫は巻末雑録で「ジョイスのWork in Progressは《transition》第三號に於ける編纂者の宣言の如く、ジョイスに於て《ダブリナア》よりも《ポオトレエト》よりも《ユリシイズ》を採るものは当然《Work in Progress》に従わねばならないところのものとして、今日のジョイス流行に対して、その必読を緊要とする――さうして、ジョイスの持つ、実験、革命、危険の極端の作品である」と述べる。[52]『詩と詩論』の継続後誌『文学』第二号(一九三二年六月)はジョイス特集号である。その中で阿比留信が『アナ・リヴィア・プルーラベル』出版を報じるパドリック・コラム著「ジョイスの *Anna Livia Plurabelle*」を訳出している。ジョイスの学友でダブリン在住のコラムにとり、市内を流れるリフィ川はひときわ身近であっただろう。この記事により日本の読者も『アナ・リヴィア・プルーラベル』第一文と最終文を含む数箇所をいち早く原文で読み、コラムの解釈により「進行中の作品」の技法を身近に垣間見ることができたであろう。最終文については次のように述べられている。

> 薄暗みと黄昏の層雲に属する総てのものがこの章句の中にはある。言葉の変形と再製が私達に黄昏の暗さを与える。また、この他にも言葉の上の革新がある。それらは説明に困難だと云うより寧ろ、それを適当に説明するためには一つの理論の注釈を要するような革新である。いわば言葉と云うものは、私達が考えているより速やかに、常に新しい意味を取りつつあるのではないだろうか。〔……〕
>
> *Anna Livia Plurabelle* ――二人の洗濯女がアンナ・リヴィアの話をする。その初めには、私たちの想像なのだが、夕陽が河にちらちらしている。その終わりのところでは夜が迫って来ている。声々は遠ざかる。今まで眺められ、話されたもの総ての上に変形が起る。私達がもう一度見てみようとするとあの二人の女は

変ってしまっている。一人は石に、一人は楡の木に。それは何処でも話されるあの話……イーヴの物語だ。それは未完の作品中の The Book of Life（リフィの書——人生の書）と云う章の一部となっている。これはその作品のいろいろに移り変わる意味を表徴するものである。と云うのはこの作品が全体として夜のものを、即ち私達の生活の夜の側を取扱っているのであってその他の側には関係ないからである。[53]

詩人西脇順三郎（一八九二―一九八二）は、『アナ・リヴィア・プルーラベル』（一九三〇年）を出版後まもなく訳している。新潟県小千谷市出身、慶應義塾で経済を学んだ西脇は、ギュスタヴ・フロベール、アーサー・シモンズ、ウォルター・ペイターなどを愛読、絵画から詩へと創作を方向転換したという。一九二二年に渡英して文学を学んだ西脇は、ジョイスの『ユリシーズ』、T・S・エリオットの『荒地』、そしてヴァージニア・ウルフの『ジェイコブの部屋』の出版に立ち会うことになる。英国のモダニズムだけでなくヨーロッパで吹き荒れていた未来主義、表現主義、ダダイズム、シュールレアリスムを体験した。一九二五年に自作の英文詩集『スペクトラム』をロンドンで出版後に帰国、野口米次郎の後任として、慶應義塾大学英文学教授となり、日本におけるジョイス研究の基礎を築いた。新しい文学運動の中心にあって、『超現実主義詩論』（一九二九年）、『シュールレアリスム文学論』（一九三〇年）などを発表し、日本語による最初の詩集『アムバーヴァリア』（一九三三年）を出版した。『新潮』第二十九年・第四号（一九三二年四月発行）に発表した「ジェイムズ・ジョイス」では、ジョイスを二十世紀のアリストファネスと呼び、『ユリシーズ』のユーモアと機知に溢れる人間生活批判を評価している。ジョイスはフランスの自然主義から離れて、そのパロディとして『ユリシーズ』を書いているのであって、「十九世紀文学の漫画」であり、英国における否定的受容は、英国人のユーモアの欠如によるもの、としている。英語に堪能な研究者で、詩人でもある西脇は「進行中の作品」の理想的読者であり批評家であったといえよう。

西脇の『ヂオイス詩集』（一九三三年）は、「室内楽」(*Chamber Music*)、「一個一片の林檎」(*Pomes Penyeach*)、そして「アナ・リヴィア抄」（*Anna Livia Plurabelle*）から成る。ジョイスを深く理解する詩人としての西脇の自信のほどがうかがえる翻訳である。事実、自らの詩作にもジョイスの手法を反映させて、例えば『アンドロメダ』は意識の流れを描く自由詩となっている。『失われた時』もまたジョイス風の詩で、撥音を表す小文字を使用しないひらがな表記による女の独白であり、『ユリシーズ』最終挿話のモリー・ブルームの独白、あるいは『フィネガンズ・ウェイク』最終章のＡＬＰの独白を思わせる。

「アナ・リヴィア抄」（図48）は *Anna Livia Plurabelle: Fragment of Work in Progress*（図49）の第一頁ならびに最後の三段落の和訳で、原書二十頁のうちおよそ五頁半が訳されて、七頁の日本語になっている。[54] 第一部では二人の洗濯女がＨＣＥの下着を洗いながら「あの人がフィーニックス公園で二人にしようとしたことで、あたしたちが分かること」（*ALP* 5, *FW* 196）を物語る。第二部では二人のうちの一人が「夕暮れが大きくなる」、「あたしの背の高い枝が根を張り始めたわ」（*ALP* 28, *FW* 213）と述べる。二人はそれぞれリフィ川の両岸に立つ石と木に変身しつつ、対岸の相手に向かってつぶやいている。西脇がこの文を詩と解釈して『ヂオイス詩集』に入れたのも無理はないといえよう。西脇の豊かな日本語訳は、ジョイスのテキストの音と意味の重層性を伝えるのに成功している。西脇訳で注目すべきは、川の名前への言及に括弧内で説明を加えていることであろう。[55] 例えば最初の例では次のような英語と和訳となっている。

Well, you know, when the old cheb went futt and did what you know. (*ALP* 5)

ねえ、そうでしょう、あいつ（チェブ　川名）がふってくなって、例のことをやったときはさあ
（『ヂオイス詩集』六七）

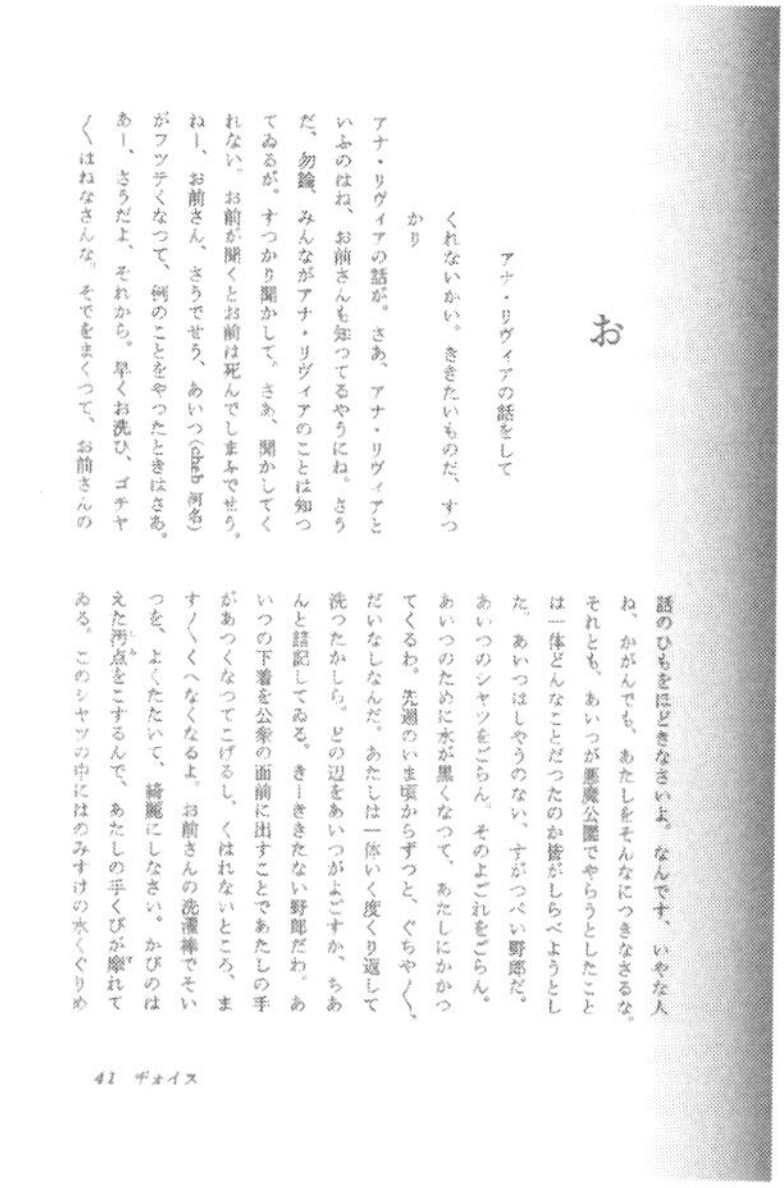

お

アナ・リヴィアの話をして
くれないかい。ききたいものだ、すつ
かり
アナ・リヴィアの話が。さあ、アナ・リヴィアと
いふのはね、お前さんも知つてるやうにね。さう
だ、勿論、みんながアナ・リヴィアのことは知つ
てゐるが。すつかり聞かして。さあ、聞かしてく
れない。お前が聞くとお前は死んでしまふでせう。
ねー、お前さん、さうでせう、あいつ(cheb 河名)
がフツテくなつて、例のことをやつたときはさあ。
あー、さうだよ、それから。早くお洗ひ、ゴチヤ
くはねなさんな。そでをまくつて、お前さんの
話のひもをほどきなさいよ。なんです、いやな人
ね、かがんでも、あたしをそんなにつきなさるな。
それとも、あいつが悪魔公園でやらうとしたこと
は一体どんなことだつたのお話がしらべようとし
た。あいつはしやうのない、すがつぺい野郎だ。
あいつのシャツをごらん。そのよごれをごらん。
あいつのために水が黒くなつて、あたしにかかつ
てくるわ。先週のいま頃からずつと、ぐちやく、
だいなしなんだ。あたしは一体いく度くり返して
洗つたかしら。どの辺をあいつがよごすか、ちあ
んと諳記してゐる。きーきたない野郎だわ。あ
いつの下着を公衆の面前に出すことであたしの手
があつくなつてこげるし、くはれないところ、ま
すくへなくなるよ。お前さんの洗濯棒でそい
つを、よくたたいて、綺麗にしなさい。かびのは
えた汚点をこするんで、あたしの手くびが擦れて
ゐる。このシャツの中にはのみすけの水くぐりめ

41 ヂォイス

図48　西脇順三郎訳「アナ・リヴィア抄」『ヂォイス詩集』（1933年）より

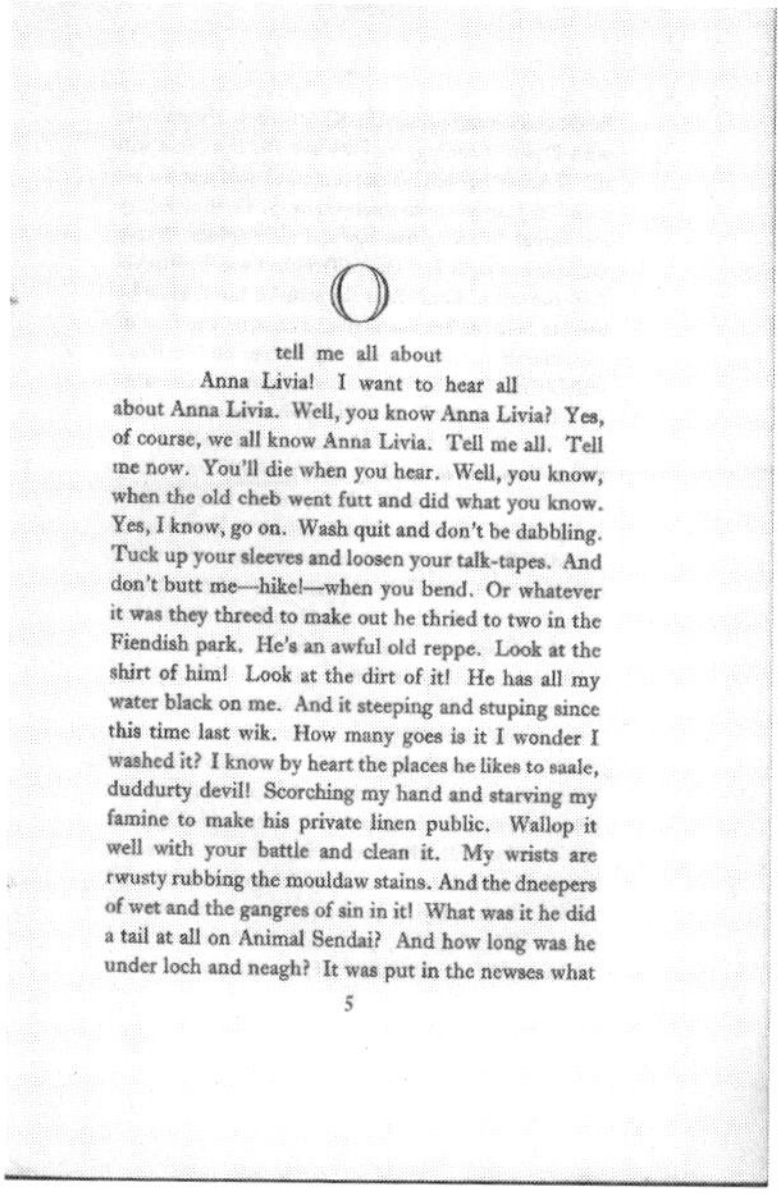

O
tell me all about
Anna Livia! I want to hear all
about Anna Livia. Well, you know Anna Livia? Yes,
of course, we all know Anna Livia. Tell me all. Tell
me now. You'll die when you hear. Well, you know,
when the old cheb went futt and did what you know.
Yes, I know, go on. Wash quit and don't be dabbling.
Tuck up your sleeves and loosen your talk-tapes. And
don't butt me—hike!—when you bend. Or whatever
it was they threed to make out he thried to two in the
Fiendish park. He's an awful old reppe. Look at the
shirt of him! Look at the dirt of it! He has all my
water black on me. And it steeping and stuping since
this time last wik. How many goes is it I wonder I
washed it? I know by heart the places he likes to saale,
duddurty devil! Scorching my hand and starving my
famine to make his private linen public. Wallop it
well with your battle and clean it. My wrists are
rwusty rubbing the mouldaw stains. And the dneepers
of wet and the gangres of sin in it! What was it he did
a tail at all on Animal Sendai? And how long was he
under loch and neagh? It was put in the newses what

5

図49　*Anna Livia Plurabelle*（1930年）より

しかしながら、西脇はテキストの川名の羅列の中に、日本の川が含まれているとは、思っていなかったようである。例えば“Animal Sendai”（*ALP* 5, *FW* 196）は「動物の聖者祭日」と伝統的なアニマル・サンデーと解釈している。付随する括弧内の説明がないことから、『ブリタニカ百科事典』に登場する川内川への言及とは認識していなかったようである。だが西脇の詩的な和訳によって、「アナ・リヴィア抄」はジョイスの前作の革新性を知る日本の読者にとって親しみやすいものとなり、謎に満ちた「進行中の作品」の完成が待たれたのである。

『フィネガンズ・ウェイク』翻訳

ジョイスが十七年かけて執筆した「進行中の作品」が『フィネガンズ・ウェイク』として一九三九年に出版されたというニュースは、日本の文壇でも歓迎されたものと思われる。だが、日中戦争、そして第二次世界大戦が始まると、英語は敵性語として禁止されたため、実際に原

書の入手は困難であった。詩人たちにより断片が紹介された『フィネガンズ・ウェイク』の全貌が明らかになるには、戦争中に英文学を学び、戦後に研究会を立ち上げた次世代のジョイス研究者の登場を待たなければならなかった。

文芸雑誌『季刊　世界文学』一九六六年冬号に掲載されたのが、大沢正佳、小池滋、沢崎順之助、戸田基訳による「シェム・ザ・ペンマン――『フィネガンズ・ウェイク』試訳」であった。[56] 次いで一九六八年に「『フィネガンズ・ウェイク』より三編」として大沢正佳・沢崎順之助訳により「化粧するアナ・リヴィア」「あり　ときりぎりす」「終り　あるいは　始まり」が集英社刊『現代詩集』（世界文学全集　三五）に収められた。さらに一九七六年集英社刊、世界の文学第一巻『ジョイス　ズヴェーヴォ』には、この三編に「シェム・ザ・ペンマン」および「夜明け前」を加えて「『フィネガンズ・ウェイク』より五編」が収められた。それまで詩として訳されてきたものが、見開き左ページに原語、右ページに和訳という形式をとり、研究成果が訳注として添えられている。

日本における『フィネガンズ・ウェイク』翻訳は、欧米における評価の推移とともに、すなわち二十世紀で最も難解な本の一つ、素手で取り組むことは不可能、とする態度と連動して変化している。日本の読者はジョイスの超人的な技と饒舌に感銘を受けるだけでなく、訳者の離れ業にも舌をまくことになる。この野心的な取り組みはまた、別の言語による再創造の限界も提示することになる。ジョイスの言葉遊びの多くは、日本語では漢字・ひらがな・カタカナを駆使して再現されている。

研究会で『フィネガンズ・ウェイク』翻訳を試みたのが、早稲田大学の鈴木幸夫（一九一二―一九八六）を中心とするグループであり、成果を『早稲田文学』に発表した。一九七一年には鈴木幸夫、野中涼、紺野耕一、藤井かよ、永坂田津子、柳瀬尚紀の共訳により『フィネガンズ・ウェイク』第一巻第一章から第三章までが『フィネガンズ徹夜祭』として出版された。（図50）縦書きの訳文の下に配された頁の三分の一程を占める脚注が、ジョイスのテキストの多重の意味を明らかにする。あとがきで鈴木は、初期の原稿に何回も加筆して出版されたテキストに至るジョイスの創作過程こそが、テキスト理解の鍵であるという。「美しい柔軟な日本語には謡曲や俗曲、語り物、長唄といったものだけでも、あやどり、枕ことば、掛けことば、山づくし、川づくし、俳諧の連想の飛躍には非合理的な意識の流れによる情緒の統一があって、日本語転化にかならずしも悲観ばかりしていなかった」と述べ、『フィネガンズ・ウェイク』に五十語程度の日本語が引用されていることにも言及する。(57)

一九八九年には日本ジェイムズ・ジョイス協会が創設され、大澤正佳が初代会長、早稲田大学の清水重夫が事務局長となった。各地で『フィネガンズ・ウェイク』研究会が催され、ジョイス協会年次大会ならびに学会誌『*Joycean Japan*』発行により、その成果が共有されるようになった。

図50 『フィネガン徹夜祭』(1971年)の外函

柳瀬尚紀(一九四三—二〇一六)による全訳『フィネガンズ・ウェイク』第一巻が出版されて話題を呼んだのは一九九一年のことである。初版の帯には「二十世紀文学の金字塔待望の日本語訳! 今世紀最大の文学的事件、現代文学の偉大なる祖、ヴェールにつつまれた幻の大傑作、ついに日本語に!」とある。(58)『フィネガン徹夜祭』訳者の一人でもある柳瀬は、長い間ジョイスの作品に取り組んでいた。前回の訳同様に、ジョイスの重層の言葉遊びを、漢字の同音異義語などによって表現しているが、普及しつつあったワープロの漢字変換機能がそれに拍車をかけたといえるかもしれない。柳瀬は序文も脚注もなく、日本語の本文だけで勝負するという新しい形式に挑んだ。『フィネガンズ・ウェイク』第一部と第二部だけで七五三ページに及ぶ柳瀬訳には、対応する原書の頁数が欄外に記されている。ルビのふられた漢字を多用して、読みやすいとは言い難いという批判が当初からあった。同音異義語の解読に時間を取られる読者は、ジョイスの著作を日本語訳で読むというよりは、訳者の研究成果と対峙することになる。

宮田恭子（一九三四―）による『抄訳フィネガンズ・ウェイク』が出版されたのは二〇〇四年であった。宮田は、ジョイスによる多重の意味をルビと脚注により表現し、そのうちの一つの解釈を選んで物語としている。多義的な言語を翻訳することの可能性と不可能性について論じ、表記の大きく異なる言語への翻訳の難しさについて、複数の翻訳を読み比べることによってのみ、ジョイスのテキストの理解は可能であろう、と述べる。宮田は付録「『フィネガンズ・ウェイク』の言語」で、ジョイスの「夢の言語」についての見解を示す。まずジョイスが自作に与えた呼称「二つの端を合わせた書」（"the book of Doublends Jined"）（*FW* 20.15-16）、「万人のカオスモス」（"chaosmos of Alle"）（*FW* 118.19）、「万華鏡風景」（"collideorscape"）（*FW* 143.28）、「この日中なし夜中のみのニュース映画」（"This nonday diary, this allnights newseryreel"）（*FW* 489.35）などを紹介して、ジョイスの夢言語は夢のような言語であるというよりは、夢について語る言語であるとし、『アナ・リヴィア・プルーラベル』仏語訳の序文で、ミッシェル・ビュトールが最初に用いた「夢言語」（"dream language"）こそ、夜の書を書くためにジョイスが作った言葉であるという。さらにフロイトの『夢判断』に登場する「拡張」「置換」「象徴化」「圧縮」などを用いて、ジョイスの創造方式を説明する。夢の中では複数の概念や現象が一つに圧縮されるが、『フィネガンズ・ウェイク』においては、圧縮が多く見られるという。その多言語性はアイルランド語文学の特徴でもあることや、ラテン語・ギリシャ語・ヘブライ語が併用されていた中世に連なることなどを挙げる。宮田はジョイスの圧縮方法を、その造語「音意」（"soundsense"（*FW* 121.15）により説明する。「音意」とは音によって語義が繋がるだけでなく、その繋がりから新たな意味が生まれることだと、例として第一部第八章の川の名前の羅列をあげる。『フィネガンズ・ウェイク』における反復の思想は、歴史の悪夢の反復とともに「対立するものの融合」の希望を表すことを示唆して、各国語で繰り返される「平和」という言葉で締めくくる。

翻訳という媒体によって『フィネガンズ・ウェイク』は日本で受容され、困難ではあっても、読者と作者が確実に交わってきた。豊かな日本語訳の伝統は、ジョイスの水平線を広げ、ジョイスの創造の偉業を日本語で表現している。

五、知覚と実在　「パドロックとブックリーお喋り」（*FW* 611.2）

『フィネガンズ・ウェイク』最終章は「サンディヤス、サンディヤス、サンディヤス」（"Sandhyas! Sandhyas! Sandhyas!"（*FW* 593.1）という祈祷により始まる。この言葉をジョイスはサンスクリット語で「明け方のかすかな光」を意味する、と説明している[59]。夜と昼を分かつ、このぼんやりとした時間に主人公HCEは目覚めて復活し、ヴィーコのリコルソが完結する。この章ではアイルランドにゆかりのある二人の聖人の物語が語られ、続いてALPの手紙が披露され最後の言葉が語られる。アイルランド伝説で、ケルトの上王リアリーの御前でキリスト教を伝えるパトリックと土着の宗教を司る大ドルイドが繰り広げる論争が「パドロックとブックリーお喋り」（*FW* 611.2）である。ジョイスは大ドルイドの姿に十七世紀アイルランドの哲学者ジョージ・バークリーを重ねる。アイルランド南部、クロインの主教をつとめたバークリーは認識論で知られる。『フィネガンズ・ウェイク』最終章、パトリックに対して繰り広げる色彩認識の幻想に関する説明の中で、その現実認識が明らかになる。バークリーの考えでは、ものは認識されることによって初めて存在するという。これはジョン・ロックの経験論的認識論に対する批判となっている。若い日のジョイスが書いた聖パトリックのスケッチは、聖ケヴィンの話とともに、一九二三年八月二日にハリエット・ショー・ウィーヴァーに送った『フィネガンズ・ウェイク』最初期のメモの一つであった。デイヴィッド・ヘイマン編『「フィネガンズ・ウェイク」第一草稿版』では、パトリックと大ドルイドの対話は次のようになっている。

> バークリー大ドルイドは〔七色七彩の赤黄緑白藍の衣をまとった神鳩男は〕それから〔白い衣をまとった〕無言のパトリックに家具、動物、植物、鉱物など神の色彩豊かな世界を説明した。堕落した男たちには太陽光の濃淡ある反射の一つ、つまりは吸収できなかった色として現れる。一方、現実を目の前にした視る人にとっては、ものはそれ自体、どの物体も真の色で自己顕示し、自らの中に保つ光の栄光で輝いている。[60]

聖パトリックのスケッチの最初の下書きが発見されたのは『ジェイムズ・ジョイス・アーカイヴ』出版後のことであり、ヘイマンが採用したのは二番目の下書きであるという。[61] またウィーヴァーに送られた「聖パトリックとドルイド」のスケッチに添えられたジョイスの手紙によると、これは「アイルランドによるパトリックの改宗」（*L* III 79）を描いているという。いわゆるウェイク語、すなわちラテン語化やカバン語などによって変形した英語で書かれた初めての文章でもある。受け取ったウィーヴァーは、ジョイスの言語実験に当初は懐疑的であった。『フィネガンズ・ウェイク』では、バークリーの「七色七彩の赤橙黄緑白藍紫のマント」（*FW*611.6-7）も、「跪く」（*FW* 612.27）堕落した男パトリックの目には「すべてハーブグリーンに見え」（“all show colour of sorrelwood herbgreen”*FW* 611.34））、他の六色は認識に吸収されてしまうことになる。ジョイスの説明どおり「半端者ローマ・カトリック教徒パトリック」（“Rummant Patholic”（*FW* 611.24））はアイルランドにより（緑色に）改宗されたことになる。哲学者バークリーの観念主義理論を用いて、ジョイスの生涯の関心事であった人間の認

図 51　ゴガティ『私は聖パトリックに従う』(1938 年) 扉

識と実在と言語との関係が表現されている。

十五年後に初期の草稿を推敲しながらジョイスは、フリッツ・マウトナー著『言語批判への貢献』を読んでいた。[62] ジョイスのメモには「この本で展開されている哲学的言語学的懐疑主義とは思想と言語が一致するということであり、両者とも実在との関係は恣意的であるということだ」「言語とは概数、暗喩に過ぎず、むしろ人と実在の間に立ちはだかる障害でさえある」と記されている。ジョイスの夢の書も終わりに近い「パドロックとブックリーお喋り」(*FW* 611.2) において、色の認識と実在ならびに言語についての対話が展開される。[63]

『フィネガンズ・ウェイク』推敲の最終段階となる一九三八年、ジョイスはかつてウィーヴァーに送った聖ケヴィンと聖パトリックのスケッチを取り戻した。聖ケヴィンのスケッチは最終章第二節となり、聖パトリックのスケッチは続く第三節となった。同じ年、旧友オリヴァー・セント・ジョン・ゴガティが出版してジョイスに献呈した紀行文『私は聖パトリックに従う』（図51）を読んだことも影響したかもしれない。[64] その夏、ローザンヌに滞在中のジョイスは、訪ねてきたジャック・メルカントン、ポール・レオン、妻のノラと湖畔を散歩しながら、メルカントンと次のような話を交わしたという。

彼はそこに静かに、穏やかに、水の縁に、世界の果てに、腰掛けて、「進行中の作品」について物思いにふけった。聖パトリックに言及して、この本を仕上げるにはパトリックの取次ぎが不可欠だと、また聖人とドルイドが中国語と日本語で会話を繰り広げるのだ、と述べた。というのも彼の夢の中では、時間と空間が相殺する。身じろぎもせずに、夕暮れの冷たい空気で身体が冷えるまで。「私は聖パトリックに従う」と彼は、路面電車のプラットホームから手招きするジョイス夫人を指差しながら言った。「これは私の友人ゴガティが書いた博学な本の題名です。『ユリシーズ』のバック・マリガンです。あなたもきっと興味を持ちますよ」と。そしてため息をつきながらこう言った。「我がアイルランドの聖人の助けがなければ、最後まで到達し得なかったと思います。[65]」

『フィネガンズ・ウェイク』最終章で聖パトリックは聖ケヴィン、聖ローレンス・オトゥールとともに、チャペリゾッドの教会の張出し窓を飾る三枚一組のステンドグラスに描かれている。日が昇るにつれて、真っ暗だった聖人の絵に色彩が現れる。

その時。去勢牛の炎の二ペニー数シリングの至高の神ピジン野郎バルケリーなる男、七色七彩の赤橙黄緑白藍紫仕上げのマントを着けたアイルランド中国神の大ドルイドが、白い祭服の客人カトリックのパトリックとともに現れる。パトリックの喉は灰色修道士一族の修道服をまとい呻吟する者たちとともにハミングしている。彼らは同パトリックとともにいつも断食する。ドルイドのバルケリーは語り、語らず、誰も自由ではない、言い換えれば、言葉を飲み込む能の男は自由だと述べる。明日回復せず。主なる神の汎顕現世界の、壮大で色彩豊かなスペクトルを、覆いを通して見る印画プリズムの幻覚が多すぎる、と。（*FW* 611.4-14）

パドロックまたはパトリックとブックリーまたはバルケリーとの対話は、『フィネガンズ・ウェイク』のアイルランド性を再確認し、二人の対話に加えられた中国語及び日本語的表現はジョイスの東洋への関心を物語り、言葉の普遍性を明らかにしているように思われる。

ピジン英語と「私はアジアで自由なの」（*FW* 482.29-30）

「ピジン野郎バルケリー」（"pidgin fella Balkelly"（*FW* 611.5））と「客人カトリックのパトリック」（"his mister guest Patholic"（*FW* 611.7））というのは、日本人あるいは中国人英語話者の発音のステレオタイプを捉えた転記である。一九三九年八月十九日付フランク・バッジェン宛の手紙で、出版されて間もない『フィネガンズ・ウェイク』を説明する中で、中国人の話すピジン英語と日本人の話すニッポン英語についてジョイスは次のように述べる。

> 大ドルイド　バークリーとそのピジン発話と大司祭パトリックとそのニッポン英語による対話には、より多くの意味が込められている。これは『フィネガンズ・ウェイク』そのものの擁護であり告発でもあるのだ。Bの色彩論とパトリックによる問題の現実的解釈がね。（*L* I.406）

ジョイスのいう『フィネガンズ・ウェイク』の擁護とは、観念論とプラグマティズムという相対する哲学の考え方に基づく。日が昇るにつれ全てのものが色を帯びるが、パトリックの衣を表象する緑色のステンドグラスを通過した「茹でたほうれん草と同じ色の」（“same hue of boiled spinasses”（*FW* 611.36））太陽光が、バークリーの認識論を論駁する。バークリーの問題を解決するのは、カトリシズムの実証的な考え方である。カトリック教会はアイルランド人に現実認識の恣意性を放棄するよう教えた、というのがジョイスの見解であるといえるかもしれない。パトリックの実証主義は、チャールズ・S・パース（一八三九―一九一四）やウィリアム・ジェイムズ（一八四二―一九一〇）等アメリカ人哲学者のプラグマティズム、すなわち概念の意味や真理は行動に移すことの結果によって明らかになる、という考え方にも通じる。

初期の草稿にあった「ジョス鳩男」は中国語訛りのピジン英語を話すことにより中国人性を帯びて、完成稿では「アイルランド中国神の大ドルイド」（“archdruid of islish chinchinjoss”）（*FW* 611.5）と、LとRを混同して発音し、「客人カトリックのパトリックとともに現れる」（“he show along the his mister guest Patholic”）（*FW* 611.8）では、パトリックのRの発音違いに加えて、showに動詞の三人称単数のSを付けない、定冠詞と所有代名詞を重ねる等の文法の間違いといったピジン英語の特徴が再現されている。こうした加筆により初期の草稿のラテン語風文体に新たな側面が生まれた。

続く段落ではパトリックがバークリーに向かって語りかける。「思案する」（“refrects”）（*FW* 612.16）パトリックには、いわゆるニッポン英語のステレオタイプ、RとLの混同がみられる。「バルケリー」を「汝気の毒なシロスクロ黒白パディ」（“you pore shiroskuro blakinwhitepaddynger”）（*FW* 612.18）と呼ぶに至っては、日本語の「白」と「黒」がそのまま登場する。パトリックはドルイドに服従せず、跪いて過越しの火を灯す。「広い草むら世界で太陽の火の象徴音意」（“the sound sense sympol in a weedwayed wold of the firethere the sun”）（*FW* 612.29-30）である。パトリックによるキリスト教伝来は、ピジン英語とニッポン英語による認識論の対決として描かれている。

『フィネガンズ・ウェイク』第三部第三章に、大ドルイドのピジン英語とパトリックのニッポン英語の前触れともいうべき箇所がある。この章は夢物語『フィネガンズ・ウェイク』の入れ子、ショーン扮するヨーンの見る夢の章であるが、ヨーンはマット、マーカス、ルカス、ジョニーという福音書家マタイ、マルコ、ルカ、ヨハネを模した名前の四人の老人に尋問される。あたかも降霊会のように、ヨーンは主要な登場人物の声で語り始める。最初は父親のＨＣＥ、チャペリゾッドの居酒屋に隣接するフィーニックス・パークで犯したとされる性的軽犯罪のため法廷で裁きを受けている。衣裳を受け取り、毛髪を円環状に剃り落とし、「パトリックに準じた動機から衣服を脱いだ」（*FW* 483.34）とＨＣＥがヨーンを通じて証言する中に、日本語の一人称代名詞の羅列「ワシワッチワタイワタシ！　オイラセッシャオレボクジブン！　たくさんのワタクシ！」（“Washywatchywataywatashy! Oiraessheorebukujibun! Watacooshy lot!”）（*FW* 484.26-27）があるばかりでなく、「敬語記憶で謙譲語を吐き出す」（“Honorific remembrance to spit humble makes.”）（*FW* 484.27-28)）と、日本語に特徴的な敬語使用への言及とみられる箇所もある。

　フェノロサも漢字論「詩の媒体としての漢字考」において、「わたくし」を表す漢字を複数あげて論じている。ジョイスの「バッファロー・ノートブック」三十番のフェノロサ漢字論からの抜粋と同じ頁の下半分には、ジョイス自身のものと思われる筆跡で、“ore, boku, temaye, watai, watashi”と書かれている。「バッファロー・ノートブック」三十番は一九三八年十一月から十二月にかけて、『フィネガンズ・ウェイク』出版直前の最終段階の加筆の際に使用されたものである。一方、「バッファロー・ノートブック」十二番にも「わたくし」を表す語と解説のリストが見られる。

watakushi
[d?] ore（children)

boku (soldiers
temaye (beggars)
watashi ([friends])
watai (W)
washi
wattchi (rustic)
sessha (officer)
jibun (self)
oira (fam)
Tekurada

(VI.B.12.14)

最後の“Tekurada”という固有名詞の特異性が、ジョイスの情報源としてのアストンの文法書発見のきっかけとなった。

またフェノロサの漢字論の中でも、「名詞」に関する文は核心ともいうべき部分である。ここからの引用が、同じ『フィネガンズ・ウェイク』第三部第三章の後半部分に確認されている。前後の文では受動態と能動態について論じている。

〔……〕ただしあなたにもわかり始めたことだろうが、供述人であるセント・アイヴズからやってきた男は、あるいは（受動態を用いるのは躊躇するが）罪を犯したのと同じ程度に犯されたといえるかもしれない、というのも、言語的にみれば、おそらく真の意味での名詞というものは能動的自然界に存在しない〔……〕

...it become to dawn in you yet that the deponent, the man from Saint Yves, may have been（one is reluctant to use the passive voiced）may be been as much sinned against as sinning, for if we look at it verbally perhaps there is no true noun in active nature...

（*FW* 523.5-12, 下線引用者）

下線部分は次のフェノロサの漢字論からの引用である。

真の意味での名詞、つまり分離されたものは自然界には存在しない。物は行為のたんなる終着点、またはむしろ合流点であるにすぎず、行為を切断する断面であり、スナップ写真である。また、純然たる動詞、つまり抽象的動作は、自然界には存在することができないのだ。眼は名詞と動詞を一つにみるのだ。動作における物、物における動作としてみるのだ。そして中国語の概念がそれを示しているとおもわれるのだ。(66)

（高田美一訳）

A true noun, an isolated thing, does not exist in nature. Things are only the terminal points, or rather the meeting points, of actions, cross-sections cut through actions, snap-shots. Neither can a pure verb, an abstract motion, be possible in nature. The eye sees noun and verb as one: things in motion, motion in things, and so the Chinese conception tends to represent them.(67)

フェノロサは「草木が生き生きと芽を出す土の下の太陽＝春。木の記号の枝のなかにもつれて見える太陽＝東」という例をあげて、太陽エネルギーに支えられた地下生命活動により季節の移り変わりを表す「春」という漢字の動的な意味を説明する。ジョイスはフェノロサの言語論と認識論にインスピレーションを受けて、ＨＣＥの夢の法廷での証人たちの受動的能動的態度について、文法との関連で述べていると思われる。

この少し後、ヨーンがルカスに向かって語るのは、流行歌「チンチンチャイナマン」にも似た文であり、ピジン英語が用いられている。

> わたし怒ってないあるよ、わたし黄色い人のことば話すある。りっぱなミステル・ルー先生さま、おねがいだ！　わたしピジン英語基礎わからない、どれも同じ一番上の自分の身の上話する男あるよ。わたしピジン英語知ってる　歌を歌う別な時に。どうぞお願いです、ミスタ・ルーキー・ウォーキー！　ジョス神アダム、牛の腹奥方わたしのもの　私を引っ張っておやまあ、親方ジャック彼女のもの、かなりの程度に。

> Me no angly mo, me speakee Yellman's lingas. Nicey Doc Mistel Lu, please! Me no pigey ludiments all same numpa one Topside Tellmastoly fella. Me pigey savvy a singasong anothel time. Pleasie, Mista Lukie Walkie! Josadam cowbelly maam belongame shepullamealahmalong, begolla, Jackinaboss belongashe; plentymuch boohoomeo.
>
> (*FW* 485.29-35)

これに対しルカスは、「孔子と原理など地獄行きだ！」と孔子（紀元前五五一―四七九）を弾劾し、あるいは「論語」に言及して、郵便局員ショーンが「ニッポン小僧たちとチンチンチャイナマンお喋りを抑制している」（"checking chinchin chat with nipponnippers"）（*FW* 485.37-86.1）と非難して、「ささやかな心理支那学」（"little psychosinology"）（*FW* 486.14）を繰り広げる。

日中戦争と「日本獅子(ニッポレオン)と偉霊濤(ウエイ・リン・タウ)」("Nippoluono engaging Wei-Ling-Taou")(*FW* 81.33-35)

ジョイスが最終段階の推敲を重ねる中で、バルケリーとパトリックの論争に日本風及び中国風の処理を施したことにより、一九三九年に出版された『フィネガンズ・ウェイク』は当時の日中の状況、そして第二次世界大戦へと向かうヨーロッパの危機的状況を示唆するものとなった。バルケリーは戦争の暴力について、「霧の中の殺し合い、高位大物自惚れ雄鶏野郎超至高独裁者の顔の端の菫色の打撲傷」("violaceous warwon contusiones of facebuts of Highup Big Cockywocky Sublissimime Autocrat"(*FW* 612.11-12))と言及する。一九三一年の満州事変以来、日本は中国侵略に乗り出し、傀儡(かいらい)政権として満州国が樹立された。西洋列強の植民地支配から東亜の兄弟を解放するという名目のもとに、日本によるアジア諸国の侵略が進められた。日中戦争の終結は、一九四五年八月の日本の全面降伏を待たねばならなかった。その間、歴史的に中国に対する優先権を主張する英国やアイルランドの新聞等の報道で、日中戦争はたびたび取り上げられた。

一九三八年夏、ローザンヌに滞在して『フィネガンズ・ウェイク』最終章に手を入れていた時も、ジョイスは『アイリッシュ・タイムズ』紙を読むことを切望したほど最新のニュース、特に戦争報道に関心を寄せていた模様である。パトリックとドルイドの対話を修正したものをタイプで清書するのを手伝っていたジャック・メルカントンは、ジョイスに頼まれて『アイリッシュ・タイムズ』を入手した。メルカントンの回想によれば、ジョイスはこの対話の箇所について「これは中国のナゾナゾです」「中国語だから不思議はないですね。今にわかります。色が透けて見えています。もうすぐ日が昇ります。」などと述べたという。(68)『フィネガンズ・ウェイク』に描かれているアジアの隣国同士の戦いは、政治的哲学的なものを含めて、人と人の基本的対立を表しているといえよう。ピジン英語の使用は、元を正せば十九世紀から二十世紀初頭にかけての西洋文学に見られる中国人や日本人の人種差別的扱いにたどり着く。ジョイス自身、若い時には人種差別的意味合いで描いていた中国人や日本人描写の幅を広げて、ピジン英語とニッポン英語の対決とすることにより、『フィネガンズ・ウェイク』を歴史の基礎となる人類の普遍的な敵対心、「奇跡、死、そして生命」（"the miracles, death and life"）（*FW* 605.3）の物語とした。

ニッポンの小人たちから黄禍真珠（"yella perals"）（*FW* 434.5）へ

ジョイスはトリエステに住んでいた一九〇七年四月二十七日に市民大学で講演を行い、「ニッポンの小人たち」という人種差別的表現により日本人に言及して、極東地域のナショナリズムの台頭と日本の帝国主義的野望を警戒する発言をしている。

英国人がアイルランドで行った悪行を言い立てるのは、いささか子どもじみているように思われる。征服者は素人ではあり得ないし、英国人が何世紀にもわたってアイルランドで行ってきたことは、ベルギーがコンゴ自由国で現在行っていること、ニッポンの小人たちがどこかの国で将来行うであろうことと大差ない。

（*OCPW* 119）

講演の中でジョイスは、アイルランドの愛国主義的運動を批判し、紛争の主因はナショナリズムにあると述べて、植民地主義は西洋だけのものでない、と警告する。二十世紀初頭の中国ならびに日本の近代化とナショナリズムの台頭は、西洋諸国の脅威となりつつあった。『フィネガンズ・ウェイク』第三部第二章、ショーンは郵便配達に出かける前に、妹のイッシーに次のように助言する。

盗んだキスを返して、純綿の手袋を取り戻せ。緑色の戦いをたびたび始めるきっかけとなった黄禍真珠を

思い出すのだ

Give back those stolen kisses; restaure those allcotton gloves. Recollect the yella perals that all too often beset green gerils,

(*FW* 434.5-7)

ダブリンのゲィァティ座恒例のクリスマス・パントマイム劇を思い出しているのだが、イッシーの真珠はキスや手袋とともに取り戻さなければならないものとして描かれる。アジア、特に日本と結びつくことの多い真珠(pearls)であるが、同時に脅威(perils)でもある。少女たちを飾る「黄色」や「緑色」はそれぞれ「黄色いアジア」と「緑色のアイルランド」での戦争を示唆する。黄禍論を唱えたことで知られるドイツ皇帝ウィルヘルム二世(一八五九―一九四一)が、画家ヘルマン・クナックフスに描かせたのは、キリスト教の十字架を担う聖ミカエルと弟子たちが、嵐を予感させる暗雲立ち込める極東の空の下の仏座像を眺める、という構図の挿絵「黄禍論」である。[69] ウィルヘルム二世は近代アジア史をめぐる人種差別的見解を西洋諸国に広め、中国と日本は日清戦争後に密約を結んでいると訴えた。日本は日清戦争の結果、遼東半島を獲得したものの、ドイツ、ロシア、フランスの三国干渉により返還を余儀なくされた。このことが遠因となって勃発した日露戦争に、大方の予想に反して日本が勝利したことは、ヨーロッパで大きな関心を呼んだ。『アイリッシュ・インデペンデント』紙の記事「東郷の勝利に対する報道の見解」では、バルチック艦隊を破った東郷元帥についてのロシア、英国、フランスの新聞報道が紹介され、詳細に分析されている。[70] ロシアの敗北はヨーロッパ全体の敗北と受けとめられ、日本の勝利は中国を支配しようとする列強の野望への脅威とみなされた。このような情勢の中、ジョイスは一九〇七年の講演で植民地支配の是非について言及したのである。

『黄禍論史料集成』をまとめた橋本順光によれば、英国政府はボーア戦争(一八九九―一九〇二)に対する列強の批判をかわし、ロシアの極東進出を警戒するために、同盟国として好都合であった日本と一九〇二年に同盟を結んだ。「黄禍論」のイメージは英国で絶大な人気があったが、英国政府は日英同盟に配慮して、日本人でなく中国人を人種差別の対象とする施策をとったという。このため英国では「黄禍論」は主として中国人排斥と結びついてエスカレートしていく。英国の中国系移民の数はさほど多くなかったが、米国では中国および日本からの移民急増が社会問題になっていた。米国では中国人労働者の移住を禁止する中国人排斥法（一八八二）、次いで日本人排斥法（一九〇七）と人種差別的な法律が施行された。英国と米国の密接な関係により、「黄禍論」は両国の新聞・雑誌・探偵小説・若者向け小説・映画・ラジオドラマなどに格好の話題を提供した。橋本は「アジア人が語る」というような記事によって、新聞報道の「信憑性」が高まり、モノマネや英語の言い間違いなどといったステレオタイプにより、ネガティブなイメージが増幅されたという。英国ではアジアの脅威によってもたらされる西洋の没落に加えて、労働者階級の台頭が社会不安をもたらしていたこともあり、「黄禍論」小説は人気を博したのである。

中でもアイルランドの小説家サックス・ローマー（一八八三―一九五九）が一九一三年からシリーズで発表した悪党ドクター・フー・マンチューものの探偵小説は広く読まれ、アメリカでは映画になった。フー・マンチューは英国植民地主義のイデオロギーから生まれた「黄禍論」の申し子である。次の描写を見てみよう。

想像してみるがいい。背が高く、痩せて狡猾な風貌、シェイクスピアのような額にサタンのような顔、剃り上げた頭、猫のような緑色の切れ長の人を引き付ける目。このような男が東洋の人種の残忍な悪知恵を付与され、過去と現在の科学の成果を手に入れた巨大な知性となって、豊かな政府の資金を与えられたとしたら。しかも政府はその存在を一切認めないとしたら。そのような恐ろしい生き物、それが「黄禍論」が人となったドクター・フー・マンチューである。[71]

ローマーの著作など、いわゆる「黄禍論」小説は、西洋の欲望に合わせて事実を歪曲し、ヴィクトリア朝ロンドンの阿片窟への好奇心を巧みに利用して、黄色い手によってもたらされる黒い阿片による英国の堕落、という独自のナラティヴを生んだ。フー・マンチューとは、邪悪で油断のならないピジン英語を話す弁髪の士大夫という、それ以前の英国における中国人像の発展形なのである。『ユリシーズ』第五挿話《食蓮人たち》でダブリンの町を歩き回るレオポルド・ブルームの意識をよぎるのが「未開の中国野郎」である。

> 未開の中国野郎にはどう説明するんだろう。阿片の方がいいのだろうが。天人たち。あいつらにとっては嫌な異教なのだろうけれど。（*U* 5.326-28）

「未開の中国野郎」とは、アメリカの劇作家ブレット・ハート作「正直ジェイムズの簡潔な言葉」（一八七〇年）に登場する中国移民アー・シンの別名であり、広く流布した表現であった。英国と米国の偏見が一つになって、中国人が阿片と犯罪と結びついて登場する「黄禍論」小説の基盤となった。英国と米国で差別的扱いを受けてきたアイルランド人の一人として、ジョイスには看過できない表現であったに違いない。

一方、『フィネガンズ・ウェイク』の仕上げを手伝っていたメルカントンに、ジョイスはこう述べたという。

「進行中の作品」？　それは夜の状態、月の状態だ。私が伝えたいのはそういうことだ。夢の中で起きること、夢の間に起きること。目覚めてから覚えていることではなくてね。夢から覚めた後の記憶に残ることでなくてね。[72]

夢の状態を表現するのに外国語を用いたり、二人の男がダブリンのフィーニックス・パークに近い居酒屋で中国語や日本語訛りの英語を話したりする、という設定は、メルカントンの言葉を借りれば「削減することができない敵対心と深い軋轢を表現するという意味で、論理的かつ客観的な方法」といえるのかもしれない[73]。ことばは相対する二者を弁別する役割も果たす。ジョイスはヨーロッパの市民生活にファシズムの嵐が吹き荒れる一九三〇年代の政治状況について、意見を述べることはあまりなかったが、一九三八年二月にローザンヌを訪問した際には、メルカントンにユダヤ人の友人たちの安否を気遣う気持ちを打ち明けたという。ジョイスが同じように気遣っていたのが娘ルチアのことであった。ルチアは統合失調症の治療のために、ナチスの手に落ちようとするフランス占領地区にある精神病院に入院中で、スイスに移すことが不可能であった。一方、中国と日本の対立は「中国の龍が日本の傀儡(かいらい)に噛み付く」(“china's dragon snapping japets”)(*FW* 583.18) までに深刻になっていた。一九四五年八月の日本の無条件降伏の知らせを、ジョイスが聞くことはなかった。『フィネガンズ・ウェイク』に描かれた戦争の原因としての人と人の敵対心、それは双子の兄弟シェムとショーンであったり、パトリックと大ドルイドであったりするのだが、ジョイスにとっては個人的関心事であった。戦争の最中の一九三九年に『フィネガンズ・ウェイク』は出版され、二年後にジョイスは死去した。『フィネガンズ・ウェイク』は時代の政治的対立を描くだけでなく、アイデンティティを確立しようとする人類の普遍的戦いを描いて、言語と文化の融合によって、戦いを超えて寛容と理解へと進む道を示しているといえるかもしれない。

おわりに

一九三八年九月六日、スイス、ローザンヌで休暇を過ごしていたジェイムズ・ジョイスは、中世の街フリブールを訪ねた。『フィネガンズ・ウェイク』出版を目前にして、友人のジャック・メルカントンの協力を得て、最終章の推敲を重ねていた頃のことである。二人はサン・ニコラ大聖堂を訪ねてから、街の中心部を回ったのち、タクシーに乗ってフリブール大学へ向かった。イエズス会によって創設された古い大学である。

二十九年後、十四歳の筆者はモスクワに住む家族と離れて、フリブールでカトリック系女子修道会「イエスの忠実な随伴者たち」経営の寄宿学校ラ・シャソットで学んでいた。（図52）ラ・シャソットに入学するまでカトリックについては何も知らなかった。後から知ることになるが、そこで第二ヴァチカン公会議後のカトリック教会の変革を体験することになる。それまでミサで使用されていたラテン語がフランス語に変わり、祭壇に向かって祈りを捧げていた司祭は会衆の方を向くようになった。

図52 「ラ・シャソット」（フリブール，スイス）の1967年の絵葉書

親しくなったアイルランド人の友人、ジーン・ダフに勧められて読んだのが、ジェイムズ・ジョイスの『ダブリンの市民』であった。三歳年上のジーンは、ダブリンの高等学校を卒業後、大学に進学する前に、母上もかつて学んだというこの寄宿学校にやってきた。ロシアの小説に興味を持ち、特別にフリブール大学でロシア語を学んでいたが、通学には毎回修道女が付き添ったという。ロシアからスイスにきてフランス語を学ぶ日本人の少女が、アイルランドからきてロシア語を学ぶアイルランド人の少女と出会い、英語で語り合う、という多言語で宗教色に満ちたジョイス的世界であったといえるかもしれない。十二月八日には学校の聖堂で無原罪御宿りの祝日を盛大に祝った。復活祭の前、四旬節の黙想会期間は沈黙のうちに食事、自習、祈り、司祭の講話を聞き、編み物などの手仕事をした。聖母の月である五月には、聖母像を先頭に行列を組んで、街はずれの丘の上にある聖母教会まで巡礼路を歩いた。学校の広い庭の木陰にある、亡くなった修道女たちが眠る霊廟が目に入る度に、死について考えないわけにはいかなかった。

それ以来、ジョイスの『ユリシーズ』や『若い芸術家の肖像』などの作品も読むようになり、ダブリン、トリエステ、パリといったジョイスの都市を歩き回り、クロンゴウズ・ウッド・コレッジ、ベルヴェディア・コレッジ、ユニヴァーシティ・コレッジなど、ジョイスの学んだ学校を訪ね、「ドン・ジョヴァンニ」や「魔笛」などジョイスが愛したオペラを鑑賞した。やがてジョイス最後の作品『フィネガンズ・ウェイク』に挑戦し、日本語がたくさん使われているのを不思議に思った。若い時に読んで感動した『ダブリンの市民』の精巧なナラティヴを、ジョイスはなぜ放棄して、このような難解な作品を書いたのか、その理由を知りたいと思った。そこで『フィネガンズ・ウェイク』の中でも印象的であった東洋の面影を明らかにすることから取り掛かることにした。ジョイスの東洋観は一筋縄ではいかない。ヴィクトリア朝英国のオリエンタリズム最盛期の植民地アイルランドで生まれ育ったジョイスは、ヨーロッパに移住し亡命者としてトリエステ、チューリッヒ、パリといった多文化都市で暮らすうちに、東洋が身近になっていったものと思われる。ジョイスを変えたのが他者としての東洋であったといえるかもしれない。ジョイスの東洋観形成に大きな影響を与えたのが、アジア宣教に活躍してきたイエズス会であることは推測できた。

日本に帰国した筆者は、はからずもイエズス会の経営する大学で学ぶことになり、福音だけでなく、西洋の文化や価値を日本にもたらしたキリスト教宣教師たちと接することになった。キリスト教の布教のために生涯を捧げて東洋にやってきた宣教師たちは、野蛮とは程遠い高度な文化を持つ人々に出会ったのである。イエズス会の歴史を紐解き、宣教師として海を渡ったアイルランド人司祭について読むうちに、宣教師の抱える逆説に思い至った。

ジョイスのアイルランドでは、愛国主義および反帝国主義が宗教と結びつき、宗教改革を経たイギリスのプロテスタント教会に負けないようにと理論武装するカトリック教会の姿があった。ヴァチカンに近いアイルランドのカトリック教会にジョイスは反発したのである。ジョイスはキリスト教の典礼に魅了され、アイルランド土着の風習や他国の宗教にも関心を抱いた。『フィネガンズ・ウェイク』でショーンは、告解室の面会用格子窓の中にいる宣教師の姿を反映し、彼が携えている「手紙」「みことば」の信憑性に疑義が生じる。

舞台芸術は東と西の出会いの場であった。西洋のオリエンタリズムのオペラは、ジョイスにとり子どもの時から馴染み深いものであった。イェイツが日本の能の様式を真似て描いた舞踊劇もまた、ジョイスにインスピレーションを与えたであろう。人間の潜在意識を明らかにし、人々の共通の夢を描こうとしていた時、ジョイスは日本の夢幻能では、生者と死者が出会うことを知った。『フィネガンズ・ウェイク』で繰り広げられるのは、理性の働かない夢の領域の舞台であり、読者の前にはロゴスでは追放されるような世界が展開する。

　言語や文化が異なれば、理性の働き方に違いがあるものの、いずれの場合にも言葉により表現される。言語への関心が高いジョイスは、言葉によって東洋に接近する。神の体が変容を遂げたエジプト神話の聖なるインクは、ジョイスにかかれば冥界の書記トト神との関連において、作者を体現するシェム・ザ・ペンマンの消えることのないインクとなる。理性の表現としての著作は、はたして自然および死を超越し得るのか。

『フィネガンズ・ウェイク』に多出する日本語由来の表現を検討した結果、多くが正しく使われていること、また関連用語の蒐集に夢中のジョイスの姿が明らかになった。相応しい音を求めて言葉を探すジョイスは、次第に音と意味にのめり込んで、普遍的な言語表現を目指すようになった。ジョイスが意図してテキストに複雑に埋め込んだ暗喩を全て理解する読者はまずいないであろうが、こうも言えよう。つまりジョイスのテキストは、英語話者を優先するのでなく、あらゆる文化的背景を持つ読者を招いている、と。日本の詩人や翻訳家たちが「進行中の作品」に惹かれたのもこのためであろう。

　理性（ロゴス）は必ずしも西洋文明の独壇場ではないということは、政治的理由から長い間見過ごされてきた。これに注目したのがエドワード・サイードであった。こうした意図的忘却は西洋の東洋に対する優位を主張し、資本主義の富を身にまとった威圧的な白人男性、そして西洋帝国主義的言説の基礎となっている。この虚偽に気づいたのがフェノロサであり、没後に出版された漢字論は、ジョイスが言葉と認識について考えをまとめるのに役立った。では、近代の東洋人はどのように理性に取り組んだのか。夏目漱石の『草枕』の語り手は山路を歩きながら考える。「智に働けば角が立つ。情に棹させば流される。意地を通せば窮屈だ。とかくに人の世は住みにくい」と。

　ジョイスは自分の書いたものを読み直して、『フィネガンズ・ウェイク』として出版する前に、かなり手を入れ、特に第三部第三章で前面に出したのがヨーンの「非理性」(unreason)であった。生成過程研究によりジョイスの読書記録ノートに由来する何層もの言葉が、テキストに重くのしかかっていることがわかった。一例を挙げれば、ジャン・ミシェル・ラバテは『いたるところに子どもあり』(一九三一)のテキストに、ジョイスは最終的に四つの加筆をしていると説明する。[1] 第一の加筆により四人の老人の尋問の対象が『フィネガンズ・ウェイク』そのものであることが明確になる。第二の加筆によりテキストがどこまでの再帰性に到達しているかが判明する。第三の加筆によりあらゆる夢を見る主体が、フロイトのいうところの子どもっぽい「赤ちゃん陛下」として退行した自己であることになる。第四の加筆により著者は殺されて亡霊となり、読者に意味を提供する仕事を放棄する。

『フィネガンズ・ウェイク』出版から七十八年、『オリエンタリズム』出版から三十九年を経た今、ジョイスの作品の東洋を理解するためにテリー・イーグルトン(一九四三―)の言葉を借りたい。イーグルトンは『理性、信仰、革命について　神論争をめぐる考察』(二〇〇九)で「グローバル化した多文化主義社会において、神は文明の側から野蛮の側へと移動してしまった」と述べ、東洋と西洋の戦いを定義しようと、「われわれには文明があるが、彼らには文化がある」ともいう。[2] 多文化主義社会における倫理的無関心は違いを精査しようとしない、またこのような状況では、理性により他の人々の信仰に異議を唱える習慣が鈍化している、と批判する。普遍的価値なるものを否定し、理性と信仰により違いを乗り越え、共通の目標を目指し、自然あるいは死と対峙するよう、イーグルトンは呼びかける。第二次世界大戦後の西洋没落の日々にサイードが主張した『オリエンタリズム』が形を変えて、イーグルトンが批判する狂信的理性主義と信仰主義となっているようにも思われる。

ジョイスと東洋について研究した結果、『フィネガンズ・ウェイク』の革新性が明らかになった。西洋の理性という観点から、自己と他者の揺らぎを描くだけでなく、真理としての「みことば」の消滅をもたらした。西洋では未知の書くことの原理を採用したジョイスは、オリエンタリズムを超えて、男女の普遍的肖像を描き出している。結果は西洋と東洋の和解ではなく、多文化主義世界の暴力的現実の提示である。『フィネガンズ・ウェイク』の複雑さは、一度読んだだけでは理解できないが、それはまた今日の世界の現実でもあろう。

注

はじめに

（1） Cixous, Hélène. *The Exile of James Joyce*. New York: David Lewis, 1972. 739.

（2） *Finnegans Wake*. London: Faber, 1939. Reprinted in Penguin Classics, 2000.lii-liv. Outline of Chapter Contents を参照加筆。括弧内に原書各章の頁を示す。

第一章　東洋とオリエント「西と東からのアプローチ」(*FW* 604.26)

（1） Thompson, Fredrick. *In the Track of the Sun: Readings from the Diary of a Globe Trotter*. London: Heinemann, 1893. 3. 写真のキャプションに Fine Arts Building, Columbian Exposition とある。

（2） 狩野友信はこれに加えてシカゴ万博日本館「鳳凰殿」の小襖に花篭の絵を描いている。一八九三年五月の開幕に間に合うように、日本から派遣された大工たちによって建設された。

（3） 江戸狩野の一派、浜町狩野家第九代を継いだ狩野春川友信は、十六歳で将軍家茂により奥絵師に任用された将軍家のご用絵師である。将軍の住まいである江戸城の障壁画などの調度品、将軍の贈答品を制作する傍ら、開成所で洋画を学んだ。開成所は日増しに強まる外国の脅威に対処するため、幕末に設けられた西洋学問所である。二十四歳で明治維新を迎えた友信は、新設の開成学校、のちの東京大学で画学を教えることになった。ここで友信が出会ったのが、社会学を教えるためにアメリカから招かれたお雇い外国人教師アーネスト・F・フェノロサである。一八八九年に東京美術学校が開校すると、その縁で狩野派絵画を教えることになる。一八九三年のシカゴ万博への出品作を制作したのはこの時期のことである。

(4) Fenollosa, Ernest F. *Epochs of Chinese & Japanese Art, an outline history of East Asiatic design*. London: Heinemann, New York: Stokes, 1912.

(5) Fenollosa, Ernest F., and Ezra Pound. *'Noh' or Accomplishment, a Study of the Classical Stage of Japan*. New York: Alfred A. Knopf, 1917.

(6) Fenollosa, Ernest F. "The Chinese Written Character as a Medium for Poetry" 1~4. Ed. Ezra Pound. *The Little Review* 6.5~8 (September to December, 1919).

(7) *The Certain Noble Plays of Japan / from the Manuscripts of Ernest Fenollosa ; Chosen and Finished by Ezra Pound ; with an introduction by William Butler Yeats*. Churchtown: The Cuala Press, 1916.

(8) Yeats, William. B. *Four Plays for Dancers*. London: Macmillan, 1921.

(9) Read, Forst. Ed. *Pound, Joyce*. London: Faber, 1917. 58. 23 October 1915.

(10) Hashimoto, Yorimitsu. *Primary Sources on Yellow Pencil*, Series I. Tokyo: Edition Synapse, 2007. ix.

(11) *Oxford English Dictionary* Online.

(12) Said, Edward. *Orientalism: Western Conceptions of the Orient*. London: Penguin Books, 1995. 43.

(13) Said. op. cit., 115.

(14) Said. op. cit., 141.

(15) McCarthy, Muriel, et.al., ed. *Land of Silk and Sages: Books on China in Marsh's Library*. Dublin: Archbishop Marsh's Library. 25.

(16) D'Arcy, Anne Marie, et al., ed. *James Joyce: Apocalypse & Exile: An Exhibition in Marsh's Library, Dublin, October 2014-June 2015*. 62-65.

(17) 二〇〇八年十一月八日にマーシュ主教図書館で調査。

(18) Yeats, William B. "The Tables of the Law". *The Collected Works in Verse & Prose of William Butler Yeats*. Vol.7. Stratford-on-Avon: The Shakespeare Head Press, 1908. 日本語訳は、井村君江、大久保直幹訳『神秘の薔薇』所収「掟の銘板」を参照した。

（19）ベルツ、エルウィン『ベルツの日記 上』トク・ベルツ編、菅沼竜太郎訳、岩波文庫、一九七九、一三九―一四〇。

（20）Atherton, James S. *The Books at the Wake*. 224-29.

（21）Skrabánek, Petr. “St. Patrick’s Nightmare Confession（483.15-485.07）” in *The Finnegans Wake Circular* 1.1（1985）.

（22）二〇〇七年に扶瀬幹生が *Genetic Joyce Studies* に発表、一部が Roland McHugh, *Annotations to “Finnegans Wake”* Third edition. に採用された。

（23）Buffalo Notebooks からの引用は、引用文に続いて冊番号と頁番号を記す。

（24）フェノロサの漢字論は拙訳であるが、高田美一訳『詩の媒体としての漢字考』を参照した。以下、同様。

（25）メアリー・フェノロサ『フェノロサ夫人の日本日記』村形明子編訳、ミネルヴァ書房、二〇〇八、一四六。

（26）この経緯は *Epochs of Chinese & Japanese Art, an outline history of East Asiatic design* のメアリー・フェノロサによる刊行の辞に詳しい。

（27）*Certain Noble Plays of Japan / from the Manuscripts of Ernest Fenollosa; Chosen and Finished by Ezra Pound*. The Cuala Press.1916.

（28）Fenollosa, “The Chinese Written Character as a Medium for Poetry”. 2. Ed. Ezra Pound. *The Little Review* 6.6 (October 1919): 57-58. 二箇所の綴り違いはパウンドによる編集・校正段階で改行の有無により生じたものと思われる。

Suppose that we look out of a window and watch a man. Suddenly he turns his head and actively fixes his attention upon something. We look ourselves and see that his vision has been focussed[sic] upon a horse. We say, first, the man before he acted; second, while he acted; third, the object toward which his action was directed. In speech we split up the rapid continuity of this action and of its picture into its three essental [sic] parts or joints in the right order, and say:

Man　Sees　Horse

It is clear, that these three joints, or words, are only three phonetic symbols, which stand for the three terms of a natural process. But we could quite as easily denote these three stages of our thought by symbols equally arbitrary, *had no basis in sound*; for example, by three Chinese characters

人　見　馬

If we all knew what division of this mental horse-picture each of these signs stood for, we could communicate continuous thought to one another as easily by drawing them as by speaking words. We habitually employ the visible language of gesture in much this same manner.

But Chinese notation is something much more than arbitrary symbols. It is based upon a vivid shorthand picture of the operations of nature.

In the algebraic figure and in the spoken word there is no natural connection between thing and sign: all depends upon sheer convention. But the Chinese method follows natural suggestion. First stands the man on his two legs. Second, his eye moves through space: a bold figure represented by running legs under an eye, a modified picture of an eye, a modified picture of running legs, but unforgettable once you have seen it.

Third stands the horse on his four legs.

The thought-picture is not only called up by these signs as well as by words, but far more vividly and concretely. Legs belong to all three characters; they are alive. The group holds something of the quality of a continuous moving picture.

(29) The man who sees and the horse which is seen will not stand still. The man was planning a ride before he looked. The horse kicked when the man tried to catch him. The truth is that acts are successive, even continuous: one causes or passes into another.

(30) 高田美一『詩の媒体としての漢字考——アーネスト・フェノロサ＝エズラ・パウンド芸術詩論』東京美術、一九八二、二九。

(31) Aston, William G. *A Grammar of the Japanese Spoken Language*. Chapter 1. 1888. Reprinted. London: Ganesha Publishing, 1997.

(32) Fenollosa. op. cit., 58.

第二章　ショーン・ザ・ポストと東洋宣教　「西が東を揺り起こすだろう」（*FW* 473.22-23）

(1) Boucicault, Dion. "Arrah-na-Pogue: or the Wicklow Wedding". *The Dolmen Boucicault*. Dublin: The Dolmen Press, 1964. 111-72.

(2) 佐伯好郎『中國に於ける景教衰亡の歴史——キリスト教の成立に及ぼしたるローマ法學思想の影響』ハーバード・燕京・同志社東方文化講座委員會、一九五五。

(3) Crivellli, Renzo S. *James Joyce Triestine Itineraries*. Trieste: MGS Press, 2008. 184.

(4) Lernout, Geert. *Help My Unbelief: James Joyce and Religion*. London: Continuum International Publishing Group, 2001. 94-110.

(5) Benstock, Bernard. *Joyce Again's Wake: An Analysis of "Finnegans Wake"*.1965. 93.

(6) *Tales Told of Shem and Shaun*. Paris: The Black Sun P, 1929.

(7) 二〇〇四年二月十八日、日本カトリック司教協議会認可。カトリック中央協議会ＨＰより。http://www.cbcj.catholic.jp/jpn/doc/prayers/nicene.htm

(8) 聖コロンバヌスはアイルランドのレンスター出身で、バンゴールの町で教育を受け、ガリア地方の巡礼に赴き、アンヌグレー、ルグゼイユ、フォンテーヌなどに修道院を開いた人物である。テオドリック二世の宮廷を批判したことでブルゴーニュから追放され、イタリアのロンバルディアに居を移し、ボッビオに修道院を開いて没した。

（9） Joyce, James. *Letters I*. 281.

（10） Budgen, Frank *James Joyce and Making of "Ulysses"*. Bloomington: Indiana UP, 317.

（11） Morrissey, Thomas J. *Jesuits in Hong Kong, South China and Beyond: Irish Jesuit Mission - its Development 1926-2006*. Hong Kong: Xavier Publishing, 2008. 18. モリッシーの研究は、リアム・マシュー・ブロッキー『東洋への旅――イエズス会の中国宣教　一五七九年～一七二四年』と並んで、フィーリックス・アルフレッド・プラットナー『イエズス会東洋へ行く』、エドワード・マクリーガン『イエズス会と偉大なムガール人』を補完するものとなっている。これらの研究はイエズス会が東洋で成し遂げた仕事を明らかにし、イエズス会によってアジアにもたらされた西洋文化、またイエズス会を魅了した東洋文化を浮き彫りにしている。

（12） Sullivan, Kevin. *Joyce Among the Jesuits*. New York: Columbia UP, 1958. 107.

（13） Ganss, George E. "The Social and Cultural Environment of Renaissance Schools". *Saint Ignatius' Idea of a Jesuit University*. Milwaukee: The Marquette UP, 1956. 115-52.

（14） Farrell, Allan. *The Jesuit Code of Liberal Education: Development and Scope of the Ratio Studiorum*. Milwaukee: Bruce, 1938. 89.

（15） http://www.gardinerstparish.ie/news/novena-of-grace.

（16） 二〇〇八年十月、トマス・モリッシー談。

（17） 二〇〇八年九月、ダブリン、ラスマインズ教会主任司祭、リチャード・シーヒー談。

（18） Quoted from William V. Bangert, *A History of the Society of Jesus*（St. Louis: 1972）, 157, in Morrissey 13.

（19） Brockey, Liam M. *Journey to the East: The Jesuit Mission in China, 1579-1724*. Cambridge: The Belknap Press of Harvard UP, 2007. 30. 北京語の南京方言については *The New Encyclopedia Britannica* 参照。

（20） 平川祐弘「マッテオ・リッチと『敬天愛人』」『文明21：Civilization 21』（四）愛知大学国際コミュニケーション学会、二〇〇〇―二〇〇三。

（21） Morse, J. Mitchell. *The Sympathetic Alien: James Joyce and Catholicism*. London: Owen and Vision P, 1959. 15-16.

（22） Boyle, Robert. *James Joyce's Pauline Vision: A Catholic Exposition*. Carbondale: U of Illinois P, 1978. 78-79.

（23） Sullivan. op. cit., 144.

（24） *The Clongownian*. 1895. 17-18.

（25） 二〇〇八年に同校で熟覧、アーキヴィストのマーガレット・ドイルに確認。

(26) *Irish Catholic Directory and Almanac for 1901*. Ed. St. Patrick's College, Maynooth. Dublin: Duffy, 1901. 371.

(27) Gorman, Herbert. *James Joyce: A Definitive Biography*. London: Bodley Head, 1941. 47.

(28) Bradley, Bruce. "Before He Wandered: James Joyce at School". Unpublished material. 28.

(29) Gifford, Don. *Joyce Annotated, Notes for "Dubliners" and "A Portrait of the Artist as a Young Man"*. Berkeley: U of California P, 1982. 31.

(30) Corish, Patrick J. "The Beginnings of the Irish College, Rome". *The Irish College, Rome, and Its World*. Ed. Daire Keogh and Albert McDonnell. Dublin: Four Courts P, 2008. 1.

(31) *Strangers to Citizens: The Irish in Europe 1600-1800*. Exhibition brochure. Dublin: National Library of Ireland, 2008. 7.

(32) *Maynooth Commission Report of Her Majesty' s commissioners appointed to Inquire into the Management and Government of the College of Maynooth. Part I. Report and Appendix*. Dublin: Alexander Thom and Sons, 1855.

(33) 二〇〇八年九月、リチャード・シーヒー談。ダブリン、ラスマインズ教区主任司祭、ユージン・シーヒーの孫。

(34) Moffitt, Miriam. "The Conversion of Connemara and the Conflict between Paul Cullen and John MacHale". Presentation at the Cullen International Conference, 12 September 2009.

(35) In September 2009, an exhibition of Cardinal Cullen's Papers was held at the Dublin Diocesan Archive in the Archbishop's House, Drumcondra, on the occasion of the international conference "Paul Cullen and his World", organized and hosted at St. Patrick's College, Drumcondra. Paul Cullen's papers at the Irish College in Rome, together with those of Thomas Kirby, his successor as Rector there, are in the process of being digitized.

(36) Shiel, M. P. "The Yellow Danger or, What Might Happen if the Division of the Chinese Empire Should Estrange all European Countries". 1899. *Primary Sources on Yellow Peril. Series I. Yellow Peril*. Collection of British Novels 1895-1913. Tokyo: Edition Synapse, 2007. 23.

(37) Smyth, Bernard T. *The Chinese Batch: The Maynooth Mission to China*. Dublin: Four Courts P, 1994. 47.

(38) Smyth. op. cit., 85.

(39) Anon. "Irish Missions: How They are Affected by Civil War". *The Irish Times*, 8 December 1926. Pro Quest Historical Newspapers *The Irish Times*（1859-2008）. Web.

(40) He'll prisckly soon hand tune your Erin's ear for you. p.p. a mimeograph at a time, numan bitter, with his ancomartins rhearsilvar

ormolus to torquinions superbers while I'm far away from wherever thou art serving my tallyhos and tullying my hostilious by going in by the most holy recitatandas to the *ffff* for my versatile examinations in the ologies, to be a coach on the Fukien mission. P? F? How used you learn me, brather soboostius, in my augustan days?

（41） Joyce, James. "Work in Progress." *transition* 13. Paris: Shakespeare, 1928. 29.

（42） BL 47482bf.8; JJA 57:17

（43） Mierlo, Wim van. "Shaun the Post: Chapters III.1-2." *How Joyce Wrote "Finnegans Wake": A Chapter-by-Chapter Genetic Guide*. Ed. Luca Crispi and Sam Slote. Madison:U of Washington P, 2007. 355-56.

（44） Mierlo, Wim van. op. cit., 373.

（45） Church Mission Society（C.M.S.）.

（46） Gwynn, R.M. et al. *"T.C.D." in China: A History of the Dublin University Fukien Mission*. Dublin: Church of Ireland Printing and Publishing, 1936. 14-15. C.E.Z.M.S, Church of England Zenana Missionary Society.

（47） Anon. "The Fukien Mission: Latest News of Irish Missionaries". *The Irish Times*, 22 February 1927. Pro Quest Historical Newspapers *The Irish Times*（1859-2008）and *The Weekly Irish Times*（1876-1958）. Web.

（48） "Margaret Alice（'Poppie' – later Sister Mary Gertrude）Joyce". James Joyce Centre website. http://www.jamesjoyce.ie/detail.asp?ID=124. Web. 二〇一四年四月十四日確認。

（49） From the Centennial Publication of the Convent of the Sisters of Mercy, quoted in the article at the James Joyce Centre website. Web. 二〇一三年四月十四日確認。

第三章　イッシーと東洋趣味の舞台　「踊りながらダンスから帰宅する娘たち」（*FW* 602.32-33）

（1） Innes, Christopher. "Modernism in Drama". *The Cambridge Companion to Modernism*. Ed. Michael Levenson. Cambridge: Cambridge UP, 1999. 134-35.

（2） Glasheen, Adaline. *Third Census of "Finnegans Wake": An Index of the Characters and their Roles*. Berkeley: U of California P, 1977. 138.

（3） Buffalo Notebook VI.B.3.061. Crispi and Slote. 8.

（4） Moore, Thomas Sturge. "The Story of Tristram and Isolt in Modern Poetry". *The Criterion* 1. 1922. London: Faber, 1967. 49. ムア

が論じているのは、以下の作品である。Algernon Charles Swinburne. *Tristram of Lyonesse and Other Poem* (London: Chatto on Windus, 1882), Laurence Binyon. “Tristram’s End” in *Odes* (London: Elkin Matthews, 1913).

（5） Moore. op. cit., 176.

（6） Buffalo Notebook VI.V.3: 153. Crispi and Slote 9.

（7） Harris, Frank. *Oscar Wilde: His Life and Confessions*. New York: Printed and Published by the Author, (1916,) 1918. 587.

（8） Shloss, Carol Loeb. *Lucia Joyce: To Dance in the Wake*. London: Bloomsbury, 2004. 133.

（9） Bradley, Bruce. *James Joyce’s Schooldays*. Dublin: Gill & Macmillan, 1982. 55-56.

（10） Bowen, Zack. “All in a Night’s Entertainment”. *James Joyce Quarterly*. Vol 35-2 & 3(1998). 302.

（11） 西尾哲夫『図説アラビアンナイト』河出書房新社、二〇〇二、二一三。

（12） Bradley. op. cit., 55-56.

（13） Byron, Henry J. *Aladdin*. London: Davis Pointer, 1971.1.

（14） Bradley. op. cit., 54-58.

（15） Xu, Chengbei. *Peking Opera*. Trans. Chen Gengtao. Beijing: China Intercontinental Press, 2003. 63-66.

（16） *Oxford English Dictionary Online*. barbary の項。http://www.oed.com/view/Entry/15400?p=emailAqdB1HYrhkA4k&d=15400. 二〇一六年三月二十九日確認。

（17） McHugh, Roland. *Annotations to “Finnegans Wake”*. 2006. 108.

（18） Rains, Stephanie. “Joyce’s ‘Araby’ and the Historical Araby Bazaar, 1894”. *Dublin James Joyce Journal* 1(2008): 17-29.

（19） 鈴木英雄『勧工場の研究――明治文化とのかかわり』創英社、三省堂、二〇〇一、一四六。

（20） 写真が掲載された『イラストグラフ』誌の記事ではパワー夫人(ミセス)とパワー卿夫人(レイディ)を区別しているが、同一人物であるか否かは検討を要する。

（21） McHugh. op. cit., 609.

（22） Gautier, Judith. *Les musiques bizarres à l’exposition de 1900 : les danses de Sada-yacco, transcrite par Bénédictus*. Paris: Librairie Paul Ollendorff, 1900.

（23） 二〇〇九年九月、東京、歌舞伎座で上演の『浮世塚比翼稲妻鞘当』筋書より。

（24） Gautier. op. cit., 5.

（25） Downer, Leslie. *Madame Sadayakko: the Geisha Who Bewitched the West*. New York: Gotham Books, 2003. 189.

（26） “Criterion Theatre”, *The Times*, 8 July 1901. 3, quoted in Downer 197.

（27） Groos, Arthur. “Cio-Cio-San and Sadayakko: Japanese Music-Theater in Madama Butterfly”. *Monumenta Nipponica* 54.1 (1999): 49.

（28） Alexandre, Arsène. “Théâtre de la Loïe Fuller: Pantomimes Japonaises”, *Le Théâtre*. September 1900 (I). 16-19.

（29） Fouquier, Henry. “Sada Yacco”, *Le Théâtre*, October 1900 (II). 2.

（30） 荒俣宏「パリ万博における川上貞奴のセクシーダンス」『万博とストリップ――知られざる二十世紀文化史』集英社、二〇〇〇。

（31） ピカソの絵は Downer. 200 に掲載。

（32） 荒俣 二六―二七。

（33） ジョイスのオペラ体験については下記に詳しい。Hodgart, Matthew J.C., & Bauerle, Ruth. *Joyce's Grand Operoar: Opera in “Finnegans Wake”*. Urbana: U of Illinois P, 1997. 付録として Stephen and Nona Watt. “Opera in Dublin, 1898-1904” が巻末に掲載されている。

（34） McCourt, John. “Joyce's Trieste: Città Musicalissima”. *Bronze by Gold: The Music of Joyce*. Ed. Sebastian Knowles. New York: Garland, 1999. 37.

（35） Bradley, Ian. *The Complete Annotated Gilbert and Sullivan*. London: Oxford UP, 1996. 555.

（36） Curran, Constantine P. *James Joyce Remembered*. London: Oxford UP, 1968. 42.

（37） “*The Mikado*: From an Outsider's Point of View”. *The Clongownian* Vol.1(1898): 19-25.

（38） Wren, Gayden. *A Most Ingenious Paradox*: *The Art of Gilbert & Sullivan*. Oxford: Oxford UP, 2001. 166.

（39） *The Irish Times*, 6 May 1907.

（40） Andrew Lamb in his notes to the CD *The Geisha, A Story of A Tea House: A Japanese Musical Play*.

（41） *The Irish Times*, 6 May 1907.

（42） *The Mercury*, 7 March 1901, 2. The National Library of Australia. Web.

（43） Jones, Sidney. *The Geisha: A Story of a Tea House*. London: Hyperion Records, 1999.

（44） 『イリス』の日本上演については次のサイトを参照。http://www.geigeki.jp/saiji/020/index.html

（45） 公演プログラム掲載、岸純信による解説より。

（46） “Japanese girl or young (esp. unmarried) woman; a Japanese waitress, maid, or mistress.” “mousmé, n.” *Oxford English Dictionary Online*. Web.

（47） マスカーニ作曲『イリス』の歌詞英訳については次のサイトを参照。http://www.musicwithease.com/mascagni-iris.html

（48） 「ある晴れた日に」の歌詞については次のサイトを参照。http://opera.stanford.edu/Puccini/Butterfly/act1_p.html

（49） Hodgart & Bauerle. op. cit., 259.

（50） フェノロサ、パウンドによる謡曲英訳の出版の経緯については以下に詳しい。Appendix. “Publications of the Translations of Noh Plays by Fenollosa and Pound”. *A Guide to Ezra Pound and Ernest Fenollosa's Classic Noh Theatre of Japan*. Ed. Miyake et.al. 443-44.

（51） ジョイスのトリエステ蔵書リストはエルマン著書付録所収。Ellmann, Richard. *The Consciousness of Joyce*. Faber, 1977. 124.

（52） Oshima, Shotaro. “Yeats and the ‘Noh’ Plays”. *Yeats and Japan*. Tokyo: Hokuseido, 1965. 尾島庄太郎は詩人イェイツを一九三八年七月五日にアイルランド、リヴァーズデイルの自宅に訪問した。

（53） 高橋康也『橋がかり』岩波書店、二〇〇三、一七四。

（54） Pound, Ezra. “Tristan”. *Plays Modelled on the Noh*. 1916. Reprinted. Ed. Donald C. Galup. Toledo: The Friends of the U of Toledo Libraries, 1987. 31-38.

（55） Fenollosa, Ernest F., and Ezra Pound. *The Classic Noh Theatre of Japan*. First published in the United States in 1917 by Alfred A. Knopf as *‘Noh’ or Accomplishment, a study of the classical stage of Japan*. New York: New Directions Paperback, 1959. 21f.

（56） Péri, Noël. *Cinq nô: drames lyriques japonais*. Traduits avec préface, notices et notes par Noël Péri, membre de l'École française d'Extrême-Orient. 1921. Reprinted. Kessinger Legacy Reprints, 2011.

（57） Claudel, Paul. “Nô”. *L'oiseau noir dans le soleil levant*. Paris: Librairie Gallimard, 1929. 89. “Le drame, c'est quelque chose qui arrive, le Nô, c'est quelqu'un qui arrive.”

（58） Read. op. cit., 17.

（59） Pound, Ezra. “Cathay”. *Lustra*. 73-102.

（60） 山口静一『フェノロサ』三省堂、一九八二、七三―七四。

（61） Read. op. cit., xvii.

（62） Miyake et. al. Ed. *A Guide to the Classic Noh Theatre of Japan*. Orono: The National Poetry Foundation, U of Maine, and The Ezra Pound Society of Japan, Shiga U, 1994. xvii.

(63) Fenollosa, Ernes:."Notes on the Japanese Lyric Drama, 1901" in the *Journal of the American Oriental Society* (1901). "Lecture V. No", Washington, 12 March 1903.

(64) Fenollosa and Pound, *The Classic Noh Theatre of Japan*. 4.

(65) Fenollosa and Pound, *Certain Noble Plays of Japan*. 3.

(66) Fenollosa and Pound, *Certain Noble Plays of Japan*. 11-12.

(67) Miyake et. al. op. cit., xviii-xix.

(68) Read. op. cit., 58

(69) 能舞台については日本芸術振興会のウェブサイト「ユネスコ無形文化財　能への誘い」を参照。 http://www2.ntj.jac.go.jp/unesco/noh/en/stage/stage_s.html

(70) Yeats, *Four Plays for Dancers*. v.

(71) Yeats, *Four Plays for Dancers*. 3-4.

(72) *The Irish Times*. 26 July, 1933.

(73) Yeats, *Four Plays for Dancers*. 86-87.

(74) 伊藤道郎「イェイツと能」『アメリカ』所収、羽田書店、一九四〇、一五三—一五九。

(75) Miyake et al. Ed. op. cit. 250. スコット・ジョンソンによる解説。

(76) 観世左近編『観世流謡曲百番集』桧書店、一九六四、七三一—七三二。

(77) Fenollosa and Pound, *The Classic Noh Theatre of Japan*. 123.

(78) 『観世流謡曲百番集』七二四。

(79) 『観世流謡曲百番集』七二六。

(80) Fenollosa and Pound, *The Classic Noh Theatre of Japan*. 125.

(81) Fenollosa and Pound, *The Classic Noh Theatre of Japan*. 130.

(82) Fenollosa and Pound, *The Classic Noh Theatre of Japan*. 125-26.

(83) Fenollosa and Pound, *The Classic Noh Theatre of Japan*. 130.

(84) Kato, Eileen. "Load Allmarshy! Yes we have No transformations!" *Currents in Japanese Culture: Translations and Transformations*. Ed. Amy V. Heinrich. New York: Columbia UP, 1997. 11.

（85）　Fenollosa and Pound, *The Classic Noh Theatre of Japan*. 130.

第四章　シェム・ザ・ペンマンと「消えることのないインク」（*FW* 185.26）

（1）　Fuse, Mikio. "The Letter and the Groaning". Ed. Crispi and Slote. 98-123. Chapter I.5.

（2）　Eglinton, John. *A Memoir of AE: George William Russell*. London: Macmillan, 1937. 52.

（3）　Ellmann, Richard. *James Joyce* .102.

（4）　Gogarty, Oliver St. John. *It isn't This Time of Year At All! An Unpremeditated Autobiography*. London: Macgibbon, 1954. 74.

（5）　Jackson, John Wyse, and Hector McDonnell. Ed. *Ireland's Other Poetry: Anonymous to Zozimus*. Dublin: The Lilliput P, 2007. 96-98.

FINNEGANS WAKE

Tim Finnegan lived in Walkin Street,
　A gentleman Irish mighty odd,
He had a tongue both rich and sweet,
　And to rise in the world he carried a hod.
Now Tim had a sort of a tippling way,
　With the love of the liquor he was born,
And to help him on with his work each day,
　He'd a drop of the craythur ev'ry morn.

Chorus
Whack fol the dah, dance to your partner,
　Welt the flure, yer trotters shake,
Wasn't it the truth I told you,
　Lots of fun at Finnegans's Wake.

One morning Tim was rather full,
　His head felt heavy which made him shake,
He fell from the ladder and broke his skull,
　So they carried him home his corpse to wake.
They rolled him up in a nice clean sheet,
　And laid him out upon the bed,
With a gallon of whiskey at his feet,
　And a barrel of porter at his head.

His friends assembled at the wake,
　And Mrs Finnegan called for lunch,
First they brought in tay and cake,
　Then pipes, tobacco, and whiskey punch.
Miss Biddy O'Brien began to cry,
　'Such a neat clean corpse, did you ever see,
Arrah, Tim avourneen, why did you die?'
　'Ah, hould your gab,' said Paddy McGee.

Then Biddy O'Connor took up the job,
　'Biddy,' says she. 'you're wrong, I'm sure'
But Biddy gave her a belt in the gob,
　And left her sprawling on the floor;
Oh, then the mighty war did rage;
　'Twas woman to woman and man to man,

Shillelagh law did all engage,
　And a row and a ruction soon began.

Then Micky Maloney raised his head,
　When a naggin of whiskey flew at him,
It missed and falling on the bed,
　The liquor scattered over Tim;
Bedad he revives, see how he rises,
　And Timothy rising from the bed,
Says, 'Whirl your liquor round like blazes,
　Thanam o'n dhoul, do ye think I'm dead?'

（6）　Ó Súilleabháin, Seán. *Irish Wake Amusements*. Cork: Mercier, 1969. 146.

（7）　Lepsius, Karl Richard. *Das Todtenbuch der Ägypter nach den hieroglyphischen Papyrus in Turin mit einem Vorwort zum ersten Male herausgegeben*.

（8）　Cathcart, Kevin J. *The Letters of Peter le Page Renouf (1822-1897) Volume IV. London (1864-1897)*. Dublin: UCD P, 2004. xxix.

（9）　エドワード・ヒンクスとトリニティ・コレッジ・ダブリン所蔵パピルスに関しては、ユニヴァーシティ・コレッジ・ロンドン、エジプト学講師で、ペトリー博物館学芸員のスティーヴン・クアーク氏にご教示頂いた。

（10）　Abbott, T.K. *Catalogue of the Manuscripts in the Library of Trinity College, Dublin*. Dublin: Hodges Figgis, 1901. iv.

（11）　「イエズス会　聖イグナチウス・コレッジ・ダブリン」蔵書印については、クロンゴウズ・ウッド・コレッジ校長ブルース・ブラッドリー師、並びにアイルランド国立大学ダブリン校ジェイムズ・ジョイス図書館特別コレクション助手ユージン・ローチ氏にご教示頂いた。

（12）　McRedmond, Louis. *To the Greater Glory: A History of the Irish Jesuits*. Dublin: Gill, c. 1991. 231.

（13）　Atherton, James S. *The Books at the Wake: A Study of Literary Allusions in James Joyce's "Finnegans Wake"*. London: Faber, 1959. 191.

（14）　Atherton. op. cit., 191.

（15） Bishop, John. *Joyce's Book of the Dark: "Finnegans Wake"*. Madison: U of Wisconsin P, 1986. 113-14.

（16） キーガン・ポール社刊、バッジ訳『死者の書』には、少なくとも二つの版があることが確認されている。立教大学図書館所蔵の一九〇一年版（緑色布地表紙）、ならびにジョイスが参照したとローズが言及している一九〇九年版である。ローズはまた、クロズビーが構成の異なる一八九八年版を所有していた、と述べている。Rose, Danis. *Chapters of Coming Forth by Day*. Colchester: A Wake Newslitter P, 1982. 2.

（17） Beach, Sylvia. *Shakespeare and Company*. London: Faber, 1956. 142.

（18） 宮田恭子「カレス・クロズビー」『ジョイスのパリ時代 「フィネガンズ・ウェイク」と女性たち』所収、九七。

（19） Joyce, James. *Collected Poems of James Joyce*. New York: The Black Sun Press, 1936.

（20） 宮田、前掲書、一〇四。

（21） 一九〇六年八月三十一日付。*Letters* II, 154.

（22） 一九〇六年九月二十五日付。*Letters* II, 166.

（23） 村治笙子、片岸直美『図説エジプトの「死者の書」』河出書房新社、二〇〇二、八六―九〇。

（24） Davis, Charles. *The Egyptian Book of the Dead, the Most Ancient and the Most Important of the Extant Religious Texts of Ancient Egypt*. New York: Putnam, 1895. 120.

（25） 村治、片岸、前掲書、九六。

（26） Budge, E. Wallis. *The Book of the Dead: English Translation in Three Volumes*. Vol.2. London: Kegan Paul, 1901. 289-90. ローズによれば、ジョイスが参照したのは一九〇九年刊第二版とのこと。筆者は一九〇一年刊の初版を参照した。

（27） マックヒューによるラテン語の英訳を参照した。McHugh. 2006. 185.

（28） Budge. op. cit., xlviii-liv.

（29） Budge. op. cit., cxi.

（30） Mercanton, Jacques. "The Hours of James Joyce". *James Joyce: Portraits of the Artist in Exile*. Ed. Willard Potts. Dublin: Wolfhound P, 1979. 214.

（31） The Christian Coptic Orthodox Church of Egypt, http://www.coptic.net/EncyclopediaCoptica/

（32） Collège de la Sainte Famille ed. *Cent ans d'histoire: 1879-1978*. Cairo: Collège de la Sainte Famille, 1979. 180.

第五章 『フィネガンズ・ウェイク』の日本語 「もしそれが日本語音ならば」（*FW* 90.27）

（１） 熊谷安雄によれば、勝田のノートには英文で次の記載がある。"He said that he is afraid of thunder-storm & asked me what is 'thunder-storm' in Japanese. He asked me 'Aren't there 4 terrible things in Japan, 'Kaminari' being one of them?' I counted for him: 'Jishin, kaminari, kaji, oyaji.' & he laughed. " Kumagai, Yasuo. "Takaoki Katta"(VIB. 12: 113). *Genetic Joyce studies* 2 (Spring 2002): n. pag.

（２） McHugh, Roland. *Annotations to "Finnegans Wake"*.

（３） 丸山圭三郎『ソシュールの思想』、岩波書店、一九八一。

（４） 亀山健吉編『言葉と世界――ヴィルヘルム・フォン・フンボルト研究』にはフンボルトが参照したとして、次の三冊の日本語文法書があげられている。オヤングーレン神父（P. Oyanguren, 一六六八―一七四七）『日本文典』（*Arte de la lengua Japnona, divido en quatro libros sugun el arte de Nebrixa*. Mexico, 1738.）。ロドリゲス神父『日本小文典』（フランス語訳）及び補遺（Élémens（sic）de la grammaire Japonaise, par le P. Rodriguez; Traduits du Portugais sur le Manuscrit de la Bibliothèque du Roi. Nagasaki, 1604.）。D・コリャド『日本文典』（Diego Collado, 一六三八没）（*Ars Grammaticae Iaponicae Linguae*. Rome, 1632）。

（５） Fuse, Mikio. "Japanese in VI.B.12: Some Supplementary Notes". *Genetic Joyce Studies* 7（Spring 2007）.

（６） Kumagai, Yasuo. "Takaoki Katta" . *Genetic Joyce Studies* 2（Spring 2002）.

（７） 『英語青年』五十五号三、五十五号十一。

（８） Fuse, Mikio. "Japanese in VI.B.12: Some Supplementary Notes". Genetic Joyce Studies 7（Spring 2007）.

• VI.B.30.073（a）: gI { spear in hand = emphatic / five and a mouth = weak and / defensive / conceal = selfish and private / cocoon sign and a mouth = / egoistic / selfsign -- speaking of / oneself

o 47487-192v & 193 | JJA 62:354 & 355 | 22 April and 31 May 1937（printer's date of draft; date of insertion to be confirmed）III:1A.13+/1B.4+/1C.10+/1D.13+//2A.14+/2B.12+/2C.14+//3A.11+/3B.18+//4.8+ | FW 483.15-484.14.

（９） *The James Joyce Archives*. 36 . *Finnegans Wake*. A Facsimile of Buffalo Notebooks VI.B.29 – 32. New York: Garland, 1978.

（10） Fenollosa and Pound. "The Chinese Written Character as a Medium for Poetry" 3. Ed. Ezra Pound. *The Little Review* 6.7（November 1919）. 56.

（11） 高田美一編『詩の媒体としての漢字考――アーネスト・フェノロサ＝エズラ・パウンド芸術詩論』、東京美術、一九八二、一九八。

(12) 『共同訳聖書』。

(13) Burkdall, Thomas L. *Joycean Frames: Film and the Fiction of James Joyce*. New York: Routledge, 2001. 51.

(14) シグラとはしるし・シンボルのこと。単数はシグラムだが、本書では便宜上シグラで統一している。

(15) Glasheen, Adaline. *A census of "Finnegans Wake": an index of the characters and their roles*. London: Faber, 1956.

(16) Skrabánek, Petr. *Night Joyce of a Thousand Tiers: Studies in "Finnegans Wake"*. Ed. Louis Armand & Ondrej Pilny. Prague: Litteraria Pragensia, 2002.

(17) Kato, Eileen. "Load Allmarshy! Yes we have No transformations! So lend your Earwicker to a zing-zang meanderthaltale!". *Currents in Japanese Culture: Translations and Transformations*. Ed. Amy Vladeck Heinrich. New York: Columbia UP, 1997. 1-15.

(18) Fenollosa, Ernest F., and Ezra Pound. *The Classic Noh Theatre of Japan*. First published in the United States in 1917 by Alfred A. Knopf as *'Noh' or Accomplishment, a Study of the Classical Stage of Japan*.

(19) 『アイリッシュ・タイムズ』紙、二〇〇八年十月十八日付記事。"Mayo woman who became a member of the Emperor's staff".
http://www.irishtimes.com/news/mayo-woman-who-became-a-member-of-the-emperor-s-staff-1.898043

(20) Kato. op.cit.,14.

(21) Ellmann, Richard. *James Joyce*. 628n.

(22) *The Encyclopaedia Britannica* eleventh edition, Volume XV. (1910-11)159. ローマ字表記のため、川名の漢字は、綴込地図からの推定。これ以外に天塩川、利根川、最上川、吉野川、北上川、天竜川、岩女川、阿武隈川、十勝川、川内川、大井川、木曽川、荒川、那賀川があげられている。

(23) *The Encyclopaedia Britannica* eleventh edition, Volume XV. v-xiii.

(24) Cann, Louise Gebhard. "Yasushi Tanaka". *The International Studio* Vol.LXV [65]. 259 (September 1918): 68-72. New York: John Lane. 68. "Tanaka combines with singular potency innate Orientalism and acquired Westernism. He has as foundation the Oriental profundity of life-understanding, with its power of accepting nature and using it constructively, quite unknown in the West. ... In his inherent tact about colour Tanaka is Japanese. Like the designers for the theatre of his countrymen and for the colour prints, screen, fans, etc., he produces through colour the feeling of ripe fruit, of perfumed atmosphere, of life lifted to ecstasy. Colour as realized by him is the actualizing of the intensest possible moment of existence; it is a summation and a unifying of consciousness."

(25) *L* III 33. ジョイスのパウンド宛一九二〇年十二月十二日付手紙による。

（26）　Cann, Louise Gebhard, "The Present Literary Movement in France". *The Pacific Review* 1.4.（1921）: 493-500. Reprinted. Memphis: General Books, 2010. 493.

（27）　Americans are not as conspicuous at the Salon d'Automne as at the National, which is particularly hospitable to American artists, the Salon's foreign element being supplied more especially by Russia, Poland, Czecho-Slovakia, Serbia and other eastern European countries and provinces. Consequently the more honor to those Americans, more numerous than heretofore, who do succeed in complying with this society's particular standard. Here is the list: ... Myron Nutting, three pictures one of which is an excellent portrait of Mrs. James Joyce; ... while Yasushi Tanaka fully justifies his claim to American artistic ascendency.（*American Art News*, 25 November 1922）.

（28）　Bénézit. Ed. *Dictionnaire critique et documentaire des peintres, scultpeurs, dessinatuers et graveurs de tous les temps et de tous les pays par un groupe d'écrivains spécialistes français et étrangers*, nouvelle édition. Volume 8（[Paris]: Librairie Gründ, 1959）219. ここには、「田中保　画家、日本、埼玉県出身、一八八六年五月十二日生。肖像、裸婦像、風景、建築物、植物を描く。一九二〇年にパリに到着、国立美術協会ならびにサロン・ドートンヌ、サロン・アンデパンダン、チュイルリーなどで作品が展示された。一九〇四年に渡米した際に受けた印象、すなわち日本での子供時代の体験とは全く異なる広大なアメリカの風景を前に抱いた感情の跡が見られる。日本画ではなく洋画を描くことを好んでいるようだが、むしろフランスの影響を免れて、純粋な色のハーモニーで自然と取り組んでいるように思われる。東京博物館が「裸婦の背中」を所蔵している」と記述されている。

（29）　『知られざる裸婦の巨匠　田中保』五一。『田中保展――埼玉会館郷土資料室第六八回展示』図録（林紀一郎訳、一九七七）より転載。

（30）　『知られざる裸婦の巨匠　田中保』六一。

（31）　Ellmann. *James Joyce*. 491.

（32）　Mason, Elsworth. Ed. *James Joyce: sa vie, son oeuvre, son rayonnement*. Exhibition catalogue. Paris: Gallerie La Hune, 1949.

（33）　Connolly, Thomas E. *The Personal Library of James Joyce: A Descriptive Bibliography*. Buffalo: U of Buffalo, 1955. 190. Martin, Henry. Ed. *L'art japonais*. Paris: Librairie d'Art R. Ducher, 1926. [This book has been privately bound and bound in with it is item 233 below.] 233. Petrucci, Raphael. *Les peintres chinois*. Paris: Librarie Renouard, n.d. [book bound with item 190; see above.]

（34）　二〇〇〇年六月にロンドン大学ゴールドスミス校で開催の第十七回国際ジェイムズ・ジョイス・シンポジウムで扶瀬幹生氏にご教示いただいた。

（35）　"Transcription of the Joyce-related pages from Takaoki Katta's Notebook "Drama VI". In Kumagai, "Takaoki Katta"（VI.B.12: 113）n.

page. Web.

（36） *JJA* Buffalo Notebook VI.B.12, 112-13, transcribed by Fuse.

（37） "Interview with James Joyce" in "Transcription of the Joyce-related Pages from Takaoki Katta's Notebook "Drama VI". In Yasuo Kumagai. "Takaoki Katta" (VI.B.12: 113) 208-11. 英文より拙訳。

（38） 長田弘「「角田柳作先生」のこと――司馬遼太郎への手紙」『詩人の紙碑』所収、朝日新聞社、一九九六。角田は福島中学、仙台一中で英語を教え、一九〇九年ハワイに渡った。四十歳を過ぎてコロンビア大学で学び、のちに日本文化研究所所長となり、多くの日本研究者を育てた。『井原西鶴』（一八九七）などの著書がある。

（39） 『米国よりの脚本集』「序に変へて」（日本評論社、一九二〇）二頁。ほかに「炎のお七」「アップル花嫁」「腐れ武士」所収。

（40） 佐藤のパリでの交友については、英文日記の記述に基づく。巻末の住所録には氏名と住所が記入されている。佐藤賢（健）資料は、二〇一七年一月現在長男、佐藤陽一氏が保管している。

（41） 日記の英文拙訳。

（42） Cecile Knoertzer.

（43） 九月二日付日記に、ドイツ語訳のタイプ原稿が完成したことが書かれている。

（44） *Quaint Stories of Samurais.* (These stories, translated by Ken Sato, who was born in Japan and lived some years in America, have been printed as translated. Mr. Sato's foreign use of the language was thought to have peculiarly retained the primitive and quaint quality of the tales.) Ibara, Saikaku. *Quaint Stories of Samurais.* Translated from the old original by Ken Sato. Printed for private distribution. Printed by Imprimerie Darantiere at Dijon, 1928.

（45） 佐藤陽一「父KEN SATOを語る」『英語青年』一九六一年九月号所収。

（46） McCourt, John. *Roll Away the Reel World: James Joyce and Cinema.* Cork: Cork UP, 2010.

（47） Meusy. "Annexe: Les cinémas et les lieux du projection parisiens jusqu'en 1918". 527-39.

（48） Hillairet, Prosper. "Les écrans de l'avant-garde". Musée Carnavalet. Ed. Paris Musées. *Paris Grand-Écran: Splendeurs des salles obsucres 1895-1945.* Paris: Musée Carnavalet, 1997.

（49） 『詩と詩論』第九号、（一九三〇年九月号）一九〇―一九一頁。

（50） 『詩と詩論』第十号、二一〇―二一二頁に第一詩から第七詩まで、第十一号、二五四―二五六頁には第八詩から第十五詩まで掲載。また左川ちかについては日本ペンクラブ電子文藝館「左川ちか詩集（抄）」に詳しい。

http://bungeikan.jp/domestic/detail/910/
（51）『詩と詩論』第十二号、三六二頁。
（52）『詩と詩論』第十二号、四〇六頁。
（53）『季刊　文學』第二冊、一五四—一五八頁。
（54）Joyce, James. *Anna Livia Plurabelle: Fragment of Work in Progress*. London: Faber, 1930.
（55）『ヂョイス詩集』『西脇順三郎全集Ⅳ』四一—四六頁。
（56）「シェム・ザ・ペンマン——『フィネガンズ・ウェイク』試訳」大沢正佳、小池滋、沢崎順之助、戸田基訳、『季刊世界文学』一九六六年冬号所収、冨山房、一九六六。
（57）『フィネガン徹夜祭』鈴木孝夫ほか訳、都市出版社、一九七一、二四二頁。
（58）『フィネガンズ・ウェイク』一—四、柳瀬尚紀訳、河出書房新社、一九九一、一九九三。
（59）Mercanton, Jacques. "The Hours of James Joyce". *James Joyce: Portraits of the Artist in Exile*. Ed. Willard Potts. Dublin: Wolfhound P, 1979. 221.
（60）Hayman, David. *First Draft Version of "Finnegans Wake"*. Austin: U of Texas P, 1963. 279.
（61）Van Hulle, Dirk. "The Lost Word". *How Joyce Wrote "Finegans Wake"*. Ed. Crispi and Slote. 443.
（62）Van Hulle. op. cit., 439.
（63）ジョージ・バークリーの認識論については三浦雅弘氏にご教示頂いた。
（64）Gogarty, Oliver St. John. *I Follow Saint Patrick*. New York: Reynal and Hitchcock, c.1938.
（65）Mercanton. op. cit., 219.
（66）高田美一訳著『詩の媒体としての漢字考』一九八二、一三頁。
（67）Fenollosa. "The Chinese Written Character as a Medium for Poetry" 2. 59. 本書については第一章でも論じている。
（68）Mercanton. op. cit., 220.
（69）「黄禍」("yellow peril") という語句は『アイリッシュ・タイムズ』紙の記事で一九〇〇年から一九三九年の間に三五八回使われており、『アイリッシュ・インデペンデント』紙では一九〇五年から一九三五年の間に極東での戦争報道のみならず、競走馬や船舶の名前としての使用も含めると二九一回登場する。
（70）Anon. "Togo's Triumph: Views of the Press". ProQuest Historical Newspapers: *The Irish Independent*. May 31, 1905. 5.

(71) Hashimoto, Yorimitsu. Introduction. *Primary Sources of Yellow Peril*, Series 1, Yellow Peril, Collection of British Novels 1895-1913. Tokyo: Edition Synapse, 2007. 23.

(72) Mercanton. op. cit., 207.

(73) Mercanton. op. cit., 213.

おわりに

(1) Rabaté, Jean-Michel. "The Fourfold Root of Yawn's Unreason". *How Joyce Wrote "Finnegans Wake"*. Ed. Crispi and Slote. 408.

(2) Eagleton, Terry. *Reason, Faith, and Revolution: Reflections on the God Debate*. New Haven: Yale UP, 2009. 154.

主要参考文献

ジェイムズ・ジョイスの著作など

Chamber Music. London: Jonathan Cape, 1927, 1971.

Tales Told of Shem and Shaun. Paris: Black Sun P, 1929.

Pomes Penyeach. London: Faber, 1930, 1966.

Anna Livia Plurabelle: Fragments of Work in Progress. London: Faber, 1930.

Haveth Childers Everywhere. London: Faber, 1931.

The Mime of Mick, Nick, and the Maggies. London: Faber, 1934.

Finnegans Wake. London: Faber, 1939. Reprinted in Penguin Classics, 2000.

Stephen Hero. New York: New Directions, 1963.

Ulysses. Ed. Hans Walter Gabler. New York & London: Garland, 1986.

Dubliners. Authoritative Text, Contexts, Criticism. Ed. Margot Norris, text ed. Hans Walter Gabler with Walter Hettche. New York: Norton, 2006.

A Portrait of the Artist as a Young Man. Authoritative Text. Backgrounds and Contexts, Criticism. Ed. John Paul Riquelme, text ed. Hans Walter

Gabler with Walter Hettche. New York: Norton, 2007.
The Critical Writings of James Joyce. Ed. Ellsworth Mason and Richard Ellmann. London: Faber, 1959.
The Letters of James Joyce. Vols. I, II, III. Ed. Stuart Gilbert, Richard Ellmann. New York: Viking, 1966.
The James Joyce Archive. Ed. Michael Groden et al. 63 Volumes. New York: Garland, 1978.
Finnegans Wake Notebooks at Buffalo. Ed. Vincent Deane, Daniel Ferrer, Geert Lernout. Turnhout: Brepols, c.2001-.

ジェイムズ・ジョイスの邦訳書（刊行順）

『短篇集』永松定訳（一九三二）金星堂、一九九四年。

『ヂオイス詩集』西脇順三郎訳（一九三三）『西脇順三郎コレクション第三巻』再録、慶応義塾大学出版会、二〇〇七年。

『ユリシーズ』伊藤整訳、新潮社、一九五五年。

「シェム・ザ・ペンマン――『フィネガンズ・ウェイク』試訳」大沢正佳・小池滋・沢崎順之助・戸田基訳、『季刊世界文学』一九六六年冬号所収。冨山房、一九六六年。

「『フィネガンズ・ウェイク』より三編」（「化粧するアナ・リヴィア」「あり　と　きりぎりす」「終り　あるいは　始まり」）。大沢正佳、沢崎順之助共訳。『世界文学全集三五　現代詩集』所収。集英社、一九六八年。

『フィネガン徹夜祭』鈴木孝夫・野中涼・紺野耕一・藤井かよ・永坂田津子・柳瀬尚紀訳、都市出版社、一九七一年。

「『フィネガンズ・ウェイク』より五編」一、シェム・ザ・ペンマン、二、化粧するアナ・リヴィア、三、あり　と　きりぎりす、四、夜明け前、五、終り　あるいは　始まり。大澤正佳・小野恭子・小池滋・沢崎順之助・鈴木建三・戸田基訳、丸谷才一編『ジョイス・ズヴェーヴォ』所収。『世界の文学一』。集英社、一九七八年。

『フィネガンズ・ウェイク』柳瀬尚紀訳、河出書房新社、一九九一、一九九三年。

『ユリシーズ』丸谷才一・永川玲二・高松雄一訳、集英社、一九九六、一九九七年。

『抄訳フィネガンズ・ウェイク』宮田恭子編訳、集英社、二〇〇四年。

『ダブリンの市民』結城英雄訳、岩波文庫、二〇〇四年。

『若い芸術家の肖像』丸谷才一訳、集英社文庫、二〇一四年。

その他の文献・資料

Abbott, T.K. *Catalogue of the Manuscripts in the Library of Trinity College, Dublin*. Dublin: Hodges Figgis, 1901.

Alexandre, Arsène. "Théâtre de la Loïe Fuller: Pantomimes Japonaises", *Le Théâtre*, September 1900 (I). 16-19.

Anon. "The Mikado: From an Outsider's Point of View". *The Clongownian*. Vol.1(1898): 19-25.

Anon. "Japanese poetry". *The Irish Times*. 3 July 1914. *ProQuest Historical Newspapers*: *The Irish Times* (1859-2011) and *The Weekly Irish Times* (1876-1958). Web.

Anon. "Irish Missions: How They are Affected by Civil War". *The Irish Times*. 8 December 1926. *ProQuest Historical Newspapers*: *The Irish Times* (1859-2011) and *The Weekly Irish Times* (1876-1958). Web.

Anon. "The Fukien Mission: Latest News of Irish Missionaries". *The Irish Times*. 22 February 1927. 6. *ProQuest Historical Newspapers*: *The Irish Times* (1859-2011) and *The Weekly Irish Times* (1876-1958). Web.

Anon. "St. Columban's College: Cardinal Lays Corner-Stone". *The Irish Times* (1921-Current File); Sep 19, 1938. *ProQuest Historical Newspapers*: *The Irish Times* (1859-2011) and *The Weekly Irish Times* (1876-1958). Web.

Anon. "Togo's Triumph: Views of the Press". *ProQuest Historical Newspapers*: *The Irish Independent*. May 31, 1905. 5. Web

Aston, William. *A Grammar of the Japanese Spoken Language*. 1888. Reprinted. London: Ganesha Publishing, 1997.

Atherton, James S. *The Books at the Wake: A Study of Literary Allusions in James Joyce's "Finnegans Wake"*. London: Faber, 1959.

Beach, Sylvia. *Shakespeare and Company*. London: Faber, 1956.

Beckett, Samuel. et.al. *Our Exagmination Round His Factification for Incantation of Work in Progress*. *James Joyce / Finnegans Wake: A Symposium*. Norfolk: New Directions, 1972.

Bénézit, E. *Dictionnaire critique et documentaire des peintres, sculpteurs, dessinateurs et graveurs de tous les temps et de tous les pays par un groupe d'écrivains spécialistes français et étrangers, nouvelle édition*. Vol. 8. Paris: Librairie Gründ, 1959.

Benstock, Bernard. *Joyce Again's Wake: An Analysis of "Finnegans Wake"*. Seattle and London: U of Washington P, 1965.

Berkeley, George. "A Treatise Concerning the Principles of Human Knowledge, wherein the chief causes of error and difficulty in the sciences, with the grounds of scepticism, atheism, and irreligion, are inquired into." 1710. Ed. A.D. Lindsay. *A New Theory of Vision and Other Writings*. London: Dent/Everyman's Library, 1963. 87-195.

Bishop, John. *Joyce's Book of the Dark*: "*Finnegans Wake*". Madison: U of Wisconsin P, 1986.

Blavatsky, Helena P. *Isis Unveiled: A Master-Key to the Mysteries of Ancient and Modern Science and Technology*. 1877. Pasadena: Theosophical UP, 1998.

Boucicault, Dion. "Arrah-na-Pogue: or the Wicklow Wedding". *The Dolmen Boucicault*. Ed. David Krause. Dublin: The Dolmen Press, 1964. 111-72.

Bowen, Zack. "All in a Night's Entertainment: The Codology of Haroun al Raschid, the *Thousand and One Nights*, Bloomusalem / Baghdad, the Uncreated Conscience of the Irish Race, and Joycean Self-Reflexivity". *James Joyce Quarterly*. Vol. 35-2 & 3 (1998). Spec. Issue. *ReOrienting Joyce*. Tulsa: U of Tulsa. 297-307.

Boyle, Robert. *James Joyce's Pauline Vision: a Catholic Exposition*. Carbondale: U of Illinois P, 1978.

Bradley, Bruce. *James Joyce's Schooldays*. Dublin: Gill & Macmillan, 1982.

Bradley, Ian. *The Complete Annotated Gilbert and Sullivan*. London: Oxford UP, 1996.

Brockey, Liam Matthew. *Journey to the East: The Jesuit Mission to China, 1579-1724*. Cambridge & London: The Belknap P of Harvard UP, 2007.

Budge, E. Wallis. *The Egyptian Book of the Dead: The Papyrus of Ani in the British Museum. The Egyptian Text with Interlinear Transliteration and Translation*. New York: Tess P, 1895.

———. *The Book of the Dead: English Translation in Three Volumes*. London: Kegan Paul, 1901.

———. *The Book of the Dead: With Twenty-Five Illustrations*. London: The British Museum, 1920.

Budgen, Frank. *James Joyce and the Making of "Ulysses"*. Bloomington: Indiana UP, 1960.

Burkdall, Thomas L. *Joycean Frames: Film and the Fiction of James Joyce*. New York: Routledge, 2001.

Bush, Charles. *Ideographic Modernism: China, Writing, Media*. New York: Oxford UP, 2010.

Byatt, A.S. Introduction. Burton, Richard F. *The Arabian Nights: Tales from a Thousand and One Nights*. New York: The Modern Library, 2001, 2004.

Byron, Henry J. *Aladdin*. Ed. Gyles Brandreth. London: Davis-Poynter, 1971.

———. *Plays*. Cambridge: Cambridge UP, 1984.

Cann, Louise Gebhard. "Yasushi Tanaka". *The International Studio* Vol.LXV [65].259 (September 1918): 68-72. New York: John Lane.

———. "The Present Literary Movement in France". *The Pacific Review* 1.4. (1921): 493-500. Reprinted. Memphis: General Books, 2010.

Carpenter, Humphrey. *Geniuses Together: American Writers in Paris*. London: Unwin Hymna, 1987.
Cathcart, Kevin J. *The Letters of Peter le Page Renouf (1822-1897) Volume IV. London (1864-1897)*. Dublin: UCD P, 2004.
Cathcart, Kevin J. and Patricia Donlon. *Edward Hincks (1792-1866): A Bibliography of His Publications*. *Orientalia* 52. (1983): 325-55.
Cheng, Vincent. *Joyce, Race and Empire*. Cambridge: Cambridge UP, 1995.
Cixous, Hélène. *The Exile of James Joyce*. New York: David Lewis, 1972.
Claudel, Paul. "Nô". *L'oiseau noir dans le soleil levant*. Paris: Librairie Gallimard, 1929.
Collège de la Sainte Famille. Éd. *Cent ans d'histoire: 1879-1978*. Cairo: Collège de la Sainte Famille, 1979.
Connolly, Thomas E. *The Personal Library of James Joyce: A Descriptive Bibliography*. Buffalo: U of Buffalo, 1955.
Corish, Patrick J. "The Beginnings of the Irish College, Rome". *The Irish College, Rome, and Its World*. Ed. Daire Keogh and Albert McDonnell. Dublin: Four Courts P, 2008.
Crispi, Luca, and Sam Slote. Ed. *How Joyce Wrote "Finnegans Wake": A Chapter-by-Chapter Genetic Guide*. Madison: U of Wisconsin P, 2007.
Criveli, Renzo S. *James Joyce Triestine Itineraries*. Trans. John McCourt and Eric Schneider. 3rd ed. Trieste: MGS P, 2008.
Crowe, Michael Bertram. *A Great Irish Scholar: Monsignor Patrick Boylan (1879-1974)*. *Studies* (1978): 201-211.
Curran, Constantine P. *James Joyce Remembered*. London: Oxford UP, 1968.
Davidson, E. F. *Edward Hincks: A Selection from his Correspondence with a Memoir*. London: Humphrey Milford, Oxford UP, 1933.
Davis, Charles. *The Egyptian Book of the Dead, the Most Ancient and the Most Important of the Extant Religious Texts of Ancient Egypt*. New York, London: Putnam, 1895.
Davis, Jim. Introduction. Eyron, Henry J. *Plays*. Cambridge: Cambridge UP, 1984.
Donlevy, Andrew. *The Catechism, or, Christian Doctrine, by way of question and answer*. Dublin: Published for the Royal Catholic College of St. Patrick, Maynooth, James Duffy, 1848.
Downer, Leslie. *Madame Sadayakko: the Geisha Who Bewitched the West*. New York: Gotham Books, 2003. ダウナー、レズリー『マダム貞奴――世界に舞った芸者』木村英明訳、集英社、二〇〇七年。
Eagleton, Terry. *Reason, Faith, and Revolution: Reflections on the God Debate*. New Haven: Yale UP, 2009. イーグルトン、テリー『宗教とは何か』大橋洋一・小林久美子訳、青土社、二〇一〇年。
Eglinton, John. *A Memoir of AE: George William Russell*. London: Macmillan, 1937.

Eliot, T. S. "The Noh and the Image". *The Egoist* 4.7. (1917): 102-103.

Ellmann, Richard. *James Joyce*. Oxford: Oxford UP, 1982.　エルマン、リチャード『ジェイムズ・ジョイス伝』宮田恭子訳、みすず書房、一九九六年。

———. *The Consciousness of Joyce*. London: Faber, 1977.

Farrell, Allan. *The Jesuit Code of Liberal Education: Development and Scope of the Ratio Studiorum*. Milwaukee: Bruce, 1938.

Fenollosa, Ernest F. *Epochs of Chinese & Japanese Art, an outline history of East Asiatic design*. London: Heinemann, New York: Stokes, 1912. フェノロサ、アーネスト『東亜美術史綱』有賀長雄訳注、創元社、一九三八年。

———. "The Chinese Written Character as a Medium for Poetry"1~4. Ed. Ezra Pound. *The Little Review* 6.5~8 (September to December 1919): 55-64, 68-72. Included in *Instigations of Ezra Pound* (1920), and published in 1936 as the definitive edition.

———. "The Chinese Written Character as a Medium for Poetry". Ed. Ezra Pound. Bilingual edition. Tokyo: Tokyo Bijutsu, 1982.『詩の媒体としての漢字考：アーネスト・フェノロサ＝エズラ・パウンド芸術詩論』高田美一訳著、東京美術、一九八二年。

Fenollosa, Ernest F., and Ezra Pound. *The Classic Noh Theatre of Japan*. First published in the United States in 1917 by Alfred A. Knopf as '*Noh' or Accomplishment, a Study of the Classical Stage of Japan*. New York: New Directions Paperback, 1959.

———. *Certain Noble Plays of Japan / from the Manuscripts of Ernest Fenollosa; Chosen and Finished by Ezra Pound; with an Introduction by William Butler Yeats*. Churchtown: The Cuala Press. 1916. Reprinted. Shannon: Irish UP, 1971.

Figgis, Darrell. *AE (George W. Russell): A Study of a Man and a Nation*. Dublin: Maunsel, 1916.

Fitzpatrick, Coeli, and Dwayne A. Tunstall. Ed. *Orientalist Writers*. (*Dictionary of Literary Biography*; Vol.366). Farmington Hills: Gale, 2012.

Fouquier, Henry. 'Sada Yacco', *Le Théâtre*, October 1900 (II). 2.

Frazer, George. *The Golden Bough*: *Adonis Attis Osiris*. London: Macmillan, 1907.

Fróis, R. P. Luís. *Européens et Japonais: Traité sur les contradictions et différences de moers*. Trans. Xavier de Castro. 1993. Reprinted. Paris: Chandeigne, 2003.

Fuse, Mikio. "Japanese in VI.B.12: Some Supplementary Notes". *Genetic Joyce Studies* 7 (Spring 2007): n.pag. Web. 二〇一七年十月十日確認。

———. "The Letter and the Groaning". *How Joyce Wrote Finnegans Wake: A Chapter-by-Chapter Genetic Guide*. Ed. Luca Crispi and Sam Slote. Madison: U of Wisconsin P, 2007, 98-123.

Ganss, George E. "The Social and Cultural Environment of Renaissance Schools". *Saint Ignatius' Idea of a Jesuit University*. Milwaukee: The

Marquette UP, 1956.
Gautier, Judith. *Les musiques bizarres a l'exposition de 1900 : les danses de Sada-yacco, transcrite par Bénédictus*. Paris: Librairie Paul Ollendorff, 1900.
Gernet, Jacques. *A History of Chinese Civilization*. second edition of English language. Trans. J. R. Foster and Charles Hartman. Cambridge: Cambridge UP, 1996. Reprinted. 1999.
Gheerbrant, Bernard. *A La Hune: Histoire d'une librairie-galerie à Saint-Germain des-Prés*. Paris: Centre Pompidou, 1988.
Giedion-Welcker, Carola. "Meetings with Joyce". Trans. Wolfgang Dill. *Portraits of the Artist in Exile: Recollections of James Joyce by Europeans*. Ed. Willard Potts. Seattle: U of Washington P, 1979. 256-280.
Gifford, Don. *Joyce Annotated, Notes for "Dubliners" and "A Portrait of the Artist as a Young Man"*. Berkeley: U of California P, 1982.
Gifford, Don, with Robert J Seidman. *"Ulysses" Annotated: Notes for James Joyce's "Ulysses"*. Berkeley: U of California P, 1988.
Gilbert, Stuart. *Reflections on James Joyce: Stuart Gilbert's Paris Journal*. Austin: U. of Texas P, 1993.
Glasheen, Adaline. *A census of "Finnegans Wake": an index of the characters and their roles*. London: Faber, 1956.
———. *Third Census of "Finnegans Wake": An Index of the Characters and their Roles*. Berkeley: U of California P, 1977.
Gogarty, Oliver St. John. *I Follow Saint Patrick*. New York: Reynal and Hitchcock, c.1938.
———. *It isn't This Time of Year At All! An Unpremeditated Autobiography*. London: Macgibbon, 1954.
Gorman, Herbert. *James Joyce: A Definitive Biography*. London: Bodley Head, 1941.
Groos, Arthur. "Cio-Cio-San and Sadayakko: Japanese Music-Theater in Madama Butterfly". *Monumenta Nipponica* 54.1 (1999): 41-73.
Gwynn, R.M. et al. *"T.C.D." in China: A History of the Dublin University Fukien Mission*. Dublin: Church of Ireland Printing and Publishing, 1936.
Hadden, J. Cuthbert. *Favourite Operas: From Mozart to Mascagni, Their Plots, History, and Music*. London: T.C. & E.C. Jack, 1910.
Harrington, Peter. Ed. *The Boxer Rebellion: China 1900 - The Artists' Perspective*. London: Greenhill Books, 2000.
Harris, Frank. *Oscar Wilde: His Life and Confessions*. New York: Printed and Published by the Author, (1916,) 1918.
Hashimoto, Yorimitsu. Introduction. *Primary Sources on Yellow Peril, Series I, Yellow Peril, Collection of British Novels 1895-1913*. Tokyo: Edition Synapse, 2007.
Hayman, David. *A First Draft Version of "Finnegans Wake"*. Austin: U of Texas P, 1963.

Hillairet, Prosper. "Les écrans le l'avant-garde". Musée Carnavalet. Ed. Paris Musées. *Paris Grand-Écran: Splendeurs des salles obsucres 1895-1945*. Paris: Musée Carnavalet, 1997.

Hincks, Edward. *Catalogue of the Egyptian Manuscripts in the Library of Trinity College, Dublin*. Dublin: Whittaker, 1843.

Hodgart, Matthew J.C., & Ruth Bauerle. *Joyce's Grand Operoar: Opera in Finnegans Wake*. Urbana: U of Illinois P, 1997.

Hulle, Dirk van. "The Lost Word". *How Joyce Wrote "Finnegans Wake"*. Ed. Crispi and Slote. 436-61.

Ibara, Saikaku. *Quaint Stories of Samourais*. Ed. Translated by Ken Sato. Paris: Printed for private distribution, 1928.

———. *Contes d'amour des samouraïs. Traduit du texete original par Ken Sato*. Paris: Stendhal, 1927.

Innes, Christopher. "Modernism in Drama". *The Cambridge Companion to Modernism*. Ed. Michael Levenson. Cambridge: Cambridge UP, 1999. 130-56.

Irwin, Robert. *For Lust of Knowing: The Orientalists and their Enemies*. London: Penguin Books, 2006.

Ito, Eishiro. "'United States of Asia': James Joyce and Japan". Ed. Richard Brown. *A Companion to James Joyce*. Oxford: Blackwell, 2008. 193-206.

J.C. "The Civil Service of India". *The Clongownian* 1 (1895): 16-19.

Jackson, John Wyse, and Hector McDonnell. Ed. *Ireland's Other Poetry: Anonymous to Zozimus*. Dublin: The Lilliput P, 2007.

Jackson, John Wyse, and Peter Costello. *John Stanislaus Joyce: The Voluminous Life and Genius of James Joyce's Father*. London: Fourth Estate, 1997.

Jansen, Marius B. *The Making of Modern Japan*. Cambridge: The Belknap P of Harvard UP, 2000.

Jin, Di. "The artistic integrity of Joyce's text in translation". *Transcultural Joyce*. Ed. Karen Lawrence. Cambridge: Cambridge UP, 1998. 215-30.

———. "Shamrocks and Chopsticks: The Blooms' Long Journey to the East: A Chronicle: 1922-1996". *James Joyce Quarterly*. 36-2 (1999). Tulsa: U of Tulsa. 230-39.

Johnson, Rossiter. Ed. *A History of the World's Columbian Exposition Held in Chicago in 1893*. Vol. 1. New York: Appleton, 1893. Reprinted. Tokyo: Athena, 2004.

Johnston, William. *Mystical Journey: an Autobiography*. Maryknoll: Orbis Books, 2006.

Jones, Sidney. *The Geisha, A Story of A Tea House: A Japanese Musical Play, In Two Acts* (1896). Reprinted. Kissinger Publishing's Legacy Reprint. La Vergne, 2010.

Kato, Eileen. "Load Allmarshy! Yes we have No transformations! So lend your Earwicker to a zing-zang meanderthaltale!". *Currents in Japanese Culture: Translations and Transformations*. Ed. Amy Vladeck Heinrich. New York: Columbia UP, 1997. 1-15.

Knowles, Sebastian. Ed. *Bronze by Gold: The Music of Joyce*. New York: Garland, 1999.

Kumagai, Yasuo. "Takaoki Katta" (VI.B.12: 113). *Genetic Joyce Studies* 2 (Spring 2002): n.pag. Web. 二〇一七年十月十日確認。

Lennon, Joseph. *Irish Orientalism: A Literary and Intellectual History*. Syracuse: Syracuse UP, 2004.

Léon, Lucie. *James Joyce and Paul Léon: The Story of a Friendship*. New York: The Gotham Bk Mt., 1950.

Lernout, Geert. *Help My Unbelief: James Joyce and Religion*. London: Continuum International Publishing Group, 2010.

Long, John Luther. "Madame Butterfly". 1898. Reprinted. in *Sources of Orientalism: Japan in American fiction, 1880-1905, Selected and with an Introduction by Charles B. Wordell. Vol.* 7. London: Ganesha Publishing, 2001.

MacDonald, Malcom. Preface. *Pétrouchka: Burlesque in Four Scenes*. 1965. London: Boosey and Hawkes, 1997.

Maclegan, Edward. *The Jesuits and the Great Mogul*. 1932. New York: Octagon Books, 1972.

Maeterlinck, Maurice. *Ancient Egypt*. Trans. Alfred Sutro. London: George Allen, 1925.

Mason, Elsworth. Ed. *James Joyce: sa vie, son oeuvre, son rayonnement*. Exhibition catalogue. Paris: Gallerie La Hune, 1949.

Maynooth Commission. *Report of Her Majesty's Commissioners Appointed to Inquire into the Management and Government of the College of Maynooth. Part I. Report and Appendix*. Dublin: Alexander Thom and Sons, 1855.

McCarthy, Muriel, et al. Ed. *Land of Silk and Sages: Books on China in Marsh's Library*. Dublin: Archbishop Marsh's Library, 2007.

McCourt, John. "Tarry Easty - Joyce's 'Oriental' Workshop". *Fin de Siècle and Italy. Joyce Studies in Italy* 5 (1998): 23-57. Ed. Franca Ruggieri. Rome: Bulzoni Editore, 1998.

———. "Joyce's Trieste: Città Musicalissima". *Bronze by Gold: The Music of Joyce*. Ed. Sebastian Knowles. New York: Garland, 1999. 33-56.

———. Ed. *Roll Away the Reel World: James Joyce and Cinema*. Cork: Cork UP, 2010.

McHugh, Roland. *The Sigla of "Finnegans Wake"*. London: Edward Arnold, 1976.

———. *Annotations to "Finnegans Wake"*. Third Edition. Baltimore: Johns Hopkins UP, 2006.

McRedmond, Louis. *To the Greater Glory: a History of the Irish Jesuits*. Dublin: Gill, c1991.

Mercanton, Jacques. "The Hours of James Joyce". *Portraits of the Artist in Exile: Recollections of James Joyce by Europeans*. Ed. Willard Potts. Dublin: Wolfhound P, 1979. 207-52.

Meusy, Jean-Jacques. "Annexe: Les cinémas et les lieux du projection parisiens jusqu'en 1918" *Paris-Palaces: ou le temps des cinémas (1894-1918)*. Paris: CNRS Editions, 1995. 527-39.

Mierlo, Wim van. "Shaun the Post: Chapters III.1-2". *How Joyce Wrote "Finnegans Wake". A Chapter-by-Chapter Genetic Guide*. Ed. Crispi and Slote. Madison: U of Wisconsin P, 2007. 347-83.

Miyake, Akiko; Kodama, Sanehide; and Teele, Nicholas. Ed. *A Guide to Ezra Pound and Ernest Fenollosa's Classic Noh Theatre of Japan*. Orono: The National Poetry Foundation, U of Maine and The Ezra Pound Society of Japan, Shiga U, 1994.

Miyao, Daisuke. *Sessue Hayakawa: Silent Film and Transnational Stardom*. Durham, Duke UP, 2007.

Moore, Thomas Sturge. "The Story of Tristram and Isolt in Modern Poetry". *The Criterion* 1 (1922). London: Faber, 1967. 34-49.

———. "The Story of Tristram and Isolt in English Poetry". *The Criterion* 1 (1923). London: Faber, 1967. 171-187.

Morrissey, Thomas J. *Jesuits in Hong Kong, South China and Beyond: Irish Jesuit Mission - its Development 1926-2006*. Hong Kong: Xavier Publishing, 2008.

Morse, J. Mitchell. *The Sympathetic Alien: James Joyce and Catholicism*. London: Owen and Vision P, 1959.

Mullane, Fidelma. Ed. *The Heritage of the Centre Culturel Irlandais in Paris*. Paris: Centre Culturel Irlandais, 2002.

Mullin, Katherine. "'Something in the name of 'Araby': James Joyce and the Irish Bazaars". *Dublin James Joyce Journal* 4 (2011): 30-49.

National Library of Ireland. *Strangers to Citizens: The Irish in Europe 1600-1800*. Dublin: NLI, 2008.

Natsume, Soseki. *Kusamakura*. Trans. Meredith McKinney. New York: Penguin, 2008.

Noguchi, Yone(jiro). *Lafcadio Hearn in Japan*. Yokohama: Kelly & Walsh, 1911.

———. *Collected English Letters*. Ed. Ikuko Atsumi. Tokyo: The Yone Noguchi Society, 1975.

———. *The Story of Yone Noguchi Told by Himself*. 1914. Reprinted. *Collected English Works of Yone Noguchi: Poem, Novels and Literary Essays* Vol. 4. Ed. Shunsuke Kamei. Tokyo: Edition Synapse, 2007.

———. "Two Poems". *The Egoist* 4.3. (April 1917): 43.

———. *Japan and America*. Tokyo: Keio UP, 1921. Reprinted. *Collected English Works of Yone Noguchi: Poem, Novels and Literary Essays*. Vol. 4. Ed. Shunsuke Kamei. Tokyo: Edition Synapse, 2007.

Nolan, Emer. *James Joyce and Nationalism*. London: Routledge, 1995.

———. *Catholic Emancipations: Irish Fiction from Thomas Moore to James Joyce*. Syracuse: Syracuse UP, 2007.

Okakura, Kakuzo (Tenshin). *The ideals of the East: with special reference to the art of Japan*. Tokyo: Tuttle, 1970.

Oshima, Shotaro. *Yeats and Japan*. Tokyo: Hokuseido, 1965. 尾島庄太郎『イェイツと日本』北星堂、一九六五年。

Ó Súilleabháin, Seán. *Irish Wake Amusements*. Cork: Mercier, 1969.

Painter, George D. *Marcel Proust: A Biography*. London: Chatto, 1989.

Péri, Noël. *Cinq nô: drames lyriques japonais. Traduits avec préface, notices et notes par Noël Péri, membre de l'École française d'Extrême-Orient* 1921. Reprinted. Kessinger Legacy Reprints, 2011.

Platt, Len. *Joyce, Race and "Finnegans Wake"*. Cambridge: Cambridge UP, 2007.

Plattner, Felix Alfred. *Jesuits Go East*. Dublin: Clonmore and Reynolds, 1950.

Pound, Ezra. "Tristan". *Plays Modelled on the Noh*. 1916. Reprinted. Ed. Donald C. Galup. Toledo: The Friends of the U of Toledo Libraries, 1987.

———. "Cathay". *Lustra*. London: E. Mathews, 1916.

———. *Selected Poems 1908-1969*. London: Faber, 1977.

———. "*Dubliners* and Mr. James Joyce". *The Egoist* (July 1914): 267.

———. "James Joyce - At Last the Novel Appears". *The Egoist* (February 1917): 21-22.

Preston, Diana. *The Boxer Rebellion: The Dramatic Story of China's War on Foreigners that Shook the World in the Summer of 1900*. New York: Berkley Books, 2000.

Puccini, Giacomo. *Madama Butterfly: Opera in Three Acts*. Music by Puccini, Giacomo. Libretto by Illica, L., and Giacosa, G. Based on the book by John L. Long and the drama by David Belasco. English Version by John Gutman. New York: Schirmer, 1963.

Rabaté, Jean-Michel. "The Fourfold Root of Yawn's Unreason". Ed. Crispi and Slote. *How Joyce Wrote "Finnegans Wake": A Chapter-by-Chapter Genetic Guide*. Madison: U of Wisconsin P, 2007. 384-409.

Raeburn, Michael. *The Chronicle of Opera*. Revised edition. London: Thames, 2007.

Rains, Stephanie. "Joyce's 'Araby' and the Historical Araby Bazaar, 1894". *Dublin James Joyce Journal* 1 (2008): 17-29.

Read, Forrest. Ed. *Pound/Joyce: The Letters of Ezra Pound to James Joyce, with Pound's Essays on Joyce*. London: Faber, 1967.

Reilly, Seamus. "James Joyce and Dublin Opera, 1888-1904". *Bronze by Gold: The Music of Joyce*. Ed. Sebastian Knowles. New York: Garland, 1999. 3-31.

Rose, Danis. *Chapters of Coming Forth by Day*. Colchester: A Wake Newslitter P, 1982.

Russian Federation Ministry of Culture. *The History of the Mariinsky Theatre in Pictures, Memoirs and Documentation 1783-2008*. St. Petersburg: 2008.

Saeki, Yoshiro. *The Ups and Downs of the Nestorian Church in China*. Lecture delivered in Japanese at the Harvard-Yenching-Doshisha Eastern Cultural Lectures, with abstract in English. Kyoto: Doshisha U, 1955.

Said, Edward. *Orientalism: Western Conceptions of the Orient*. London: Penguin Books, 1978, 1995. サイード、エドワード『オリエンタリズム』今沢紀子訳、平凡社、一九九三年。

———. *Culture and Imperialism*. New York: Vintage, 1994.『文化と帝国主義』大橋洋一訳、みすず書房、一九九八、二〇〇一年。

Sen, Malcom. "'The Retina of the Glance': Revisiting Joyce's Orientalism". *Dublin James Joyce Journal* 1 (2008). 54-68.

Sharf, Frederick A. and Peter Harrington. *The Boxer Rebellion China, 1900: the Artists' Perspective*. London: Greenhill Books, 2000. Exhibition catalogue.

Shiel, M. P. *The Yellow Danger or, What Might Happen if the Division of the Chinese Empire Should Estrange all European Countries*. 1899. *Primary Sources on Yellow Peril, Series I. Yellow Peril, Collection of British Novels* 1895-1913. Tokyo: Edition Synapse, 2007.

Shloss, Carol Loeb. *Lucia Joyce: To Dance in the Wake*. London: Bloomsbury, 2004.

Skrabánek, Petr. *Night Joyce of a Thousand Tiers: Studies in "Finnegans Wake"*. Ed. Louis Armand & Ondrej Pilny. Prague: Litteraria Pragensia, 2002.

Smyth, Bernard T. *The Chinese Batch: The Maynooth Mission to China*. Dublin: Four Courts P, 1994.

St. Patrick's College Maynooth. Ed. *Irish Catholic Directory and Almanac for 1901*. Dublin: James Duffy, 1901.

Sterkenburg, P.G.J. van, and W. J. Boot. Ed. *Kodansha's Nederlands-Japans Woordenboek*. Tokyo: Kodansha, 1994. Based on Kramers Nederlands-Engels Woordenboek.

Sullivan, Kevin. *Joyce Among the Jesuits*. New York: Columbia UP, 1958.

Tompson, Frederick Diodati. *In the Track of the Sun: Readings from the Diary of a Globe Trotter*. London: Heinemann, 1893.

Waley, Arthur. *No Plays of Japan*. 1921. Reprinted. Tokyo: Tuttle, 2009.

Welch, Robert. Ed. *The Oxford Companion to Irish Literature*. Oxford, Clarendon P, 1996.

Wren, Gayden. *A Most Ingenious Paradox: The Art of Gilbert & Sullivan*. Oxford: Oxford UP, 2001.

Yamada, Kumiko. "James Joyce and Jesuit Education". *Bulletin of St. Margaret's* 23 (1991). St. Margaret's Junior College.

——. "Yasushi Tanaka and Joyce's Encounters with Japan in Paris". *Journal of Irish Studies* 17 (2002): 151-61.

——. "To Rise from the East: Invocations for Afterlife in 'The Egyptian Book of the Dead' and James Joyce's 'Finnegans Wake'". *Proceedings of the Ninth Symposium on Comparative Literature, November 4-6, 2008: Egypt at the Crossroads: Literary and Linguistic Studies*. Cairo: Cairo University, 2009. 305-22.

Yeats, William Butler. Introduction. *Certain noble plays of Japan / from the manuscripts of Ernest Fenollosa ; chosen and finished by Ezra Pound ; with an introduction by William Butler Yeats*. Ed. Ezra Pound and Ernest Fenollosa. 1916. Reprinted. Shannon: Irish UP, 1971.

——. *The Wild Swans at Coole*. Dundrum: The Cuala Press, 1917. Reprinted. London: Macmillan, 1919.

——. *Four Plays for Dancers*. London: Macmillan, 1921.

Xu, Chengbei. *Peking Opera*. Trans. Chen Gengtao. Beijing: China Intercontinental P, 2003.

荒俣宏「パリ万博における川上貞奴のセクシーダンス」『万博とストリップ——知られざる二十世紀文化史』集英社、二〇〇〇年。

伊藤整『ジョイス研究』英宝社、一九七九年。

伊藤道郎「イェイツと能」『アメリカ』羽田書店、一九四〇年。

勝田孝興『愛蘭英語と蘇格蘭英語』研究社、一九四〇年。

——『愛蘭文學史』生活社、一九四三年。

亀山健吉『言葉と世界——ヴィルヘルム・フォン・フンボルト研究』法政大学出版局、二〇〇〇年。

川口喬一『昭和初年の「ユリシーズ」』みすず書房、二〇〇五年。

観世左近編『観世流謡曲百番』桧書店、一九六四年。

岸純信『イリス』プログラムノーツ、東京芸術劇場、二〇一一年一月三十日。

コールドウェル、ヘレン『伊藤道郎——人と芸術』中川鋭之助訳、早川書房、一九八五年。

佐伯好郎『中国における景教衰亡の歴史——キリスト教の成立に及ぼしたるローマ法学思想の影響』ハーバード・燕京・同志社東方文化講座委員会、一九五五年。

佐藤賢（健）『米国よりの脚本集』日本評論社、一九二〇年。

鈴木英雄『勧工場の研究——明治文化とのかかわり』創英社、三省堂、二〇〇一年。

成恵卿『西洋の夢幻能——イェイツとパウンド』河出書房新社、一九九九年。

高田美一編『詩の媒体としての漢字考――アーネスト・フェノロサ＝エズラ・パウンド芸術詩論』東京美術、一九八二年。

髙橋康也、笹山隆『橋がかり――演劇的なるものを求めて』岩波書店、二〇〇三年。

土居光知「ヂヨイスのユリシイズ」『改造』二月号、改造社、一九二九年。

西尾哲夫『図説アラビアンナイト』河出書房新社、二〇〇四年。

西脇順三郎「ジェイムズ・ジョイス」『新潮』四月号、一九三二年。

長谷川年光『イェイツと能とモダニズム』ユーシープランニング、一九九五年。

浜靖史『知られざる裸婦の巨匠　田中保』新風社、二〇〇七年。

ベルツ、エルウィン『ベルツの日記』トク・ベルツ編、菅沼竜太郎訳、岩波文庫、一九七九年。

丸山圭三郎『ソシュールの世界』岩波書店、一九八一年。

宮田恭子「カレス・クロスビー」『ジョイスのパリ時代――「フィネガンズ・ウェイク」と女性たち』みすず書房、二〇〇六年。

村形明子編訳『フェノロサ夫人の日本日記――世界一周・京都へのハネムーン、一八九六年』ミネルヴァ書房、二〇〇八年。

村治笙子、片岸直美『図説エジプトの「死者の書」』河出書房新社、二〇〇二年。

山口静一『フェノロサ』三省堂、一九八二年。

――『三井寺に眠るフェノロサとビゲロウ』宮帯出版社、二〇一二年。

山田久美子「シカゴ万博と鳳凰殿」『ことば・文化・コミュニケーション』二号、二〇一〇年。

和田桂子「ジョイスと野口米次郎」『ユリイカ』特集：ジョイス、青土社、一九九八年。

渡辺守章「クローデルと能（一）―(三)」『能楽思潮』二七・二八・二九号、一九六三、一九六四年。

人名索引

あ行

か行

さ行

た行

な行

わ行

事項索引

あ行

か行

さ行

ま行

や行

ら行

わ行

あとがき

『フィネガンズ・ウェイク』を中心に、ジェイムズ・ジョイスの作品に見られる東洋について考察し、ジョイスの母校であるユニヴァーシティ・コレッジ・ダブリンに学位論文を提出して四年が過ぎた。五年かけて英文でまとめたものを、日本語にするのは、手間と時間はかかるが楽しい作業であった。その間に当然ながら、各方面で研究が進んだが、パリでジョイスに会った日本人作家、佐藤健の英文日記をはじめとする新資料との心躍る出会いもあった。一日本人読者として、ジョイスと向き合って半世紀余り。こうしてささやかな研究を形にすることができて嬉しく思う。本書の刊行には二〇一七年度の立教大学出版助成を受けている。

ここまで辿り着くのには多くの方の励ましと支えがあった。この本の元になった学位論文の執筆では、アン・フォガティ先生に論の展開から英語の表現に至るまで、惜しみないご指導をいただいた。その後も学会等でお会いするたびに、ジョイスの祖国アイルランドで毎年生まれている秀逸な文学作品の中で、お勧めの数冊を伺うのが楽しみである。また博士課程一年目にご指導いただいたデクラン・カイバード先生には、オリエンタリズム、アイルランドの葬送儀礼、イエズス会と神秘主義などについて、見識溢れるお話を伺ったことが、論文をまとめるのに役立った。ユニヴァーシティ・コレッジ・ダブリンのジェイムズ・ジョイス図書館と貴重書室、マーシュ主教図書館及びアイルランド・イエズス会アーカイヴ、クロンゴウズ・ウッド・コレッジ・アーカイヴ、カイロのイエズス会聖家族学校図書館、ローマ・アイリッシュ・コレッジ・アーカイヴ、ハーバード大学演劇図書館及びホートン・ライブラリー、それに立教大学図書館のスタッフのご支援は学位論文の完成に不可欠であった。学位論文の審査委員長ロン・カラン先生、審査員ルカ・クリスピ先生、外部審査員モリス・ベジャ先生には、温かい洞察に満ちたご意見をいただいたことに感謝申し上げる。

日本語で出版するに際しては、日本ジェイムズ・ジョイス協会会長の結城英雄先生に原稿をお読みいただき、貴重なご助言をいただいた。菊地めぐみさんには初期段階の原稿を校正していただいた。そして本書をまとめる上で、水声社の飛田陽子さんには、励ましとご助言をいただいた。この場を借りて厚く御礼申し上げる。最後に、いつも明るく、的確なアドバイスと気晴らしで支えてくれる夫史郎に感謝して筆を置く。

二〇一七年十二月三日　聖フランシスコ・ザビエルの祝日

山田久美子

付録 『フィネガンズ・ウェイク』の日本語語彙研究

Appendix: Studies on References to Japanese Vocabulary in *Finnegans Wake*

本書第五章第二部では、「『フィネガンズ・ウェイク』の日本語研究」として、日本語に由来すると考えられる語彙に関する四名の研究を紹介している。ジョイスが特定の外国語から借用しているか否かを判断するには、音だけでなく意味と文脈を含め、注意深く検討する必要があり、日本語語彙に関しては必ずしも妥当な指摘ばかりではないように思われる。ここに四名の主著で、日本語との関連が指摘されている語句ならびに語注を英文のまま抜き出して再録し、必要に応じて語注としての妥当性等についての筆者のコメントを、両かぎ括弧内に付記した。

取り上げるのは1）アダリーン・グラシーン著『「フィネガンズ・ウェイク」第三回調査——登場人物と役割目録』（１９７７年）、２）ローランド・マックヒュー著『「フィネガンズ・ウェイク」注解　第三版』（２００６年）、３）ペーター・スクラバネック著「聖パトリックの悪夢の告白」（１９８５年）、４）加藤アイリーン著「全能の主よ！そう私たちに変身はないのです。稲妻形に蛇行する陰陽の物語に耳を傾けてください」（１９９７年）である。続いて５）として、上記以外の語句で、日本ならびに日本語と関連があるのではないかと筆者が考えるものを語注とともに挙げる。

In Chapter 5 of this book, I introduce four major studies on Joyce's possible reference to Japan and Japanese in *Finnegans Wake*. It is important, however, to pay close attention not only to the sound of a word, but also to the relevance in terms of its sense and context, in order to decide whether or not Joyce is referring to a particular word in another language. In the case of some words annotated as being of Japanese origin, the reference does not seem to be necessarily relevant in spite of the sound. This appendix is a critical introduction of these annotations, together with my comments where necessary on the meaning and their relevance given in brackets. I also give as 5) a list of additional words possibly related to Japan and Japanese, together with their annotations.

1) Adaline Glasheen, *Third Census of Finnegans Wake: An Index of Characters and their Roles*. Berkeley: Univ. of California Press, 1977.

Butterfly, Madame: (Cho-Cho-San)-Japanese heroine of Puccini's opera, 1904.

+224.30-31 Madama,... cho chiny
232.11 butterfly
291.n.4 Mester Bootenfly

Hokusai: 18th century Japanese artist.

36.4 hakusay
548.9 hochsized

Noh: a kind of Japanese play.

	244.26	Noh
	611.11	noh

2) Roland McHugh, *Annotations to Finnegans Wake, Third Edition*. Baltimore: Johns Hopkins Univ. Press, 2006. Revised from the First (1980) and Second (1991) editions.
Page and line number and the text are followed by annotation.

I.1.
3.15
bababadalgharaghtakamminarronnkonnbronntonnerronntuonnthunntrovarrhounawnskawntoohoohoordenenthurnuk!

J kaminari: thunder

I.2.

36.4 hakusay *J* haku:say

[Irrelevant? "haku" literally means to vomit, and sometimes indicates involuntary confession. The standard translation of the English word "say" is "iu". Another possible source for "haku" is the name of the eighth century Chinese poet Li T'ai Po, or Li Po for short, referred to as "Rihaku" in *Cathay*, a collection of Ezra Pound's translation of Chinese classical poetry, following the transcription of the Japanese pronunciation of the poet's name adopted by Ernest F. Fenollosa.]

I.3.

54.34	mutsohito	Mutsohito: Japanese emperor 1867-1912 [Mutsuhito]
64.2	obi	obi: bright Japanese sash worn round the waist

I.4.

88.28	Yubeti	*J* yube: night
90.27	yappanoise	Japanese

I.5.

113.6 a man alones sine anyon anyons utharas has no rates to done a kik at with anyon anakars about tutus milking fores and the rereres on the outerrand asikin the tutus to be forrarder.

Ainu šine ainou: 1 man
Ainu ainu utara: men
Ainu e-kik-an: you are beaten
Ainu šine, tu, re, ine, ašikne: 1, 2, 3, 4, 5

[Ainus are an indigenous ethnic group living in Hokkaido, the northern-most major island of Japan. They speak a distinctive language and attracted the attention of

Western anthropologists in the nineteenth century including Neil Gordon Munro (1863 – 1942), a Scottish physician and anthropologist who lived in Japan for over 50 years and published widely on Ainu culture.]

I.6.

130.5	asama	Asama: Japanese volcano [referred to in the traditional noh "Kakitsubata"]
152.12	javanese	Japanese / Javanese: of Java
160.17	dakyo	*J* daikyō: scoundrel

I.7.

I.8.

196.19	Sendai	*r* Sendai [name of city/river in Japan, in *The Encyclopaedia Britannica*, 11th ed.]
200.23	Shoebenacaddie	*J* shoben: urine [Shoben-kozo: Manneken-Pis, common name in Japan for the statue of urinating boy in Brussels, cf. *FW* 17.2 Minnikin passe; *FW* 532.34 Mannequins Passe]
203.35	kisokushk	*r* Kiso [name of city/river in Japan, in *The Encyclopaedia Britannica*, 11th ed.]
207.24	Ishekarry	*r* Ishikari [name of city/river in Japan, in *The Encyclopaedia Britannica*, 11th ed.]
208.25	gawan	*J* gawan: river [kawa: river, converted to gawa when a suffix, e.g. Kiso-gawa: Kiso river]
214.11	joakimono	kimono/ Joachim of Flora: theologian

II.1

231.9	Shina	*J* Shina: China
231.10	yoruyume	*J* yorunoyume: night dream[yoru: night +no: genitive suffix+ yume: dream]
233.29	anayance	*J* anaya: in an instant
233.34	tsukisaki	*J* tsuki: moon [+sake: Japanese rice wine, saki: tip]
233.34	soppisuppon	*J* soppu: soup [loan word from the Dutch] *J* suppon: turtle
233.36	Makoto!	*J* makoto: indeed!
234.11	duotrigesumy	*J* sumi: ink [China ink]
240.1	Yasha Yash	*J* Yasha: a female Demon [supposedly eats own child]
240.1	sassage	*J* sasage: something to eat [offering]
244.18	our highly honourworthy salutable spousefounderess	(Japanese polite formula)
244.19	Haha	*J* haha: mother

244.20	Tsheetshee	*J* tsheetshee: father [chichi]

II.2.

276.15	if Nippon have pearls	Nippon: Japan ('yellow peril')
304. F2	Chinchin Childaman! Chapchopchap!	s 'Chin chin Chinaman, Chop, chop, chop!' [in Sidney Jones's *The Geisha, a Japanese Musical Play*]

II.3.

315.22	nogeysokey	Nagasaki [a city in Kyushu, southern-most major island of Japan, known as one of the earliest ports opened to foreigners]
317.2	Patriki San Saki	St.Patrick[san: a familiar honorific suffix, e.g. Patrik san: Mr. Patrick] saké: Japanese liquor
319.27	shitateyar	*J* shitateya: tailor
320.5	fouyoufoukou!	*J* fuyu:winter, *J* fuku: suit [clothing] *J* fukkyū: revival [irrelevant? recovery, retrieval]
329.10	a bonzeye nappin	*J* banzai: a cheer; Nippon: Japan [bonze eye napping, bonze: a mistranscription of the Japanese *bōzu*: Buddhist priest]
336.20	Shinshin	*J* shin: truth [Shin: Qing (Chinese dynasty)]
339.1	lipponease longuewedge	*J* Nipponese language (Japanese)
339.2	Sehyoh narar	*J* sayonara: farewell
339.2	pokehole sann	*J* san: polite form of address
339.16	Mousoumeselles	*J* musume: daughter, girl [often referring to young women attending to foreigners living in Japan in the late nineteenth century, and spelled "mousmé" or "mousoumé in French texts on Japan, cf. 1888 oil painting by Van Gogh titled "La mousmé dans le fauteuil"]
339.16	Tenter	*J* tento: lightning [incorrect? lighting] [*J* o-tento-sama: a familiar honorific appellation of the sun]
343.15	anggreget yup	anger get up; Jap...China (war, 1930's)
351.15	Banzaine!	*J* banzai!: shout of victory [an interjection literally meaning "long life"]
354.24	samuraized twimbs	Siamese twins [Chang and Eng (1811-74) born in Siam]; Samurai: class of military retainers in feudal Japan

II.4.

386.36	Yaman	*J* yama: mountain; Fujiyama, volcano

III.1.

408.26	Bonzeye!	*J* banzai: a cheer [an interjection literally meaning "long life"]
411.17	bonzar	bonze: term applied by Europeans to Buddhist clergy of Japan [a mistranscription of the Japanese *bōzu*]

III.2.

III.3.

475.2	jeeshee	*J* ji(shi):death [ji:self + shi:death, suicide. This reference is rather to "jishin" meaning earthquake, in a proverbial expression "jishin, kaminari, kaji, oyaji" (earthquake, thunder, fire, father), traditionally the four most frightening in Japan.]
483.9.	bonze	bonze: Japanese Buddhist priest [a mistranscription of the Japanese *bōzu*]
483.15	This bolt in hand be my worder!	*J* character for 'writing' is interpreted as a hand holding a brush
483.18.	mischief	*J* mi:I
483.20.	an ikeson	*J* aniki: elder brother [familiar appelation, irrelevant as pronunciation differs]
483.35	ickle coon icoocoon	*J* ikko: oneself
484.2.	mouthspeech	*J* character for 'speech' interpreted as signs for mouth, four & five [E.Fenollosa: *The Chinese Written Character as a Medium for Poetry*: 'For example, the ideograph meaning "to speak" is a mouth with two words and a flame coming out of it.' 13]
484.4	meye	*J* me: eye
484.17	to	*J* to: and
484.26	Washywatchywataywatashy! Oirasesheorebukujibun! Watacooshy lot!	W.G.Aston: A Grammar for the Japanese Spoken Language 1888, 11:'watakūshi, 'I'... is the ordinary word for the pronoun of the first person. Ore... is less respectful...Students & soldiers say boku for 'I'... Other words for 'I' watashi (familiar), watai (by women), washi

		(very familiar), wattchi (rustic), sessha (formal), oira (familiar), jibun (properly 'self')
484.27	Honorific	honorific forms of speech in *J*
485.36	checking chinchin chat with nipponnippers!	
		Nippon: Japan; China/Japan
499.10	Ser Oh Ser! See ah See!	
		J sei-shi: life & death [irrelevant?]
		J shi: death [irrelevant?]
523.10	there is no true noun in active nature where every bally being	
		E.Fenollosa: *The Chinese Written Character as a Medium for Poetry*: 'A true noun, an isolated thing, does not exist in nature' [p.14. In his discussion of Chinese poetry visualized in ideograms, Fenollosa maintains that it has the advantage of combining time and space, speaking at once with the vividness of painting and the mobility of sounds.]
534.2	Kyow	Kyoto: capital of Japan until 1868 [also Kyo]
536.9	bonze	bonze: Japanese Buddhist priest
539.11	shintoed	Shinto: native Japanese religious system

III.4.

583.18	like china's dragon snapping jappets	
		Japan

IV

609.33	bonzos	bonze: Japanese Buddhist priest
611.11	yeh not speeching noh man liberty is	
		Japanese Nōh plays influenced Yeats
		[*Noh* drama is known for its suppressed speech]
612.11	kirikirikiring	*J* kiri:fog [irrelevant?]
		["kiring" would be the common pronunciation of the English word "killing" in a Japanese accent, since the sounds "r" and "l" are not distinguished in Japanese.]
		[Another allusion would be to *J* kirigirisu: grasshopper, the name deriving from the onomatopoeia of the insect's chirps, traditionally appreciated by the Japanese as signs of autumn.]
612.18	shiroskuro	*J* shiro:white
		J kuro:black
612.20	Iro	*J* iro:colour
613.14		dictated to FB: 'In Part IV there is in fact a triptych – though the central window is scarcely illuminated. Namely

the supposed windows of the village church gradually lit up by the dawn, the windows, i.e., representing on one side the meeting of St Patrick (Japanese) & the (Chinese) Archdruid Bulkely (this by the way is all about colour) & the legend of the progressive isolation of St Kevin, the third being St Lawrence O'Toole, patron saint of Dublin; buried in Eu in Normandy' His heart is preserved in Chapel of St Laud, Christ Church Cathedral, D.

3) Petr Skrabánek. "St. Patrick's Nightmare Confession (483.15-485.07)". First published in *The Finnegans Wake Circular* 1.1 (1985). Reprinted in Louis Armand and Odrej Pilny ed. *Night Joyce of a Thousand Tiers: Studies in Finnegans Wake*. Prague: Litteraria Pragensia, 2002. pp.99-113.

[In the footnotes, Skrabánek acknowledges the help of Ken'ichi Matsumura of Chuo University in deciphering the Japanese in this section on St. Patrick's Nippon English, as well as that of Yukio Suzuki, Waseda University, in his explanation of the subtle nuances of the different forms of first person singular pronouns in Japanese. Several of Skrabánek's references have been adopted by McHugh in his *Annotations to Finnegans Wake*.]

413.31	fumiform	*J fumi*: Japanese reading of this character [*sho*, also letter]
483.9	bonze age	*J bonze*: a Buddhist monk. Patrick is a missionary bringing "gold tidings to all that are in the bonze age"(483.09), anteceding the Jesuits in Japan (*bonze*, a Buddhist monk).
483.15	Nwo, nwo!	*J nao-nao*: more and more
	This bolt in my hand be my worder	*J sho*: Chinese character interpreted as a hand holding a brush writing on a piece of paper. (Len Walsh, *Read Japanese Today*. Tokyo: Tuttle, 1969, p.64) Also read "fumi". [The ideogram *sho* derives from the sign of the brush. No hand involved. This passage refers rather to the ideogram *ware*, as indicated by Mikio Fuse in "Japanese in VI.B.12: Some Supplementary Notes". *Genetic Joyce Studies* 7.]
483.20	an ikeson am ikeson	*J aniki*, elder brother, i.e. Esau,
483.22	Ya all	*J yo*: four
483.26	O cashla	*J okashira*: chief, boss *J o-*: honorific prefix
483.26	this undered heaven	*J tenka*: "heaven + under" This is a literal translation of the Japanese *tenka* i.e. "heaven + under" meaning "the world." In the original Chinese,

this expression (*tien-hia*) was used for "China" (cf. "under heaven2 110.04, among other names of China).

483.32 Mezosius *J mesu*: female; *osu*: male
missionary of a dubious sex

483.35 ickle coon icoocoon *J ikko*: oneself; *-kun*: Mr.
In Chinese, the character for nose is used for "self". (footnote: Chinese *tsi* (self); Bernhard Karlgren, *Analytic Dictionary of Chinese and Sino Japanese* (Paris: Librairie Orientaliste Paul Genthrer, 1023) 310.

484.01 making so smell *J so*: a bonze

484.02 mouthspeech allno fingerforce
Joyce was first thinking about the sign 吾 ("five and a mouth = weak and defensive" VI.B.30.73, i.e. 五 five and 口 mouth → 吾 ware, I. However, he had to notice that a more complex character for speech 語 , could be decomposed into the figure for four plus mouth 口 (mouth), 言 , and 五 (five) and 口 (mouth), 吾 , and he used both ("fingerforce" = finger four, but also five fingers).

484.05 meye *J me*: eye
J mi: self

484.17 tooken in hand to *J token*: spear [*to*: sword + *ken*: dagger]
J to: and
"The spear in hand = emphatic" (VI.B. 30.73), the pervasive Norman's motive, refers, in fact, also to the first person singular in Sino-Japansese: 我 interpreted as "two lances in opposite direction." (Karlgren, *Analytic Dictionary of Chinese and Sino-Japanese*, 209.)

484.26 Washywatchywataywatashy! Oirasesheorebukujibun! Watacooshy lot!
In Japanese, the first expression is composed from the first person singular pronouns, which could all be used by women, while the second expression contains only male first person singular pronouns. The third (*watakushi*) is neutral. There are many more expressions for the first person singular pronouns, some of them listed by Joyce in VI.B.12.14 and VI. B. 30.72-75. *Washi* (used by senior or superion), *wachi,watchi* (a neutral dialect form), *watai* (used by prostitutes), *watachi* (a neutral form, abbreviation of *watakushi*). *Oira* (a variant of ore), *seshe* (archaic, used by samurai), *ore* (neutral or used to inferiors), *boku* (used by children), *jibun* (used by soldiers in the Meiji and Taisho eras), *watakushi* (uesed by both sexes, neutral form.)

		(I am grateful to Professor Yukio Suzuki from Waseda University, Tokyo, translator of *Finnegans Wake* into Japanese, for a helpful letter, explaining the subtle nuances of these forms.)
484.27	time thing think	*J temae*: another form of first person singular pronoun "temaye" VI.B.12.14
485.03	caudal mottam	*J moto*: beginning
486.01	lambdad	*J* ∧ : man [人 Chinese ideogram for man]

4) Eileen Kato. "Load Allmarshy! Yes we have no transformations! So lend your earwicker to a zing-zang meanderthalltale!" Ed. Amy V. Heinrich. *Currents in Japanese Culture: Translations and Transformations*. New York: Columbia Univ. Press, 1997.
[What follows is a list of words related to Japan, not mentioned in Roland McHugh's *Annotations to Finnegans Wake, Third edition*. Several references to Japanese first identified by Kato have been added to McHugh's 2005 Third edition.]

32.1	Nohomiah
142.7	*Shite!*
166.30	chee
214.11	joakimono
293.22	Aiaiaiai
497.4	Arra irrara hirrara man
535.9	yeddo
535. 20	shugon
612.20	Iro

5) The following are additional words related to Japan and Japanese, not referred to in Roland McHugh, *Annotations to Finnegans Wake, Third Edition*. Baltimore: Johns Hopkins Univ. Press, 2006.

31.30	japijap cheerycherrily	Japan, cherry
59.14	pranjapansies	Japan, pansies, Mahaprajapati
81.33	Nippoluono	*J* Nippon
233.27	Micaco!	*J* Mikado: Emperor; title of a Gilbert & Sullivan opera
339.3	anoyato	*J* ano yatsu: that thing
351.20	bonzer	*J* bonze: Japanese Buddhist priest, a mistranscription of the Japanese *bōzu*
533.28	bujibuji	*J* buji: safe
561.32	Bimbushi	*J* bushi: warrior

609.8	Matamarulukajoni	*J* Matai: Matthew, deriving from the Latin *J* Maruko: Mark *J* Luka: Luke *J* Johane: John
609.35	Pongo da Banza	*J* Banza: diminutive of the name of the legendary hero Fuwa Banzaemon, performed on stage at the 1900 Paris World Exposition by the Kawakami troupe.

著者について――

山田久美子（やまだくみこ）　一九五三年、東京都に生まれる。上智大学フランス語学科卒業。広島大学大学院英語学英文学専攻博士後期課程中退。アイルランド国立大学ダブリン校英語・演劇・映画研究専攻博士課程修了。博士（Ph. D., University College Dublin）。現在、立教大学異文化コミュニケーション学部教授。専攻、アイルランド文学、日米欧文化交流史。主な著書に『異界へのまなざし――アイルランド文学入門』（鷹書房弓プレス、二〇〇五年）、主な訳書にチャールズ・A・ロングフェロー『ロングフェロー日本滞在記』（平凡社、二〇〇四年）などがある。

装幀——齋藤久美子

ジェイムズ・ジョイスと東洋――『フィネガンズ・ウェイク』への道しるべ

二〇一七年一二月二〇日第一版第一刷印刷　二〇一八年一月一〇日第一版第一刷発行

著者――山田久美子

発行者――鈴木宏

発行所――株式会社水声社

東京都文京区小石川二―七―五　郵便番号一一二―〇〇〇二

電話〇三―三八一八―六〇四〇　ＦＡＸ〇三―三八一八―二四三七

［編集部］横浜市港北区新吉田東一―七七―一七　郵便番号二二三―〇〇五八

電話〇四五―七一七―五三五六　ＦＡＸ〇四五―七一七―五三五七

郵便振替〇〇一八〇―四―六五四一〇〇

URL : http://www.suiseisha.net

印刷・製本――モリモト印刷

ISBN978-4-8010-0315-6

乱丁・落丁本はお取り替えいたします。